读客科幻文库

跟着读客读科幻，经典科幻全看遍。

西岸传奇

3 觉醒之力

[美] 厄休拉·勒古恩 著

陶雪蕾 译

POWERS

江苏凤凰文艺出版社
JIANGSU PHOENIX LITERATURE AND ART PUBLISHING

图书在版编目（CIP）数据
西岸传奇. 3, 觉醒之力 / (美) 厄休拉 · 勒古恩 (Ursula K. Le Guin) 著 ; 陶雪蕾译. -- 南京 : 江苏凤凰文艺出版社，2024. 9. -- (读客科幻文库) .
ISBN 978-7-5594-8746-9
I. I712.45
中国国家版本馆CIP数据核字第20241PB474号

图字：10-2024-167 号

西岸传奇 3：觉醒之力

［美］厄休拉 · 勒古恩 著 陶雪蕾 译

责任编辑	丁小卉
特约编辑	武姗姗 尹开心
装帧设计	江冉滢
责任印制	杨 丹
出版发行	江苏凤凰文艺出版社
	南京市中央路 165 号，邮编：210009
网 址	http://www.jswenyi.com
印 刷	河北中科印刷科技发展有限公司
开 本	889 毫米 ×1230 毫米 1/32
印 张	13.25
字 数	285 千字
版 次	2024 年 9 月第 1 版
印 次	2024 年 9 月第 1 次印刷
标准书号	ISBN 978-7-5594-8746-9
定 价	69.90 元

江苏凤凰文艺版图书凡印刷、装订错误，可向出版社调换，联系电话：010-87681002。

第一篇

“不要跟别人说。”姐姐萨珞这样告诉我。

“可是如果事情真的发生了呢？我以前就真的看到下雪了。”

“就是因为这样，所以你不要跟别人说。”

我和姐姐一起坐在课室的长椅上，她一只手抱着我，左左右右来回摇晃着。在她温暖的怀抱里这样轻轻地晃动着，让我很放松，我也摇晃起来，偶尔会碰到她几下。可我没法不去回想自己看到的场景，那么可怕、那么震撼的场景，很快我又爆发了：“可是我必须告诉他们！那是敌人入侵！他们应该通知战士们做好准备！”

“他们会问——什么时候？”

这个问题把我问蒙了：“呃，做好准备就是了。”

“可是假使过了很久都没有敌人入侵呢？他们会冲你发火，怪你发出了错误的警报。而假使真有一支军队入侵了，他们就会想知道你是如何得知的。”

“我会告诉他们这是我回想起来的！”

“不行。”萨珞说，“千万不要告诉他们你的这些回想。他们会说你有灵能。他们不喜欢人们拥有灵能。”

“可我这不是灵能！我只是有些时候会回想起一些未来会发生的事情！”

“我知道。但是，迦威尔，听我说，一定，一定，你一定不可以跟任何人说起这个。任何人，除了我。”

萨珞用她柔和的声音念我的名字时，在她说“听我说，一定，一定”时，我真的很用心地在听，不过我还是分辩了起来。

“就算提柏也不行吗？”

“就算提柏也不行。”她棕褐色的圆脸庞和黑漆漆的双眼沉静又严肃。

“为什么？”

“因为只有你和我是沼泽人。”

“还有甘弥也是！”

“我刚刚跟你说的这些就是甘弥给我讲的。沼泽人拥有灵能，城市里的人惧怕这些灵能。所以我们从来不谈论我们能做到而他们完全不能做到的那些事情。那样会很危险。非常危险。发誓，迦夫[1]。”

她抬起一只手，手心向上。我把自己脏兮兮的手放到她的手

1 迦夫是迦威尔的昵称。——译者注（本书注释如无特殊说明，均为译者注）

上宣誓。“我发誓，”我跟着她说道，“我遵从。”

她另一只手上拿着小小的恩弩-榍雕像，平常她都是拿一根绳子把这个雕像挂在脖子上的。

她亲吻我的头顶，然后用力地撞了我一下，我都快从椅子另一头掉下去了。可是我笑不出来，我满脑子都是我回想到的场景，那个场景是那么恐怖、那么可怕。我想跟人说说这个场景，跟随便哪个谁，我想说：“小心啊，小心啊！很多士兵过来了，是敌人，他们的旗帜是绿色的，把房子都烧着了！”

我坐在那儿晃荡着双腿，心情又沉重又悲哀。

“再跟我讲讲吧。”萨珞说，“跟我讲讲你看到的每一个片段。”

这正是我所需要的。于是我又给她讲了我回想中兵士涌入街道的场景。

有时候我的回想有一种非常隐秘的感觉，好像那是一种属于我的物品，就像是一个礼物，我可以保存着，独自一人的时候可以拿出来看看，就像瑯汶-氏[1]给我的那支老鹰羽毛一样。我回想到的第一个场景就是这样，那是一个有芦苇丛和水的地方。我没有跟别人说起过这个场景，包括萨珞。也没什么可说的：就是一片泛着银光的蓝色水面，芦苇在风中摇荡，太阳光明晃晃地照着，远处有一座蓝色小山丘。最近我又回想到了一个新的场景：在一

1　西岸世界的敬称。

处高耸的屋子里，一个隐身在暗处的男子转过身来，叫我的名字。我没有跟别人说起过这个。我不需要这样做。

但是还有另外一种回想，或者是幻觉，总之就是类似的东西吧。比如我曾经回想起自己看到了主父从帕加迪返乡，他的坐骑跛了，但是他其实是到了来年夏天才回来的，他的样子跟我回想当中别无二致，骑着一匹跛脚马。还有一次，我回想起全城的街道都变成了白色，屋顶也成了白色，空中全是一种白色的很小很小的鸟，在盘旋着俯冲下来。我想把这个场景描述给所有人听，它实在是太令人震撼了。我跟大家说了，大部分人压根儿就没有听我说，那时候我才四五岁的样子。可是那年冬天晚些时候，下雪了，所有人都跑到屋外看着雪飘落下来。在埃特拉，这样的事情大概是百年一遇的，所以我们这些小孩子都不知道那是什么。甘弥问我："这就是你之前看到的东西？就是这样的吗？"我告诉她这个景象跟我之前见到的一模一样，她和提柏，还有萨珞，都相信我所言非虚。应该就是在那个时候，甘弥跟萨珞说了刚才萨珞跟我讲的那番话，不要跟别人说起我回想起的那些事情。那时候甘弥已经老病交加，那场雪之后转年的春天她就告别人世了。

打那之后，我就一直把自己的回想压在心底，直到今天早上。

今天清早，我一个人在打扫育婴室外头的大厅，然后我开始回想。起初我只是回想起自己俯视着城里的一条街道，看到火苗从一栋房子的屋顶蹿起，听到有人大喊大叫。叫声越来越响，我认出了这是长街，这条街始自先祖祠后面的广场，迤逦向北。长街的另一头，滚滚浓烟升腾出大团大团包裹着烈焰的浓云。广场上到处都是人，女人，男人，从我身边狂奔而过，多数人都是跑向元老院广场，边跑边狂呼乱叫着。只有城邦护卫队的队员们手持战剑，逆向而行。然后我看到了，在长街另一头飘扬着一面绿色旗帜，旗帜下是一队将士：步兵握长矛，骑士持战剑。城邦护卫队的队员们与他们短兵相接了，我耳边响起了低沉的呐喊声，像是打铁铺传出的那种金属相碰的丁零当啷声。护甲、头盔、赤膊、战剑扭打在一起，难解难分，整个战队离我越来越近。一匹战马冲出重围，顺着街道径直冲我疾驰而来，马背上已无骑士，战马浑身白汗，其间夹杂着缕缕殷红，那是从本该是眼睛现在却已成了空洞的地方淌出的血。战马在厉声哀嘶，我后退躲开它。然后，我发现自己置身于大厅之中，手里握着扫把，脑子里还是刚才的场景，心里兀自害怕不已。这个场景是如此清晰，我根本无法忘怀。它在我脑子里一次又一次地重现，没完没了。我必须得跟谁说一说。

所以当我和萨珞两个人来收拾整理课室的时候，我把这事讲给了她听。现在我又从头到尾给她讲了一遍，告诉她这个场景又进入我脑海了，我可以描述得更加细致。萨珞专注地听我讲，当我描述那匹战马时她的身子战栗了起来。

“他们戴的头盔是什么样的？”

我审视着回想中在街上鏖战的那些将士。

“黑色，大多数是黑色。有一个人有黑色的羽冠，形状像马尾巴一样。”

“你觉得他们是欧斯干人吗？”

“他们没有阅兵式上欧斯干俘虏拿的那种长长的木盾牌。他们的盔甲好像是纯金属的——铜的或者是铁的——所以跟护卫队的剑打在一起时发出了很响的丁零当啷声。我觉得他们是打莫尔瓦来的。”

“是谁打莫尔瓦来呀，迦夫？”我们身后传来了一个欢快的声音。我俩像两个提线木偶一样腾地跳了起来。是琊汶。我和姐姐一个讲一个听太专注了，都没有听到他进来，也不知道他在我们身后听了多久了。我们赶紧向他行礼，萨珞说：“迦夫在给我讲故事呢，琊汶-氏。”

“听起来是个很不错的故事嘛。”琊汶说，“不过莫尔瓦军队的旗帜是黑白相间的。”

“那谁的旗帜是绿色的？”我问道。

“喀西卡尔。”琊汶在前排长椅上坐下，伸展着他的大长腿。琊汶·阿尔坦特·阿尔卡十七岁，是我们家族主父的长子。他是埃特拉军队的训练教官，现在大多数时间在军队服役，不过只要在家就会跟以前一样来课室听课。我们很喜欢他在这里，因为他已经成人了，他的存在让我们感觉自己也是大人了，因为他总是那么和蔼可亲，还因为他有法子让我们的夫子埃弗拉允许我们读故事读诗，而不是没完没了地做语法和逻辑练习。

女孩子们鱼贯而入，托姆和提柏、霍比一起大汗淋漓地从球场跑了进来。最后进来的是夫子埃弗拉，他个子很高，一脸肃穆，穿着灰色长袍。我们向夫子致礼，然后在长椅上坐了下来。我们一共有十一个人，四个主家小孩，七个奴隶小孩。

琊汶和托姆是阿尔卡家族的公子，阿斯塔诺是主家的小姐，索图尔是他们的表妹。

其他人都是家生奴隶，提柏和霍比是男孩子，一个十二岁，一个十三岁，我是十一岁，瑞思和我姐姐萨珞是十三岁。奥蔻和她弟弟弥夫比我们小很多，他俩才刚开始学字母。

女孩子们上学到她们长大被赐出。提柏和霍比已经会读会写，能够背一点史诗，到来年春天就要永远离开学校了。他们已经迫不及待要出去学着做活儿了。我是要被培养成一名夫子的，所以以后我的活计就一直在这里，在这间有着高耸窗户的长长的课室里。等以后琊汶和托姆有了孩子，我就会教他们，还有他们的奴隶的孩子。

琊汶召唤祖灵保佑我们今天学习顺利，埃弗拉训斥我和萨珞没有把书本摆好，我们赶紧动手整理。紧接着埃弗拉又点名了扭打在一起的提柏和霍比。他俩伸出手，掌心朝上，埃弗拉用戒尺用力地各打了一下。在阿尔卡曼德，很少有打人的情况，也没有我们听说的其他家族有的那种体罚。我和萨珞从来没有挨过打，挨训斥就足够羞耻的了，足以让我们循规蹈矩。霍比和提柏没羞没臊的，在我看来他俩也不怕挨罚，他们的手就跟牛皮一样厚。埃弗拉打他们的时候，他们做着鬼脸，龇牙咧嘴地大笑，各种搞怪，才不会偷偷地笑呢，其实埃弗拉对这也一点都不上心。跟他俩一样，他也迫不及待地等着他俩永远离开他的课室呢。他让阿斯塔诺听着他俩背诵每日必背的《埃特拉城大事记》片段，奥蔻帮她弟弟写字母，我们其他人继续读《特鲁德科德训》。

古制，因循守礼——这是我们在阿尔卡曼德时常听到的两个词，说到这两个词时人们都是带着绝对的尊崇之意。我认为我们没有人会有哪怕一点点质疑为什么要记住无聊的《特鲁德科德训》，也压根儿没想过要问一问为什么。这是阿尔卡家族教育子民的传统。教育意味着学会阅读德训以及埃弗拉称为经典的史诗和诗歌，学习埃特拉及其他诸城邦的历史、一点几何和工程原理、一点数学、音乐和绘画。以前向来如此，现在也是如此。

霍比和提柏顶天就学到了《内梅克寓言》，托姆和瑞思学《特鲁德科德训》时很大程度上都是靠着我们其他人才勉强过关。不过埃弗拉可是一位货真价实的好夫子，他带领着琊汶、索图尔、萨珞和我遨游历史和史诗的海洋，我们都很喜欢学这些，不过没有人能有我和琊汶这样的热爱。等我们终于完成了关于德训第四十一条示例的“自律的重要性”的讨论时，我飞快地合上《特鲁德科德训》，伸手去拿我和萨珞合用的《奥希尔攻城战》。我们上个月刚开始学这本书，书里的每一行字我都已了然于胸。

夫子看到了我的动作，他扬起修长的灰黑色双眉。“迦威尔，”他说，“你可否去听一下提柏和霍比背课文，那样阿斯塔诺–伊奥[1]就可以跟我们一起阅读了。”

我知道埃弗拉为什么要这样做。这不是苛刻，这是德训。他正在规训我去做自己不想做的而不是做自己想做的事情，因为那是我必须学会的一课——第四十一条。

我把书递给萨珞，走到侧边的长椅那里。阿斯塔诺把《埃特拉城大事记》递给我，并附送了一个甜甜的微笑。她十五岁了，长得又高又瘦，肤色极浅，所以她的哥哥弟弟管她叫阿尔德。阿尔德人住在东方的沙漠中，据说有着白色的皮肤和绵羊般的毛发。不过“阿尔德”这个词还有一个意思是愚蠢。阿斯塔诺可不蠢，可是她很害羞，大概是把德训第四十一条学得太好了。安静，正派，谦虚，自律，堪称完美的议员家小姐：你必须非常熟悉她，才能了解到她是多么热心肠的一个人，而且她会有一些非常出人意料的想法。

让一个十一岁的男孩给比自己大的男孩当老师是挺难的，何况这些大男孩向来对他颐指气使，在他面前盛气凌人，管他叫小虾米、沼泽鼠、鸟嘴。霍比痛恨听命于我，他跟主家公子托姆是同一天生日。人人都知道他是托姆和琊汶的同父异母兄弟，但是没人会说出来。霍比的母亲是一个奴隶，他也是奴隶，他没有受到任何特殊优待。但是他痛恨那些受到优待的奴隶。他一直都很嫉恨我在课室的地位。他和提柏并排坐在长椅上，我站到他俩面

1　西岸世界对女性的敬称。——编者注

前时，他皱着眉怒视着我。

阿斯塔诺已经合上了书本，于是我问他俩："你们背到哪儿了？"

"你就一直坐在这儿吧，鸟嘴。"霍比说道，提柏在边上偷笑。

让人难以接受的是，提柏是我的朋友，但是每次只要跟霍比在一起，他就成了霍比的朋友，不再是我的朋友了。

"从你们停下的地方接着背。"我对着霍比说，努力让自己的声音显得很冷静、很严厉。

"我不记得是哪里了。"

"那就从你今天开始的地方从头开始背。"

"我不记得是哪里了。"

我感到血液冲上我的头，在耳朵里轰鸣作响。我问了一个很不明智的问题："那你记得什么？"

"我不记得我记得什么了。"

"那就从全书的最开头开始。"

"我不记得了。"霍比说，他因为计谋得逞而忘乎所以了。这给了我反击的机会。

"这本书的内容你一点也不记得了？"我稍微抬高了音量。埃弗拉闻声马上朝我们这边看了过来。"那么好，"我说，"提柏，把第一页的内容讲给霍比听。"

在夫子的眼皮子底下，他不敢不照做，开始口齿含混地快速念起了大事记的缘起，这个内容他们好几个月前就已经背得滚瓜烂熟了。等他念到这一页的最后，我让他停了下来，让霍比来复述。霍比被彻底地激怒了。我赢了。我知道以后我会为此付出代价的。不过他还是咕咕哝哝地念起了那些句子。我说："现在从你刚才跟阿斯塔诺-伊奥背到的地方开始。"他照做了，喃喃地念起了《征兵法令》。

"提柏，"我说，"改述。"埃弗拉老是让我们改述，这样可以表明我们真正领会了自己记住的内容。

"提柏，"霍比用尖细的声音咕哝着，"盖鼠。"提柏咯咯傻笑起来。

"继续。"我用命令的语气说。

"继续，盖鼠。"霍比用尖细的嗓音小声说道，提柏不可自抑地咯咯笑出声。

埃弗拉正在讲一段史诗，长篇大论，口若悬河，眼里闪着光，其他人都专心致志地听着，只有坐在第二张椅子上的琊汶，看向了我们。他紧皱着眉头盯着霍比，霍比缩成一团，低头看着地板。霍比踢了踢提柏的脚踝，提柏马上止住了笑。提柏内心挣扎了一会儿又迟疑了一下，然后说道："这个……呃，这个……呃，说的是……这个意思是……呃，如果城堡受到了……呃，外敌入侵的……呃，威胁………呃，元老院会……呃，什么来着？"

"召集会议。"我说。

“召集会议，形移——”

“审议。”

“审议征召身体强健的自由民入伍。审议是给人自由，还是说正相反？”

这就是我喜爱提柏的一个理由：他能领会别人的话，能提出问题，他有一个奇特而敏锐的头脑，但是没有人看重它，所以他自己也不看重。

“不是的，它的意思是反复商讨。”

“如果你要盖鼠它的话。”霍比咕哝着。

他们含含糊糊磕磕绊绊地背完了剩下的内容。我如释重负地把《法案》放到一旁，霍比坐在椅子上，身子朝我倾过来，眼睛盯着我，从牙缝里挤出几个字：“主子的玩物。”

我已经习惯了自己被称为“夫子的玩物”。这是避无可避的——事实就是如此。可我们的夫子不是主子，他是一个奴隶，跟我们一样的奴隶。这是有区别的。主子的玩物意味着拍马屁、告密、叛徒。霍比说这个的时候是带着真真切切的敌意的。

他心里嫉恨琊汶为我出头，并深以为耻。人人都崇敬琊汶，渴望得到他的赞许。霍比这家伙举止粗鲁，为人冷漠，但他其实跟我一样热爱琊汶，可他又没我那么能干，没法让琊汶喜欢他，所以当琊汶站我这边而不支持他时，他就更有理由感到丢脸，当时的我是没法领会这些的。当时的我心里只有一个念头：他给我起的这个绰号很恶毒、很不公平。我大声嚷道：“我不是！”

“不是什么，迦威尔？”是埃弗拉冷静的声音。

“不是霍比说的那个——没关系啦——对不起，夫子。很抱歉妨碍了大家。我向所有人道歉。”

埃弗拉冷静地点头。“那么，坐下，保持安静。”他说。我回到姐姐旁边坐下。萨珞把书举在我们俩面前，有那么一会儿，我完全没法去看书中的内容。我耳朵里嗡嗡作响，眼前一片模糊。霍比这样说我真是太可怕了。我从来都不是主子的玩物。我不是告密者。我从来都没有像梨福那样——女奴梨福会暗中监视其他家奴，去主子那里告密邀宠。可是阿尔卡主母正色告诉她：“我不喜欢告密者。”然后把她打发到市场卖了。梨福是我此生所见我们家族唯一被卖掉的成人奴隶。在我们家族，主奴双方是彼此信任的。必须彼此信任。

早课结束后，埃弗拉惩戒了扰乱课堂秩序的人：提柏和霍比多学一页《法案》；我们三个全部罚写《特鲁德科德训》第四十一条；我要在誊写册上抄写三十行贾鲁史诗《先塔斯的围城和沦陷》，并在明天之前背诵下来。

到现在我也不知道埃弗拉是否清楚大部分的惩戒对我来说其实是奖赏。也许他心里明白。可是那个时候，我们的夫子在我眼中是年长而睿智的，已经超然于简单的人类情感；那时候的我并未意识到他是在为我着想，能够关心我的感受。因为他说抄诗是惩戒，那我也就尽量去相信了。其实我在抄诗的时候大部分时间都是咬紧牙关的。我的字迹潦草、不工整。以后的学生上课时是会用到誊写册的，就像我们现在用的书本就是前几代的学生抄写的，他们也曾经是在这个课室里上课的孩子。这本书的最后一段是阿斯塔诺抄写的，她的字纤小优雅，清晰得足以媲美来自墨桑的印刷本。在她抄写的那段文字下面，就是我那惨不忍睹的潦草、凌乱的抄写。看着这些乱七八糟的字才是对我真正的惩戒。至于熟记背诵嘛，我早就已经会了。

我的记忆超乎寻常地精确完整。孩童时期和少年时期，我可以完整地回忆起一页书的内容，或者是我看过的一个房间的场景，只要我专注地看过一眼，我的脑海里就能浮现出那个画面，好像再次看到了一样。也许我把记忆跟我称为“回想”的东西混为一体了，这个东西不是记忆，而是其他某种东西。

提柏和霍比跑出课室，晚点再来理会自己的任务。我留在课室里完成了自己的任务。然后我去帮助萨珞打扫各处大厅和庭院，这是我俩的例行任务。打扫完丝舍庭院之后，我们去分膳堂吃了一片面包加干酪。本来我应该回去继续打扫的，但是托姆派提柏来通知我去扮演士兵。

打扫大宅子里的各处庭院和廊道可不是个轻松活儿，这些地方要求时时保持整洁，我和萨珞一天中很大一部分时间就是在忙活这个。我不想扔下萨珞，让她自己干剩下的活儿，在我接受惩戒的时候她已经做很多事情了，可是我不能违抗托姆。“哦，你去吧。”萨珞在中庭拱廊下懒洋洋地拖动着扫把，“就剩下这点儿了。”于是我喜滋滋地跑到了城墙底下的悬铃木公园，就在阿尔卡曼德往南过几条街的地方。托姆已经带着提柏和霍比在演练了。我很喜欢扮演士兵。

琊汶体态纤长轻盈，像主母和他妹妹阿斯塔诺，可是托姆的身形像主父，矮小健壮。托姆身上有点小毛病，有一点点歪斜。他不是跛脚，但是走路的时候身体一歪一歪的。他的两边脸不对称，所以看起来有点畸形。他会毫无预兆地发狂，有时候就是癫痫，大叫大嚷，手脚乱蹬乱打，用力撕扯自己的衣服和身体。现在进入了青春期，他的情绪似乎变得稳定了。他的怒气平息了，而且把自己锤炼成了一名出色的运动健将。他满脑子想的都是军队，他想要成为一名斗士，想要加入埃特拉军团参加战斗。军队不接受他，就算是两年的军校生都不行，所以他只好自己拉队伍，把我和霍比、提柏都拉了当壮丁。他已经训练我们好几个月了。

公园里一棵高大的老悬铃木底下的一个隐秘的洞穴是我们的兵器库，我们把木头战剑和盾牌藏匿于此，此外还有我和萨珞在托姆指导下用皮革边角料做的胫甲和盔甲。托姆的盔甲上有一根微红色的马鬃毛，这是萨珞在马厩捡来缝上去的，有了这个，盔甲看起来非常气派。我们总是在一条长长的草径上演练，这地方很隐蔽，藏匿在城墙底下的一个小树林的深处。我跑过树林的时候，看到他们三个排着队列顺着草径齐步行进。我赶紧去拿了帽子、盾牌和战剑，快速加入了队列，兀自气喘不已。我们演练了一会儿，按照托姆的指令练习转身、立定。然后我们立正，我们那位有着鹰隼般锐利目光的指挥官，在他的军团面前大步流星地来回踱步，一会儿呵斥这个士兵头盔戴歪了，那边那个士兵没有站直，一会儿表情变了几变，眼神转了几转。“差劲的乌合之兵。”他咆哮道，“该死的平民。就这么一帮子乌合之众，埃特拉如何能打败沃图桑？”我们面无表情，直视前方，暗下决心一定要打败沃图桑。

“好吧。”托姆终于又开口了，“提柏，你和迦夫是沃图桑人。我和霍比是埃特拉人。你俩守卫防御工事，我俩是入侵的骑兵。”

防御工事是边上一堵墙上延伸出来的一段老旧的防水沟，一大半已经长满了草。我和提柏跑过去守卫防御工事。“他俩回回都是埃特拉人，”提柏边跑边说，“为啥不能让我们也扮一次埃特拉人呢？”

这是个老生常谈的问题，没有答案。我们飞快地钻进排水沟，准备好迎击埃特拉骑兵。

他俩会刻意在行军途中多花一点时间，我和提柏有足够的时间来配备充足的投射武器装备：拿排水沟两侧那种坚硬的干土揉成小小的土疙瘩。前方终于传来了战马的嘶鸣声和鼻息声，我们起身，疯狂地把武器投掷出去。多数武器要么扔得太近，要么没有击中目标，但是有一块土疙瘩不偏不倚砸中了霍比的额头。我到现在也没搞清楚这块土疙瘩是我扔的还是提柏扔的。霍比突然停了下来，错愕了一会儿，他的头以一种怪异的姿势来回晃了晃，然后他站定下来瞪着前方。托姆继续前进，嘴里大喊着“冲啊，勇士们！为祖先而战！埃特拉万岁！埃特拉万岁！”，然后一跃而起，跳进了排水沟，跳的时候嘴里还没忘了发出马的嘶鸣声。在如此猛烈的攻势之下，提柏和我本能地往后退了，这下托姆终于有时间转头去找霍比了。

霍比飞奔而至。他的脸被泥土弄得黑乎乎的，满脸怒意。他跳进排水沟，径直奔向我，手里高举着木剑就要劈将下来。我的背后就是排水沟里的灌木丛，无处可避，我只能举起盾牌，用尽全力挥动木剑，抵挡他的猛攻。

短兵相接，他所下力道比我要大得多，我的木剑被撞偏了，在他脸上刮擦而过。他的剑狠狠击中了我的手和手腕。我扔掉木剑，痛苦地哀号起来。“嘿！”托姆大喊，“不要打！”他给我们制定了严格的武器使用规则。我们只能舞剑式战斗：可以拿剑刺人、格挡，但是决不可以击中要害。

托姆来到了我俩中间，他先来看我，因为我正摊着受伤的手泣不成声，手伤得非常严重；然后他转向霍比。霍比双手覆面，指间有血渗出。

“怎么啦？让我看看。”托姆说。霍比回答道：“我看不见了，我瞎了。”

最近的水源就是阿尔卡曼德前方的广场那里的阿尔卡喷泉。我们的长官非常镇定：他带霍比往回走，让我和提柏把武器藏回老地方，随后马上跟上他俩。我们在喷泉边跟他俩会合。托姆正在清洗霍比脸上的土和血迹。“没有打到你的眼睛。”他说，“我很确定没有。没有。”其实是不太能够确定的。我那把木剑的剑尖被霍比的木剑往上挑起，在他的眼睛上方——也许就是在眼睛上——划出了一道参差不齐的伤口，鲜血还在不断地往外涌出。托姆从长袍上撕了一条布下来，卷成一团，让霍比拿着压在伤口上。“好了。”他对霍比说，“会好的。这是一个荣耀的伤口，兵士！”霍比发现至少自己的左眼还是看得见的，他的视线不再被血和尘土挡住了，他停止了哭泣。

我一直立定站在边上，噤若寒蝉，当我看到霍比的眼睛能看见东西时才如释重负。我说：“我很抱歉，霍比。”

他转头对着我，用那只没有被布团挡着的眼睛怒视着我。“你这个小贱人，”他说，“是你扔的那块石头，然后又冲着我的脸刺！”

“那不是石头！那是土！我没有想要打中你，我是说那把剑——它只是被挑起来了——当你打——”

“你扔了块石头？”托姆责问我。我和提柏都否认了，跟他说我们只是扔了土块。突然，托姆脸色大变，也站起来立定。

他的父亲，我们的主父，阿尔卡曼德的主父，阿尔坦·瑟潘思科·阿尔卡，在从元老院走回家的路上看到了喷泉边的我们。他站在离我们一两码[1]远的地方，盯着我们四个。他的警卫梅特站

1　英制长度单位，1码约为0.9米。——编者注

在他身后。

我们的主父有着宽阔的肩膀、强健的胳膊和双手。他的面容——圆润的额头和面颊，蒜头鼻，细眼睛——看起来能量满满，有着杀伐决断的威仪。我们向他行礼，然后全体肃立。

“怎么回事？”他说，“这孩子受伤了？”

“我们在玩，父亲。”托姆说，“他有个地方被割到了。”

“眼睛受伤了？”

“没有，阁下。我觉得没有受伤，阁下。”

“马上送他去雷蒙那里。那是什么？”

我和提柏把自己的头盔扔进了武器库，可是托姆头上还戴着他那顶带有羽冠的头盔，霍比那顶没那么华丽的头盔也还在头上戴着呢。

“帽子，阁下。”

“这是头盔。你在玩士兵打仗的游戏吗，跟这些孩子一起？”

他又扫了我们三个一眼。

托姆哑口无言。

“你，”主父对着我说道，显然他认为我是几个人里头年纪最小、身子最弱的，也是最胆怯的一个，“你们在玩士兵打仗的游戏吗？”

我惊恐地看着托姆，想要得到他的提点，可是他只是面无表情地默然立在当地。

“是演习，阿尔坦-氏。”我小声答道。

“看起来像是打仗。那只手给我看。”他的语气中并没有胁迫和怒意，但有着不容置疑的凛然权威。

我伸出手，现在大拇指根部和手腕那片地方已经肿得又红又紫了。

“什么兵器？”

我又满怀恳求地看着托姆。我该对主父撒谎吗？

托姆双眼直直地盯着前方。我只好自己回答了。

“木头的，阿尔坦–氏。”

“木头战剑？别的呢？”

“盾牌，阿尔坦–氏。”

“他撒谎。”托姆突然开口了，“他哪有跟我们一起演练！他就是个小屁孩。我们就是在悬铃木园子里爬树，霍比掉下来了，一根树枝划到了他。”

阿尔坦·阿尔卡静默了片刻，托姆的谎话一出口，我就感到了一股极其怪异的情绪，杂糅着热忱的期盼和极度的畏惧。

主父缓缓地开口了：“可是你们的确操练过？”

“偶尔，”托姆顿了顿，“偶尔我会操练他们。”

“拿着兵器？”

托姆又哑口无言了。全场一片静默，漫长得让人难以忍受。

“你们俩，”主父对我和提柏说，“把兵器拿到后院去。托姆，你带这孩子去雷蒙那里好好看看。然后到后院去。”

我们向主父鞠躬，然后飞快地跑开了。提柏害怕得浑身发抖，号啕大哭；我却有一种奇怪的、好像病了的感觉，就像发烧了似的，所有的事情都显得很不真实。我觉得自己足够冷静，却说不出话来。我们来到兵器库，把木剑、木盾牌、头盔、胫甲都拽了出来，然后拖着这堆东西绕了一圈走到了阿尔卡曼德后院。我们把兵器堆成了一小堆，然后站在边上等着。

主父走了出来，身上已经换上了家常服。他大步流星走到我们这边，我能感觉到提柏恐惧得缩成了一团。我向主父行礼，肃立一旁。我不怕主父，就像我不怕霍比一样。我敬畏他。我信任他。他有着绝对的权威，而且他很公正。他所做的一切都是正确的，如果我们要受到惩戒，那我们就必须接受惩戒。

托姆出来了，他大步流星的样子活脱脱就是矮一号的主父。他走到那个可怜的小小的兵器堆旁边站定，向主父行礼。主父抬着下巴。

“托姆，你知道给奴隶兵器是有罪的。”

托姆嘟囔着：“知道，阁下。”

“你知道埃特拉军队里没有奴隶，兵士们都是自由民。像对待兵士一样对待奴隶是一种冒犯，是对军队、对祖先的大不敬。你知道的。”

“知道，阁下。”

“你有罪。你冒犯了兵士，你对军队和祖先大不敬。”

托姆保持肃立，不过他的脸抖得很厉害。

“那么，是这两个奴隶接受惩戒呢，还是你来接受惩戒？”

听闻此言，托姆两眼圆睁——极有可能他压根儿就没想到过这一点。他还是一言不发。长久的静默。

“谁是长官？”终于，主父打破了静默。

“我，阁下。”

“那么……？”

又是长久的静默。

“那么我应该受到惩戒。”

阿尔坦·阿尔卡略点了点头。

“那他们俩呢？”他问道。

托姆在做心理斗争，良久才喃喃道：“他们只是按我的指令行事，阁下。”

“他们遵照了你的指令，需要为此受到惩戒吗？”

“不需要，阁下。”

主父再次略点一下头。他看着我和提柏，目光仿佛来自极其辽远之处。“把那堆垃圾烧了。”他对我们说，“你们这些孩子，好好想想吧：遵从有罪的指令本身也是一种罪行。这次只是因为你们的主子承担了罪责，你们才侥幸免予惩戒。——你是沼泽人——迦夫，是吧？——你呢？”

“提柏，阁下。膳房，阁下。”提柏轻声答道。

“把那些东西烧掉，回去干活儿。来吧！”他招呼着托姆。他们沿着长长的廊道并肩阔步走去，看起来就像是阅兵式上的两名兵士。

我们跑到膳房去取火。我们从炉灶里拿了一根烧着的柴火，费了好大的劲儿才把木剑和盾牌烧着，可是等我们把皮革头盔和胫甲扔进火堆时，火被压熄了。我们手忙脚乱地把烧了一半的木头片和臭烘烘的皮革从灰堆里拽出来，手上被烫出了好多的小伤口，然后把这些乱糟糟的东西埋在了膳房的堆肥里。弄完之后我俩都开始痛哭流涕。扮演兵士很辛苦，让人担惊受怕，也让人感觉良好，我们一直都对自己身为兵士很自豪。我深爱我的木剑。我曾经独自前往兵器库拿出木剑对着它歌唱，拿石头打磨带着裂痕的粗糙剑刃，拿晚餐时省下来的黄油给它抛光。可是这一切都不过是一个自欺欺人的谎言罢了。我们从来就不是什么兵士，我们只是奴隶。奴隶，懦夫。我背叛了我们的长官。我满心的挫败感，倍感羞耻。

午课我们俩迟到了。我们飞奔着穿过宅子，气喘吁吁地跑进了课室。夫子嫌恶地看着我们。“去洗一洗。”他就说了这么一句。我们没有留意到自己的手和衣服都肮脏不堪，现在我才看到提柏的脸上满是烟灰和鼻涕，我自己肯定也是一样。“跟他们一起去，把他们弄干净，萨珞。”埃弗拉又说了一句。我想他是看到我俩已经彻底地心神俱疲，所以好心地让她陪我们去的。

我看到托姆坐在他的老位置上，可是霍比没有在课室里。“发生什么事了？”在我们出去清洗的路上萨珞问道。我跟她同时开口：“托姆怎么说的？”

“他说主父命令你俩去烧掉一些玩具，所以你俩上课可能会迟到。”

托姆帮我们打掩护呢，给我们找了一个很好的理由。真是让人大松一口气，可是我背叛了他，我不配得到他的掩护，我真的应该感激涕零的。

“可是那是些什么玩具呢？你们干什么了？”

我摇了摇头。

提柏说：“扮演托姆–氏的士兵。”

“住嘴，提柏！”我没来得及阻止他。

“我干吗要住嘴？”

“会惹麻烦的。”

“不是我们的错，这是主父说的。他说了，是托姆–氏的错。”

“不是的。反正不要再说了！你这样是对他的背叛！”

“呵，他说谎了。”提柏说，“他说我们是在爬树。”

“他是在设法帮我们摆脱困境！”

“是帮他自己吧。”提柏说。

我们走到了中庭的喷泉边。萨珞几乎是用推的，把我们的头按到水下，又揉又搓，费了好半天才帮我们弄干净了。我身上那些烫伤的地方，还有又肿又痛的那只手，被水冲着刺刺地疼，然后感觉凉凉的。萨珞一边给我们擦洗，一边从我们嘴里套出了完整的故事。她没有说什么，只是对提柏说了一句：“迦夫是对的。不要谈论这件事了。”

回去的路上，我问道：“霍比的那只眼睛会瞎掉吗？”

“托姆-氏只是说他受伤了。”萨珞说。

“霍比很生我的气。”我说。

“那又怎样？”萨珞语气不善，“你又不是故意伤到他的，而他却是故意的。如果他还想伤害你，那他就真的有麻烦了。”她说的是事实。她虽然很温和，很好相处，但是会像母猫保护小猫一样火力全开，为我而战——人人都知道这一点。而且她向来不喜欢霍比。

在回到课室之前，她伸出一只手抱了我一会儿，人靠在我身上晃了晃我，我也靠在她身上晃了晃她。一切又都好起来了，算是好起来了吧。

2

霍比的眼睛没有受伤。那道丑丑的伤口把他的眉毛截成了两半，不过正如托姆所说，他本来就无容可毁。第二天他回到课室时，对自己那个包着绷带的头开起了玩笑，相当冷静，跟大家相处得也很愉快——不包括我。不管让他较劲的、令他蒙羞的是谁，不管他是否真的认为我往他脸上扔了块石头，总之他已经决定视我为敌，打那之后他就一直与我对立。

在阿尔卡曼德这样的大家族中，一个奴隶想要给另一个奴隶找麻烦，机会多多。幸好霍比晚上睡在寮房里，我呢，还是睡在宅子里。在我写作这个故事的此时，写给我亲爱的妻子，以及任何一个想看这个故事的人，我发现自己正在想着当时所想，二十年前，身为一个男孩子，身为一个奴隶，我的所想。我的记忆将我带回到了过去，仿佛那就是当下、此地、此时，我忘了有些事情需要解释，不仅仅是对你们，或许也是对我自己。在书写我们在埃特拉城邦阿尔卡曼德家族的生活时，我又回到了那里，看到了那里的一切，一如当日所见，从里面、从下方看着，没有东西可以与之作比，仿佛那就是世界存在和运转的唯一方式。小孩子就是这样看待世界的，多数的奴隶也是。自由很大程度上来说就是能看到这世上存在着多种选择。

埃特拉就是当日的我所知的全部，基本情况如下。这个城邦国家几乎一直处于交战状态，因此军人是非常重要的。军人都是来自两个上流阶层的男士：名门望族（统治城邦的元老院议员就是在他们当中选举产生的）和自由民（农民、商人、承包商、建筑师等）。男性自由民拥有对某些法令投票的权利，但是不能担任公职。在自由民当中有一小部分是释奴。比他们再低级的就是奴隶了。

室内的体力活儿由各个阶层的女子承担，奴隶则是室内户外的活儿都要承担。奴隶们有的是战俘，有的是劫掠而来，也有家生奴，两个上流阶层的各个家族会相互买卖或者赠送奴隶。奴隶没有任何的法定权利，不能结婚，不能有父母子女相称。

城邦的人们敬奉自家的先祖。那些没有先祖的人——释奴和奴隶——只能敬奉自己家主的先祖或者城邦的先贤们，先贤是那些活在久远年代的伟大人物。奴隶们钟爱他处信奉的一些神祇：西海岸的恩弩、拉尼尤神和幸运之神。

很显然我生来就是奴隶，因为这里我所讲述的大部分内容是关于奴隶的。如果你看过关于埃特拉或者城邦的相关历史，会发现讲述的对象都是国王们、议员们、将军们、英勇的武士们、富有的商人们——都是有权有势、可以自由作为的人——没有写奴隶的。一个奴隶的品性和美德不会为人所见。没有任何权利的人甚至也不需要为他们自己所见。这一点萨珞已经了然于胸，而我还在学习。

我们这些奴隶，这些做家务的奴隶，是在分膳堂吃饭的。谷物粥或者面包加干酪、橄榄，随时可以吃到，晚上和冬天的早上有新鲜水果、干果、牛奶、热汤。我们的衣服和鞋子都很好，床铺整洁温暖。阿尔卡曼德是个富有、慷慨的家族。说到那些让自家奴隶光脚上街、饥肠辘辘、伤痕累累的家主，主母便会满脸鄙夷。阿尔卡曼德会养着那些不能再干活儿的老奴隶直到死。我和萨珞深爱的甘弥以前是主父的保姆，她在老了之后更是受到了特别的优待。我们在其他家族的奴隶面前夸耀我们喝的汤里有肉，我们盖的是羊毛毯子。我们看不起他们有些人必须穿的号衣——我们觉得俗气又劣质。哪像我们家族的每一样东西啊，那都是遵循传统、按照祖传工艺制作而成的：结实，牢靠。

成年男性奴隶睡在后院外头一栋被称作寮房的独立大屋里，女奴和童奴住在膳房旁边的一栋大宿舍里。不管是主家还是家奴的小宝宝都和乳母一起住在主家房旁边的育婴室里。内花园西侧那些舒适宜人的套间便是丝舍，是赐女的居所，她们在这里取悦来访者或者自己的爱人。

男孩子什么时候应该搬去男奴的寮房居住由女奴们来决定。

几个月前她们为了摆脱霍比打发他搬了过去，在宿舍里他总是欺负那些比他小的孩子。我想寮房里的那些大男孩起初肯定对他很苛刻，不过他还是把这看作自己成功荣升为男人的标志，嘲笑我们是睡在“草窝”里。

提柏也渴望着被打发去寮房睡，可我觉得住在宿舍里真是幸福得不得了。我和萨珞有一个我们自己独立的小角落，有一个带锁的箱子和一张专属于我俩的垫子。甘弥像母亲一样照管我们，她走了之后女奴们就让我们俩相互照顾。奴隶不能拥有父母和孩子，所以一个女奴会在宿舍里找一个或几个孩子来照顾。没有哪个小孩子会自己一个人睡，有些孩子还有好几个女奴照顾呢。孩子们管每个女奴都叫“嬷嬷”。嬷嬷们说我不需要“妈妈”了，反正我有那么好的一个姐姐，这一点我深以为是。

在宿舍里，我姐姐不需要保护我免受霍比的迫害，可是在其他地方，这种迫害愈演愈烈。我干打扫的活儿，就需要走遍整个宅子，霍比总是密切留意着我，看看哪个院子或哪个廊道里没有外人在。瞅着我身边没有旁人时，他就会抓住我的后脖颈，把我整个人提溜起来，来回摇晃着，全程他都咧嘴狞笑着，活像一条要摇断老鼠脖子的狗，然后狠狠地把我扔在地上，踹我，最后扬长而去。整个人被这样提溜起来，求助无门，真是太恐怖了。我拼命地想要踢他打他，可是我的胳膊比他短一大截，我总是够不着他，就算我的脚踢到他了，他好像也毫无感觉。我不敢大声求助，因为奴隶之间争吵惊扰到主家人是会受到严惩的。我猜我的无可奈何助长了他的气焰，因为他变得越来越残忍了。他从来不会在别人面前摇晃我、踹我，但是他越来越频繁地埋伏在某个地方候着我，把我绊倒，把我手里装着食物的盘子撞掉，凡此种种。最要命的是，他在每个人面前编派我，说我偷东西、打小报告。

宿舍的女奴们是不怎么理会霍比这些胡说八道的，可是寮房里那些大男孩会听他说，然后把我当成卑鄙的告密者、主子的玩物。我很少见到这些男孩子，他们干活儿的地方我是不会去的。可是我们每天在课堂上都会见到托姆。自从排水沟战役之后，托姆就彻底抛弃了我和提柏，只让霍比当他的跟班。霍比现在管我叫“大粪”，托姆也开始这样叫我了。

埃弗拉不能直截了当地责骂托姆。托姆是主父的儿子。我们的夫子是一个奴隶：受到尊敬的是他的这个角色，而不是他这个人。他可以纠正托姆在阅读、测量或者读谱时的错误，但是不能纠正他的行为；他可以说“你需要再多加练习”，但是他不能说“不许这样！”。不过托姆小时候那种无意识发作的暴脾气成了埃弗拉对他实施管控的合理理由和有力的工具，到现在他还经常利用这个工具。以前当托姆开始大喊大叫大打出手时，埃弗拉就会把他拖出课室，关进走廊尽头一间储藏室里，警告他如果擅自出来，就会向主父主母汇报他的恶劣行径。托姆会孤零零地待在储藏室里，从暴怒的发作中恢复正常，等着被放出来。实际上，被关起来对于他来说也许是一种解脱，因为等他长成强壮的大块头，直到埃弗拉已经拖不动他之后，每次即便是他大吼大嚷狂怒不已之时，只要埃弗拉说“去储藏室，托姆-氏”，他就会乖乖地自己跑过去，顺从地被关在里面。他已经将近一年没有那样的大发作了。可是有那么一两次，在他不守规矩动来动去打扰到其他人的时候，埃弗拉轻声对他说“请去储藏室”，他就去了，一如往常地顺从。

春日里的某一天，霍比在课室里一门心思地整我：我写字时他摇我的凳子，他打翻了墨水，然后控告我想要破坏他的习字本，我不得不从他身旁经过时，他下狠劲地掐我。这一幕被夫子看到了，他说：“把你的手从迦威尔身上拿开，霍比。伸出手来！”

霍比起立，双手掌心向上摊开迎接惩戒，咧嘴笑着，显得温顺坦然。

可是托姆说道：“他没有做错事，不该受罚。”

埃弗拉吃了一惊，默然站立着。最后他终于说道：“他在骚扰迦威尔，托姆-氏。”

“那家伙是坨大粪。该受罚的是他，不是霍比。是他打翻了墨水。”

“那是意外，托姆-氏。我不会因为意外惩罚任何人。”

“不是意外。霍比没有做错事，不该受罚。应该惩罚这坨大粪。”

虽然托姆还没有进入往常那种浑身乱抖的迷乱状态，但他的脸上已经有了征兆,一脸怪相，眼神空洞。夫子静默肃立。我看到他瞄向了琊汶，琊汶在课室的另一头，正俯身在画案上，专心致志地测量一幅建筑平面图。我也希望身为托姆兄长的他能够留意到这边发生的事情，可是他没有。而且那天阿斯塔诺也没有来上课。

最后埃弗拉说道："请去储藏室，托姆-氏。"

托姆下意识顺从地走了一两步。然后他停了下来。

他转身面对着夫子："我……我……我命令你惩罚这坨大粪。"他口齿含混，差点没能把话说完整。他的脸抽搐着、颤抖着，就像那天被主父训斥的时候一样。

埃弗拉面色灰白。他静默地站立着，瘦削又苍老。他再一次看向琊汶。

"这是我的课室，托姆-氏。"他终于开口了。语气庄重，但是轻得几不可闻。

"你是个奴隶，我现在在命令你！"托姆大喊道，他的话语是完整的，声音尖锐得刺耳。

现在琊汶终于听到了，他直起身子，转头看过来。

"托姆？"他说。

"我受够这乌七八糟的事了，受够你们的违抗了！"托姆用他那粗嘎刺耳的声音大叫着，听起来就像一个疯了的老女人。四岁的弥夫大概就是因为这个声音而笑了起来。课室里回荡着他咯咯的轻笑声。托姆转身，对着弥夫的头狠狠地打了一下，弥夫应声摔下凳子，撞到了墙上。

瑯汶走了过来，沉着脸匆匆跟夫子道了歉，然后架着他弟弟的一只胳膊把他带出了课室。托姆没有抵抗，也没有说什么。他依然目光空洞，但是他的脸已经松弛下来，满脸的困惑。

霍比站在那里，看着他的背影，脸上是同样呆滞、失措的表情。我以前从未看得那么清楚过，这两张脸几乎是一模一样。

萨珞抱起了小弥夫，他一点声音都没有。他好像晕了一会儿，然后他的身子蠕动起来，把脸转向萨珞的臂弯。他就算是哭了也是没有声音的。

夫子跪在他俩身边，仔细地检查，确信弥夫除了脸上的瘀青之外没有别的伤，很快他的半张脸都会肿起来的。他让萨珞和弥夫的姐姐奥蔻带他去中庭的喷泉洗一洗脸。然后他转身对着课室里剩下的几个人——瑞思、索图尔、提柏、霍比和我。“我们来读《特鲁德科德训》，”他的声音还是那么嘶哑无力，“第六十条德训。关于忍耐。”

他让索图尔第一个朗读。她鼓起勇气磕磕巴巴地读了一遍。

索图尔奥瓦索是主父的侄女。她的母亲生她时去世了，不久她的父亲也战死在莫尔瓦攻城战中，所以她是家族里的一个孤儿，是家族里最无足轻重的一个人。她跟表姐阿斯塔诺一样温顺谦逊，她很信任表姐，事事效仿她，不过表象之下俩人其实脾性差异很大。她不叛逆，但她也绝不一味的顺从。她是一个独立的人。

她热爱我们的夫子，托姆对夫子的蔑视和无礼让她不安极了。现在课室里只有她是主家的孩子，所以她觉得自己要为夫子所受的伤害负责，应当为这种伤害表达歉意。一个十二岁的孩子实在也做不了什么，不外乎就是夫子让做什么就立马去做，对夫子恭谨有加，她就是这么做的。可是她读得实在是很糟糕，捧书的手还抖个不停。很快埃弗拉就向她表示了感谢，让我接着往下读。

我开始读的时候，听到霍比在我后排的椅子上不停地动来动去，嘴里还发出嗞嗞声。夫子瞥了他一眼，他才安静了下来，但是也没安静多久。在我念书的这一整段时间里，我都能感觉到他在后头有所动作。

我们稀里糊涂地上完了剩下的晨课。刚结束，萨珞就回来了。她汇报说她把小弥夫和他姐姐留在雷蒙医士那里了，因为弥夫头晕，时常陷入昏睡。她已经向主母禀报此事了，主母会去看弥夫。这下大家就安心了。老奴隶雷蒙看病只会小打小闹，不管什么病他开的药都是紫草膏和猫薄荷茶，但是主母可是一位享有盛誉、经验丰富的医士。“阿尔卡照拂她的子民，即便是最弱小者。”埃弗拉非常庄重地说道，话语里充满了感激之情，“你们今天走的时候，去一下先祖祠敬拜先祖。祈求先祖庇佑族中所有的孩子，所有的孩子，和仁慈的主母。”

我们都去了先祖祠。只有索图尔可以进入有着巨大穹顶的宽敞内厅，里头光线昏暗，墙壁上挂满了先祖的名字和雕像。我们这些奴隶只能跪在前厅敬拜。萨珞一只手紧紧攥着她那个小小的恩弩-楣雕像，嘴里喃喃着：“恩弩保佑，祝福汝，请让弥夫好起来吧。永远追随汝，恩弩-楣，我敬爱的导引者。”我也敬拜了先祖。我是跪在我自己选出来的一位先祖面前的，是一百年前的阿尔坦·博多·阿尔卡主父，从我们跪着的地方能看到他的彩绘浮雕石像。他有着一张绝妙的脸庞，就像一只和善的老鹰，双眼直视着我。在我还很小的时候我就认定了他是我的特有守护者，我还认定他了解我心中所想。现在我不需要告诉他我害怕托姆和霍比。他知晓的。“伟大的祖灵，先祖，阿尔坦-氏爷爷，保佑我远离他们吧，”我小声祈求道，“或者让他们不要那么生气。谢谢您。”过了一会儿，我又加了一句：“请让我变得更勇敢。”

最后那个祈愿很及时。那天我的确很需要勇气。

那天我和萨珞一起做完打扫工作，然后我们就一起待着，她纺她的纱，我记录我们的几何课。我们在分膳房和屋子里都没有看到过霍比。夜幕降临，我想我今天算是逃过一劫了，寻思着是不是应该去拜谢先祖。就在从茅厕走回女舍的时候，我听到身后传来了霍比的声音：“他在那儿！”我拔腿就跑，可是他和一帮大块头立马逮住了我。我奋力踢腿，大叫大嚷，拼命反抗，但我已是一只被猎犬抓获的兔子，逃无可逃了。

他们把我弄到寮房后头的水井边，把水桶拉了出来，然后轮流把我的头往井里塞。他们提溜着我的腿，把我整个人放下去，直到水没过我的脑袋。我先是窒息，然后把水吸进嘴里。等我实在撑不住了他们才把我拽上去，刚好让我不至于被憋死。

每回他们把我拽出水面后，我都完全喘不过气来，痛苦地打滚、呕吐，这时霍比就会弯下身子，用一种古怪的没有起伏的语调说道："这就是背叛主子的下场，小叛徒。这就是拍那个下三滥老学究马屁的下场，沼泽鼠。看看你有多喜欢搞得湿答答的，沼泽鼠。"然后他们会接着把我塞进井里，无论我怎样拼命地张开双臂撑着井壁，拼命抬着头想要远离水面，他们都会把我往下压，再往下压，直到水涌进我的鼻孔，让我窒息，呛溺。我不知道在我失去知觉之前他们这样来回折腾了我多少回，不过我最后应该是整个人都软掉了。他们被吓着了，以为我死了。

除了奴隶的主子之外，任何人杀了一个奴隶都是重罪。他们一哄而散，留下我自己躺在井沿边上。

第一个发现我的是老医士雷蒙，他总是说这眼井里的水比喷泉水更纯净。事后他讲起这个故事时就会说："黑暗中我被他绊倒了。起初以为是只死猫！不对，猫没有这么大。谁在井里淹死了一条狗？不对，不是死狗，是一个淹死的孩子！天哪！谁会在这里淹死孩子呢？"

这个问题我是永远不会回答的。

我猜那帮家伙以为他们对我的折磨不会留下肉眼可见的伤口，所以他们可以否认我对他们的指控，因为缺乏证据。但实际上，我被扔进狭小井口后拼命挣扎，我的胳膊、双手和头都受伤了，到处都是刮伤、肿胀和瘀青，我的脚踝也被他们毫不留情的双手弄得青一块紫一块。这帮身体壮实又鲁莽的小子，他们只以为这样能吓唬吓唬我，也许压根儿就没想到这会对我造成实实在在的伤害。

那天夜里，我来到了雷蒙小小的治疗室。我的胸部受伤了，头也很疼，可我躺在一圈浅浅的昏黄色光晕里，非常平静，感受着一种安宁感从身体里浮现出来，就像平静的水面上荡起了一圈一圈的铃声。慢慢地我感知到姐姐萨珞就睡在我身旁，这让那种神奇的安宁感越发地甜美惬意。我就那样躺着，躺了好久好久，有时候只能看到昏黄的金色和一些影子，有时候能记起一些事情来。我记起了那片芦苇丛，那片平静顺滑的蓝色水面，以及远处那座蓝色的小山丘。接着脑中又只有那片光晕、那些影子和萨珞的呼吸声。片刻之后我又记起了霍比的声音："他在那儿！"可是那种惧意就像身上和头上的疼痛，很遥远，没有造成什么困扰。我稍稍转了一下头，看到了那盏小小的油灯，一豆火苗绵绵不绝地倾泻出温暖的金色光晕。我记起了在那所高耸幽暗的屋子里的那个人。他站在一张大桌子旁，桌上堆满了书本和纸张，还有一盏灯和一张写字台，桌子上方是一扇窄窄的高耸窗户。我走进屋子，他转过身来看着我。这一次我看他看得非常清楚。他的头发有些发灰了，他的脸有点像博多先祖，又凶猛又和善。不过博多先祖是满脸自豪，而他却是满脸忧伤。不过看到我他还是笑了，还叫出了我的名字，迦威尔。

耳边又是一声"迦威尔"，然后我发现自己躺在一圈昏黄的光晕里，仰视着一位女士的脸，那张脸似乎离我很遥远。她穿着一件白色的羊毛睡袍，睡袍半挡着她的头。她的脸圆润庄严。她看起来很像阿斯塔诺，但不是阿斯塔诺。我以为自己是在回想中看到的她。慢慢地我意识到了她是主母，珐俪楣·贾莱科·阿尔卡，我还从来没有这样直愣愣地盯着她的脸看过。现在我躺着盯着她看，好像盯着一尊先祖的浮雕像一般，感觉如在梦中，毫无惧意。

萨珞躺在我身边睡得正香，身子稍微动了动。

主母伸出一只手，手背在我的额头上覆了一会儿，然后稍点了点头。“好了吗？”她轻声说道。我又疲惫又恍惚，都说不出话来，不过我应该是要么点了点头，要么笑了一下，因为她微微笑了笑，摸了摸我一边脸颊，然后走到一边去了。

我的床边是一张婴儿床，她在那里停留了一会儿。我想床上应该是小弥夫，然后我又继续飘浮在那片宁静的光晕之中。我回想起来了，我们在河的下游埋葬弥夫时，柳枝在春雨中摇摆，就像灰色雨幕中夹杂着绿色的雨丝。我回想起来了，弥夫的姐姐奥蔻站在那个小小的黑色坟墓边上，手里拿着一根花枝。我远眺着雨点斑驳的河面。我回想起来了，我们所有人到河的下游去埋葬老甘弥；那是在冬天，河堤上的柳树光秃秃的，可是我并不怎么伤心，因为那种感觉就像是一个节日、一个庆典，那么多人来送甘弥，而且之后还会有一个守灵宴会。我又回想起了一些其他时刻在那里的简短画面，也是在春天，我不知道那是在埋葬谁。我想，也许是我自己吧。在那所高耸幽暗的屋子里，从桌上的台灯旁站着的那个男人眼中，我看到了忧伤。

到早上了。柔和的晨光取代了昏黄的光晕。萨珞已经走了。

弥夫在边上的婴儿床上缩成小小的一团。在屋子另一头的床上躺着一个老头——洛特，他在老病交加之前是一个厨子，现在躺在这里等死。雷蒙正在扶他坐起来，背后垫了个枕头。洛特叹息着，呻吟着。我感觉自己已经好了，于是我就起床了，然后我感觉到头痛、头晕，身上很多地方都疼了起来，于是我又在床上坐了一会儿。

“起来了，你是沼泽鼠？”老雷蒙走了过来。他摸了摸我头上的那些硬块。之前他给我右手一根脱臼了的手指上了夹板，现在他一边检查那个夹板一边跟我解释着。“你会好的。”他说，“硬实着呢，你们这些孩子。那么，这是谁干的？”

我耸了耸肩。

他瞟了我一眼，微微点了点头，没有继续追问下去。他和我都是奴隶，我们都有默契地保持着沉默。

那天早上雷蒙不让我离开治疗室，说主母要来看我和弥夫。于是我坐在床上，检查自己身上肿了破了的地方，这样的伤很多很多，看着还挺有趣的。看腻了之后，我又开始背《先塔斯的围城和沦陷》，大声颂唱着那些诗句。快到中午的时候，弥夫终于醒了过来，我可以走过去和他说话了。他眩晕得厉害，说话语无伦次的。他看着我，问我为什么是两个。“两个什么？”我说。他答道：“两个迦夫。”

“重影。”雷蒙走了过来，“重击头部会导致重影。——夫人！”他躬身行礼，我也行礼如仪。是主母走进来了。

她仔仔细细地给弥夫检查了一遍。弥夫左边的头肿着，看起来有点畸形。主母检查了他的左耳，轻轻地压了压他的颅骨和颧骨。她一脸忧虑的神色，不过最后她终于说了一句："他正在复苏。"她的声音低沉柔和，脸上露出了微笑。她把弥夫抱在膝上，温柔地跟他说着话："是不是啊，小弥夫？你又跟我们在一起啦。"

"它在吼。"弥夫伤心地说道，眼睛斜着，不停地眨，"奥蔻来了吗？"

雷蒙吓呆了，他想叫弥夫在主母面前要懂规矩。可是主母挥挥手制止了他。"他还是个小宝宝，"她说。"真高兴你决定要回来，小东西。"她抱着弥夫，脸贴着他的头发。过了一会儿，她把弥夫放回婴儿床上，说："现在接着睡吧，等你醒来，你姐姐就来了。"

"好的。"弥夫说，然后蜷缩着身子，合上眼。

"真是个小乖乖。"主母说着，她看到了我，"啊，你起来了，你可以走了，太棒了。"她跟身形修长的阿斯塔诺真是非常像，不过她的脸跟她的身形一样圆润、优雅，充满了力量。阿斯塔诺看人是腼腆的瞥视，主母是眼神坚定的凝视。当然她一看我，我马上就低头垂目了。

"是谁弄伤了你，小伙子？"她问道。

不回答老雷蒙的问题是一回事，不回答主母的问题那可就是另外一码事了。

糟糕的片刻停顿之后，我说出了当时能想到的唯一回答："我自己掉进井里的，夫人。"

"哦，要注意呀。"她嘴里在责备我，但是语气是很愉快的。

我闷声站着。

"你真是个笨手笨脚的孩子，迦威尔，"她的声音真是动听，"但你也很勇敢。"她检查了我身上的肿块和瘀伤，"我看他没有大问题，雷蒙。手怎么样？"她拉过我的手看着夹了夹板的那个手指，"这个得几星期才会好。"她说，"你是学者，嗯？得有一阵子不能写字了。不过埃弗拉不会让你闲着的。好了，你可以退下了。"

我向她鞠躬行礼，跟老雷蒙说了声"谢谢"，然后走了出去。我跑到分膳房，看到萨珞在那里，我们拥抱在一起。萨珞问我是不是真的好了，我告诉她主母知道我的名字，知道我是谁，还管我叫学者！

我没有讲她说我很勇敢，那是太美好的一件事情了，无法言说。

我吃东西的时候，吞咽起来不是很顺利，然后又开始头痛欲裂，于是萨珞陪我回了宿舍，让我躺在床上后她就离开了。那天下午和接下来几乎一整天，我都躺在床上，睡得昏天暗地。然后我终于醒了，感觉自己要饿死了，我的身体已经痊愈，除了看起来——用索图尔的话来说，就像是被遗忘在战场上喂乌鸦的人。

离我上一次去上课也就过了两天而已，但是大家热烈地欢迎我回来，好像我离开了几个月似的，而我自己也真的有这样的感觉。夫子用他修长有力的双手捧着我的伤手，轻抚了一下，说：“等你的手好了，迦威尔，我教你怎么写得又好又清楚。”“抄写本上不会再有潦草的字了，对吧？”他微笑着说。他的话让我觉得非常开心。他的话里有着对我的喜爱，一种如他的轻抚般温柔的关心。

霍比在冷眼旁观，托姆在冷眼旁观。我转过身面对着他们。我飞快地向托姆行礼，他扭头不理我。我又说：“你好，霍比。”他的脸色很难看。我想，我身上那些又青又紫、五彩斑斓的肿块和瘀伤把他给吓到了。不过他知道我没有揭发他。人人都知道这一点。人人也都知道是谁袭击了我。在我们的生活当中，也许会有沉默，但是没有秘密。

可是既然我没有指控任何人，那这事就跟任何人无关，甚至跟主子们也无关。

托姆脸色阴沉，不理睬我，可是珊汶和阿斯塔诺对我很亲切友好。至于索图尔，她说过我像是喂乌鸦的人，显然她自己也觉得这么说太轻率无情了，因为等她可以私底下单独跟我说话时，她对我说道：“迦威尔，你是个英雄。”她的语气很郑重，神色看起来好像就要哭出来了。

那时候我还没有明白整件事情有多严重，我所经历的只是其中的一小部分而已。

萨珞说小弥夫要一直待在治疗室，直到他好起来，而且我知道主母在亲自照料他，所以我没有再去多想他，也没再想我发烧时做的那些墓地的梦。

可是那天夜里，弥夫和奥蔻的妈妈埃纽梅尔在宿舍里哭了。所有的女奴和女孩子都围在她身边，萨珞也在。提柏跑过来小声说，他听见她们说弥夫的一只耳朵在流血，她们觉得他的头被托姆打坏了。然后我记起了河边的绿柳，心在慢慢地变冷。

第二天弥夫抽搐了好几次。我们听说当天主母整夜都在治疗室陪着他。我想起了金黄色光晕中她站在我床边的情景。晚上我们一起坐在褥子上，我跟提柏和萨珞说："主母跟恩弩一样好心。"

萨珞点点头，抱了抱我。提柏说："她知道是谁打了弥夫。"

"知道不知道又有什么分别呢？"

提柏做了个鬼脸。

我生气了。"她是我们的主母，"我说，"她关心我们每一个人。她那么好心。你对她一无所知。"

我觉得自己了解她，就像内心了解自己所爱一般。她用她温柔的手深深打动了我。她说我很勇敢。

提柏弓起身子耸了耸肩，未置一词。自从霍比对他不理不睬之后，他就变得喜怒无常、心情沮丧。我依然是他的朋友，但是他总是更渴望霍比的友情。现在他看到我身上的伤会感到羞愧不安，跟我一起时很腼腆。是萨珞把他拉到了我们这个角落坐下来跟我们说话，直到大人们把灯关了。

“我很高兴她让奥蔻去陪着弥夫。”萨珞说道，“可怜的奥蔻，她担心极了。”

“埃纽梅尔也想陪着弥夫。”提柏说。

“主母是一位医士！”我说，“她会照顾弥夫的。埃纽梅尔什么也做不了，她只会号啕大哭，就像现在这样。”

说实在的，埃纽梅尔就是一个傻傻的、咋咋呼呼的年轻姑娘，连六岁奥蔻的一半都比不上。不过虽然她对奥蔻和弥夫照料得很马虎，但她是真心喜欢他俩，她管弥夫叫“我的小乖乖”。现在她的悲伤是真真切切的，而且是要大声表达出来的。“噢，我可怜的小乖乖！”她大喊大叫着，“我要见他！我要抱着他！”

女奴总管走过来，双手搭在她的肩上。

“嘘——”她说，“他正在主母的怀里呢。”

涕泪交加的埃纽梅尔吓得噤声了。

爱伊梅尔当阿尔卡曼德女奴总管已经好多年了，有很高的个人威严。当然她是对主母和主家负责的，不过她从来没有给其他奴隶制造麻烦来让自己得到好处，其实她是可以这么做的。主母用实际行动表明了她不喜欢搬弄是非的人和拍马屁的人——她卖掉了一个搬弄是非的人，选了爱伊梅尔当女奴总管。爱伊梅尔行事公正。她也有自己偏爱的人——在我们这些人里头，萨珞是她最喜欢的人，但是她从来没有偏袒过谁，也没有非难过谁。

对于埃纽梅尔来说，爱伊梅尔是令人畏惧的一号人物，比起主母，爱伊梅尔的权力是更为直接实行的。埃纽梅尔又小声地哭了一小会儿，身边的女奴都来安慰她。

埃纽梅尔是五年前索图尔的哥哥索特尔生辰时赫拉曼德送来的贺礼。那时候她才十五岁，很漂亮，没有受过训练，也不识字。赫拉家族和其他很多家族一样，认为让奴隶尤其是女奴接受教育是一种毫无必要的炫耀，甚至是一种风险。

我知道埃纽梅尔自己生过孩子，有两个还是三个吧。索图尔的两个哥哥常常会召她前去。她怀孕了，孩子交给了一个乳母，前不久被交换给了另一个家族。弥夫和奥蔻就是在类似的交易中来到我们这里的。小婴儿几乎都是被卖掉或者交换掉的。甘弥曾经告诉我们："我生了六个孩子，一个都没养过。伺候了阿尔坦-氏之后，我就不再找小宝宝来带了。等我老了你们两个又来折腾我了！"

有时候被卖掉的是母亲，而不是孩子，这种情况是极其罕见的。霍比的情况就是这样的。他跟主家的孩子托姆同一天出生，主父断言这是一种预兆或者征兆，下令把他留下。霍比身为赐女的母亲马上就被卖掉了，以防出现养育关系的混乱。一个妈妈可以认为她养育的是她自己的孩子，但是所有物是不能拥有所有物的。我们都归家族所有，主母是我们大家的母亲，主父是我们大家的父亲。这些道理我都是非常明白的。

我也明白埃纽梅尔为什么要哭。可是对我这个年纪的男孩子来说，女人的伤心恸哭只会让人觉得不胜厌烦。我抵触这一切，不让自己受到烦扰。"要不要玩伏击战？"我挑衅地对提柏说。

然后我们拿出石板和粉笔画好操练场，一直玩到熄灯的时候。

弥夫死在那天早晨的日出时分。

* * *

对于阿尔卡曼德这样的大家族来说，一个小奴隶的死通常是不会激起什么波澜的。女奴们哀哀哭泣，主家的女士们会来好言劝慰，送来包好的奠礼，或者是给钱去买奠礼。一大清早，一小队穿着白丧服的奴隶就会把这些东西抬到河边的墓园，在墓穴面前祈求恩驽引领这个小小的魂灵回归故里，然后哭着回来继续干活儿。

但是这次的死亡非比往常。在阿尔卡曼德，人人都知道弥夫因何而死，这是一个令人不安的真相。这一回，都是奴隶们在说话，主子们则都保持着沉默。

当然奴隶们也只是在他们自己之间说说而已。

但是其中有一些以前我从未听过的谈论：狂怒，愤慨。不光是女奴们，男奴们也在这么说。主父的贴身护卫梅特勇武有力，庄重威严，德高望重，他在寮房里说弥夫的死是家族的耻辱，先祖们会降罪下来的。车夫长塞姆脑子聪明，身子强壮，无所畏惧，他直言不讳地大声宣告托姆是条疯狗。在庭院、廊道和宿舍，到处都能听到有人在窃窃私语这样的言论。此外还有雷蒙的说法——他告诉我们，弥夫是坐在主母的膝上咽气的，主母紧抱着他，抱了很久，同时轻声地说“原谅我吧，小宝贝，请原谅我”。

他把这个讲出来是希望能够安慰到埃纽梅尔，因为她已经悲伤欲绝了。事实上，知道了孩子死在温柔的怀抱之中，主母还因为自己没有救活他而哀伤不已，埃纽梅尔确实宽慰了许多。但是其他人却给出了不同的解读。“她可能是在恳求宽恕！”爱伊梅尔说，其他人都表示赞同。弥夫是如何无辜地冲着托姆笑，托姆又是如何攻击他，把他猛推到了课室的另一头——这个故事奥蔻在事发当天就跟大家哭诉了，之后得到了提柏和萨珞的证实，后来在寮房和马厩又被一遍遍地复述，事无巨细，每一个细节都被讲得明明白白了。

霍比为托姆辩护，说他只是因为弥夫的无礼而要打他一个耳光，却没有想到自己会有这么大力气。可是霍比现在并不受大家待见。没人因为我的井中历险而公开责备过他，因为我并没有说是他干的，但是也没有人再喜欢他了。现在他对托姆的效忠也让他捞不到好：感觉太像是站在主子一边跟奴隶们对着干了。我听到那些马童在他背后管他叫“两面派”。梅特回应他说：“一个不晓得自己有那么大力气的人应该学着拿这大力气去跟男人斗上一斗，可不是拿来打小宝宝。”

这场关于罪责与饶恕的议论让我非常苦恼。它似乎把这个世界的裂缝和断层都打开了，要把一切都摇散掉。我来到先祖祠的前厅，向我的守护神祈祷，可是他那双彩绘的眼睛傲慢又冷淡，对我视而不见。索图尔在内厅，她跪在那里无声地敬拜。她在先主母祭坛上点了香，烟雾渐渐飘向高耸幽暗的穹顶。

弥夫死去那天夜里，我梦见自己正在打扫宅子里一处内院，发现从那里延伸出了一条廊道，那是我前所未见的。廊道通向很多我从未到过的屋子，屋里很多陌生人冲我打招呼，他们似乎都认识我。我对这种越界害怕不已，可是他们微笑着，其中一人伸手递了一个漂亮的熟透的桃子给我。“拿着吧。”她说，一边用了一个什么名字称呼我，这个名字等我醒来就再也想不起来了。她的头上环绕着一圈光，仿佛是跃动的太阳光。我接着睡了回去，继续进入梦境，梦里又去了新的屋子。这次我没有遇到人，但是在我顺着高耸的石砌廊道往前走时，听到了其他房间传出的说话声。我走到一处明亮的内庭，里头喷涌着一处小小的喷泉，一头金色的动物走到我身边，它很信赖我，让我轻抚它的毛发。醒来后我继续回想那些房间、那栋房子。那里是阿尔卡曼德，但又不是阿尔卡曼德。在我自己的精神世界里，我管它叫“我的房子”，因为我有这样的自由。那里的阳光比现实中的更为明亮。不管那是我的一次回想还是一个梦，我都渴望能再次梦到它。

而河边的绿色柳条，却成为一段切切实实的回忆。

那天早上我们来到河边安葬弥夫。曙光初露，离日出还有好久的时间。稀稀疏疏的、灰蒙蒙的雨丝在柳条之间飘下，慢慢落在河面上。脑中的回想和现实所见的画面重叠了。

一大群人跟在穿着白色丧服的哭丧者和盖着白色布帘的担架

后头，跟甘弥葬礼上来的人一样多，阿尔卡曼德的奴隶几乎全来了。少数几个人没来是因为他们的岗位即便是在这么早的清晨也不能缺了人，就算是为了参加葬礼也不行。一个小孩子的葬礼上来了这么多人还真是少见。埃纽梅尔放声痛哭，还有其他几个女奴也是，可是男奴们都很安静，我们小孩子也都很安静。

人们把那个白布包着的小小尸体放入空墓穴中，覆上黑土。然后弥夫的姐姐奥蔻走上前，她身子颤抖着，极度的悲伤让她有些发蒙。她把一支长长的柳枝放在土上，柳枝上是纤弱的黄色柔荑。爱伊梅尔拉着她的手，站在墓穴旁边，向引领亡者的神灵恩弩做着祷告。为了不让自己哭出声来，我转头看着河水和河面上星星点点落下的雨滴。我们站的地方离河很近。不远处就是低矮的河岸，我能够看到，水流不断拍打着河岸的弯道，冲蚀着那些老墓地。春季河水上涨时，占地庞大的奴隶墓园的整个外围一圈就都被水淹了。柳树离岸很远，一株株矗立在水中，摇曳着新绿的叶子。我想象着，水漫到这座新坟，渗入包着白布的弥夫身边的土里，然后越涨越高，灌满整座坟墓，把弥夫和那些泥土、树叶一起冲走，那块白布拖曳在水流之中，仿若一团烟。萨珞拉起我的一只手，我往她身上再靠近了一些。一切都被冲走了，在水中辗转漂浮，只有我的姐姐萨珞还在，只有她。她在这里。跟我在一起。

我们回到宅子继续干活儿。埃弗拉那天没有上课。我和萨珞做着自己的扫除工作。我们清扫丝舍庭院的时候，萨珞突然走了过来，抓住我的一只手。她泪水涟涟地说着：“哦，迦夫，我一直在想着奥蔻——要是我没有了弟弟我会死掉的！”她狠命地抱了下我，看到我也哭了，她又抱住了我，小声说道：“你永远不会走的，对吧，迦夫？”

我说：“不会。我发誓。”

“我听到了。”她说，努力想要绽出一个笑容。

我俩都非常清楚一个奴隶的发誓能有多算数，但是我们还是觉得很安慰。

打扫完了之后，她跟瑞思一起去了纺纱房。我去了分膳房，在那儿看到了提柏，我俩一起晃悠到了后院。有一些大男孩在那里。我踌躇不前——我不确定他们当中有谁帮过霍比把我摁进井水里，但是他们跟我们说话时都很友善。他们在玩抛球，有一个人把球扔给了我。我只有一只手可以去接球，不过我还是接住了球，再把它传了出去，干得很漂亮。然后我退到一边，看着他们传接球。有人问道："霍比在哪儿？"塔恩回答说："被监禁了。"

"为什么？"

"拍马屁。"塔恩边说边把球高高击起传给了提柏。提柏没接着，另一个男孩把球捡了回来，回传给了塔恩。塔恩接过球，高高抛起，再接住，然后转头对着我。塔恩是一个马童，十六七岁，个子矮矮的，瘦瘦的，皮肤差不多跟我一样黑。"小迦夫，你的想法很对。"他说，"坚持自己的想法。别想得到上头那些人的感激。"他瞟了一眼从窗户可以俯瞰庭院的阿尔卡曼德高墙，回头对着我眨了眨眼。他脸部轮廓分明，神采飞扬。我一直很喜欢塔恩，他的提醒让我受宠若惊。走的时候，他们当中有一个人轻轻地拍了拍我的肩膀，这种亲密的小动作看似无关紧要，实则意义重大。这给我带来了一股暖意，这正是我所需要的。之前一整个早上我都情绪低落，把自己沉浸在那条河、那片灰蒙蒙的雨幕和那无尽的静默与寒冷之中。

提柏跑去膳房继续干活儿了。我无事可做。我去了课室，因为除了这里我无处可去。如果在阿尔卡曼德能有一个房间可以算得上是我的房间，那无疑就是课室了。我珍之爱之。这里有四扇高耸的朝北的窗子，有脏兮兮的雕花长椅、写字台和桌子，有夫子的讲台，有书架以及层层叠叠的抄写本和石板，有那个大大的玻璃墨水罐，我们从里头取出墨水装满自己的墨水瓶。我和萨珞负责给这里扫地、除尘、归置东西，虽然课室里看起来非常整洁和安静，我还是动手把长长书架上的书进行了分类整理。手指上戴着夹板，我做起事情来就笨手笨脚的。中间我经常停下来看一看自己还没有读过的哪本书。我在书架旁席地而坐，打开萨尔托克・阿斯佩尔的《特莱波斯城邦史》，开始读起关于特莱波斯丘和喀尔沃尔之间漫长战争的内容，这场战争终结于特莱波斯丘奴隶们的反抗及至城邦的最终覆灭。这是一个惊险刺激的故事，我看着又有隐隐的不安，因为里头有我曾经透过墙壁缝隙窥视到的情节。我完全沉迷其中，直到耳边传来了埃弗拉的声音："迦威尔？"

我一跃而起，向他行礼并道歉。他微笑着问："这是什么书？"

我把书给他看。

"你要喜欢就读吧。"他说，"不过最好是先读一读阿夏姆。阿斯佩尔是有政治倾向的，阿夏姆是不为他人意见所左右的。"他走到讲台上，查看了一些作业，然后坐在高脚凳上，再一次看着我。我手上正在继续整理书籍。

"这一天很沉重。"他说。

我点了点头。

"今天早上我侍候阿尔坦-氏主父。我听到了一些消息，也许能让你的这一天稍微轻快一点。"他用一只手刮擦了一下嘴和下巴，"主家今年会早一点去乡下，在五月初。我会跟他们一起去，还有我所有的学生，除了霍比。以后他不会再来上课了，他去哈斯特手底下干活儿了。托姆-氏会留在城里，跟一位大师修习剑术。他要夏末才会到乡下去跟我们会合。”

这话的信息量有点大，我一时之间没有完全领会过来。起初我只想到了我们要在梵恩帝恩山区的农场里度过一个漫长的夏天。然后我领会到了其中一个额外的好处——没有霍比！没有托姆！——一刹那间我欣喜若狂。过了好长一会儿，我才开始想到其他的事情。

塔恩和其他男孩已经知道这件事了，今天早上在院子里的时候——这个消息立马传遍了整个宅子：霍比因为拍马屁被监禁了。霍比并没有因为他对托姆的效忠而得到奖赏，反之被惩戒。“去哈斯特手底下干活儿”意味着被送去了市政劳务队，每个家族都要向市政劳务队输送一定配额的男奴，去干最重最苦的活儿，住在市政寮房里，里头的条件比监狱也好不了多少。

另外，托姆并没有因为杀害小弥夫而受到惩戒，反而得到了奖赏。研习兵法可是他发自内心的梦想。

我脱口而出：“这不公平！”

“迦威尔。”夫子说。

“可是就是不公平，夫子-氏！托姆杀了弥夫！”

“他不是故意的，迦威尔。而且他已经被勒令苦修赎罪了。他不许跟主母和我们其他人一起去梵恩帝恩山。他要跟他的夫子住在一起，要经受非常严苛的管教。艾特克大师的学生过的是非常艰苦、非常乏味的生活，无休止的训练，唯一的奖赏就是技能的提升。主父跟托姆-氏说这个消息的时候我也在场。他说：‘你必须学会自我克制，我的孩子。跟着艾特克你可以学会的。’托姆-氏闻言低下了头。”

“可是霍比呢，他做了什么要受到惩戒？”

夫子大为震惊。他也说了一句“他做了什么？”，一边看着我身上的疤痕、肿块和夹着夹板的那个手指。

“可是那……那没有伤害到主家呀。”我说着，不知道该怎么表达心中所想。我的意思是，如果霍比是因为对我的伤害而受到惩戒，那么惩戒他的应该是他的和我的人，就是奴隶们。那就是我没有说出伤害我的人的原因。那是我们之间的事，这事不值得主家来关照。可是假使霍比是因为想要为托姆辩护（虽然他的辩护很不得当）而受罚，那么这是很不公平的，那肯定是搞错了——是一场误会。

“发生在你身上的事情绝非偶然事故。”埃弗拉说，“虽然出于对同学的忠诚，你说那是一次事故。可是霍比对我傲慢无礼，而主父的权威是通过我在这间课室里得以贯彻的。迦威尔，这一点是无法容忍的。好好听着，过来坐在这儿。”

他走到阅读桌旁坐下，我也过去坐在他旁边，就像我平时跟他一起读书时那样。“忠诚是非常好的一件事，但是不合时宜的忠诚会令人不安，会带来危险。我知道你很不安。家族的每一个人都很不安。一个孩子的死是值得怜悯的。你在寮房和宿舍里也许听到过一些疯狂而愤怒的言论。当你听到这些言论的时候，你应该想一想这个家族到底是什么：它是一片荒野吗？是一个战场吗？是一场出于隐忍的义愤填膺而反抗无情武力的、永无止境的隐秘战争吗？那就是你在这里的生活的真相吗？还是说你是一个受祖先庇佑的家族的一员，在这里人人都在尽力做到行事公正，在其中每一个人都扮演着自己的角色？”

他让我思索了一分钟，然后接着说道：“当你心存疑虑之时，迦威尔，要向上看，不要向下看。向上寻求指引。力量来自上方。你的角色与这个家族的最高位者息息相关。你生于蛮荒之地，如今又身为奴隶，我也一样，没有自己的家，但是你被带入了一个伟大家族的核心，得到了需要的一切——有所居，有所食，有伟大的先祖和一位仁慈的主父做你的引领。除此之外，还有灵魂的滋养——我被授予的学识可以传递给你。你还被授予了信赖，这是神圣的恩赐。我们的家族信任我们，迦威尔。他们把自己的子女放心地交托给我！我是如何赢得此等恩荣的呢？凭借能配得起这项恩荣的忠诚。我希望等我死去之后，可以得到这样的评价：‘他从未背叛过信任他的人。’”

他干巴巴的声音变得柔和起来。他看了我一会儿，接着说道：“你要知道，迦威尔，在你身后，在你所来自的那片蛮荒之地，你一无所有。在你身下的那片流沙之地，你无从搭建任何东西。可是往上看呢？在你上方，是让你安身立命的力量和授予你的智慧——在那里你可以安放你的心灵，在那里你可以付出你的信任。在那里你能找到宝藏，还有公正，还有你从未感受过的母亲的慈悲。”

他说的好像是我梦到过的那所宅子，那所阳光明媚的宅子，在那里我很安全，我被接纳，我无拘无束。他在我的清醒世界里重塑了这所宅子。

当然我什么也不能说。不过他看出他的话语给予了我抚慰，他伸出手拍了拍我的肩，跟院子里那个男孩的动作一样轻柔，如兄弟般亲切。

他站起身，收回了思绪。“夏天我们要带什么书去看呢？”他问道。我不假思索地答道：“不要特鲁德科！”

* * *

过去这两年的夏天，主家都是在城里度过的，因为沃图桑的散兵游勇会流窜到梵恩帝恩山区抢劫，所以大家认为农场是不安全的。不过现在我们的军队在梵恩帝恩山附近设了一处军营，已经把沃图桑人赶回了他们自己的地盘。

我记忆中的农场是个非常棒的地方，每次我想到农场就仿佛能感受到夏日的暖意。出发前的准备工作就已经非常激动人心了。等到真正出发的时候，一支由马拉的战车和货车、驴车、骑马侍从、步行的人们组成的庞大队伍浩浩荡荡，穿过埃特拉的街道，向着河川门进发。太棒啦，简直就是英雄巡游，虽然我们没有鼓，也没有号。主家的夫人、小姐和长者乘坐的战车高大笨重，看起来似乎太宽了，过不去尼萨斯河上的桥，可是塞姆、塔恩和所有的车夫以及骑马侍从引领着队伍安然通过了。马蹄踩着桥面嘚嘚作响，挽具上的羽饰颤颤巍巍，那可真是他们的荣耀时刻。索图尔的几个哥哥和琊汶是打头阵的，他们都骑着优雅的驯马。战车和驴车紧跟其后，车子的嘎吱声伴随着不绝于耳的吆喝声和皮鞭的噼啪声，总是会有那么一头驴是不想过桥的。有些女奴和小孩子搭着货车，坐在堆得高高的货物和食品上头，不过我们多数人是走路的。当路边有人驻足观看我们时，我和提柏就会摆出一副高人一等的怜悯的姿态，冲他们挥挥手，因为我们正在去往乡下，而他们整个夏天都只能待在城里。这些可怜的蟑螂。

我和提柏就像出门远足的狗狗，我们走的路足足是其他人的三倍，因为我们不停地跑到队伍的最前头，再跑回队尾。到了中午的时候，我们没那么有劲头了，多数时候都老实待在女奴们坐的货车旁边。萨珞和瑞思必须坐货车，因为她们已经到了女孩子不能疯跑的年纪了。她俩带着奥蔻，跟她们一起的还有好几个小宝宝和膳房的女奴。我和提柏气喘吁吁地跑过时，膳房女奴们都会好心地给我们拿一些吃的。

现在开始上坡了，山路蜿蜒在小片的山间田地和橡树林之间，前方便是梵恩帝恩山绿色的圆形顶峰。我们往上攀爬之后，可以回头俯瞰乡间的景色和银光闪闪的尼萨斯河弯道，尼萨斯河在这处弯道汇入更为宽阔的莫尔河。雄踞在尼萨斯河上方的就是我们的埃特拉城，可以看到灰蒙蒙的、挤挤挨挨的茅草屋顶和木头屋顶，城墙上的一圈红瓦，还有四扇高耸的浅黄色石头大门。还能看到元老院前的凸出结构，先祖祠的穹顶。我们试着去辨认哪些屋顶是阿尔卡曼德的，我们很确定自己看到了围墙边那座悬铃木花园的树梢，我们过去常常就是在这个花园里跟托姆一起操练——数英里之外，数年之前……

货车越走越慢，越走越慢，马儿们爬坡爬得累坏了，骑手们挥舞着手中的皮鞭。前方那些战车高大的轮子在土路的车辙之中颠簸前行，华丽的车顶也随之不停摇晃起伏。日头很热，路边橡树荫下的微风很凉。围着木栅栏的牧场里，牛和山羊神色肃穆地看着我们的队伍；一个养马场里，那些小马驹看到战车后四蹄僵硬地弓背跳开，然后又扭扭捏捏地小步走回来再看一眼。有人从货车和驴车旁边跑下来了，是一个女孩子——是索图尔，她从主家队伍中跑了出来，现在爬上了货车，跟瑞思和萨珞坐在了一起。逃脱了自己的队伍让她兴奋得脸红扑扑的，话也比平常多了许多：“我跟珐俪楣-伊奥主母说我想出来骑马，她说‘去吧’，然后我就往回跑到这里来了。战车上太闷太颠了，芮迪丽的宝宝都吐了。这里好多了！”很快她又亮出她那甜美有力的嗓音，唱起了一首人人都会唱的古老的轮唱曲。萨珞和瑞思也一起唱了起来，接着是那些膳房女奴，再然后走路的人们、前方货车上的人们都加入了，我们就这样沿着梵恩帝恩山路一路高歌向上。

日落之后我们抵达了阿尔卡农场，这漫长的一天行程足足有十英里。

回首那个夏天以及随后那些年的夏天，仿佛隔海遥望一座岛屿，那么遥远、金光闪闪地浮现于水面，很难相信曾经有人在那里住过。但那个夏天依然在我内心深处，从未远离，带着甜蜜热情的气息：干草的气味，山间蟋蟀无休止的高声吟唱，一颗偷来的、带着阳光暖意的、熟透的杏子的味道，双手搬运的一块糙石的分量，一颗流星划过夏季大星座的轨迹。

年轻人全体睡在户外，同吃同玩——琊汶、阿斯塔诺、索图尔和两位赫拉曼德的表亲，萨珞和我，提柏、瑞思和奥蔻。那两位表亲里，十三岁的澳特尔是个瘦骨嶙峋的男孩子，芫茉是个十岁的女孩子，他俩身体一直不太好。他们的母亲——就是索图尔的姐姐——带他们一起来农场，希望乡间的空气对他俩的健康有所裨益。此外还有一群吵吵闹闹的小宝宝——主家的宝宝们，索图尔的侄子侄女，由妈妈带着的奴隶的孩子们，不过有大人照顾他们，跟我们没什么关系。我们“大孩子们”每天清早跟埃弗拉上课，接下来那漫长闷热的一整天我们就都是自由的了。我们没有活儿要干。从城里随同过来的女奴们侍候主人们，和农场的奴隶们一起打理古老的巨大农舍。农场的奴隶人数就已经很多了。提柏是以膳房小厮的身份随同来农场的，但是这里用不到他，所以他也自由了，可以跟我们一起学习，一起玩耍。其他的事情就被农场的人包圆儿了。他们住在大宅子下坡处一个相当大的村子里，那里橡木掩映，溪流在侧。他们干着农场的所有活计，我们这些城里来的孩子对此一无所知，被要求不要去干扰他们。

做到这一点容易得很。我们有的是事情做，从早忙到晚：在山丘和树林中探险，在浅浅的溪流中蹚水嬉水，修建水坝，偷袭果园，做柳叶哨子和雏菊绳铃，搭树屋，忙忙叨叨，无所事事；吹口哨，唱歌，像一群椋鸟一样喋喋不休。琊汶有时候会和大人在一起，但是更多的时候是混在我们当中，带着我们深入山间探险，或者组织我们表演一出戏剧或者舞蹈来娱乐主家人。埃弗拉会给我们写一出小型假面剧或戏剧；阿斯塔诺、瑞思和萨珞接受了舞蹈的培训，索图尔用她纯净无瑕的声音领唱，琊汶弹奏七弦琴；我们进行了好几出很棒的表演，巨大的打谷场是我们的舞台，干草仓是我们的后台。我和提柏有时候扮演其中的喜剧调剂角色，有时扮演军队士兵。我喜欢排练，喜欢那些戏服，还有在那些夜晚中紧张和兴奋的感觉，人人都喜欢。演出结束，我们高贵的观众礼貌地为我们鼓掌。那边刚一结束，我们就开始讨论下一出戏，恳求夫子-氏给自己安排一个角色。

不过最美好的时光当数仲夏时节酷热的白日过后的夜晚。终于凉快下来了，当南方的幽暗夜空还闪着热闪电时，一阵微风从西边过来搅动了它们。我们躺在麦秆铺成的床上，躺在星空下，聊着，聊着，聊着……然后渐次沉默下来，酣然入梦……

如果永恒可以用某个季节形容，那就该是仲夏。秋天、冬天、春天都是不断变换的时光在流淌着的，可是这一年优雅驻足在了盛夏之时。它只是一个移动的时刻，即便它在移动，我们的内心也明了它是不会变换的。

我们在梵恩帝恩度过了三个夏天，即便我的记忆力很好，我也总是不确定哪些事情是发生在其中的哪个夏天，因为那三个夏天似乎就是一个悠长的整天：金光闪闪的白日和星光熠熠的夜晚。

有一点我记得很清楚，从第一年夏天开始托姆和霍比就没有跟我们同行，那是多么令人愉快的事情啊。萨珞和我谈起过这个，都觉得很惊奇，之前我们都没怎么意识到霍比的敌视让我们多么压抑，托姆的发作又是多么让我们害怕。虽然我们很少会谈起弥夫的死，但这已经让我们对托姆的畏惧变得直接，变得迫在眉睫。能够彻底远离他真是太棒了。

阿斯塔诺和珊汶似乎也因为托姆的缺席而如释重负，跟我们一样松了一口气。他们比我们年长，他们是主子，但是在这里他们跟我们一起尽情玩乐，完全没有年龄和阶层的束缚。这是珊汶少年时期的最后一个夏天，他像一个孩子一样乐在其中，非常活跃，兴致勃勃，无视自己的尊贵地位，乐见自己的影响力。有他和我们的陪伴，又不受主家夫人们的管制，他妹妹阿斯塔诺也变得欢快又大胆。正是阿斯塔诺第一次带我们去邻居的果园偷果子。“哎呀，少那么几颗杏子他们才不会发现呢。”她说，然后带着我们抄近路来到了果园的后面，采摘工还没有到这里，没人会发现我们……

但是当然，他们发现了。他们把我们当成了普通毛贼，大喊大叫着冲了过来，朝我们狂扔石块和土块，比我和提柏扮演沃图桑人时扔的土块命中率可要高多了。我们四散逃窜。等我们回到自己的地盘后，琊汶一边喘着粗气一边大笑着，背起了《尼萨斯河上的桥》中的句子：

莫尔瓦兵大逃亡，
莫尔瓦人奔跑忙，
就像绵羊遇饿狼，
滚出埃特拉城防！

“那些人好可怕。”瑞思说，“一群野兽！”她差点就没逃出来，一个大块头一直追她追到了果园边界，还冲她扔了块大石头，幸好她只是擦伤了胳膊。

萨珞在安抚小奥蔻，她跟着我们进了果园，当石块和土块雨点般落下时，我们都狂奔起来，从她身边飞跑而过。奥蔻吓坏了，不过很快就被我们的笑声和琊汶的装腔作势安抚了。琊汶总是能够感知到小孩子们的恐惧和感受，对奥蔻又格外温柔。他一边把奥蔻抱起来骑在自己肩膀上，一边慷慨陈词：

我们是像莫尔瓦人，
大敌当前四散逃窜，
还是效仿久远年代的先祖，
为埃特拉奋起而战？

“他们就是小气。”阿斯塔诺宣告说，“杏子都从树上掉下来了，他们不可能摘得完的。”

“我们其实是在帮他们摘杏子。”索图尔说。

“没错。他们就是又小气又愚蠢。”

“我想我们可以去问问欧比议员，我们能不能在他的果园里摘点果子。”说这话的是瘦得皮包骨的赫拉曼德表亲澳特尔，他是那种非常循规蹈矩的男孩子。

“不问自取味道会好得多。”琊汶说。

我一直很是怀念我们在悬铃木园子里演练的那些突袭战和围城战，虽然最后的结果很悲惨。想到这个我灵光一现：“他们是莫尔瓦人。懦弱、凶残、自私的莫尔瓦人。我们埃特拉人要忍受他们的羞辱吗？”

“当然不能！”琊汶说，“我们要吃到他们的杏子！”

“他们什么时候停止采摘？”索图尔问道。

“傍晚。”有人说道。其实并没有人确切地知道。我们没有留意过干农活儿那些人的活动，他们就在我们周围做事，对我们来说就像蜜蜂、蚂蚁、鸟儿、老鼠的忙活一样，完全是另外一个物种的事。索图尔建议夜里再回来，放开来享用杏子。提柏觉得夜里会有狗在看守欧比果园。琊汶被我的好战姿态感染了，他建议我们计划一次对莫尔瓦果园的突袭，不过这次必须有恰当的规划，事先要有侦察，要布置几处瞭望哨，也许还得有一些弹药储备，必要的时候可以回敬敌方的投射弹，掩护我们撤离。

阿尔卡“埃特拉”和欧比“莫尔瓦”之间的伟大战争就此拉开了序幕，地点时而在这个果园，时而在那个果园，时长整整一个月。欧比庄园的农奴很快就敏锐地觉察到了我们和我们的劫掠行动。如果我们安插了瞭望哨，他们也如法炮制。不过我们的时间是自由的，我们可以选择发起进攻的时间，而他们必须干活儿，要采摘水果、分好类，再运走。他们做这一切都是在工头的眼皮子底下，如果动作慢了或者偷懒了，就要挨工头的鞭子。我们就像一群小鸟，轻快地飞进果园，偷走果子，再轻快地飞走。我们无视他们的怒火、他们对我们的恨意，当我们搞到特别大的一批战果时会毫不留情地奚落他们一通。他们已经了解到，我们并不像他们起初以为的那样都是一些小奴隶，这一点束缚了他们的手脚。如果一个奴隶扔石头砸中了阿尔卡家族的孩子，整个果园的人都要遭殃。所以他们只能憋着火，试图通过数量优势以及放出他们的杂种狗来吓退我们。

为了补偿他们的这个不利条件，我们制定了一个规则：如果他们看到了我们，我们就必须撤退。阿斯塔诺说，因为他们不能反击，所以公然在他们眼皮子底下拿果子是不公平的，我们应当在他们在果园的时候去偷果子。这个规则让这事变得极其危险又极度刺激，每次冒险行动只能有一两个人去树上偷果子，却要安排很多人放哨、报警，当敌人靠近时他们就会学猫头鹰叫、学鸟叫、学虫鸣、吹口哨。然后，如果我们搞到了一些李子或是早熟的梨子，我们就会飞快地蹿过边界线回到自己这边，炫耀着战利品，为自己的胜利雀跃欢呼。

最后，这场盛大的水果之战终于落下了帷幕——珐俪榈主母告诉琊汶，我们农场一小队童奴去偷李子时被欧比农场的一群果园工人逮着了，被他们残忍地痛打了一顿。有一个男孩的一只眼睛被挖出来了。主母只是把发生的事情告诉了琊汶，没有再说别的，可是在把这事转述给我们其他人时，他告诉我们必须停止我们的偷袭行动了。农场的小奴隶们很可能是希望对方把他们误认作我们这帮人，然后可以全身而退，可是这个花招没能奏效，欧比农场的人把怒火全都发泄到他们身上了。

琊汶郑重其事地向我们道歉，说自己带着我们鲁莽行事，酿成了祸事。阿斯塔诺强忍着泪水，也跟着一起道歉。“是我的错。”她说，“不是你的错，跟你无关。”他们承担了全部的责任。等他们长大成人，琊汶成了阿尔卡曼德的主父，阿斯塔诺也许会是其他某个家族的主母，他们依然会这样做，他们会自己做出每一个决定，会为每一个决定独力承担责任。

“我痛恨那些坏透了的果园奴隶。”瑞思说。

“农场的人真是一帮野兽。”芜茉懊恼地说道。

“下流的莫尔瓦人。”提柏说。

我们个个都闷闷不乐。没有敌人了，我们也得有个目标啊。

“我来告诉你们，”琊汶说，“我们可以玩‘先塔斯的陷落’。”

“不能用武器。”阿斯塔诺的声音非常轻柔。

“当然不用。我的意思是，像演戏一样。”

“怎么演呢？”

“呃，首先，我们得先建造一座先塔斯城。前两天我就想到了东面葡萄园后边那座山顶，你们知道吗？——那就像一座城堡。上头有很多大石头，很容易就能弄成一个堡垒，修一些战壕和土木工事。夫子-氏带了一本书过来——我们可以根据书上写的来设计，然后大家可以扮演不同的角色，你们看——奥蔻演舍尔将军，迦夫表演使节的慷慨陈词，索图尔可以演女先知钰尔诺……我们不用表演战争部分，只要表演谈话部分就可以。”

听上去可不怎么刺激，不过我们还是全体集合向山顶进发了。瑚汶绕着巨大的落石踱着步，一边绘声绘色地讲着哪里可以修一堵墙、哪里可以建一道土木工事，建设一座城堡的构想就慢慢成形了。那天下午他去埃弗拉那里拿了那本书，给我们读了一些史诗片段，那些宏大的词语和惨烈的情节一下激发了我们的想象力。我们都选了自己要扮演的角色——大家都是先塔斯人。没人想当围城的帕加迪武士，即便他们有伟大的舍尔将军和英雄卢瑞克，即便最后是帕加迪赢了这场战争并一举毁灭了先塔斯城——正因如此，数百年后的今天，先塔斯依然只是一个身处雄伟残垣断壁间的贫穷小镇。通常我们是站在胜利者这边的，但是我们现在要建造在劫难逃的先塔斯城了，因此它的命运也就是我们的命运，我们要陪着它一起沦陷。

接下来那一整个夏天，我们建造了先塔斯城，演绎了它的辉煌和它的陨落。修建城堡可真是个苦差事，山顶只有一些稀疏的、枯黄的草，太阳直愣愣地猛晒着，只有我们自己搭建的石头墙和石头塔底下有点阴凉。奥蔻和芜茉两个女孩子艰难地往返于山顶和山下的溪流之间，一趟趟地运水上来，我们其他人一边挥汗如雨地低头猛干，一边嘴里嘟囔不休。我们口干舌燥，时不时还得咒骂几句：一块石头怎么也放不进该放的位置，又有块石头从手里滑下去砸到手指头了。运水工来了，我们欢天喜地地用各种溢美之词迎接她俩。阿斯塔诺原本娇嫩的双手如今已是粗糙不堪，满是擦伤，粗嘎得——用主母的话说——活像一对马蹄子，可是主母只是微笑着，没有任何责怪。她甚至还来了好几次，爬上先塔斯丘查看工程进度。琊汶和阿斯塔诺向她展示了我们的胜利成果：东大门，先祖塔，防御壁垒。主母身着浅色的夏日礼服，身姿挺拔，神色平和，面带微笑，一边倾听一边点头表示赞许。我看到她有时候一只手轻轻地，甚至可以说是胆怯地搭在她高大儿子的胳膊上，我看出了这个动作中包含的渴望，虽然我其实并没有真正读懂它。我想，我们快乐她也就快乐，而且，跟我们一样，她不希望这个快乐被有关往昔或者来日的任何想法蒙上阴影。

埃弗拉也经常上山来，根据他那本书上的图表监督建筑和防御工事的规划和布局。我们会说服他留下来给我们读上一段史诗，我们也得以从垒石块、挖壕沟的繁重工作中得到暂时的解脱。他说，这是一个最好的受教机会，我们人人都能从中获益。他对这事极其上心，对我们的工程提了一些很学究气的改进和修正意见，搞得大家都打心底厌烦他了。不过到了半晌午的时候，他就热蔫了，下山打道回府，留下我们继续在山风阵阵、热浪滚滚的山顶，堆砌着我们的石头和梦想。

* * *

这几个月里，住在大农舍里的主子只有女人和孩子。主父留在了埃特拉，因为元老院几乎每天都要开会。索图尔的哥哥索特尔三五不时地骑马来梵恩帝恩，跟自己的妻小共度一两个夜晚。索图尔的另一个哥哥索德拉是一位律师，他不得不留在城里，困住他的是索图尔常说的他的“手提箱”。伯祖父琊汶·希洛·阿尔卡年逾九十，他来这里每天就是坐在外头的大橡树底下。多数时候，我们的琊汶是一家之主，不过他选择了不扮演这个角色。

农舍奴隶当中有几个能干的老男奴，很多正儿八经的活计被他们包圆儿了，不过还是女奴占了绝大多数。他们习惯了在没有主子的情况下自行安排各种事务，不管是行事还是礼节方面都要比城里的奴隶们更自行其是。这里没有严格的等级制度和繁文缛节。在阿尔卡曼德有着种种烦琐礼仪和僵化流程，种种毫无必要的复杂化，令人左支右绌，疲于应付，在这里这些都不存在，一切看起来都有条不紊。当主母想要按照她少女时代在母家伽黎卡曼德的方法做一些李子酱时，如果是在阿尔卡曼德的大膳房，少不得各种行礼各种忙乱，在这里是没有的，也没有人因为手头的事情被无端打断而心生怨怼却又只能隐忍不发：主母看着一个小学徒，农场的首席大厨老亚柯看着主母，他们都没有因为主母的评判而心生不安。小宝宝们是公共所有的：女奴们当然要看护好主家的小宝宝，而与此同时，主母、索图尔和索德拉的妻子也帮着看护小童奴们。所有这些“小家伙”都在一起爬，一起蹒跚学步，一起横七竖八地躺着进入梦乡，就像一群小猫咪一样。

我们在膳房旁边那些橡树底下的长条桌上吃饭，虽然有一张主人桌、一张奴隶桌，座位却并不是完全按照身份来排的：埃弗拉通常被主母和瑯汶请到主人桌去入座，而索图尔和阿斯塔诺则是不请自来，挨着瑞思和萨珞一起坐。我们更多的是按年龄和个人喜好来分拨的，而不是按等级来。这种自在，这种平等，是梵恩帝恩幸福生活的重要组成部分。但是，在夏天最后几周，主父大驾光临，带来了他的侄子们，还有托姆，一切都随之改变，也必须改变了。

他们抵达的第一个晚上似乎就预示了凶多吉少。主人桌上现在坐得满满登登。主家的女士们和女孩子们都坐在主人桌了，个个盛装打扮，看起来比这个夏天任何时候都要淑女得多，端庄不语，男人们则在高谈阔论。陪同主家男人骑马进出的梅特和贴身男仆们跟我们坐在一起，相互聊着天。埃弗拉跟我们坐在一起，缄默不语。我们小孩子如果开口讲话就会有人冲我们皱眉头。

上餐仪式非常隆重，晚餐持续了很长时间。餐后主家的孩子们——瑯汶和阿斯塔诺、索图尔、芜茉，还有澳特尔——都跟着主家的大人们进屋去了。

我们五个奴隶孩子留在了外面，孤孤单单地四处晃荡着。现在跑去先塔斯城堡已经太晚了。萨珞建议我们沿着村庄旁边那条大路往下走，看看树篱上头的黑莓是不是成熟了。村庄里有些孩子看到了我们，他们躲在荆棘树篱后头，朝我们扔石头——不是大石块，不是要置我们于死地，也许他们用的是弹弓吧，因为被打中了之后会迅速地刺痛一下，留下一个小小的黑色伤口。可怜的小奥蔻是第一个被打中的，她尖声大叫说有一个大黄蜂，接着我们也都被蜇了。我们看到投射物不停飞过树篱，也瞧见了我们的攻击者。其中一个是个大块头男孩，他飞身跃起，嘴里用粗鲁难听的方言嘲笑着什么。我们跑了。没有像之前逃离果园时那样哈哈大笑，而是真真切切地心存恐惧。我们看到暮色四合，感觉到恨意在脊背上升腾而起。

我们回到了农场，奥蔻和瑞思都在大哭。萨珞安抚着奥蔻，让她安静了下来。我们清洗了伤口，坐在干草垫子上聊着天，头顶星辰次第显现。萨珞说："他们看到了主家的孩子没有跟我们在一起。"

"可是他们为什么要仇视我们呢？"奥蔻痛心地说道。

大家都未置一词。

"也许是因为我们能做很多他们不能做的事情。"我开口说道。

"他们的主父们也仇视我们。"萨珞说，"因为果子大战。"

“我恨他们。”瑞思说。

“我也是。”奥蔻说。

“卑鄙的农民。”提柏说。我感觉自己也有这样强烈的鄙视，其中又夹杂着一丝微弱的对自我的反感，反感自己这种有意识的偏见，反感自己鄙视害怕的东西。

我们长久地沉默着，静静地看着星星显现在橡木的黑色树冠上和屋顶上空。

“萨珞，”奥蔻低声说道，“他要跟我们一起睡吗？”

她说的是托姆。奥蔻怕极了托姆。她眼看着他杀害了自己的弟弟。

她说“跟我们一起睡”的意思是，他会不会跟其他主家孩子在整个夏天所做的一样，跟我们一起躺在星空下的干草垫上睡觉。

“我觉得不会，奥蔻小宝贝。”萨珞的声音很柔和，“我觉得今晚他们都不会出来。他们必须待在屋里，安安分分地当一个主家孩子。”

但是黎明之前，当冬季星座在渐渐发亮的东方天空缓缓隐去之时，我醒来时看到阿斯塔诺和索图尔从她俩的垫子上爬起身，裹着薄毯、光着脚偷偷地溜回屋子。

那天早上，主家孩子们从屋子里出来的时间比平常晚了许多。我们还没决定好要不要自己去先塔斯丘，看到他们出来的时候我们正在讨论这事呢。珊汶大声说道：“走啊！你们都坐在这里干吗？”

托姆没有跟他在一起。女孩子们穿着跟我们一样的乡间衣服，长裤外头套着宽松罩衫，破破烂烂，满是灰尘。

我们加入了他们的队伍。琊汶抱起奥蔻，让她坐在自己肩膀上。“英勇的战车夫，”他说，“驱使你的烈马向着先塔斯的高墙和大门进发吧！冲啊！”奥蔻发出了一声细小的战斗呐喊声，琊汶嘴里发出马嘶声，沿着小道疾驰而下。我们也都跟在他身后疾驰起来。

“天生的领袖”是个很常见的词。我想很多人都是天生的领袖：有很多的引领方式，有很多需要引领来达成的目标。我认识的第一位真正的领袖就是这位十七岁的少年，琊汶·阿尔坦特·阿尔卡，他也成了此后我评判其他领袖的标准。依照这个标准，领袖力意味着个人吸引力、灵动的智慧、对于职责的无条件接纳，此外还有一种更难界定的东西——正义感和同情心之间的博弈，此二者缺一便无法令人信服，因此也就很少能够完全地令人信服。

在这个当下，琊汶便在对我们全体“先塔斯人”的效忠和他自认应当给予弟弟保护的忠诚之间纠结。快到中午的时候，需要派一个志愿者回去取面包、奶酪，以及膳房给我们准备的其他午餐，他说：“我去吧。”回来时，他拎了一个午餐袋子，还带来了托姆。

看到正在往山上爬的托姆，奥蔻便缩进了先祖塔后头的巨石阵中。很快，萨珞也跟着她悄悄溜走了，俩人往山脚下的溪流走去。

瑯汶带托姆参观了我们的石头建筑和土木工事，跟他解说这些都是有史可依的，告诉他等我们建好了先塔斯城，可以表演围城战和城邦陷落之后，我们会演出哪些场景。托姆跟在他后头四处走动，没怎么开口，看起来很是拘谨不安，不过他对我们的得意之作城墙很是表达了一番赞美。

我们的石头建筑小小的，颤巍巍的，需要带着偏爱的眼光才能看得出哪里像塔、哪里像大门，不过我们的土木工事虽然规模很小，却非常逼真。我们围着山巅建了一圈木栅，木栅外围挖了一条陡直的壕沟，再外圈是城墙，木栅内侧堆了高高的土堆作为木栅的支撑，同时也为守卫们提供了立足点。要进入先塔斯城，必须先经过横跨壕沟的一条长长的独木栈桥，再通过木栅上唯一的一道大门，除此之外别无他途。托姆并没有说很多，但是很显然，我们这些工程的规模和精细程度令他很震撼。

“这里，”瑯汶说，“我会发起一次突袭——先塔斯勇士们！保卫城墙！保卫城门！敌方来犯！保卫我们的家园！”他往山下走了一点点，我们关上城门，闩上巨大的木头门闩，有的爬上木栅内侧的土坡，有的爬上“内城”摇摇晃晃的石头墙。然后瑯汶冲上山，冲过栈桥，我们高呼反击，无形的箭和长矛雨点般落在他的身上。他竭尽全力撼动城门，然后无力地倒下，死在了城门面前，我们随之欢呼起来。

托姆全程在一边看着，他没有参与我们的游戏，但是显然他被游戏的逼真以及我们的兴高采烈吸引住了。

我们打开城门，迎接琊汶入内，然后各自找个阴凉地儿坐下来享用午餐。索图尔偷偷地拿了一些吃的给溪边的萨珞和奥蔻送去。

“那么，你觉得先塔斯城怎么样？”琊汶问道。

托姆说：“很好，非常棒。”他的声音变得低沉了，听起来很像主父的声音，“就是……有一点点傻。大家这样比啊，比啊……”他学着我们空手假装拿出弓来射击。

“我觉得看起来是有点傻。你一整个夏天都在用真正的兵器。”琊汶的声音随和真诚，彬彬有礼。

托姆很有优越感地点了点头。

“这就是游戏，一个游戏而已。不过它让我们得以离开课堂。”琊汶说。这话不假。先塔斯城开始修建之后，埃弗拉就放弃了给上课找借口。他说服了主母和自己这事就是他的主意，是一种教学的方式，教学内容包括史诗的诗句、帕加迪先塔斯之战的历史以及防御建筑的知识。

“就算你们不用别的兵器，至少可以用剑和弓。”托姆说，“我们会有六个人呢。”

“还是得用假的兵器。”琊汶停顿片刻，说道，“不能像你在学的那些。嚯！我是不会给索图尔一把带刃的剑的，我还没反应过来呢，她就把我的肝脏给挑出来了！”

“可是你不能给奴隶兵器啊。”澳特尔没有明白托姆说的“别的兵器”的意思。澳特尔总是满嘴的规则、禁令、德训，索图尔管他叫特鲁德科。“这是违法的。”

托姆的脸阴沉了下来。他一言不发。我瞟了眼提柏，他跟我一样尴尬不安，我俩都想起了当初给托姆扮演兵士遭受的惩戒。然后我看到珊汶给他妹妹阿斯塔诺使了个眼色，意思是说“快转移话题！”。她马上会意，立即口若悬河又似乎很随意地聊了起来。在这一点上，女人们都是训练有素的。

“就算假兵器我也很讨厌。”她说，“我就喜欢我们这样比画出来的弓和箭，我从来不会射偏！谁也不会受到伤害。总之我们都还没到打仗的年纪呢，对吧？我们首先应该演使节慷慨陈词的部分。壕沟要修好久！先祖塔也还没有真正建好。可是这些石头是足够真实的，托姆。如果你也一天到晚搬运石头，再把它们堆叠起来，你就会明白了。甚至那两个小不点儿芜茉和奥蔻也都帮忙了。我们都是先塔斯人。”

她就这样，运用了自身被赋予的武器，保卫了我们一整个夏天共同修建起来的城池，我们那沐浴在阳光下的城池。

托姆耸了耸肩。他偃旗息鼓了，安静地嚼着面包和奶酪。然后他下山去溪边喝水。我们看到萨珞、奥蔻和索图尔蜷缩在岸边高高的草丛里躲着他。他没有看到她们。他冲珊汶挥了挥手，嚷嚷了几句什么，然后独自回大宅子去了。一个壮实的身影摆动着双臂，踽踽独行在葡萄园边的白色小道上。

我们回去接着干了一会儿活儿，但是我们的美好想象上头已经落下了一道阴影。

虽然在夏天接下来的日子里，我们几乎每天都去修建先塔斯城，但是事情已经变得很不一样了。主家的孩子们经常被叫走——琊汶、托姆和澳特尔要去陪主父和邻近的地主们参加狩猎聚会，女孩子们要去招待那些地主的夫人。索图尔和芜茉极度钟爱我们这个梦想游戏，只要有可能她们就会从那些活动中开溜，加入我们。可是阿斯塔诺没法开溜，没有了她和琊汶，我们就失去了方向，失去了坚定的信念。

不过梵恩帝恩的种种乐事依然可以享受：在溪流中游泳蹚水，无花果成熟了（这个我们不需要去偷，因为无花果树就在大宅子的后头），在星空下的睡前卧谈。我们还拥有过快乐的终极一天。阿斯塔诺提议我们走到梵恩帝恩山最高峰的峰顶。路程很远，当天无法往返，于是我们带上了食物、水和毯子。农场的一个童奴拉着一头母驴载着行李，跟着我们同往。

我们一大早就出发了。日出之前空气中已有一丝凉意，有点秋天的感觉了。山间的干草被一夏的日头晒成了浅金色，阳光下我们的影子也比以前更长了。我们沿着一条古老的小径往上攀爬，那是一条蜿蜒在圆形大山之间的牧羊人小道。四散成群的山地绵羊看到我们毫无惧意，还会拿眼睛瞪着我们，发出刺耳的几乎像是咆哮的声音向我们发起挑战。这上头没有栅栏，因为山地绵羊无须栅栏和牧羊人就能乖乖待在自己的牧场里，不过羊群中会有灰色的大狗，保卫羊群免遭狼的侵袭。我们走路通过的时候，大狗们对我们完全无视，但是一旦我们停下脚步，就会有一条狗开始朝我们走过来，虽然一声不吭，却在清晰地表达着：现在你们继续往前走，便可相安无事。于是我们继续往前走。

托姆和澳特尔没有同行。他们决定跟索特尔叔叔和索德拉叔叔去松树林猎狼。奥蔻和芜茉雄赳赳气昂昂地大步走着，十岁的芜茉比六岁的奥蔻个子大不了多少。琊汶时不时地让奥蔻骑在他的脖子上。快到傍晚的时候，在最后一段又长又陡的上坡，我们从驴背上拿下食物和毯子，把两个小家伙放到了驮鞍上。这头母驴很漂亮，有着像老鼠那样灰色的皮毛。我对母驴没啥概念，在我看来它就像一匹小马。索图尔解释说，如果它父亲是驴，母亲是马，那么它就会是一头马骡；不过因为它母亲是驴，而它父亲是马，所以它就是一头母驴。[1]牵母驴的那个孩子站在边上听着这个解释，脸上带着农奴们惯有的那种迟钝阴沉的表情。

“是这样的。对吧，科米？”索图尔问他。科米猛地转过头去，闷闷不乐地看向别处。“这都取决于你的祖先是谁，”索图尔对着母驴说道，“对吧，小老鼠？”

男孩科米用力地拉着缰绳，小老鼠温顺地往前走着。奥蔻和芜茉紧抓着驮鞍，又害怕又兴奋。我们背着行李艰难跋涉着，行李很轻，我们完全可以一整天背着。不过，终于登上了最高峰的顶点后，我们便都开怀不已。我们停下攀爬的脚步，站在原地，凝神注视着周遭一览无余的壮丽景象：数英里绵延不绝的阳光照

1　实际上，母驴和公马所生的为驴骡，此处应为年幼的索图尔的认知混淆。

耀着的土地，由浅金色渐渐幻变为蓝色，八月份的悠长日影缓缓落入群山的皱褶之间。那边是埃特拉，极远极小，位处广袤的平原之中。我们能看到各处小溪流畔以及莫尔河沿岸的农舍和村庄。远视的琊汶说他能够看到喀西卡尔的城墙以及城墙之上的一座塔，而我看到的却只是莫尔河河湾深处的一个模模糊糊的点。那边再往东以及这片广袤土地的南面都是丘陵起伏和崎岖不平的，北面和西面地势走低，扩展为一片极其开阔的、晦暗不明的平地，大片的绿色延伸向远方，渐变为蓝色。

“那是达内冉森林。”琊汶眺望着东北方说道。

“那是大沼泽。”阿斯塔诺望向北方说道。索图尔接着说：“你和迦夫就来自那里，萨珞。”

萨珞挨着我站着，我们久久地望向那边。看到那片广袤的沼泽，那片我们所出生的未知的乡野，我打了一阵怪异的冷战。关于沼泽人，我所知的就是他们不是城市人，他们是未开化的野蛮人、土著人。在那里，我们就像自由人一样有我们自己的先祖。我们出生时是自由的。想到这一点我就很困扰。这个想法毫无意义。这跟我在埃特拉的生活、跟我的阿尔卡曼德家族有什么关系呢？

“你们对大沼泽还有印象吗？”索图尔问我们。

萨珞摇了摇头，可我居然说“有时候我觉得我有印象”，我自己都吃了一惊。

“那里是什么样呢？”

把那段简单的回想或者说意象大声说给他们听，我感觉很傻：“就是水，长在水边的芦苇，还有一些小岛……远处一座蓝色的山……也许就是这座山。”

“那时候你还只是个婴儿呢，迦夫。”萨珞的声音里只有一丝警告的意味，“我那时候是两三岁，我什么都不记得。”

“不记得怎么被偷？”索图尔失望地问道，“那个肯定很惊险刺激。”

“我什么都不记得，只记得阿尔卡曼德，索图尔-伊奥。”萨珞微笑着用她柔和的声音说道。

我们在山顶稀疏的干草地上摆开盛宴，在辉煌的日落景致中享用着美餐，高处地平线的落日光辉在我们眼前铺展出了壮观的云海。在长夏惯有的那种怡然友爱的氛围中，我们安坐着，闲聊着。小家伙们睡着了。萨珞头枕着我的大腿睡着了。瑞思给我拿来一条毯子，我尽可能紧地把我姐姐包了起来。星星次第显现。男孩科米一整个晚上都坐在我们和拴着的母驴中间，离我们远远的，脸别到一边，现在居然开始唱起歌来了。起初我不知道听到的是什么，那是一种很微弱、很怪异、很忧伤的声音，就像敲钟之后空气中留下的振动声。这个声音越来越高，变成了颤音，然后渐渐变弱终至消散。

“接着唱，科米。”索图尔喃喃说道，“拜托了。”

他静默许久，我们都以为他不会开口了，可是随后那个微弱的颤音又起来了，若有似无的一线泛音，有着难以言表的忧伤，却又是安详的、不会扰人心绪的。它再次渐渐消散，我们侧耳聆听，希望乐声能再次回归。

宽阔的山顶现在陷入了全然的沉寂，星光盖过了下侧遥远西方最后一道蓝棕色光。

母驴跺着蹄子，胸部发出小小的嚯嚯声，我们听到都笑了起来，然后轻声聊了一会儿，之后酣然入睡。

接下来的那两年乏善可陈。我和萨珞每天打扫大宅各处，然后去上课。我觉得没有人想念霍比，甚至连提柏也没有。托姆内心践行着剑客的自律，在课堂上表现得很沉闷、很漠然，而且很听话顺从，有那么一两次，当他听课听得不耐烦了，或者夫子快要让他无法忍受时，他就会请假离开。瑯汶多数时候都是随军外出。那个时期埃特拉没有持久的战争，因此像瑯汶这样的年轻军官只需接受演习操练的培训，或者去边境站岗放哨。他时不时会休假回家，人看起来非常健壮，兴致勃勃。那两年夏天我们也都去了梵恩帝恩农场，没有什么大事情，不外乎就是些懒散而寻常的开心事。瑯汶没有和我们一起去农场，第一年他在受训，第二年他陪同主父出使伽黎卡曼德。托姆有两年夏天都是在剑术学校度过的。于是，阿斯塔诺就成了我们的领袖。

抵达的第一个晚上，她就领着我们去了先塔斯丘。一眼望去我们都惊呆了，一阵悲痛袭上心头，因为我们发现那里几乎已是一片废墟。护城河已为冬雨带来的泥沙所淤积，木栅之后的土木工事已经塌陷，木栅有多处被拆毁，筑成高塔和城门的那些石头堆都被敲散了，不是因为天气，而是因为人类的仇恨。

“那些下作的农民。”提柏咆哮道——他现在可以咆哮了，他正在变声。我们在残垣断壁之间没精打采地转了一会儿，心中充满了对那些农场孩子的厌恶和鄙视，就像之前他们朝我们扔石头时的那种感觉，同时为我们的梦幻之城惨遭荼毒而痛心疾首。不过阿斯塔诺和索图尔很快就鼓足了信心，讨论着修复木栅有多容易，还马上开始重新堆放先祖塔的石头，即便当时已是暮色四合。然后我们回到大宅，在星空下铺好简陋的床，躺下来计划起了重建先塔斯。

索图尔说：“你们看，如果我们能够让他们中的一些人来帮忙，一起来干，他们也许就不会那么有恨意了。”

“啊！我不想看到他们任何一个人。”瑞思说，“他们很恶心。”

“他们是不值得信任的。”澳特尔今年不再那么瘦骨嶙峋了，但是仍正经死板得一如往昔。

“拉母驴的那个男孩还可以。”他妹妹芜茉说道。

“科米。”阿斯塔诺说，“对，他人很好。还记得他唱歌吗？”

我们都躺在那里回想着在群山之巅时那个金光灿灿的妙不可

言的夜晚。

“我们得去问问工头。”阿斯塔诺对索图尔说，她俩简要地探讨了一下要几个农奴跟着我们的可能性。“只要我们说他们是为我们干活儿的。”索图尔说。阿斯塔诺回应道：“呃，他们要干活儿的。我们干得跟他们一样卖力！挖护城河可是真要命！没有琊汶我们肯定是挖不好的。”

“可是现在不一样了。”索图尔说，“下命令……”

阿斯塔诺说：“是的。”

她们就讨论到了这里。这个想法后来就没再重提了。

我们重建了先塔斯，尽管并没有达到琊汶和埃弗拉的标准。全部建好之后，我们举行了一场涤罪礼，在城内沿着城墙环绕一周。可不是随便玩玩的，而是依据贾鲁诗中所描述的程序，我们的夫子以大祭司的身份走在队伍最前列，并点燃了要塞上的圣火。那一整个夏天，我们常常到那个山顶去，有时成群结队，有时两两结伴，也有时是独自一人。所有人都觉得，在农场所有丰饶的森林、山丘、溪畔中，这里是我们最珍视的地方，是我们的堡垒和我们的静修所。

除了重建先塔斯，我们没干什么大事。我们上演了几出舞剧，不过我记得多数时候就是跟提柏在柳树和赤杨树荫翳的各处水池中游泳，或者在树荫下懒懒散散地闲聊，或者时不时在宅子南面的树林里来一次长时间的探险。每天我们跟夫子上半天课，瑞思和萨珞经常被留下来陪索图尔和芜茉上音乐课，从赫拉曼德来了一位声乐老师。索图尔的小外甥女芫特[1]已经从“小不点儿”阶段毕业，现在就跟着我们混了，由奥蔻特别关照她。有时候我们会带着一大帮大一点的宝贝到溪里去玩，监督着他们玩水，大笑，尖叫，然后睡上一觉，就这样度过一个漫长炎热的下午。

索图尔的婶婶们和主母也常常会加入我们，有时候澳特尔、提柏和我会被支使开，因为夫人们和大一点的女孩子们要游泳了。澳特尔坚信农场的男孩子们就躲在灌木丛后头窥视她们。他多管闲事地来来回回巡逻着，命令我和提柏帮助他“把那些邪恶的大老粗赶走，远离女士们”。我很清楚，对神圣不可侵犯的主母做出这样的逾矩行为会遭受多么可怕的惩罚，所以我非常肯定农奴们是打死也不会跑到我们的游泳池边上来的。可是澳特尔满脑子都是这个，兴奋地想着尊贵的女士们被玷污的情景。

我的青春期来得很慢。在我看来，澳特尔这种意淫跟提柏的举动一样傻，提柏贼兮兮地笑着，想要用男人的口吻来说一说如果你真的躲在灌木丛里会看到怎样的场景。我知道女人长什么样。我一直都是住在女奴宿舍里。提柏去年冬天被打发到男奴宿舍去了，就因为这个，他的种种举动表现得就好像一个女人脱了衣服就有什么特别的了。我觉得这可真是孩子气得可笑。

这跟我最近听索图尔唱歌时的感觉无关，那是完全不相干的两码事。这跟身体无关，在倾听的是我的灵魂，我的灵魂充满了

1 芫特是芫茉的昵称。——编者注

痛苦、欣喜和无法言说的渴望……

夏末时节，珊汶和托姆跟随主父来到了梵恩帝恩，主家男士们的存在又一次加深了主家和奴隶的间隔。有一天我跑出去想要独处一会儿。在宅子南面森林绵延的群山之间，我找到了一片两山环抱的美丽的橡树林，一条清澈的溪流从中蜿蜒而过。在半山坡的地方有一个奇特的、小小的岩石建筑物：肯定是一个圣坛，但是我不知道是敬奉哪位神灵的。我跟萨珞说了这事，她很想看一看。于是有一天下午，我带着她和瑞思、提柏去了那里。提柏在这里没看到什么感兴趣的，他很不耐烦，很快就晃晃荡荡回农场去了。瑞思和萨珞跟我有同感，觉得在这片林子、林间的空地和那个废弃的圣坛间有某种神秘的存在，也许是神灵的眷顾。她俩安坐在老橡树稀疏的树荫里，那里曾经是环绕着圣坛的一片草地，边上是一条欢快流淌的小溪流。她俩都拿着自己的纺锤和一大袋蓬松如云的羊毛线，因为到了她俩这个年纪，对她们的要求是无论在哪里都要做着女人该做的活计。她俩能够没人看管，就跟着我跑出来，甚至都没有经过任何的许可，这也就在梵恩帝恩才能做到，只有在这里才能有如此不可思议的轻松自在。在其他任何地方，两个十四岁的小女奴是绝对不会被允许离开屋子的。可是她俩都是好女孩，随身带着活计，主母相信她俩，一如她相信此地是仁慈的。于是，就这样，在八月的酷暑中，我们坐在树荫底下草叶稀疏的山坡上，感受着流水带来的凉凉的气息，久久地沉默不语，安宁祥和，自由自在。

“我在想这也许是恩弩–楣的圣坛。”瑞思说。

萨珞摇摇头。“这个形制不对。”她说。

“那么会是谁呢？”

“也许是这里特有的某个神。”

“一位橡树神。”我说。

“也许是依埃拿。不对，”萨珞的语气难得的肯定，“不是依埃拿。是这里的一位神，是这个地方的神，这里的圣灵。”

“我们该留下什么祭品呢？”瑞思半正经半开玩笑地问道。

“我不知道，”萨珞说，“我们找找看吧。”

瑞思纺了会儿纱，她的胳膊和双手动作柔美，有一种催眠的效果。瑞思没有萨珞漂亮，但是有着正在成熟的女性的那种沉静和魅力，一头亮丽黑发丝滑如缎，一双长眸如梦似幻。她低低地长叹一声，说道：“我不想离开这儿。”

再过两三年，她就要被赐出了，可能会被赐给年轻的奥迪冉・埃迪尔，也可能会赐给赫拉曼德的继承人——反正就是跟阿尔卡家族有利益关系、效忠关系或者债务关系的某个家族。我们对此都心知肚明。小女奴被抚养长大就是为了用来赐予的。瑞思深信主家会把她赐予一个会尊重和善待她的家族。她并不感到害怕。她对自己会被赐往哪里以及赐予谁充满了好奇，会兴致勃勃地说起这个。我听过她和萨珞讨论这个问题。萨珞不会被送走：她已经被指给了珈汶，这一点同样也是人尽皆知的。不过在阿尔卡曼德，主家的小姐们不会很早出嫁，小女奴也不会在十三四岁就被赐出，即便她们的身体已经很成熟了。爱伊梅尔会反复向女孩子们转述主母的话："一个女人如果有充足的时间长成真正成熟的女性，没有在她自己还是小孩子的时候就生孩子，那么她就会更健康、更长寿。"埃弗拉会援引特鲁德科的话对此表示赞同："让少女一直是少女，直至她完全长大拥有智慧，因为对处子骄儿的宠爱最为先祖所乐见。"用马夫塞姆的话来说就是："总不能让一岁的小母马去交配吧？"

所以瑞思在说这些的时候，对于不得不离开主家，去了解在埃迪尔曼德或者赫拉曼德一个赐女会有何种待遇没有很迫切的关注，她心里只有以下这几点概念：几年后她要进入一段全新的生活，就算能见我们，次数也不会多，几乎可以肯定不会再有现在这样的自由了。

她那种逆来顺受的惆怅让我和萨珞很有触动，我们是很安心的，因为很清楚自己会一直同我们的主家和自己人一起生活。

"你会怎么做，瑞思，"萨珞的目光越过小溪望向温暖幽暗的树林深处，"如果你获得了自由？"

"他们是不会让女孩子获得自由的。"瑞思的话很现实，一语中的，"只有做了英雄事迹的男人才能获得自由。就像《内梅克寓言》里那个抢救了主子财宝的烦人的奴隶。"

"可是也有一些国家是没有奴隶的。如果你生活在那里，你就是自由的，人人都是自由的。"

"可那样我就是个外国人了。"瑞思笑着说道，"我怎么知道我该做什么呢？外国的东西好古怪！”

“呃，但是可以假装一下。如果你真的获得了自由，就在这里，在埃特拉。”

瑞思沉心思考了一下：“如果我是一个自由人，我可以结婚。那么我就可以带大自己的孩子……可是不管我愿不愿意，我都得自己照料他们，对吗？我不知道。我不认识自由人。我不知道当一个自由人会怎样。你会怎么做呢？”

“我不知道。”萨珞说，“我不知道为什么我会想起这个。可我就是这么想了。”

“结婚应该挺好的。”过了一会儿，瑞思若有所思地说道，“你们都知道的。”我不知道她这话什么意思。

“哦，没错！”萨珞由衷地说道。

“可是你是知道的，萨尔[1]，琊汶-氏肯定不会把你转送给别人的。”

“嗯，他不会的。”萨珞的声音饱含柔情——她每次说到琊汶都是这样——还有点带着得意的难为情。

现在我听明白了，瑞思说的是主子有权利把赐给自己的女孩子转送出去，或者把她出借给其他男人，或者把她送到女奴宿舍去照料其他女人生的孩子，反正他乐意做啥都行——其中女孩子唯一能做的就是无条件顺从。想到这一点，我感觉身为男人是何

1 萨尔是萨珞的昵称。

其幸运啊。于是这回当萨珞问我“你会怎么做，迦夫？”时，我也有点难为情了。

“如果我获得自由？”

她点点头，看着我，眼里也是饱含柔情，有得意，但是没有难为情，只有一点点的嘲弄。

我想了想，说：“呃，我想去旅行。我想去墨桑，大学就在那里。我还想去帕加迪看看。也许还可以去看看先塔斯的遗迹。还有你们在书上读到过的那些城市，塔城睿斯瓦，还有大美之城安苏尔，那里有四条运河、十五座桥……”

“然后呢？”

“然后我会带着很多新书回阿尔卡曼德！夫子-氏再也不会提买新书的事了。‘最古老的最安全。’”我装腔作势地发出蛙鸣一样粗哑的声音，模仿着埃弗拉自命不凡时的样子。瑞思和萨珞咯咯笑了起来。那就是我们关于自由的全部对话，自由是我们不能去妄想的。

我们也没有给那个地方的圣灵留下祭品，除非回忆也是某种祭品。

接下来那个夏天，我们的农场之旅因为战争的传言陡然中断。

我们像往常一样，跟赫拉曼德的表亲们一起抵达农场。第一天晚上，我们九个全都去了先塔斯山，满心以为那里又是一片废墟。不过尽管冬季的雨水毁坏了护城河和土木工事，城墙和高塔却都还巍然屹立，甚至还在原来的基础上建得更高了。肯定是有些农场小孩接管了先塔斯城，把它变成了他们的庇护所或者是游戏堡垒。芜茉和澳特尔愤愤不平，感觉我们的先塔斯城被入侵、被玷污了，不过阿斯塔诺却说道："现在，也许先塔斯城能够一直屹立不倒了。"

那年夏天，只有奥蔻和芜茉把大部分时间花在修复先塔斯城上，她们清理了护城河，加固了土木工程和木栅。阿斯塔诺和索图尔大部分时间都和主家的夫人们待在一起，我们其余人则是四散开来，各忙各的。我和提柏去游泳和钓鱼；我和萨珞有时会去橡树林那个圣坛那里——在她能够脱身离开大宅子的时候，有时我们会带上瑞思，有时就我俩。我还交到了一个意想不到的朋友。

那天我帮奥蔻和芜茉加固了先塔斯的木栅，然后冒着酷暑穿过葡萄园回到宅子去，我神思恍惚地走在明亮的日光和热浪之中，耳边是远远近近的蟋蟀尖叫声和蝉噪声。一位葡萄园工人沿着另一排葡萄垄沟朝我的方向走了过来。葡萄藤上串串葡萄正在蓄势猛长，我透过高大的葡萄藤时不时地瞟上他一眼。就要彼此交错而过时，他停了下来，说道："氏。"这是乡下人对主子的称呼，不带名字，仅仅是用敬语。

我吃了一惊，停下脚步，看着站在一根长长葡萄藤边上的那个人。我认出他来了，是科米，我们攀爬群山之巅的时候就是他牵着母驴与我们同行的，那天晚上唱歌的就是他。他看起来长大了很多。我差点以为那是一个大人呢。他的脸棱角分明，有着稀疏的胡子楂，很冷酷的样子。我叫出了他的名字。

显然我认出了他让他很吃惊，也很高兴。他静立片刻，然后说道："但愿我们在石头山上搭的那些东西还好。"

"挺好的。"我说。

"去年是梅里弗那帮人砸倒的。"

"没关系。那只是个游戏。"我不知道该对这个一脸严肃的家伙说点什么。他的口音我听着有点难懂。我能闻到他身上酸腐的汗味儿，虽然我们隔着四五码的距离。他光着脚，长满了老茧的、黑乎乎的双脚撑在泥地上，就像是葡萄根。

然后是长久的沉默。在我打算跟他道别接着往前走时，他开口说道："我可以带你去一个很棒的钓鱼的地方。"

那年夏天我经常钓鱼。我和提柏听说农奴们在有些溪流里钓到过欧鳟鱼，可我俩就从来没钓到过。我表示有兴趣，科米说："今天晚上石头堡见。"然后就在两垄葡萄之间大步走开了。

虽然我对这整趟冒险持怀疑态度，傍晚时分我还是回到了先塔斯城，心里告诉自己如果科米没有来，我可以帮奥蔻和芜茉再干点活儿。不过之后没多久我就看到他穿过葡萄园过来了。我走下去跟他会合，然后两人安静地从山脚溯溪而上，直到溪水汇入一条更大的溪流，然后继续溯溪沿着一条柳树和赤杨木遮蔽的小径走了半英里左右，抵达了一处山脚。水流在这里汇聚成了多处深潭，潭中有许多光滑的大岩石，湍急的水流全部倾泻而入，归于平静。我们都带上了自己简陋的钓鱼器具。我们默默地上好鱼饵，各自选了处大岩石站着，把鱼线甩入幽深的潭中。这是一年中长日照日子里的一个和煦宁静的傍晚，距离日落还有一个小时左右。阳光透过树木，形成了一道道柔和的倾斜光柱。小小的飞蝇掠过水面，荡起一圈圈涟漪，然后没入水岸下方的幽暗之中。一分钟不到，一条鱼就上我的钩了，我凭着本能或者说是凭着运气把它提了上来——一条长着粉色圆点的漂亮家伙，足有三四磅重。我都不知道该拿它怎么办才好了。我看到科米咧着嘴乐。“新手撞大运了。”他说着把自己的线又甩了出去。

我们举着钓竿站在那里，不时有鱼上钩。我感觉自己喜欢上了这个沉静的小伙子，当中还夹杂着感激之情。他站在露出水面的岩石上，身形纤细，瘦骨嶙峋，显得高深莫测。农场奴隶和城里奴隶因为互不了解、互相敌视而素不往来，我不知道他为什么会突破这一切来接近我，他怎么知道我们可以成为朋友，我们的知识和阅历间都存在着巨大的鸿沟。可是我们确实成为朋友了：我们几乎没有交谈，但是静默之中流淌着信任。

当淡红色的暮光消逝于林木间时，我们归拢了战利品。他拿了一个网袋，我把我钓到的鱼都放了进去：第一条大鱼和后面两条小一点的。他钓到了两条，一条欧鳟鱼，还有一条细长的尖嘴鱼，大概是小狗鱼吧。我跟在他后头，沿着一条隐蔽的小路，穿过幽暗的树林，最后走到了葡萄园。这时候开阔的天空之下也几乎是全黑的了。等我们走上大路的时候，我说：“谢谢你，科米。”

他点点头，停下来把我钓的鱼给我。

“你拿着吧。”

他踌躇着。

“我没法烧。”

他耸了耸肩，他的笑容在黑暗中闪闪发光。他嘴里嘟囔了一句“谢谢”，快步走开了，身影很快就消失在了暮色中那些高大葡萄藤蔓生的枝条之间。

那之后，我跟科米又一起去钓了好几次鱼，每回去的地方都不一样。他总是知道我人在哪里，这让我有一点点不安。他有自由支配时间的时候会找到我，几乎都是用无言的方式问我那天晚上想不想去钓鱼。我从来不带提柏，甚至都没有和他提起过跟科米的这些远征，我感觉我没有权利这样做。如果科米想让提柏一起去，他可以去问他的。我跟萨珞说起过，因为我和她之间没有任何秘密。她喜欢听我说科米的事情。我说自己很疑惑他为什么要选我做同伴去他珍视的鱼池，她说：“呃，也许他很孤独，而且他喜欢你。”

“他怎么知道自己喜欢我？”

“那天我们爬山的时候他观察你了。我能肯定，他们观察我们的时间比我们观察他们的要多……他知道他可以信任你。”

“这有点像了解一头狼。”我说。

“我希望能去他们的村子。”萨珞说。

“我们不能去，感觉好奇怪呀。好像他们真的是野兽之类的东西。村里有些女人会到农舍来，她们是有些家奴的亲戚。她们看起来很好呀，只是她们的话很难听得懂。”

这让我下了决心，要问问科米我什么时候可以去他家，因为我一直对山谷里那些黑漆漆的房子很好奇，尽管之前的果园大战和大道上的伏击已经让我们跟农奴们水火不容了。于是在下一次我跟科米伴着暮色离开河岸时，我说：“我要跟你一起去。”那天晚上我们大获丰收，战利品里有一条跟我小臂那么长的巨大的欧鳟鱼，把它一起拿回去成了一个很好的借口。科米一言不发。过了一会儿，我问道：“他们会介意吗？”

我觉得他要弄明白我说的这些话的意思是费了一些劲儿的，我想要听懂他的土话也是一样。他凝神想了一会儿，最后耸了耸肩。我们继续往前，走进了村子。各处长屋和棚屋的烟囱在冒着缕缕炊烟，空气中飘散着浓浓的饭菜的味道。房子之间是一条车辙密布、尘土飞扬、杂乱无章的马路，不时有黑乎乎的人影打我们身边经过，耳边是没完没了的狗吠声。科米转身走向一个屋子，我以为他家会是一栋长屋呢，但事实上却是一个摇摇欲坠的棚屋，搭在低矮的柱子上，这样的话冬天时屋子里不会有泥浆。一个男人坐在屋外的木头台阶上，台阶往上就是门口。我见过他在葡萄园里干活儿。他和科米用一种含糊的咕哝声打了招呼，接着他说：“他是谁？”

“宅子里的。”科米说。

“嗨。”男人吃了一惊，身子僵直地打算站起来。我猜他是以为科米带了一个主家孩子过来，吓坏了。科米跟他说了些什么，让他明白我是宅子里的奴隶，让他平静了下来。他一言不发地盯着我看。我感到非常不自在，但是既然已经到这儿了，我可不想退缩了。我说："我可以进去吗？"

科米犹豫了一下，又用力地耸了耸肩。他把我领进了屋。里头乌漆墨黑的，只有炉中厚厚的灰烬下亮着一点微弱的火光。屋里有好些人——几个女人、一个老头、几个孩子——乌压压地挤在一起，人的气味，狗的气味和食物、木头、泥土、烟雾的味道混杂成了滞重的空气。科米从我手里拿过那条大鱼，和其他的鱼一起递给了一个女人，我能看到的就是一个块头很大的影子和一只闪了一下反光的眼睛。科米和她说了一两个字，然后她转身对我说道："那么你要跟我们一起吃吗，氏？"她的声音听起来很不友好，甚至有些轻蔑的意味，不过她还是等着我的回答。

"不了，嬷-伊奥。我得回去了。谢谢你。"我说。

"这鱼很大。"她举着那条大鱼说。

"谢谢你，科米。"我边说边退出屋子，"幸运之神和恩努神庇佑你们全家！"我胆战心惊，仓皇离去，很高兴自己全身而退了，同时也很高兴自己来过这里。至少我有点东西可以讲给萨珞听了。

她猜想那是住在棚屋里的一家子，坐在台阶上的男人也许是科米的父亲。她通过跟农场大宅女奴们的交谈了解到，虽然没有婚姻——这是理所当然的，但这些乡下人通常跟自己的配偶和孩子们住在一起，有时候是多个配偶和孩子们。如果奴隶们能够养育出更多的除了农场劳作和这片土地之外一无所知的奴隶，对于农场来说只有好处，这些奴隶终其一生都生活在那条溪流边上那个黑乎乎的小村庄里。

“希望我能再见到科米。”萨珞说。

下一回科米找我的时候，我说：“你知道橡树林里那个老圣坛吗？”

他点点头，他当然知道了：他熟知梵恩帝恩农场以及方圆好几英里范围内的每一处岩石、每一棵树、每一条溪流、每一片田地。

“今晚在那里跟我们碰头，”我说，“不去钓鱼了。”

“我们是谁？”

“我姐姐。”

他想了想，用他的耸肩方式表示了同意，然后走开了。

我和萨珞在日落前一小时左右到了那里。萨珞坐着纺线，手指翻飞之下，大团云朵般的粗纺羊毛源源不断地汇聚成了一根灰棕色的、平滑的、没有尽头的毛线。科米悄无声息地出现了，他沿着柳树丛间的小小河床往上走了过来。萨珞跟他打招呼，他点了点头，坐下，跟我们保持着一点距离。萨珞问他是不是葡萄园工人，他说是的，然后犹犹豫豫地跟我们讲了一些关于葡萄园活计的事情。“你还唱歌吗，科米？”萨珞问道。他耸了耸肩，点了点头。

“现在可以唱吗？”

跟之前在山顶那回一样，他没有作答，陷入了长久的沉默。

然后他开口了，还是那种怪异的、高昂的、柔和的歌声，感觉没有源头也没有中心，似乎不是出自人的嗓子，而是悬浮在空中的，就像虫子的歌声一样，没有歌词，那种哀伤是任何词语都无法表达的。

我计划带索图尔到橡树林来，也许可以听一听科米唱歌，也许就是跟我和萨珞一起在这个安宁祥和之所坐一坐。我能够想象索图尔到了那里会做些什么：她会去看看那座圣坛，也许她知道祭祀的是哪位神祇；她会走到小溪那边，也许会蹚会儿水，好让自己凉快一点；她会和萨珞并排坐着，一边纺线一边温柔地交谈，间或嬉笑一阵。我认为如果萨珞能叫上她那是最好不过了。最近我很想跟索图尔说说话，可是出于某种原因，发现越来越难跟她说上话了。我也没有请求萨珞去邀请索图尔跟我们一起去橡树林。我不知道自己为什么要这样做，也许是因为想一想这件事，想象一下那些场景就已经有很多乐趣了……再之后，一切都太晚了。

索图尔的两个哥哥和托姆从埃特拉出发匆匆赶到，带来了警报和指令：我们必须连夜收拾行李，第二天一大早就要离开农场。来自沃图桑的劫掠者已经过了莫尔河，把梵恩帝恩农场往南不到十英里的梅尔托村的葡萄园和果园都付之一炬。他们随时可能到我们这里来。托姆进入癫狂状态了，他大步走来走去，粗暴无礼，像只好斗的公鸡。他下令，主家的女孩子们都睡在大宅里。我们留在屋外的少数几个人都没怎么睡，因为托姆一直绕着大宅走来走去担任警戒工作，不停地从我们身边走过。一大清早，太阳尚未升起，主父已经亲自过来了：他因为履行公民义务忙到了午夜，但是他太担心我们了，没法待在城里等着。

那天早晨阳光明媚，天气炎热。农场大宅的奴隶们跟我们一起干得热火朝天，把所有东西打包装到车上、马上。终于，长长的队伍出发了，踏上了漫长的山路，他们悲悲戚戚地跟我们道别。在地里干活儿的奴隶们在我们经过时抬头看着，没人开口说话。我想找到科米，但是一个认识的人都没看到。农场的人们只能守在原地，手无寸铁，毫无防备，只能寄希望于埃特拉派遣的将士们能够截住劫掠者的脚步。主父安慰他们说一支数量庞大的军队已经开拔了，现在应该已经到了梅尔托村和梵恩帝恩之间某处，正在奋力把沃图桑人赶回河那边去。

天气已经很热了，路上尘土飞扬。托姆骑着一匹口吐泡沫、大汗淋漓、紧张不安的马，不停地冲着骑手们大吼大叫：加速，前进，快点！主父的坐骑傍着主母乘坐的战车缓步前行，他没有跟托姆说话让他平静下来。主父对待瑯汶的态度是很严厉、很强硬的，可是他似乎越来越不愿意去责骂托姆，甚至连约束他一下都不情愿。我和萨珞边走边聊起了这个事。我觉得他是担心这样会让托姆癫痫发作。萨珞点了点头，不过又补充了一句：“瑯汶不像父亲。托姆像，至少外表像。他现在走路跟主父完全一样。就像双胞胎一样。”

萨珞素来温和，她这样讲话可以说是相当尖刻了，不过她向来不喜欢托姆和霍比。当我们发现索图尔–伊奥走路赶上了我们时，我们赶紧噤声了，也许她已经听到了我们在讨论主父和他的儿子们。索图尔未置一词，只是和我们一起稳步前行，她表情僵硬，蹙着眉头。我想她应该是没有得到下车走路的允许，当然更不能跟奴隶们一起走路了，但是她还是从主家的位置逃了出来，以前她就常这么干。她总共只说了一句话，在我们默默地一起走了很长一段路之后，她说："哦，萨珞，迦夫……夏天过去了。"我看到她泪盈于睫。

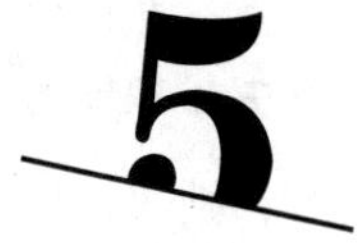

侵略者被赶回了河边，我们的将士将他们逼得走投无路。能逃回沃图桑的没有几人。

可是我们那年夏天没有再回到梵恩帝恩，第二年夏天也没有。不停地有外来入侵，警报不断：沃图桑人、奥斯克人。最后我们迎来了一个强大得多的劲敌——喀西卡尔人。

如今我回首过往，警报不断、战乱频仍的那几年并没有那么不幸。战争的威胁，还有切切实实在发生的战争，给各种寻常的事情赋予了一种张力和一点点刺激。也许男人就跟政治一样，仰赖战争来获得一种自身很重要的感觉，没有战争是没有这种感觉的。战争期间可以进行暴力和破坏行为，这赋予了家居日常生活一种魔性，而寻常时候他们对此是很不屑的。而女人，我想，不需要这种自身很重要的感觉，也没有男人那种对家庭的不屑，通常无法领会战争的好处和必要性，但是她们会沦陷于那种魔性，而且她们热爱勇武之美。

琊汶现在是埃特拉军队里的一名军官了。他所在的团由福瑞将军指挥，多数时间都驻扎在埃特拉城的西面和南面，抗击奥斯克人和莫尔瓦人的入侵。战斗是零零星星的，在敌军重整军队之际会有很长的平静期，这些时候琊汶就可以经常回家来。

在他二十岁生日时，他母亲把我姐姐萨珞赐给了他，萨珞现在快十六岁了。“母上馈赠”的赐女可不能等闲视之，有一套特定的仪式。这也是一件皆大欢喜的事情，因为萨珞全心全意地爱着琊汶，满心想的就是要爱他、服侍他，只服侍他一人。如此满怀柔情的爱意，即便他想要拒绝也是无法做到的，更何况他也想要她。当然最后他肯定是要娶一位同阶层的女士为妻的，但那是好几年之后的事了，现在还不用操心。他和萨珞是幸福的一对，他们对彼此的欢喜那么明显，那么热烈，让他们周遭的一切都笼上了快乐的光芒。在他不用执勤回到城里的时候，白天他会跟其他的军官和小伙子们一起度过，但是晚上他都会回家陪萨珞。当他返回军营的时候，萨珞会哀哀地哭泣，整天闷闷不乐、忧心忡忡，直到他再次回返。马背上的他高大英俊，笑呵呵地大声喊道：“我的萨珞在哪里？”——萨珞就会从丝舍冲出来，羞答答的，那种炽烈的喜悦、自豪和爱意喷薄欲出，一如每一位年轻士兵的新娘。

满十三岁之后，我终究还是被放逐出了女奴宿舍，给差遣到院子外头去了。一直以来我都很畏惧去寮房，不过其实也没有我担心的那么糟糕，但我还是无法抑制地想念和萨珞共享的那个小角落，每天我俩在那里睡前卧谈，然后安然入睡。提柏一年前就住到寮房来了，他装腔作势地要保护我，但是根本没必要：那些大小伙子并没有来骚扰我。他们对有些小男孩是挺苛刻的，不过显然那天晚上在那口井里我已经经受了我该受的，而且此后我的沉默也赢得了他们的尊敬。他们管我叫沼泽小子或者鸟嘴小子，不过也就仅此而已了，他们多数人就没怎么搭理我。

白天的时候我几乎看不到他们，因为我现在所有的活计都是在课室和藏书室，跟埃弗拉一起。奥蔻和一个叫佩帕的小男孩接替了我和萨珞做清扫的活计。我现在的任务就是获取学问，辅助埃弗拉教导那些小孩子。课室迎来了一群新学生，索图尔的侄子、侄女们到了学字的年龄了，此外还有几个新买来或者交换来的童奴。身为赐女的萨珞已经被免除了一切重活儿、脏活儿，只要求她做一点点纺纱或者编织的活计，此外就是要努力让自己保持精力充沛、容颜美丽，好取悦琊汶。其实琊汶待在军营的时候，她是非常无聊的。她习惯了做一些实实在在的活计，她发现跟其他赐女和夫人们的女侍待在一起很是乏味沉闷。生性不喜抱怨的她从来没有提及这些，但是只要一有机会她就会离开丝舍，回到课室来接着读书，或者帮助埃弗拉和我教导那些小学生。她和我经常会在藏书室见面，在那里我俩可以说说话，就我俩。她一如既往地信任我，依赖我，知道我也依赖她。我们的情谊是我人生的乐事。姐姐萨珞就是我的另一个灵魂。只有在她面前我才能毫无保留地倾诉一切。

我已经很久没有提起过我所说的“回想”了，就是我小时候看到的那些意象或者说白日梦。现在我还是会有回想，不过已经没那么频繁了。一直以来我只会跟萨珞谈起这些，这个习惯显然让我现在更难去跟别人谈论这个话题了。

在梵恩帝恩的时候我几乎没有那种回想，但是回到阿尔卡曼德之后，时不时地，通常是在我自己一个人看书时，或者快要睡着时，或者刚醒来时，我会看到潋滟水面上的那座蓝色小山丘和那些芦苇，能感觉到小船轻微的晃动。有时我会看到纷纷扬扬的雪飘落在埃特拉的屋顶（它们是预见，也是真正的回忆）。有时我发现自己身处河边的墓园或者在广场上看着人们在街上鏖战。又有时我会身处那所高耸的幽暗屋子，那个男人转身，那张精致的、哀伤的脸庞面对着我，叫出了我的名字。

现在我很少会看到新的意象，回想起以前没有回想过的场景。有好几次我回想起自己在一座未知的城市攀爬一座陡峭的山。天空下着雨，夹在高大幽黑屋子之间的街道阴森又怪异，可是在我的身体里或者是身体上有一道光在闪耀，似乎我随身有一盏隐形的灯——我没法再做出比这更好的描述了。

有一次，就在萨珞被赐予琊汶那年的冬天，我看到了一个可怕的形象，一个像木乃伊一样又瘦又黑的裸身男子在跳舞。他的头大得不正常，两只闪亮的眼睛毫无表情，嘴巴就是一个红色的洞。我是仰视着他的，感觉自己正躺在某个黑暗的地方。但愿我再也不会看到那个景象了。有好几次我回想起自己身处一个山洞之中，洞顶是低矮的岩壁，有微弱的亮光诡异地落在洞底的那些岩石上。那些场景都很短暂，只是昙花一现，快得无法清晰回忆起来，不过我想当我在现实生活中看到那个地方或者那个人（有时候真的发生了）时，我能意识到自己到过这个地方、见过这个人。很多人不时地会有这样的经历，但是无法解释为什么这件事情明明是第一次发生，他们却似乎记得这件事情。对我来说情况有点不同，因为当事件真正发生的时候，我能回想起此前何时何地我曾经回想过这件事情。

在事情切实发生了之后，我关于它的回想就跟其他记忆一样了，我就可以随自己的心意在脑海中调出关于此事的场景，而对于那些尚未发生的事情，我是无法做到这一点的。关于下雪的场景就是如此，我脑中有关于此事的记忆，还有关于此事发生之前见过这个场景的记忆，此外还有时不时在我不知不觉中突然浮现在脑海中的这个场景本身。一次下雪，三段记忆。

跟姐姐萨珞在一起的乐趣之一就是我可以跟她讲讲这些奇怪的幻觉或者说回想，可以跟她探讨它们会是什么或者意味着什么，如此一来，某些回想所带来的惊恐就会减轻了。她则会跟我讲讲主家最近发生的事情。

现在[illegible]汶和阿斯塔诺已经完成了学业，托姆为了学习军事技能也不用来上课了，我现在能见到的就只有主家的那些小孩子，还有索图尔。她现在还过来跟着埃弗拉学习，经常会去课室或者藏书室看书。她、萨珞和我还是会经常聚在一起，轻松地聊天，跟我们之前在梵恩帝恩农场星空下的聊天差不多。不过再也不能那么随意了。我们都不是小孩子了，而且必须顾忌我们的身份。我对索图尔的感情令我倍感困惑，这种情感混合着纯真的崇拜和情意绵绵的性欲望。对于前者，我任由自己沉溺其中；至于后者，当我意识到了这种情愫之后，我害怕不已，赶紧把它压制了下去。

情欲是绝对禁止的。纯真的崇拜则是允许的，但是我的舌头似乎打结了，完全无法表达，只能在一些写得很糟糕的诗里有所流露，这些诗我从未给她看过。无论如何，索图尔需要的不是情欲，也不是崇拜。她想要的是我们这些老友的友情。她很孤独。

她最亲近的朋友一直都是阿斯塔诺，阿斯塔诺现在正在接受各种训练，为求偶和结婚做准备。有一种说法（这是萨珞告诉我的）是要把阿斯塔诺许配给柯里克·贝尔托摩·伦达，他是埃特拉最富有、最有权势的元老院议员的儿子，我们的阿尔坦·阿尔卡主父很大一部分的权力和势力都得自这位议员。萨珞在丝舍会听到很多这一类的传言。她听到什么都会来告诉我，我们会一起讨论。据说柯里克·伦达从来没有在军队效力过；他有一群很特别的朋友，是一帮子年轻有钱的自由民和一些作风狂放的小贵族。据说他很英俊，但是有发福的倾向。我俩很好奇我们温柔又英姿飒爽的阿斯塔诺对柯里克·伦达会是什么感觉，她是否想要跟他定亲，她的期望会对主父主母产生多大的影响。

至于他们的侄女索图尔，身为一名孤女，她对于婚姻的期望是无关紧要的。她的婚姻肯定是要利益最大化的。这也是几乎所有主家女孩的命运，跟奴隶女孩子并无区别。有时候，想到我的庄严的、不可侵犯的、有着甜美嗓音的索图尔要被交付给一个对她漠不关心的男子，我便满心焦灼，陷入无助的狂怒。我甚至在想我渴望这事的发生——那样一来她就会离开，我就不用每天看到她了，无须因为自己只是一个奴隶，只有十四岁，只能写着愚蠢的诗，向往着触摸她却永远不能够触摸到她而羞愧……

萨珞当然知道我的感觉——即便我想要在萨珞面前遮掩什么也是遮掩不住的。她知道我脖子上挂着一个系在细绳上的小袋子，里头是一年前有次我发烧时索图尔写给我的一张短笺——“亲爱的迦威尔，快快好起来吧，没有你的日子如尘土般无趣。”萨珞为我这无望的渴求而忧伤。她苦恼于命运的不公，让她的爱情得以圆满，却让我彻底无缘于爱情，即便在梦中也不行。当然也有一些贵族女子和奴隶相爱的故事，但是最后的结局都是不幸的、不体面的，男的被弄残弄死，女的在如今这个时代也许不至于死，但是会被钉上可怕的耻辱柱，遭受众人的羞辱和唾弃。萨珞试着去搞清楚这些严苛的法令，去理解这些法令是保护我们的，然后来说服我和她自己，这些法令事实上就是保护我们的，但是她没法违心地认为它们是公平的。正如一首古老的诗中所写：“公平只掌握在神灵之手，凡人手中唯有仁慈和刀剑。”我把这句诗告诉给她，她很喜欢，又念了一遍。我想这句诗让她想起了琊汶，她所深爱的心地善良的英雄，手中同时握有仁慈和刀剑。

浪漫的爱情和情欲令我痛苦；萨珞，还有我的职责，则给我带来了慰藉。

埃弗拉终于允许我自由出入阿尔卡曼德的藏书室了，以前我是从来没有进去过的，尽管我干清扫活计的时候走遍了整所大宅。藏书室的大门位于先祖祠穹顶后头的廊道上。第一次进去的时候，我有一种越过神圣门槛的恐慌，感觉就像是自己越界了，走到先祖当中去了。藏书室是一间小房间，高耸的窗户上装着透明玻璃，光线非常好。书架上有两百多本书，埃弗拉把它们精心排放，尽心掸尘。室内弥漫着书的味道，是一种微妙的气息，有些人会感觉气闷，另一些人则会觉得是醉人的芬芳。这里非常安静，没有人会走这条廊道，除了打扫的人和来藏书室的人，而除了埃弗拉、索图尔、萨珞和我，没有其他人会来藏书室。

两个女孩子能进藏书室是因为索图尔请求夫子准许她来，萨珞则是有特权的，她的任何要求埃弗拉都不能拒绝。索图尔是主家大孩子里头唯一可以继续看书学习的，因为不管是琊汶还是阿斯塔诺，都不再能够随性去做自己喜爱的事情。索图尔告诉埃弗拉，他已经在她和萨珞心中种下了对于书籍和思想的渴求，而现在萨珞身边是丝舍那帮浅薄的女人，她身边则是些自大浮夸的商人和无知的政客，她们对书籍已经渴求得不行了。就这么着，经过主父和主母的许可，又千叮咛万嘱咐不可什么乱七八糟的书都看，埃弗拉给了她俩一人一把钥匙。

有一件事情我自己都没法承认，也从来没有跟萨珞和索图尔说起过：我一直心心念念的藏书室其实挺让人失望的。里头超过一半的书我都已经熟读了，另外那些我没有看过的书，要么有着深色的皮质封面，要么是一卷一卷地装在匣子里，静静地躺在架子上，看起来神秘又贵重，其实多数都是很沉闷无趣的——法律年鉴，概要手册，平庸诗人写的没完没了的史诗。这些书放在这里至少五十年了，有些年代还要更为久远。埃弗拉对此很是自豪，他说："阿尔卡曼德没有现代垃圾。"我欣然接受他的观点，多数现代作品都是垃圾，依据是那么多的古代作品也是垃圾，不过我没有这么跟他说过。

即便如此，我还是喜欢上了藏书室，在这里我可以跟萨珞、跟索图尔待在一起，或者自己独处。这是一个安宁之所，我可以与我钟爱的诗人与伟大的历史学家神交，可以全力以赴于自己为文学史添上一笔的梦想。

我用心血写就的给索图尔的那些诗都很僵很傻。我知道自己成不了诗人，虽然我热爱诗歌和历史——这两种艺术可以给人类的情感，以及关于人类战争和政府那些无知觉、无情感的记录，赋予某种精准度和某种拥有意义的希望。历史会是我的艺术。我知道自己需要学习很多东西，可是学习于我而言是乐事一件。我对于自己要写哪些书有一个宏大的计划。我已经认定了我的毕生事业，那就是把各个城邦的编年史整合成一段大历史，如此一来，我也就顺带成为一名伟大的、著名的历史学家。我给这个综合大历史列了一个提纲，这个提纲显得很无知，野心过大，错漏百出，但是也不算是完全白痴的东西。

我特别担心的是有人已经写出我所构思的这个城邦史了，而我却一无所知，因为埃弗拉是不会购入任何新书的。

早春的一个上午，埃弗拉让我去城市另一头的贝尔曼德，这个家族跟我们的家族一样有着负有盛名的藏书和学识。我喜欢去那儿。他们的夫子弥蒙比埃弗拉年轻一些，是埃弗拉最亲近的朋友。他们经常交换书籍和手稿，经常由我来充当信使。我欢欣雀跃，终于可以不用听那些小家伙嗡嗡嗡地念字母表了，可以走出屋子，走到清晨的阳光下。我绕了一大圈，穿过托姆以前训练我们的悬铃木林，接着往南沿着城墙下的街道晃晃悠悠地走着，一路尽情享受着自由的美好。到了贝尔曼德，弥蒙热情地欢迎我的到来。他喜欢我，经常跟我谈论一些现代作家的作品，给我背诵瑞塔卡、喀司普罗和其他诗人的诗作，埃弗拉是连这些人的名字都不愿意提的。弥蒙不会把他们的书借给我，他知道埃弗拉禁止我看这些书。今天我们说了会儿话，不过仅仅是说了说关于与莫尔瓦人交战的传闻。琊汶和贝尔家族的一个儿子都在这支作战部队中。弥蒙必须回课室了，他给了我一抱书，我就动身回去了。

这次我没有绕道，因为那些书很沉。穿过长街的时候，我听到有人在大喊大叫。我往下方河川门的方向望去，看到了滚滚浓烟——有一栋房子着火了——也许不止一栋房子，因为浓云般的烟雾不停地向上翻腾。不断有人从我身边跑过，穿梭于先祖祠后方的广场，有些是逃离火场，有些是奔赴火场。那些奔赴火场的是市卫队的人，他们边跑边拔出战剑。我伫立当地，看到——一如此前我所见到的场景——一队将士在一面绿色旗帜的引领下上了长街，有人骑马，有人徒步。这队将士和市卫队相遇了，厮杀在了一起，嘶吼声、兵器碰撞声此起彼伏。我无法动弹，直到看到那匹无主战马冲出扭杀成一团的人群，径直冲我疾驰而来，它浑身白汗，其间夹杂着缕缕殷红，那是从本该是眼睛现在却已成了空洞的地方淌出的血。战马发出尖厉的嘶鸣，然后我终于能动弹了。

我一路躲闪着跑过广场，从先祖祠和元老院之间穿过，沿着僻街背巷回到了阿尔卡曼德。我高声喊叫着冲进奴隶门："敌人入侵了！敌军进城了！"

这可是个大新闻，因为阿尔卡曼德被安静的广场和周边宽阔的街道与外界分隔开来。消息传开后，引发了巨大的恐慌和担忧。在埃特拉其他地方，敌军入侵的消息传播得更快，很可能在埃纽梅尔刚刚停止尖叫的时候，市卫队和休班的兵士们还有一些市民已经把入侵者赶回了河川门之外。

驻扎在牲畜市场附近那支军队的骑兵继续追打他们，在桥东边抓到了几个掉队者，不过敌军的主力都跑掉了。我们的战士没有战死的，不过有好几位英勇负伤了。除了河川门附近好几栋茅草屋顶的仓库被烧之外，也就没有别的什么损失了，但是此事给全城带来了极大的震动。光天化日之下，喀西卡尔的军队是怎么能够长驱直入埃特拉城的，而且大摇大摆地突破了河川门？如此肆无忌惮的突袭是喀西卡尔人要发动全面进攻的一个信号吗？我们对此可是毫无准备呀。第一天，我们都觉得此事难以置信，人人都是满腔难以抑制的耻辱、愤怒和恐惧。我们的主父阿尔坦·阿尔卡离家去参加元老院的紧急会议之前，给托姆交代了宅子的防卫事宜，我看到他跟托姆说话时潸然泪下。

我的全部内心都被一个愿望所占据：帮助我的家族、我的族人，有所作为，去抵抗埃特拉的敌人。我和爱伊梅尔一起帮着把宿舍里全部的孩子集中起来，然后在课室里待命，看看我们这些奴隶能做些什么。我特别想跟萨珞待在一起，可是她被关在丝舍里了，男奴是进不去那里的。埃弗拉面色苍白，心烦意乱，一言不发地坐着看书。我在屋里来回踱着步。整所大宅陷入了长久的、怪异的寂静。好几个小时过去了。

托姆经过课室门口，看到我他停下了脚步：“你们在这里干吗？”

埃弗拉赶忙站起身来：“等着想知道我们可以派什么用处，托姆-氏。”

托姆冲着不知道什么人嚷了一嗓子：“这里还有两个。”然后没再搭理埃弗拉，径自大步流星地走了。

两个小伙子进来让我们跟着他们走。他们佩着剑，那么应该是贵族，不过我们不认得他俩。他们带着我们穿过后院来到寮房。寮房的双扇大门从外头被一道巨大的门闩闩住了，以前我可从来没见大门关上过。两个小伙子拉开门闩，命令我俩进去。我们听到身后门闩落下的声音。

阿尔卡曼德的男奴全都在这里了，都被锁在了这所寮房里。就连主父的几名贴身仆役，还有马夫和马夫长塞姆也在这里，平常贴身仆役是睡在主父的候见室里的，马夫们则是起居都在马厩另一边的马车房里。屋里拥挤异常，因为大家都有不同的日间或夜间活计要做，正常情况下在寮房的人只有现在的一半不到，在这里的时候也只是换换衣服睡睡觉而已。这么一大帮人，铺位是远远不够的，就算坐着，空间也是很勉强的。很多人在走来走去说着话，很激动，也很焦虑。里头相当暗，因为不光是门被闩上了，窗户也都是关着的。空气完全没有流通，一股子汗味儿和被窝味儿。

夫子进了门之后一脸困惑地立在当地，我拽着他去了他的房间，那是跟外头大通铺分隔开来的一个小隔间。这样的隔间一共有四个，是给年龄较大又最受优待的奴隶准备的。有三名马夫坐在埃弗拉的小床上，不过塞姆命令他们走开：“那是夫子的房间，你们这几个侍弄马粪的臭小子！出去！”

我很感激塞姆，因为埃弗拉看起来好像已经呆掉了，都说不出话来了。我扶着他在小床上坐下，最后他终于能够开口了，告诉我他没事。我让他待在小房间里，自己到外头去听其他人都在讲些啥。刚进屋时我听到有人很生气地说话，愤愤不平地在抗议，不过现在这些声音已经慢慢没有了，一些长者告诉这些年轻人这没什么稀奇的，大家不是在受惩戒，这只是一个惯例，每当有攻城威胁时，所有的男性奴隶就要被锁在某个地方——“远离危险。”老费尔这样说道。

“远离危险！”一名贴身男仆说道，“那如果敌人又攻进城放火了怎么办？那我们就像烤炉里的馅饼一样要被烤熟了！”

“闭上你的蠢嘴！”有人冲他说道。

“谁来照料我们的马呢？”一名马夫问道。

“他们为什么不能相信我们？除了伺候他们，我们还做过什么？”

“他们这样对我们，怎么会相信我们呢？”

“我就是想知道谁在照料我们的马。”

大家的交谈就是这样，断断续续的，一整天里没完没了的。有几个小男孩是我的学生。他们都喜欢围拢在我身边，我想这是习惯使然吧。真是无聊得令人抓狂啊，最后我终于对他们说道：“过来，我们在这里也可以上课。佩帕！《尼萨斯河上的桥》，你来起个头！”他们最近一直在学这首节奏单一的优美的歌谣，他们都很喜欢。佩帕是个好学生，他很害羞，不好意思在这么多大人面前领头背诵，我起了个头：“‘在埃特拉城墙下’——跟上，佩帕！”他跟着唱了起来，很快孩子们开始一节一节地接龙唱了起来，就像我们在课室里那样。拉利勇敢地用他那细细小小的嗓音尖声唱道：

我们是像莫尔瓦人，
大敌当前四散逃窜，
还是效仿久远年代的先祖，
为埃特拉奋起而战？

我发现，我们身边那些人都安静下来听着我们唱诵。有些想起了他们自己的学习时光，其他人是第一次听到这些文字、这个故事。他们没有流露出任何嘲弄的意思，只是因为诗歌讲述的故事和对爱国主义激情的召唤而群情激昂。有一个男孩子磕磕巴巴地唱不出来，有两个大人就接着唱了他该唱的那一段，然后再接力给下一个男孩子。这一段诗歌是他们很久以前在埃弗拉的课室里学过的，也许是跟埃弗拉之前的那位夫子。唱到最激动人心的高潮部分时，全场欢呼。大家纷纷向孩子们表示祝贺，当天头一次听到了人们的笑声。“好东西，那个，”塞姆说，“再来几个！”我看到埃弗拉站在他那个小隔间的入口，虚弱不堪，脸色苍白，但是在凝神细听。

我们又给大家诵读了费里奥的另一首叙事诗，他们非常喜欢——现在几乎所有人都在听了——不过《尼萨斯河上的桥》还是最受欢迎的。“再来一遍桥那首吧。”会有人说，然后找一个男孩子起头唱起来，“‘在埃特拉城墙下……’”那天寮房里很多人都学会了整首诗，通常认字的人记得没他们这么快，然后他们齐声把诗歌吼了出来。

有时候他们会自己加一些句子进去，费里奥老先生要是听到了头发都该竖起来了。其他人就会训斥他们："嘿，体面一点，有孩子在呢。"然后他们会恳请埃弗拉的原谅，他们大多数人对埃弗拉都有一种由衷的保护欲和尊敬。夫子跟他们是一样的身份，但又不完全一样：他是一个有价值的奴隶、一个有学问的人，他懂的比绝大多数贵族都要多。他们为他骄傲。在如此拥挤不堪的寮房里，秩序开始逐步建立起来，有一些人挺身而出——其中包括塞姆和梅特——成了秩序的维护者和决策的制定者。他们会征求埃弗拉的意见，不过大多数时候他都是跟众人分开并受到关照的。身为他的学生是很幸运的，因为我可以睡在他那个小隔间的地上，而不用在外头大通间里忍受极度的拥挤，也不用忍受大通间后头一墙之隔的厕所的熏天臭气。

对我们多数人来说，那几天最要命的事情是对于外头发生的一切一无所知，不知道这座城的命运、我们自身的命运会何去何从。膳房的女奴会准备好食物送给我们。每天两次，门闩会被拉开，大门会开一小会儿，男奴们狂呼大叫着跟她们打招呼，说些下流的调戏的话，问上一大堆的问题——我们在反击吗？喀西卡尔人在攻城吗？他们进城了吗？诸如此类——多数问题女奴们也没法回答，不过她们带来了很多小道消息。然后女奴们被归拢到一起回了宅子里头，男奴们开始吃饭。大家一边咀嚼着面包和肉，一边咀嚼着那些小道消息，努力要从里头咂摸出点啥味儿来。大家普遍认可城墙外头是在激战的，也许是在河川门那一带，入侵者没能破城，不过也没有完全被驱赶出去。

到了第四天，我们终于被解禁了。我们的猜测得到了证实：在埃特拉城南面集训的军队迅速应召，与本就驻扎在附近的骑兵队联手打退了入侵者。骑兵队现在正在追击溃逃到野外的喀西卡尔军队。市卫队得以退至城墙内，在城墙各处安排人手抵御突袭。喀西卡尔军队这次没有配备攻城坦克，就妄图通过大规模偷袭某个城门破城而入。要不是他们当中一位极度渴望建功立业的军官发起了那次草率的袭击，我们还没多少警觉，甚至是完全没有警觉呢，那么整座城池都将被占领，然后付之一炬。

而我们被锁在寮房里的人……不过现在考虑这个也是白搭。现在我们已经被解禁了，重获自由带来的狂喜弥补了一切。

那天晚上，我们能出去的人都跑了出去，列队欢迎跨过尼萨斯河凯旋的第一支部队。我姐姐偷偷溜出了丝舍，乔装成一个男孩子跟我碰头，然后跟我一起去了河川门那边。这么做可是够疯狂的，因为一名走上街头的赐女可能会受到非常可怕的惩戒，但是那天晚上给人一种欢天喜地、天下大赦的感觉，我们在这欢乐的洪流之中尽情悠游。大家都全情投入，欢呼着迎接我们的军队。借着火炬的烈焰之光，我们看到托姆也在队列之中，他摆动着双臂，用他那怪异的步伐跟着队伍一起行进，五短身材冷酷脸，很有军人的气概。萨珞看见他，马上低下头把脸藏了起来，因为要是让托姆看到他哥哥的赐女在外头这么逍遥可就大事不妙了。然后我俩悄悄地溜回了阿尔卡曼德，一路欢笑着，气喘吁吁地穿过我们心爱的城市，穿过那些安静幽暗的街道和广场。

第二天，我们听说——听萨珞说的，是主母亲口告诉她的——瑚汶所在的团要被召回来守卫埃特拉城了。萨珞心花怒放，容光焕发。“他要回来了，他要回来了！只要他在这里，发生什么事我都不担心！”她说。

可那已是那段时间我们听到的最后一个好消息了。

在埃特拉的将士们忙于应付破坏休战协定的莫尔瓦人和奥斯克人的同时，获悉此事的喀西卡尔人派出了第一拨士兵，发动了闪电袭击，意欲出其不意攻入城池。被击退之后，他们立马后撤，不过仅仅是撤了前线部队，他们的后方是正行军于丘陵之间、来自莫尔平原伟大城邦喀西卡尔的一支庞大军队。

埃特拉城很快就人满为患，逃离了入侵者魔掌的农民和乡下人一拥而入。他们有的惊惶无措，两手空空；有的赶着马车，推着手推车，赶着牲畜，车上是所有能带上的家当。但就在我们狂欢夜后的第三天，各处城门都关闭了。埃特拉城被一支敌军团团包围了。

透过城墙我们看到他们在有条不紊地安营扎寨，拉来了大量的木材，挖了土木工事以抵御我方将士的进攻。他们来时就做好了长期攻城的准备。他们为长官们搭起了华丽的大营帐，马车上高高地堆着谷物和饲料，搭了很多宽敞的围栏圈养从沿途农场劫掠来的牛羊，需要时可以随时宰杀。我们看到，环绕着我们的埃特拉城，一座城池拔地而起，一座战剑之城。

起初我们很笃定，驻扎在南面的我方军队会势如破竹、长驱直入地拯救我们。这个希望彻底落空了。好几周过去了，我们终于看到了第一支埃特拉军队前来攻打喀西卡尔人，偷袭了那些壕沟加围墙的防御工事。我们在城墙上为他们欢呼鼓劲，还往帐篷里投射火弹以扰乱敌人，可是我们的人总是被迫后撤。他们都是小股部队，跟敌军都是以一敌十甚至以一敌二十。把莫尔瓦人和奥斯克人赶回老家的那些强大的军团到哪里去了？在南方发生了什么？种种可怕的谣言蔓延全城。这些谣言无法反击，因为我们所有的信息来源都被切断了。

围城当天的早上，元老院委派的一支代表团来到河川门上方的塔楼，呼叫对方要求谈判，要对方告知为何未经宣战便发起此次毫无预警的进攻。喀西卡尔的将军们拒绝做出任何回应，却任由他们手下的兵士冲着议员们大呼小叫，肆意嘲弄。其中一位议员便是阿尔坦·阿尔卡。他回家时我看到他了：面色阴沉，一脸的怒意和屈辱。

第二天，元老院任命议员坎诺克·埃雷科·巴哈尔为独裁者。这是一个古老的头衔，在危急时刻重新启用以临时任命一位拥有最高权力的指挥官。随即新的法规法令掌控了我们的生活。严格的食物配给制得以实施：所有家族的物资都被收缴在一起，存放于市场的那些大仓库里，定时定量分发。囤积居奇者在先祖祠的广场上被处以绞刑。所有十二岁以上十八岁以下的男性公民都被征召加入市卫队管辖的防御部队。至于奴隶，围城甫一开始，很多家族便又把男奴集中关了起来。阿尔卡曼德主父只是严格限制了我们晚间必须待在宅子和庭院里，实施严格的宵禁。很快独裁者也下令实施同样的政策。很显然，需要男奴们来做城里的各种活计，把他们像长膘期的小牛犊一样关起来比无所事事还要糟糕。巴哈尔颁布法令称，奴隶们仍然是各自主子的私产，但在危急时期可供埃特拉市政差遣。他和其他元老院议员可以差遣任何家族的劳力补充进埃特拉市政寮房的公民劳务组。被派到劳务组的奴隶在执行劳务期间会一直住在市政寮房，归已退役的哈斯特老将军差遣。

我第一次被派到那儿是在六月份，埃特拉城被围已有大约两个月了。我很高兴，我能为我的城市、我的人民起到作用。课室还是一片安宁，与大家日复一日的恐惧和担忧格格不入，我觉得留在课室里是可耻的。我热切渴望能离开那些小崽子，加入大人的行列。我斗志昂扬，阿尔卡曼德乃至全城的大多数人也是这样。我们从最初的震惊和恐慌中挺了过来，发现我们能在严苛的环境中活下来：少得不能再少的食物，永无休止的警报声，以及包围我们的敌人一心用来毁灭我们的兵刃、战火和饥荒。我们不仅能活下来，还能活得很好，满怀希望和友爱。

我出发去市政寮房的前夜，萨珞过来看我。她已经怀孕几个月了，她的双眸晶晶发亮，棕色的皮肤闪闪发光，整个人光芒四射。当然我们没有关于琊汶的任何消息，不过她已经打定主意，如果他受到了伤害，不管什么伤害她都要知情。她很笃定琊汶一切都好。我们像小时候一样并排坐在课室的长椅上，她微笑着抱着我："你能回想起很多事情。你回想到了这场战争的开头，第一次的入侵，对吧？你看到了那个场景。我看不到，但是我知晓一切。我知晓我知晓一切。就像甘弥一直说的：我们沼泽人，我们自有灵能！"她哈哈笑着，拿屁股撞我，把我弄得摇来晃去的。

"哦，萨尔，"我说，"你有没有想过要去那儿，去大沼泽，去看看我们出生的地方？"

"不想。"她说着又笑了起来，"我就想待在这儿，和琊汶-氏一家在一起，没有围城，有很多吃的！……可是你，也许他们会让你出去游历，等围城结束了之后，当你成为一位学者——他们会让你出去买书，就像弥蒙那样，他去过帕加迪，对吧？你可以游遍西海岸，你可以去大沼泽……那里每个人都像你一样有个大大的鼻子。"她轻轻摸了摸我的鼻子，"就像鹮的嘴一样，我的鸟嘴小子。你会看到的！"

在我离开之前索图尔也过来了。我在她面前舌头都打结了。她把一个小小的皮袋子放在我手里。"也许会用得上。我们很快就自由了，迦威尔！"她微笑着说。

埃特拉城的解围意味着阿尔卡曼德所有人都自由了，即便我们是奴隶。

我发现市政寮房的气氛是不一样的。我发现那里的生活是很不一样的。我很快就意识到自己之前那么迫切想要去那里是多么天真多么傻。此前在阿尔卡曼德的生活让我完全无法应对市政奴隶这种繁重的活计和严苛的生活。我所在的这个劳力组负责把一栋旧仓库拆掉，然后把建筑石料运到西门，修缮那边的塔楼和城墙。那些石料巨大无比，每块约莫有半吨重。这项工作所需要的技能我们组里没一个人会，需要的工具也都是我们自己临时拼凑起来的。我们每天从黎明干到日落，给我们配给的口粮还是跟我们在阿尔卡曼德时的一样多，在那个时候是足够了，现在则是远远不够。我们的组长是科特，他能当上这个组长靠的就是一身蛮力和不怕疼。科特的上级、哈斯特手下分管这个部门的，是霍比。

我到市政寮房后看到的第一个人就是霍比。他已经长得孔武有力。他的脸是刮过的，这样他跟主父和托姆就没那么像了。不过有一道伤疤截断了他的眉毛，他的面相还是跟从前一样凶残。我正想开口跟他说话，他却直直地盯着我看了一眼，眼里满是蔑视和恨意，然后转身走开了。

我在市政寮房的那两个月里，他一句话都没跟我说过。我们应召之时，是他把我安排在了石料组。他还用别的很多方法让我的日子不好过，他有权力这么做。其他人都看出来了，有几个人为了拍霍比的马屁还虐待我，其他人则尽可能地保护我。他们问我“首领”为什么讨厌我，我回答说我不知道，只知道他把他的伤疤怪在了我的头上。

哈斯特要求我们把钱都存在他那里，因为如果寮房里有些人知道你有钱的话会杀了你，哪怕只有一个便士。我不愿意把装在皮袋子里的十枚铜鹰交出去，那是索图尔的礼物，也是我有生以来拥有的第一笔钱。哈斯特按照他的标准来说是很实诚的，你给他的钱他会留五分之一，其余的他会小额地发放出去。有那么一个生意兴隆的食品黑市，此前我在阿尔卡曼德时对此一无所知，到这里后很快我就知道了，哪里能搞到碎谷子或者肉干来填饱我空空的肚子，哪一个黑市卖家能让你的钱买到更多的东西。

应征期还没满，我的钱就花光了，在石料组的最后那半个月是最难过的。我其实都记得不太真切了，部分原因是极度的饥饿和疲劳让我越来越频繁地看到那些幻觉、那些回想，有时候我会从这个场景跳到另一个场景，从平滑蓝色水面上的那个地方跳到一张臭烘烘的床上，我躺在那里看着自己面部上方的黑色岩顶，然后我站在一扇窗边，隔着一道闪闪发光的海峡可以看到一座白色的大山，接着突然之间我又身处炎夏酷暑，拼尽全力吊起一块块巨石，然后拖走。通常把我拉回到现实的都是胸肋处火辣辣的疼痛，是科特在拿鞭子抽我呢。“醒醒吧，傻瞪眼的白痴！”他大声嚷嚷着，我费劲地想要搞清楚自己到底身在何处、该做什么，我的工友们则骂骂咧咧地说我偷懒、不合作，有时候把他们置于险地。后来我知道几周之前科特就跟霍比说过让我退组，霍比拒绝了。最后科特越过他直接找了哈斯特，哈斯特说：“他没啥用，让他回去吧。”

获得自由之后，我花了整整一个小时穿越埃特拉城回去。我在每一处拐角、每一个广场都要坐一下，调整呼吸，恢复体力，努力把那些充斥在我脑海中的回想、各种声响、奇奇怪怪的光和面孔都驱赶出去。透过一片树林的枝枝丫丫，隔着阳光灿烂的广场，我看到了阿尔卡曼德的喷泉和房子的宽阔外立面。我穿过广场，感觉就像走过一个被烟熏黑的山洞，我绕到奴隶进出的门口，敲了敲门。开门的是埃纽梅尔。“我们没东西给你。”她厉声说道。我没法说话。然后她认出了我，瞬间泪如雨下。

我被带到医务室，安顿在了床上。老雷蒙在我受鞭伤的地方涂了紫草膏，给我喝猫薄荷茶。姐姐萨珞过来坐在床边，她把我拥在怀里，轻抚我的头发，一会儿低声吟唱，一会儿放声哭泣，一会儿又逗我乐。我回忆起以前我在这里的时候主母来过这儿，这个记忆是如此清晰，就像我的那些回想一样。我跟她说话，向她道谢。“回家了好高兴啊！”我说。

“你当然高兴了。现在快睡吧。”萨珞用她沙哑的声音柔声说道，“等你醒来的时候你还在家里，亲爱的鸟嘴小子，亲爱的迦夫！”于是我沉沉地入睡了。

我的身体一恢复——有的休息、有的吃对我来说就足够了，虽然现在食物严重短缺——我就回到了课室，跟埃弗拉一起履行我的职责，仿佛从未离开过一样。

八月份我接到了另一个市政工作组的征召，埃弗拉紧张极了，他跑去主父那里抗议。回来之后他跟我说道：“迦威尔，阿尔卡家族是真正受到神灵眷顾的。即便是战时的饥荒时期，他们也关心自己的孩子。主父跟我说，你这次不会到哈斯特手底下去了，也不用住到那个寮房去。这次和你一起干活儿的人都是受过良好教育的奴隶。你们的任务是把圣预言和古代年鉴从西墙下的老仓库搬到先祖祠的保管库里去，在那里它们可免于水火之灾，有敌人入侵时也很隐蔽。先祖祠牧师学会需要有文化、有智慧的奴隶来承担这项任务，实施这项任务要相当谨慎，还要遵循先祖祠的礼仪。你要很小心，但是活计不会很繁重。你被选上是我们家族的荣耀。”他显然也把这视为他自己的荣耀，而且，我看他还有一点点嫉妒我，他是多么渴望能够亲眼看到那些古老的文献啊。

我也很高兴可以暂时不用干课室那些活计了，不过也还是有些担心，特别是担心吃的问题。现在大家整天满脑子想的就是吃的问题。阿尔卡曼德没有存粮，市政储备现在只有谷物，其他食物都已经吃光了。主父和主母以身作则，自己忍耐节制，对膳房实施严格的监管，确保配给的食物至少在家族内部公平地分发给每一个人。我是真害怕回到之前那种地方，为了那点配给粮各种倾轧争宠，分配极度不公，还要遭受黑市卖家的欺诈。不过我还是依令去了先祖祠牧师学会的奴隶宿舍，第一顿饭是一碗浓稠的鸡汤配鲜美多汁的大麦，那可是我好几个月都没吃过的美味，我知道自己走大运了。

先祖祠的六个奴隶都是上了年纪的，所以牧师们要求从阿尔卡、埃尔、贝尔等家族调配助手，这些家族的有些奴隶是受过教育的。埃弗拉在贝尔曼德的朋友弥蒙也在这里，看到他我高兴坏了。他带了三个年轻人过来，都是他的学生。埃尔曼德来的两位都四十出头了，分别叫郜德尔和伊安特。我听埃弗拉说起过他俩，带着有所保留、有所质疑的倾慕——“非常有学问的人，”他说，“非常有学问，但是不可靠，不可靠。”我知道他的意思是他们读过“现代作品”——在最近一两个世纪里创作的作品。我想的是对的。当天晚上我们去宿舍时——宿舍里很挤，总共十三个人，有六个人已经睡着了，不过很暖和，灯光很明亮，舒适程度足以满足每个人的期待——我看到的第一样东西就是一个床头放着的奥莱克·喀司普罗的《宇宙论》。埃弗拉有那么一两次提到过这首诗，那语气就像一位医生在说一种可怕的致命传染病。

郜德尔留意到了我的目光。“你读过这个吗，小伢儿？”他问道。他说话带北方口音，还有一些不常见的措辞。他喜怒不形于色，厚重的黑色眉毛下方是一双锐利的眼睛。

我摇了摇头。

“那你拿着吧。”他把书递给我，“拿去看看！”

我有点不知所措，不由得看向弥蒙，好像看一眼这本书他就会给埃弗拉打小报告似的。

“你看，埃弗拉还没让他看过这些新诗呢。”弥蒙对郜德尔说，“特鲁德科之后的作家都没看过。让他先看喀司普罗是不是有点难？”

“绝对不会。”北方佬说道，“你几岁了，小伢儿？十四，十五？正是跟随喀司普罗领略辉煌荣耀的年纪啊。嗨，你晓得他的歌吗？”他用清亮纯净的男高音唱了起来：“有如身处隆冬暗夜时——”

“嗨，我说，”另一位埃尔曼德人伊安特说道，“不要头一个晚上就给大家伙儿制造麻烦啊，兄台！”

“那是喀司普罗的赞美歌吗？”牧师学会的高级奴隶，一位不怒自威、嗓音柔和的老先生问道，“我从来没有听人唱过。”

“呃，好多地方唱这个是要被绞死的，利巴-氏。”伊安特微笑着说道。

“这里不会。”利巴说道，“请继续。我很想听。”

邰德尔和伊安特交换了一下眼色，邰德尔继续唱了起来：

有如身处隆冬暗夜时
我们的双眼期盼曙光，
有如身受严寒之苦时
满心渴盼太阳，
不见光明、不得自由的灵魂
发出怒吼：
做我们的光、我们的火、我们的生命吧，
自由！

他的歌喉如此优美，唱到最后一个词时突然来了一个甜蜜的升调，听得我热泪盈眶。

伊安特见状说道：“啊，看看你对我们的孩子做了什么，邰德尔。一节诗就把他腐化了！”

弥蒙笑了起来。“埃弗拉绝对饶不了我了。”他说。

“再唱一遍吧，郃德尔-氏。”弥蒙的一个学生请求道，眼睛望向利巴征求许可。利巴点了点头。这回又有好几个声音加入。这时我意识到我之前听到过这个调子，就在市政寮房里，断断续续地听到过一些零星的片段，是有人用口哨吹出来的，很少的几个调子，仿佛一个信号。

“够了。”高级奴隶利巴用他平静的嗓音说道，“我们可不能吵醒主子们。”

“哦，是的，当然了。”郃德尔说，“我们不能这样。”

当初在石料组干得有多痛苦，现在跟这些人一起干活儿就有多快乐。有时候活儿是很重的，需要搬动又大又重的箱子和装满文件的保险柜，不过我们会运用智慧来规划工作，而不是毫无耐性地野蛮施工，而且我们对彼此也都很有耐心。工作都是平均分配的，没有人拿着鞭子叫嚣着让干这干那，大家都是说说笑笑——有时候是谈论我们正在处理的那些古老卷轴和档案，有时候是谈论这次围城、最近的一次进攻或开火，太阳底下所有事皆可谈论。跟这些人一起工作就相当于一次受教的机会。对此我很明了，但是他们说的很多东西也令我深深地感到困扰。

当我们和利巴他们在一起时，谈话的内容都是无伤大雅的，但是一天中多数时候，牧师们和他们的奴隶们都在先祖祠和元老院忙于他们的日常事务，而且利巴看到我们工作时都是一丝不苟、小心谨慎的，他认为我们是可信赖的，于是也就没有安排人监督我们。

所以我们在西墙下的老库房干活儿时就只有我们自己，一共七个奴隶，我们的谈话没有其他人会听到。那是一座有着厚重墙垣的古老神庙，我们研究着需要处理的都是些什么物件，思索着要怎么移动那些正在朽烂的箱子和脆弱的卷轴而不至于造成损坏。现在我理解了为什么埃弗拉谈到那些现代作家，会称他们有着邪恶的影响力。我现在的这帮同事动不动就引述德尼奥斯、喀司普罗、瑞塔卡，以及其他一些我闻所未闻的“新诗人”和哲学家的作品，他们引用的诗句，多数的优美程度都超越了我以前读过的所有诗句，但是这些句子似乎都是吹毛求疵的、具有破坏力的、充满了强烈的情绪——痛苦，愤怒，未能实现的渴望。

这令我非常困惑。石料组是一帮子野蛮人，但是他们从来不会质疑自身在整个系统中的位置，他们会觉得质问“为什么这个人拥有权力，另一个人则没有”是很幼稚的事情。这么个问法，搞得好像命运和诸神会关心我们的疑问和观点一样，好像祖先传给我们的这一整个伟大的社会体系会突发奇想地彻底改变一样！我在这里的同事，比很多贵族都要有教养，日常生活中都很老实和善，但他们的谈话和思想却是如此厚颜无耻地不忠于他们的家族，不忠于正在遭受围困的我们的埃特拉城。他们用大不敬的态度谈论他们的主子，鄙夷主子的过错。他们也完全不以各自家族的士兵为豪。他们甚至质疑元老院议员们的品行。邰德尔和伊安特认为可能有些议员与喀西卡尔秘密勾结，故意将多数部队派到南方，以助力喀西卡尔人攻下埃特拉城。

好几天来，我默默地听着他们的种种论调，未置一词，但是抗议和怒火在我内心慢慢滋长。终于，在郃德尔——这个家伙甚至都不是埃特拉人，而是来自亚逊北部——大放厥词说什么“我们这个城的陷落不是灾难而是一次机会”时，我实在是忍无可忍了。我冲着他大喊起来。我现在不记得当时具体说了什么——我大发脾气，说他背信弃义，敌人还在城墙外围城，他已经打算从内部瓦解我们的城市。

其他几个年轻人，就是弥蒙的那些学生，摆开架势拿各种义愤填膺和嘲弄的话语来轰炸我，可是郃德尔制止了他们。“迦威尔，”他说，“很抱歉冒犯到了你。我敬重你的忠诚。我恳请你也费一番思量，我也是忠诚的，但忠诚的对象不是买下了我的这个家族或者利用了我的这个城市。我效忠的对象是我的人民，是跟我同类的人。不管我怎么说，千万不要认为我在鼓动奴隶造反！我清楚那会导致怎样的后果。”

我为他的道歉和他的诚挚而吃惊，也为自己发了脾气而尴尬。我平静了下来。我们接着继续干活儿。有那么一阵子，弥蒙的学生们都避着我、冷落我，但是年长的那几位待我还是一如往昔。第二天，我和伊安特推着一辆大家发明出来运送易碎物品的小手推车，把一个保险箱搬到先祖祠，他简要地跟我说了郃德尔的经历。郃德尔出生在北方的一个乡村，是一个自由民，小时候被入侵者抓走，卖给了大城市亚逊的一个家族，在那里接受了教育。在他二十岁那年，亚逊爆发了一次奴隶叛乱。叛乱被残忍地镇压了：几百名奴隶，有男有女，被屠杀，每一个嫌疑分子都被处以烙刑。“你见过他的胳膊吧。”伊安特说。

我见过他胳膊上那些高低起伏的可怕伤疤，我还以为是被火烧的，是因为事故。

“当他说他自己的人民的时候，”伊安特告诉我，“他指的不是某个部族、某个市镇、某个家族，他指的是你和我。”

这话我不是很明白，因为我还无法想象超出埃特拉城墙范围的群体，不过我接受了他的说法。

弥蒙的学生们多数时候还是对我视若不见，不过不再带有恶意了。我比他们当中最年轻的那个还要小，在他们眼里我就是一个只接受过一点点教育的小孩子。至少他们相信我不会出卖他们，不会举报他们那些煽动性的谈话，因为他们当着我的面都随心所欲地交谈。虽然我震惊于他们说的很多内容，心里默默地鄙视他们假装忠诚于他们所痛恨的主子，但是我发现自己竖起耳朵听他们的交谈，就像我在阿尔卡家族的寮房里听有些人关于性的谈话，心里厌恶而排斥，却又被深深吸引。

在弥蒙的学生中安索是年龄最大的，他喜欢讲“巴尔纳帮”，那是居住在埃特拉东北方向的大森林里的一群逃奴。他们的领袖是一个名叫巴尔纳的人，他身材高大，勇武有力。他们建起了自己的国家——一个共和国，人人皆平等，人人皆自由。所有人都有选举权，可以被选入政府工作，如若施政不当也可以被选出政府。所有的工作都由所有人一起干，所有的物品和猎物都由大家共同分而享之。他们的谋生手段是打猎、捕鱼、抢劫来往于亚逊的富人的马车和商队。整个地区的村民和农民都支持他们，拒绝把他们出卖给喀西卡尔和亚逊政府，因为巴尔纳帮慷慨地跟这些住在偏僻之所的邻居分享他们劫掠来的物资和钱财。这些邻居要么是奴隶，要么就是极度贫困的农奴或者释奴。

安索绘声绘色地描述着巴尔纳帮在森林里的生活，不用受什么主子或议员或国王的使唤，只是通过自行设定的忠诚度依附于自己所处的这个群体。他知道很多关于他们的故事：在大路上毫不畏惧地袭击有护卫队的马车队，在劳希河上袭击商船队，他们会借助巧妙的化装混进市镇，甚至是喀西卡尔城和亚逊城，在集市上用他们的战利品交换需要的物资。安索说，他们从不主动杀人，但是会自卫，如果有人闯入了他们在森林深处的领地，那他要么发誓跟他们一起过自由的生活，要么就是死路一条。他们从来不会劫掠穷人，即便在富裕的农场他们也只会取走丰收的成果，绝不会拿走种子粮。农场和村庄的女人们都不害怕他们，因为他们只接纳那些自愿加入他们的女人。

安索开讲这些故事时，郜德尔就会看书或者干脆离开屋子。有那么一两次，他忽然喊了起来，说巴尔纳帮不过是一帮偷鸡摸狗的亡命之徒。他的这种蔑视让我不禁怀疑，巴尔纳帮是不是跟那场令郜德尔以及其他亚逊奴隶深受其害的奴隶暴动有关。我同意他的观点，一帮子奴隶组成的乌合之众像主子们一样生活，彻底颠覆古老神圣的社会制度，这不过是个白日梦罢了。不过我还是很喜欢听这些有关森林里自由自在的田园生活的故事。

因为“自由”“自主”这两个词已经在我脑中扎根，散发着光芒，占据着主导地位，就像我在梵恩帝恩的夏夜看到的那些伟大璀璨的星辰，在幽暗的城市中时我也经常抬头仰望它们，彼时，它们会显得暗淡一些、远一些。晚间在宿舍里，我们都闲着没事，牧师们给了煤油，允许我们点灯。我读了德尼奥斯的《嬗变》，是郃德尔借给我的，这本书真是为我打开了新世界的大门啊。就像我以前在一栋房子里面找房间的那个梦被真实地呈现出来了，各种奇妙的景色恭候我的到来，一头金色神兽对我笑脸相迎。德尼奥斯——我的同事们公认的最伟大的诗人——是奴隶出身。他的诗作中用到“自由”这个词时都是满怀柔情和虔诚的，让我联想到了我姐姐说到她爱人时的表现。弥蒙有一本破旧的喀司普罗《宇宙论》的手抄口袋本，他说这本书他走到哪儿带到哪儿，他鼓励我读一读这本书。我发现这首诗怪怪的，让人有不安的感觉，我不怎么理解，但是有时候会有某一段诗句直击我的心房，就像第一天晚上他的那首歌所带来的震撼那样。

九月的一天，我得以离开一个小时，可以穿过城去看我的姐姐。天气炎热，萨珞看起来不是很好，她的身子和腿都因为怀孕而浮肿，面容憔悴，疲惫不堪。她拥抱了我，仔仔细细地问了牧师们、其他奴隶，还有我们工作的情况。我一直说个不停，然后就只能跑着回到先祖祠去。

几天后，埃弗拉给我捎了口信，萨珞怀胎七个月的孩子出生了，仅仅活了一个小时。

我们现在没法把人葬在河边的奴隶墓园里，因为那里在城墙之外。在围城期间死去奴隶的遗体跟公民一样在火化塔里火化，他们的骨灰跟自由民的骨灰一起倒入灰烬河中。灰烬河在各处火化塔边上的水位上涨，之后沿着城墙下一根窄窄的管子流向城外汇入尼萨斯河，之后汇入莫尔河，最后汇入大海。

秋日的晨光之中，我和几个阿尔卡曼德的人一起，伫立在河边的火化塔边上。萨珞身体不好，不能来参加婴儿的葬礼，不过爱伊梅尔说她性命无虞。几天之后我得到许可去看她。她很瘦，看起来疲惫不堪，跟我拥抱时她哭了起来。她柔和的嗓音透着疲倦："如果他活着，你知道，他们就会用最快的速度把他卖掉，只要他们可以。我听说有个家族用一个奴隶宝宝换了一磅粗粉。围城的时候谁都不想再添一张嘴。迦夫，我想他是知道这个的。没有人真心想要他活着。就算是我自己。什么……"她没有说完她的问题，只是张开双手做了一个小小的、凄凉的手势，好像在说，他对我意味着什么，我对他意味着什么。

我的阿尔卡曼德家人们的状况让我震惊不已。他们个个都瘦得皮包骨头，人人都跟萨珞一样一脸倦容——围城脸。我去了课室，发现我那些小学生都是瘦骨嶙峋、无精打采、可怜巴巴的。在大饥荒时期，儿童都是最早死去的。我们在先祖祠的食物供给是全城多数人的两倍。萨珞看到我身强体健很是高兴，她要我讲讲我们都有什么食物：牧师们的养鱼池，他们精心看护的那群鸡让我们有鸡蛋吃，还时不时能来点肉，来碗汤，他们种了神圣药草和很多蔬菜的园子，供奉给祖先的谷物之礼又成了祖先的后代们的盘中餐……我耻于谈论这些，可是她说：“我爱听这些！牧师们有橄榄吗？哦，我想念橄榄胜过一切！”于是我跟她说我们有时候会有橄榄，但其实我已经好几个月没有尝过橄榄的滋味了。

就在动身要走之前我看到了索图尔。她看上去也是没精打采的，原先美丽的秀发已经变得干枯不已。她温柔地跟我问好，我不假思索地脱口而出：“索图尔–伊奥，可以给我二十五分钱吗？我想给萨珞买一些橄榄。”

“哦，迦夫，已经好几个月没有橄榄了。”她说。

“我知道哪里可以买到。”

她瞪大眼睛看着我。过了一会儿，她点了点头，然后走开了。回来的时候她手里拿着一枚硬币，她把硬币塞进我手里。“真希望我能做得更多。”她说。就这么着，我的第一次乞讨行为被她轻描淡写地一语带过了。

去年二十五分钱可以买到一磅橄榄，现在黑市贩子只给了我十枚，还是干瘪瘪的。我捧着橄榄飞奔回阿尔卡曼德，交给了爱伊梅尔，让她转交给在丝舍的萨珞。我回到牧师学会时已经迟到很久了，可是利巴什么也没有说，也许是因为看到我眼里噙着泪。利巴性子安详，待人温和。有时他会和我说说话，告诉我先祖祠的敬拜仪式，这种仪式一半由牧师们执行，一半由牧师奴隶执行。他让我感受到了那种生活的庄重威严，那种不断重复的仪式和祷告所具有的平静的美好，我们这座城市的安康以及城市本身便是仰赖这些仪式和祷告而存在的。我想他是觉得我的家族有可能会同意把我送给牧师学会，他想让我过来，这真是让我受宠若惊。我都可以想象到自己以先祖祠牧师的身份住在这里的情景了。可是我只想住在阿尔卡曼德，陪在我姐姐身边，只想做我此生一直在做的一件事——学习，以后便可以去教家族的孩子们。

我们的任务已经接近尾声了。那些古老的文件已经悉数转移到了先祖祠下方的保管库，我们现在需要做的就是将其分门别类存放——这个工作其实可以永远做下去，因为这些古老的卷轴和年鉴有很多都是未经鉴别的，需要阅后贴好标签登记在册，此外还需要做清洁防虫处理，用恰当的方式存储起来。我们各自的家族都不急着要我们回去，我们只是饥荒中多余的几张嘴罢了。牧师们和他们的奴隶也很高兴由我们来做这些工作。事实上，如果没有我们，他们是无法完成这些工作的。我很惊奇地发现，我们全部七个人，包括我在内，都比学会的牧师们有学问得多。他们熟谙从古流传至今的各种仪式礼节，但是对于历史以及其他的一切都知之甚少，甚至对这些仪式礼节本身的历史都不了解。我们不断发掘出各种有趣的文档，从古至今那些埃特拉的伟大人物的生平，各种预言，关于内战外战以及与其他城邦结盟的记录——所有这些都令我深深着迷，“我要写一部全体城邦史”的那个梦想复活了。在安静的、垂死挣扎的城市下方，在安静的地窖里，浸淫于古老的卷轴和羊皮纸手稿之间，我很是满足。

“未来无可预见之时，”弥蒙说，“过往便是一种慰藉。”

现在，灰烬河边日夜都在焚烧死于饥荒的人们的遗体。火葬柴堆的浓烟混杂着秋季的迷雾，仿若一个棺材罩盘踞在重重屋顶之上。有时候那个味道闻起来就像铁板烤肉一样，我都流起口水了，感觉又饿又恶心。

在城北的城墙外头，敌军正在修建一道巨大的土坡，好把攻城装置直接推到女儿墙上。市卫队卫兵们冲着修坡的工人们投掷铺路石，但是工人数量庞大如蚁群，而且谁要在城墙上露出身子就会遭到对方弓箭手的射击。我们的弓箭手把从垂死之人身上拔下的箭都收集起来了，他们还砍下城里的树自制箭杆，那些古老的悬铃木也未能幸免。

整个元老院都陷入了动荡，广场上演说家们在奋力疾呼：为什么埃特拉面临袭击会如此措手不及——没有武器储备，没有充足的食物，军队又遥不可及？元老院是否有叛徒——有亲喀分子？有人说元老院拒绝打开城门，是因为他们想让埃特拉在被降服之前陷入饥荒直至消亡。在有些人看来，此举是高尚的、英勇的，其他人则认为这是卑鄙的背叛。食物分配不公的谣言甚嚣尘上，真假莫辨。手头物资已经出清的黑市贩子们因为被怀疑扣留食物而遭到谋杀。一群暴民围攻了一个商人的宅子，他们认定商人囤积了很多物品，他们砸了房子，最后只找到了藏在奴隶寮房里的半桶无花果干。不断有谣言说元老院的房子底下藏着谷物，还有先祖祠底下。学会的牧师们惊恐万分，担心他们的鱼塘、他们的园子、他们的家禽、他们的生命。他们请求在先祖祠周边安排守卫。有十个人被派过来值守，如果真有暴民强攻先祖祠，他们其实也做不了什么，不过先祖祠的神圣不可侵犯依然在守卫着它，守卫着我们。

进入十月中旬了。一切都陷入了某种死气沉沉、暂时平静的状态，我们都感觉大结局马上就要到来了。几天之内，要么是敌军在北墙发起进攻并取胜，要么是一群失控的暴民打开某道城门，想赶在屠杀和焚城之前逃命，要么就是元老院决议弃守投降以避免全城大毁灭——这也是可以理解的。

然后，我们已经完全放弃希望的那件事情居然发生了。

破晓时分，城内的街道上空、敌营上空、尼萨斯河上空，浓雾盘桓，而警报声、喊叫声、军号声、马的嘶鸣声、兵器的撞击声传来，穿透了重重迷雾。终于，埃特拉军队回来了。

整个早晨，我们都能听到城墙外传来的战斗声，那些有资格爬上城墙和屋顶的人还可以亲眼看到。我们这些奴隶被锁在先祖祠的院子里，只能恳求那些跑出大门外的人给我们传递消息。将近中午时分，一支市卫队大部队行军穿过广场，在先祖祠前驻足向祖先祈祷。他们都是徒步的——城里的马在很早以前就被宰杀殆尽，进了人们的肚子——个个瘦骨伶仃、可怜兮兮，他们的兵器、他们的服装、他们枯瘦憔悴的脸，看起来活像一群假冒士兵的乞丐，或者说是一帮士兵的幽灵。可是祖先们还是通过牧师之口祝福了他们，然后他们继续行进，沿长街而下，直抵河川门。

他们安静地行进着，只有兵器发出有节奏的叮当声。六个月以来第一次，城门打开了，埃特拉守卫们反守为攻，出其不意地攻击了正跟我们大部队正面交锋的围城军的后方。这些我们都是听站在屋顶上的人们大声喊着口耳相传过来的，然后我们听到一阵热烈的胜利的欢呼。“我们攻下大桥了！”在屋顶上看着的人们高呼道，“埃特拉攻下大桥了！”

当天的其他时候，尽管中间也有过警报和后撤，但总体上我方攻势如潮，喀西卡尔则节节败退。他们妄图重整旗鼓，却再次被打得四散五裂，他们想找到退路，却发现退路都已被堵死。到了傍晚时分，偌大的围城部队已经成了一帮散兵游勇，在埃特拉和莫尔河之间的乡野以及尼萨斯河两岸的田地之间狼奔豕突，被我们的骑兵追逐、捕杀——后来这一过程被称为“猎猪行动”。城墙外，那些土木工事上、已然毁坏的军营中，都堆着厚厚的尸体，数千具尸体，很多已是衣不蔽体，他们的兵器和衣服都已经被我们的士兵扒走了。尼萨斯河多处被尸体壅塞。

日落之后我们终于被放了出来。我爬上北门的女儿墙，看到有人在死人堆里来回走动，像翻死羊一样翻动那些尸体，拽下盔甲和兵器，如果看到人还没死透就直接补一记割喉。很快就下了一道征召令，要奴隶们把埃特拉人的尸体拉进城，送到灰烬河边的火葬堆。我们七人组也被派去了，整个夜晚我们都在就着月光和火炬的光搬运尸体。那真是一次怪异的体验。我记得最清楚的是，每次我和安索协作把一具尸体放到火葬堆上时，我就会想起萨珞的宝宝、珊汶的儿子、我的外甥，他在饥荒之城仅仅存活了一个小时。每一次我都会请求恩努引领——不是我们搬运的那位士兵，而是那个小小的还未成形的灵魂——进入幽暗之地，最终抵达光明之所。

我们搬运的很多都是市卫队员的尸体。他们在这场英勇的突袭战中付出了惨重的代价。

整个夜晚都有一些小小的骚乱，自由民和奴隶都从敞开的城门蜂拥而出，去抢夺喀西卡尔军队的存粮。在饥饿的人群的恳求和施压之下，那些被派驻看守军粮的埃特拉士兵让步了。人群中有很多人都是他们的熟人。有些士兵甚至用补给车把粮食运进城里去。人们把运粮车团团围住，抢夺起来。一直到了黎明时分人群才变得有序起来，而且只能是借助武力手段才能实现——鞭子、短棒、战剑齐上阵。在晨曦的微光之中，我看到士兵们一脸惊恐地看着他们的人民，他们誓死保卫的这座城市的男男女女们，蜂拥向一架子死羊，活像一堆蛆虫爬向一只死老鼠。

奴隶们被命令在中午之前回到各自家族的宅邸，违者处死。于是我急匆匆地离开了先祖祠，走之前只来得及做了两件事情：向老利巴表示了感谢，接受了弥蒙那本喀司普罗诗句的小手写本。

“不要让埃弗拉看到这个。”他微笑着做了个鬼脸。我不知道该怎么表达感谢，只是结结巴巴地说着：“不会……不会……我不会……”

这是我拥有的第一本书。这是我拥有的第一样东西。我管自己身上穿的叫我的衣服，管我在课室里用的书桌叫我的书桌，但事实上它们都不是我的，它们是阿尔卡家族的所有物，我这个人也是。可是这本书，它是我的所有物。

* * *

琊汶回家之后，先去见过主父主母，行礼如仪，表达了恰如其分的想念之情，随后他便直奔丝舍而去。现在他回来了，萨珞又变得容光焕发，如花朵般娇艳，真是太好了。琊汶不像多数埃特拉人那么瘦，不过他也受了很多苦，看起来饱经风霜，粗粝不堪，疲惫不堪。他给我们讲这场战争。我和萨珞、索图尔、阿斯塔诺、奥蔻，我们都回到了课室，跟埃弗拉一起，一如往昔。莫尔瓦人兵力大增，因为一支伽黎卡军队加入了莫尔瓦部队，此前沃图桑和欧斯干人已经与他们结盟。埃特拉军队要多处应敌，疲于应付。琊汶认为，指挥上犯过一些错，有过一些混乱局面，但是没有背叛。埃特拉军队只有在打败了那些敌军之后才能来解救埃特拉城，否则，那些敌军会一直追着他们到城墙脚下。打败敌军后，他们便以最快的速度赶了回来。他们在夜间用船只搭了一座浮桥，横渡莫尔河，在东边突降奇兵，围城军队完全想不到他们会从这个方向攻入。

“但是我们真的想象不到你们在城里会这么艰难。”他说，“我现在都还无法想象……”阿斯塔诺给他看了一片她保存的

“饥荒面包”：一片褐色的薄脆饼，看着就像一块木头，是用一点点的大麦或者小麦粉加上木屑、泥土和盐做成的。“我们有很多盐。”她说，“我们需要的就是能够把盐加进里头去的东西。”

瑚汶微笑着，但是他的脸上已经刻下了一些冷酷的线条。

“我们要让喀西卡尔人付出代价。”他说。

“哦，”索图尔说，“付出代价……那么说我们是商人吗？”

“不是的，我的小表妹。我们是战士。”

“还是战士的妻子，战士的爱人、母亲、姐妹和表姐妹……喀西卡尔人要付什么给我们呢？”

“正是如此。”瑚汶的声音很柔和。他和萨珞并排坐在讲堂的长椅上，一只手覆在萨珞的手上。

埃弗拉讲起了这座城市的荣光，对先祖神圣力量的冒犯必将遭到报复。瑚汶跟我们一起听着，但是没有再就这类事情说什么。过了一会儿，瑚汶让我说说在先祖祠的事情以及我们抢救的那些古老文档。他全神贯注地听我说着，我在他的脸上看到了那个热爱史诗和歌谣、在那些夏日午后带领我们建造先塔斯城的男孩。我忽然很好奇，瑚汶会怎么看那些“新诗人”。将来也许有一天，他已经成了阿尔卡曼德的主父，我成了这间课室的夫子，我可以把《嬗变》拿给他看，他就可以发现那个全新的世界了……可是我不能再多想了。不过，这个想象还是驱使着我跟他说了围城初期我们在寮房里唱诵《尼萨斯河上的桥》的场景，所有人齐声高歌——“在埃特拉城墙下”——最后，课室里的所有人一起唱诵了歌谣，琊汶是领唱。我的几个小小学生也溜了进来听，他们个个皮包骨头，眼睛瞪得溜圆，好奇地看着那个高个子兵士大笑着慷慨陈词："莫尔瓦兵大逃亡，莫尔瓦人奔跑忙……"

"一次又一次，"索图尔低声吟道，"来来又回回。"她没有跟我们一起唱诵。她看起来很不开心，很困惑。她看到我关切地盯着她，把头猛地转开了。

围城过后那几周，我们在秋日里享受着也许是最为甜蜜的一种乐趣：持续不断的、强烈的紧张和恐惧之后的解脱。那种解脱、那种放松，就是显而易见的自由，它能让心灵翱翔。阿尔卡曼德上上下下一派仁慈友爱的氛围。人人都对他人心存感激，庆幸大家一起死里逃生。现在大家可以一起开怀大笑了，大家也的确在开怀大笑。

初冬时分，托姆回到了大宅。整个围城期间他都在埃特拉城里，但是不在阿尔卡曼德。当时独裁者征集了军训学生、因病残被遣返回家的士兵、退役老兵，组建了一支特殊的部队，辅助市卫队站岗放哨、守卫城墙和城门，承担消防员和市政警察的工作。这些人很好地执行了保卫城市和救火的任务，起初都是很受爱戴的英雄，但是随着他们变本加厉地惩戒黑市贩子、囤积居奇者以及疑似叛徒，民众开始害怕他们的调查，并谴责他们滥用权力。解围之后没几天，独裁者就卸任了，将全部权力交还给了元老院，他们也就随之被遣散了。

托姆现在十七岁，但是看起来有着远超这个年龄的成熟，行为举止像一个成年人，一脸严肃，非常克制，沉默寡言。

他把霍比也带回了阿尔卡曼德。他请求让霍比免除市政劳役，来当他的贴身随从，这是对他军中服役的奖赏。跟主父的贴身随从梅特一样，霍比也睡在他主子的门外。虽然托姆还是把头剃得光光的，块头也比霍比大，但还是一眼就能看出来他俩很像。

托姆这个时候回家是为了参加阿斯塔诺的订婚仪式。主母没有同意她嫁给柯里克·贝尔托摩·伦达，而是为她选了柯里克家族的一位母系亲戚瑞宁·贝尔托摩·塔尔科。塔尔科曼德是个古老的家族，但并不富有。瑞宁是一个前途无量的年轻议员，他是个英俊的小伙子，很健谈，很讨喜。不过，据我们最主要的情报提供者萨珞说，他啥都不晓得："连特鲁德科都不知道！也许他懂得政治吧。"

索图尔没有跟我们讲订婚仪式的事情。我们很少看到她。她似乎没有跟我们一样摆脱恐惧。我们其他人的体重和气色都在慢慢恢复，她却一直都没有。她的脸看着还跟围城时期一个样儿。当我在藏书室看到她坐在桌子边上看书时，她会亲切地跟我打招呼，但是不会说很多话，而且很快就会溜之大吉。原先对她的欲望带来的那种痛苦已然消失，取而代之的是对她感到怜悯的痛苦，还带有那么一点点的不耐烦——在如今这自由自在的美好时日里，她干吗非要继续消沉下去呢？

埃弗拉要在订婚仪式上讲话。他花了好几天的时间把那些引经据典的词句准备妥当。在那年秋天那种和煦的氛围中，我觉得把自己在先祖祠时从弥蒙他们那儿学到的东西瞒着自己的夫子是件不光彩、不磊落的事情。于是我告诉他，我看过了德尼奥斯的书，弥蒙还把他那本喀司普罗的《宇宙论》送给了我。我的夫子表情沉重地摇了摇头，但是并没有发起攻击性的长篇大论。这让我有了勇气向他提问，为什么德尼奥斯的诗会腐蚀读者，诗的语言和意义都很高贵呀。

“不满的情绪。”埃弗拉答道，“用高贵的文字教导你如何不满。这样的诗人拒绝接受来自先祖的恩赐。他们的作品就是一个无底洞。我们所有人的生活所仰赖的坚定的信仰基石一旦被移去，剩下的除了虚无，就只有文字了！华丽的、空洞的文字。你不能仰赖文字而活，迦威尔。只有信仰能够带来活力和安宁。所有的品德都是建立在信仰的基石之上。”

我试着想要说说我浮光掠影地看了德尼奥斯作品后的感想，那是一个比我们所知的道德体系更为宏大的体系，可是我的观点都只是些粗浅的摸索，埃弗拉用他的笃定把我的观点反驳得分崩离析。“他只会教人对抗本应存在的一切——拒绝接受事实。年轻人喜欢玩对抗、搞怀疑这一套，我知道。但是等你年岁渐长，你就会厌倦那套病态的荒唐东西，回到信仰上来，信仰是道德习俗的唯一的基石。”

再次听到这些老生常谈的、确定的事实让人感觉放松。他没有让我不要再读喀司普罗的书。我也没有经常看《宇宙论》，因为很难，那些内容对我来说很遥远，很陌生，不过有时候其中的一些句子或者德尼奥斯的一些诗句会在我脑海中浮现，呈现出它们的意义和美，就像春天里的一片山毛榉叶子在临风舒展。

我和家族全体成员站在一起，目光追随着身着一袭白色和银色长袍的阿斯塔诺穿过宽阔的中庭，迎接她未来的夫婿，此时我脑海中就出现了那样的诗句：她是欢快的滔滔水流中的一艘船……

埃弗拉发表了演讲，其中满是引经据典的词句，如此人人都见识了阿尔卡家族的博学。阿尔卡家族主母致辞欢送女儿加入塔尔科家族。塔尔科家族主母走上前，迎接未来的塔尔科曼德家族主母——我们的阿斯塔诺。然后我那些小小学生合唱了一首婚礼歌曲，索图尔跟他们一起排练了好几个星期呢。之后仪式完满结束。竖琴手和鼓手闪亮登场，在长廊里演奏起来，贵族们去各处大房间宴饮欢舞。我们这些奴隶在后院也有自己的盛宴，也有音乐和欢舞。天气很冷，下着小雨，但是我们跳得非常开心——总是随时回到筵席上再大吃一顿。

阿斯塔诺冬天订婚，春分那天举行了正式婚礼。一个月之后，琊汶被召回了军队。

埃特拉准备大举入侵喀西卡尔。沃图桑当初攻打我们时是跟莫尔瓦人一伙的，如今已经投诚反戈，他们惧怕喀西卡尔人的强力，看到了喀西卡尔人上次被击败后实力大减，如今正是打击削弱他们的好时机。埃特拉和沃图桑将会携手作战，攻击喀西卡尔，一举拿下或者围困喀西卡尔城——一座伟大的城，时而是敌人，时而是盟友。

一次又一次，来来又回回。索图尔说过的。

琊汶离开那天，我看到了萨珞。她得到许可，可以走到河川门那里，看着他和他的军队在人群的夹道欢送下出城，奔赴战场。她没有泪眼滂沱。整个围城期间，她对琊汶都有着坚定的期望，如今也是。“我觉得幸运之神在眷顾着他。”她微笑着，但是很认真，“我是说在战场上，不是这儿。”

“不是这儿？你这是什么意思，萨尔？”

藏书室里就我们两个人，可以随心所欲地交谈。但她还是迟疑了很久。最后她抬头看着我，发现我的确不明她所指，于是开口说道：“主父看到他走了很高兴。”

我表示反对。

“真的，听我说，是真的，迦夫！”她低低地说道，往我这边靠近了点，“主父讨厌琊汶-氐。就是讨厌！他嫉妒琊汶。琊汶将来会继承阿尔坦·阿尔卡的权力、他的家族、他在元老院的位置。琊汶漂亮、高大、善良，像他的母亲——他更像伽黎卡家族的人，不像阿尔卡家族的。他的父亲看到他就无法忍受，他是如此嫉妒琊汶。我看到过的！看到过一百次！——你想，为什么是琊汶，家里的长子、继承人，再次被派去战场？而那个小儿子，他接受了高难度的军事训练，他应该去打仗的，为什么他却安然待在家中？还有保镖！那条恃强凌弱、狂妄自大的小毒蛇！”

我这辈子从来没有听过我这个好脾气、软心肠的姐姐这么恨意满满地说话。我惊骇不已，说不出话来。

“托姆会被培养成元老院议员的，你看着好了。”她说，“阿尔坦·阿尔卡内心希望琊汶被——被杀掉——”她柔和的、带着愤怒的声音到这里戛然而止，她用力紧抓着我的手。“他希望这样。”她轻声重复着。

我想否定驳斥她说的这一切，可还是想不起能说什么。

索图尔走进了藏书室。她停下脚步，看着我们，似乎想要退出去。萨珞抬头看着她，哀伤地低声说道：“哦，索图尔-伊奥！”——索图尔走到她身边，伸手抱住了她，以前我从未见过这个沉默寡言、羞涩又骄傲的姑娘对谁这样过。她俩相互依偎着，似乎想让彼此安心却又做不到。我呆坐在一旁，心里纳闷不已。我试图让自己相信她们是因为暂时失去了琊汶而相互安慰，可我清楚不是那样。那不是我看到的悲伤，或者爱。那是恐惧。

索图尔的目光越过萨珞的脑袋与我的目光相遇时，她的脸上是极度的愤慨，随后慢慢地柔和下来。不管她透过我看到了什么样的敌人，最终她还是看到了那是我。

她说：“哦，迦威尔！你要是能让埃弗拉请求主母，让萨珞去帮他教那些小不点儿——找点事——任何事，能让她离开丝舍就好了！我知道，你做不到，他做不到……我知道！我请求让她做我的女侍，我去求主母了——就算是我的受洗日礼物——就在琊汶离开的时候——我可以把萨珞要过来吗？她说不行，不可能。我从来没有要过任何东西。哦，萨珞，萨珞——你肯定会生病的！你肯定会再次陷入饥饿！变瘦，变丑，像我一样！”

我不明所以。

索图尔对我的不明所以感到不明所以。萨珞能懂。她吻了吻索图尔的脸颊，过来抱着我说：“别担心，迦夫。都会好起来的，你会看到的！”

然后她就走了，回到贵族居住的内庭，回到她的丝舍。我满怀困惑和担心地回了我的奴隶寮房，不过很快我又信心满满了，心里笃定主父、主母和我们家族的继承人不会放任任何一件事情出岔子的。

第二篇

黑暗之中，我躺在一张很奇怪的、散发着浓烈气味的床上。在我脸部上方是低矮的穹顶，是一处未经任何处理的黑色岩壁。我身边躺着一个暖乎乎的东西，紧紧地挨着我的大腿。那东西抬起了头，长长的灰色的脑袋，狰狞的黑色的嘴唇，一双漆黑的眼珠紧盯着我：狗，狼！我一次次回想起这个场景，回想起自己在一个有着石头穹顶的幽暗地方，应该是一个山洞吧，躺在一堆臭烘烘的皮毛中间，醒过来时，发现一只狗或者是狼紧挨着我。现在我又回想起这个了。我又躺在那里了。那只狗发出一声嚎叫，然后起身，从我身上跨过。有人在冲着它说话，然后那人走过来，蹲在我身边跟我说话，但是我听不懂他在说什么。我不知道他是谁，我又是谁。我没法抬头，没法举起手。我很虚弱，脑子空空如也。我什么也不记得。

我可以告诉你按顺序发生的事件，就像历史学家所做的那样，但是其中有着深层的虚假。我的人生并不像历史学家写的历史。我的思想经常会跳跃式快进，回想起还没有发生过的场景，往事则在我脑海中丢失了。现在我告诉你的这一切，都是我花了很长时间去重新找回来的。记忆跟我捉迷藏，把自己埋藏在幽暗深处，仿若躺在那个幽暗之所、那个山洞时的我。

那是煦暖初春的一个清晨。阿尔卡曼德开阔的内庭在阳光的照射之下一派欢欣鼓舞的景象。

“萨珞呢？哦，萨珞和瑞思跟托姆-氏出去了，迦夫。”

“跟托姆-氏？”

“是的。他带着她俩去热井了。昨天夜里，挺晚的时候。”

跟我说话的是丝舍的看门人法莉，她块头很大，说话慢条斯理的，这会子正坐在西院纺着纱。她是很久以前赐给主父的一位赐女。她每次说到主父、主母、主家的其他人，或者其他家族的贵族时都会行礼，像崇拜神灵一般地敬畏他们。大家会因为这个而嘲笑她——“法莉觉得他们已经成为先祖了。”爱伊梅尔说。法莉是个蠢女人。她刚刚说的是什么蠢话呀——说到“托姆-氏”时她还鞠躬行礼——托姆把瑞思和我姐姐带去热井了？

热井的主人是柯里克·伦达，他是葛兰诺科·伦达议员的儿子，葛兰诺科议员是埃特拉政府最富有、最有权势的人物。柯里克想要娶我们的阿斯塔诺，未能如愿，不过看起来他并未心生嫌隙，最近他还成了托姆的朋友，或者说是赞助人。托姆总是跟他以及他那个纨绔公子圈子厮混在一起。既然埃特拉已然重获自由，再次繁荣昌盛，纨绔公子们当然就可以花天酒地了——没完没了的宴会，女人，最后变成街头聚众闹事的纵情畅饮的聚会……在我们有些人看来，托姆这人行事僵硬古板，而且接受了严苛的军事训练，对于他来说这样的友情可真是怪怪的，但是柯里克对他情有独钟，坚持要邀请他一起。主父也赞成他俩交朋友，表示支持，认为这段友情对于家族而言，对于阿尔卡同伦达家族的利益而言都是好事情。年轻人总归是年轻人，总得有女人啊，酒啊，等等。这事没啥坏处，不会造成什么实质性伤害。

提柏现在是个帮厨，霍比在阿尔卡曼德时他就像条狗一样紧跟着霍比。提柏把霍比跟他讲的事情讲给我们听。柯里克和他的朋友们喜欢把托姆灌醉，因为他醉了之后就发疯了，会做他们怂恿他做的任何事情——同时跟三个男人击剑，跟一头熊扭打，扯掉衣服在元老院台阶上赤身跳舞，最后口吐白沫，癫痫发作倒在地上。霍比说，他们觉得托姆是个妙人儿，他们都很喜欢他。而在我们有些人听来，他们就是把他当成一个小丑，供他们取乐的小丑，就像柯里克豢养着用来当摔跤手的那些矮人，就像他那个半痴半傻的独眼巨人保镖赫恩。可是据提柏的描述，霍比说根本就不是那么回事。霍比说，柯里克·伦达跟着托姆上剑术课，尊他为剑术大师。他说柯里克的朋友都很尊敬托姆。他们敬畏他的强力。他们喜欢让他撒欢儿跑，因为这样一来人人都怕他，也怕他们。

“托姆-氏还年轻。”埃弗拉说，“让他在年轻的时候尽情纵情声色吧。等他年长了会因此而更睿智。主父清楚这一点。他当年也有过放荡的时候。”

伦达家族名为热井的那处庄园距离埃特拉城一英里左右，在谷物繁茂的城西。伦达议员在那里建了一栋富丽堂皇的新宅子，并把它送给了儿子柯里克。霍比把里头种种都告诉了提柏，提柏又讲给我们听：奢华的内庭，佳丽如云的丝舍，花团锦簇的庭院，某处后院有一个绝妙的泡汤池——温泉水从地下汩汩冒出，温度永远跟人体血液温度保持一致，但水是透明的蓝绿色，池边绿色和紫色的大理石铺就的步道上，孔雀在竞相开屏……霍比作为托姆的保镖去过那里好多次。所有这些贵族青年都有保镖，这是一种风尚。柯里克除了独眼巨人之外还有另外三名保镖，最近托姆也带上了第二名保镖。保镖们获邀分享热井丝舍的女人们，可以自己选择心仪的美食和女人，当然是在他们的主子们享用过之后。霍比在温泉池里畅游过。他跟提柏讲过那个池子、那些女人、那些美食——切碎的阉鸡肝、胎羊舌。

所以当法莉告诉我托姆把瑞思和萨珞带去热井的时候，我好像被一堵石墙撞晕了，脑子一片空白。不过，片刻之后，我就赶紧跑去膳房找提柏。我想他也许会从霍比那里听到些什么。不知道为什么我会觉得他知道些什么。他什么都不知道。我跟他说了法莉告诉我的事情之后，有那么一会儿他看起来很吃惊、很担心。然后他说：“那里有很多很多女人，伦达家族在那里养了几十个女奴。托姆带她俩去那里就是找找乐子的。”

我忘了自己回答了什么，但我的回答让提柏绷起脸不高兴了："听着，迦夫，也许你是夫子的宠儿。可是别忘了，不管怎样，萨尔和瑞思就是两个赐女嘛。"

"他们不是赐给托姆的。"我说。我说得很慢，因为我的脑子还是一片空白，运转缓慢："瑞思还是个处女，萨珞被赐给了琊汶。托姆不能把她俩带出去。他不能把她俩带到那里去。主母是决不会允许的。"

提柏耸了耸肩："也许是法莉瞎说的。"说完，他就转头继续干活儿去了。

我跑去找爱伊梅尔，告诉她法莉说的事。我把跟提柏说过的话又重复了一遍——不可以这样，主母是不会允许的。

爱伊梅尔跟很多人一样，因为围城，看起来比实际年龄老了许多。她好一会儿都没有出声，然后大喊了一声"啊"，一边摇着头，一遍又一遍。

"哦，这真是……这真是不好。"她说，"我希望……我希望法莉搞错了。她肯定是搞错了。她怎么能没有经过允许就让他把两个姑娘带走了呢？我要去跟她谈谈，还有丝舍别的女人。哦，萨珞！"在所有的女孩子里她一直都最宠我姐姐。"不，这不可能。"她的声音比刚才有力了一些，"你当然是对的，玹俪楣主母不会允许的，绝对不会。琊汶-氏的萨珞啊！还有小瑞思！不，不，不。法莉那个满脑子牛板油的女人把什么事情给搞混淆了。我现在就去问个清楚。"

我一直都很信任爱伊梅尔，她一般都能把事情搞定。我回到课室，带我的小学生们做练习、背诵。整个上午我都让自己不去胡思乱想。然后我去了食堂。男男女女一群人正在交谈。“不是的。”这是塔恩的声音，他现在是第二车夫长了，“我亲自给马套了挽具。他让她俩坐进封闭的车厢，还有霍比，还有他从伦达家买来的那个蠢蛋。他自己赶的马。”

“呃，如果是主母让她们去的，那这事就没坏处。”爱伊梅尔用她那尖厉含混的声音说道。

“当然是主母让她们去的！”另一个女人说道。但是塔恩摇着头说：“她俩是被绑起来的，活像两个装满了脏衣服的麻布袋。我先头还不知道那是谁呢，后来看到萨珞探出脑袋想要叫唤啥，然后霍比把她塞回了车厢里，敢情那是一麻袋粗粉啊。门砰一声关上了，他们飞快跑没影儿了。”

“一场恶作剧，好像是。”有位老者说道。

“搞这种恶作剧，老爸-氏该找宝贝-氏和小跟班的麻烦喽，也没准儿啊！”塔恩恶狠狠地说道。然后他看到了我。他一双黑眼睛死死盯着我。“迦夫，”他说，“你都知道了吧？萨珞跟你说了吗？”

我摇摇头。我说不出话来。

“啊，会没事的。”过了一会儿，塔恩说道，“就像大叔说的，一个恶作剧。一个他妈的白痴恶作剧。他们今晚就会回来。”

我站在那里，跟其他人在一起，但是仿佛周遭的一切和所有的人都远离我而去，我孤零零地站在一个地方，那里空无一物，空无一人。我穿过阿尔卡曼德的厅堂和庭院，周遭一片虚无。声音都自远处传来。

虚无逐渐围拢，汇成一片幽暗，一处低矮的、粗粝的黑色岩顶，一个山洞。

“我知晓一切。”萨珞对我说道，“我知晓我知晓一切。我们沼泽人，我们自有灵能！”然后她笑了起来，双眸闪闪发光。

在他们派人来叫我之前，在埃弗拉告诉我之前，我就知道，她已经死了。他们觉得应当由埃弗拉来告诉我这个消息。

一起事故，昨天夜里，在热井的池子里。一起可悲的事故，一件可怕的事。埃弗拉眼含泪水说道。

“一起事故。”我说。

他说萨珞被淹死了——是淹死的，他自我纠正说——淹死的，那帮年轻公子喝多了，已经没有了任何的体面，在水池里跟女孩子们嬉戏玩耍。

“那个温泉池，”我说，“大理石路面上有孔雀。”

是的。我的夫子说着，抬头看着我，泪盈于睫。我看他一脸畏怯、难为情的表情，就像一个做了什么不该做的事情又不想承认、内心羞愧的小学生。

“瑞思回来了。”他说，“跟丝舍的女人在一起。她的状态很糟糕，可怜的姑娘。没有受伤，但是……真是疯了，疯了。我们知道托姆-氏一直……一直会发狂病……可是把两个姑娘带到外头去！带到那种地方，带到那帮男人身边！疯了，疯了。哦，奇耻大辱，奇耻大辱。可悲啊，哦，我可怜的迦威尔。”我的夫子在我面前低下他灰白的头，藏起了他湿漉漉的双眼和畏怯的脸。“琊汶-氏会怎么说呢？”他喊道。

我穿过厅堂，经过先祖堂，来到藏书室，独自坐了一会儿。那种虚无包裹着我，一片寂静。我请萨珞到我身边来，但是没有回应。“姐姐。”我大声叫着，却听不到自己的声音。

然后我想，我脑子里非常清晰，如果她是淹死的，那么她应该躺在那个水暖如血液的绿色水池的池底。如果她不在那儿，那么她会在哪儿呢？她不可能在那儿，所以她也就不可能是淹死的。

我出去找她。我直奔西院的丝舍。我跟那里的女人们说：“我来找我姐姐。”

我已经忘了那些女人是谁了。她们带我去看她，我认得她。

她躺在那里，身上覆着白布。我只能看到她的脸，不再是粉粉的棕色，而是灰色的了，一边脸颊上有一道乌黑的瘀伤。她双目紧闭，看起来小小的，一脸倦容。我跪在她身边，她们就让我在那儿待着。

我记得她们过来说：“主母召你过去，迦威尔。”似乎这是一件很庄严、很重要的事情。我吻了萨珞，告诉她我很快就回来。我跟着她们出去了。

她们带着我穿过熟悉的廊道，来到主母的寝居。以前我只在外面看过这里，萨珞可以进去打扫主母的房间，可我不行，我只打扫外头的廊道。主母在等着我，她一袭长袍，身形颀长，她是阿尔卡曼德的主母。“你姐姐的死，我们很难过，很难过。迦威尔，”她用她优美的嗓音说道，“那么悲惨的事故，那么可爱的姑娘。我不知道该怎么把这个消息告诉我的儿子琊汶。他得知这个消息一定会痛苦不堪。我知道你爱你姐姐。我也爱她。我希望这一点能让你好受一些。还有这个。”她把一个很重的小绸缎荷包放在我手里。“我会派我的女侍去参加她的葬礼，”她的双眼诚挚地盯着我，“我们可爱的萨珞，我们的心都碎了。”

我向她行礼，然后呆立着。有人进来把我带走了。

她们不会带我回萨珞那里了。我再也没能看到她的脸，所以我只能记得她的脸是灰色的，有瘀伤，一脸倦容。我不想记着这样的脸，于是我避开这段记忆，我把它忘掉了。

她们带我回到了夫子那里，但是他不想跟我在一起，我也不想跟他在一起。我一看到他，就脱口而出：“他们会惩戒托姆吗？他们会惩戒他吗？”

埃弗拉身子退缩着，仿佛很怕我的样子。“冷静，迦威尔，冷静。”他安抚着我。

“他们会惩戒他吗？”

“因为一个女奴的死吗？”

围绕着他这句话，寂静开始蔓延。围绕着我的身体，寂静在扩展，越来越宽，越来越深。我在一个池子里，在一个池子底部，不是水池子，而是寂静虚无之池，向着世界的尽头扩展。我无法呼吸空气，但我在呼吸那种虚无。

埃弗拉正在说话。我看到他的嘴在一张一翕。他的双眼闪着光。一个满头灰发的老人的嘴巴在一张一翕。我转身走开了。

有一堵墙横亘在我的脑子里。墙的另一头是我无法回想的事情，因为它们并未发生。以前我无法忘却，但是现在我可以了，我可以忘却白天、黑夜、星期。我可以忘却人。我可以忘却我失去的一切，因为我从未拥有过它们。

可是我记得第二天早上，天刚破晓，我站在墓园里。我记得这个场景是因为以前我已经回想过了。

在老甘弥的葬礼上，在小弥夫的葬礼上，我记得我们站在绿色雨丝般的柳条之间，就在城墙外头，在河边，心里想着这个早上我们又在为谁送行。

应该是某个很重要的人，因为主母的女侍们都在，穿着白色的丧服，长长的披巾掩盖了她们的脸孔，优美的白色绸缎包裹着她们的身体。爱伊梅尔在放声大哭，连向恩弩-楣敬颂的祷词都说不出来了。每回她想要开口祷告的时候，发出的都是一声尖锐的哀号，那号叫在那片沉寂之上撕裂出一个可怕的、毛糙的洞来，于是也在哀哀哭泣的其他女人就会过来拥抱和安慰她。

我站在水边，看着水流是如何一点一点侵蚀堤岸的：舔舐、啃咬着泥土，把河岸切开，再慢慢侵蚀，于是草便悬垂在了河岸之上，白色的草根在水面之上悬空晃悠。假使你仔细看着堤岸的土，你会看到比草根还细的白骨，埋葬在这里的小婴儿的白骨，水流会冲上来吞噬他们的坟墓。

离我不远处站着一位女子，她没有跟其他那些女人在一起。一条长长的破旧的披巾从她头上垂下，遮住了她的脸，但是她曾经看过我。是索图尔。我知道。有那么一会儿我记起来了。

她和其他女人走了之后，有一些人围着我，是一些男人，我问他们我可否留在墓园。他们中有一个是马夫塔恩，我们小时候他对我们挺友善的。那个时候他对我也很友善。他伸出一只手搭着我的肩膀："那你过会儿就回？"

我点了点头。

他的双唇紧紧抿着，否则就要颤抖起来了。他说："她是我认识的最可爱的姑娘，迦夫。"

他和其他人一起走了。现在墓园里空无一人。他们在坟墓上把绿色草皮铺了回去，尽可能地弄回了原样，这样跟其他坟墓几乎就是一样的，不显突兀。其实无所谓啦，反正河水会把所有的坟墓冲走，什么都不会留下，只有几片白色破布在水流中翻转扭摆，一路奔向大海。我走出墓园，沿着柳树下的尼萨斯河逆流而行。

在城墙与尼萨斯河之间，大路缩窄成了一条小径，我走到河川门了。我在路边等着过桥进城赶集的队列过去，大货车是白色公牛拉着的，小货车是一头驴或者一个奴隶拉着的。终于队列中有了个空儿，我可以走到路对面去了。我继续往前走，上了尼萨斯河的西岸。这条小径景致宜人，忽远忽近地蜿蜒在河岸边，间或会经过一些小菜园，那是一些勤勉的自由民开垦并精心打理的。地里已经有些老人在锄地除草了，他们在享受着春日早晨的和煦，享受着云朵环绕的日出。我继续前行，走入那片寂静，那个虚无的世界。我走在低矮的黑石壁下，步入幽暗之中。

* * *

那天之后的好多日子里发生的很多事情我都不再记得了。在我终于学着遗忘之后，我很快就学会了，而且应用自如。我现在能想起的关于那些日子的片段也许是记忆，也许不是，它们也许是我拥有的另外一种记忆，是关于尚未到来的时间和我尚未到达过的地方的记忆。那些日子里，整整一两个月的时间里，我生活在我所在之所和我不在之所。我没有走出阿尔卡曼德，因为在我身后，除了一堵墙外再无他物，我已经忘了墙另一边的大部分东西。在我前方则空无一物。

我继续走着。谁在与我同行？是引领我们走向死亡的恩弩吗？还是完全听不到你祈祷的幸运之神？路在引领着我。似乎我在沿着一条小路前行，似乎我跨过了一座桥，似乎是有一座村庄，我闻到了食物的香味儿，感觉饿了，于是我过去买了些吃的。我的口袋里装着那个小小的绸缎荷包，收到这个荷包之后，我就一直把它放在口袋里，荷包里满满当当装着重重的钱币，就像满满当当装着重重的血的心脏。六枚银币，八枚鹰币，二十枚五角铜币，九枚二十五分铜币。我在尼萨斯河边坐下，身子隐藏在花丛和高高的草丛中，第一次数了数这些钱。在那些村子里我只花了那些二十五分铜币。二十五分铜币很多人也已经找不开了。那些没法给我找零的村民和农户就会多给我一些吃的。很少有人会不给我食物，还有一些人直接把吃的送给我，而不是卖给我。我一身白衣，是一身白色丧服，说话就像一个有教养的城里人。他们说："你要去哪儿呀，氏？"我说："我要去我姐姐的葬礼。"

"可怜的孩子！"我听到有些女人在说。有时候会有些小孩子在我身后跑着喊："疯子！疯子！"但是他们没有靠近过我。

我一路前行，没有穷人来抢我的东西，因为我就没想过自己会被抢，完全没有怕过。就算我被抢了，我也完全不会在意。你无所祈求之时，就是幸运之神眷顾之时。

如果阿尔卡曼德那会儿出动人来找他们的逃奴，轻轻松松就能找到我。我压根儿就没躲。尼萨斯河沿岸随便一个人都能告诉他们我的行踪。也许在阿尔卡曼德，大家都在口耳相传，那天早上其他人离开奴隶墓园之后，迦威尔就跳水自杀了，他双手抱了一块重重的石头走进了河里。但其实我带着主母赐给我的装着重重钱币的绸缎荷包（因为它就放在我的口袋里头），走出墓园，步入了虚无的世界，因为我完全没想过要抱着石头走进河里去。走到哪里去都无所谓。所有的路都是一样的。只有一条路我不能走，那就是回去的路。

我走到了尼萨斯河对面。村庄之间的小路引领着我绕来转去，一会儿这个方向，一会儿那个方向。有一天我看到了前方一座座高耸的圆形的绿色山头。我晃来荡去地走到梵恩帝恩大道上来了。沿着这条大道我就会进入梵恩帝恩山区，走到农场，走到我们的先塔斯城。那些名字和地方冲破遗忘的藩篱，进入我的脑海。我记起了先塔斯、农场，记起了住在那里的一个人：农场奴隶科米。

我坐在一棵橡树的树荫下，吃了别人给我的一点面包。那时候我思考得非常缓慢，所以我花了很长时间去想。科米是以前的一个朋友。我想我可以往上走到农场，在那里留下来。农场大宅里的奴隶全都认识我，他们会对我好的。科米会陪我一起钓鱼。

也许在喀西卡尔人入侵时农场已经付之一炬，果园的果树都被砍倒了，葡萄藤都被扯断了。

也许我可以住在先塔斯，假装那是一个真正的居所。

所有这些愚蠢的念头缓慢地在我头脑里过了一遍，然后我起身，往梵恩帝恩相反的方向走去。我走上了夹在两片田地之间、朝着东北延伸的一条小径。

顺着田埂路，我走上了一条窄窄的满是车辙的马路，上头几乎没什么人。路一直往前，远离我曾经记得和想要遗忘的一切，我一直往前走着。路上有一个镇子，我在市场上买了一些食物，足够吃好几天的了，还买了一块粗糙的褐色毯子，夜里可以当床睡。之后我到了一个荒凉的村子，有狗冲出来朝我吠叫，不让我在那里停留。不过那里也实在没什么值得停留的。

过了那个村子，大路慢慢收窄，变成了一条只能步行的小道。绵延起伏的山峦之间没有种庄稼。山坡上四散着吃草的绵羊，我路过时，高大的灰色牧羊犬便会立起身子，盯着我。山间谷地的树木很繁茂。我就睡在这些树林里，喝着林间蜿蜒流过的小溪流里的水。等食物吃完之后，我找了一会儿吃的。时间还太早，只找到了几个很小很小的草莓，我不知道还可以找什么来吃。我放弃了寻找，继续沿着山间的小道往上走。饥饿是很痛苦的。我的脑中有一个想法，不是回想，只是一个想法，当我在先祖祠跟牧师们一起好吃好喝时，有人没有足够的食物，所以她腹中的宝宝饿死了，所以现在轮到我挨饿了。这再公平不过了。

我每天行走的距离越来越短。我经常在野草丛中坐下，头顶是炙热的太阳。草丛里盛开着各色繁花，美不胜收。我坐在那里，看着飞来飞去的小苍蝇和蜜蜂，要么就是回想已然发生的事情或者尚未发生的事情，一切恍若南柯一梦。白日流逝，太阳在空中沿着它的轨道行进，然后我起身，拖着沉重的步子寻找睡觉的地方。有一天，我前面没有路了，我从此再无路可循，只能沿着山势的起伏行进。

薄暮时分，我顺着一道斜坡缓缓而下，想要找到山脚下的小溪，我感觉自己的双腿在打战，有什么东西从身后袭击了我，我感觉自己不再能够呼吸，周遭的树木在一道强光中打着旋儿。

过了一会儿，我发现自己躺在一张奇怪的、散发着浓烈气味的、铺着毛皮的床上。在我脸部上方不远处是低矮的原生黑色岩壁。周遭一片几乎是全然的漆黑。有个暖乎乎的东西挨着我的大腿，一头很大的野兽。它抬起头，一个长长的、灰色的、厚重的狗的脑袋，狰狞的黑色嘴唇，一双漆黑的眼珠紧盯着我。它低嚎了一声，起身，跨过我的双腿。有人在冲着它说话，然后那人走过来，在我身边蹲了下来。他对着我说话，但好一会儿我都听不懂。我在微弱的光亮中盯着他看，那光亮似乎是从洞底的黑色岩石上反射过来的。我能清楚地看到他的眼白，漆黑的脸庞，一头打着绺的、蓬松散乱的灰黑色头发。他身上的气味比床上那些脏兮兮的半风干毛皮还要浓烈。他用一个树皮杯子给我拿了点水，喂我喝了下去，因为我无法抬起头来。

多数时间我就躺在那间低矮的洞室里，我没有关于其他地方和其他时间的任何回忆。我在那儿待着，就是待着。我孤身一人，只有那只狗有时会陪着我，躺在我的左腿边上。有时候它抬起头盯着幽暗的空气。它从来没有盯着我的脸看过。那个男人弯下身子进入洞室时，狗起身走向他，把长长的鼻子伸进他手里，然后走出洞室。之后它会跟那个男人一起回来，或者自己回来，跨过我的身体，转身，躺在我腿边。它的名字叫卫兵。

那个男人的名字是库嘎，要么是库哈。有时候他说这个名字，有时候又说另一个。他说话的声音很奇怪，从喉咙深处发出，似乎被什么东西遮挡住了，要穿越岩石阵才能发出来。他来的时候，会坐在我身边，给我喝新鲜的水，给我吃的。通常是一小条一小条的烟熏肉或者鱼肉，有时候在浆果成熟时会有几个浆果。他不会一次给我很多。“那会儿你在做什么，等着饿死？”

他说。他跟我一起时会说很多话，我还经常听到他在洞室另一头自言自语或者跟狗说话，也是那样含着水漱口似的低沉的声音，断断续续的，也不指望有人会回应他。他对我说："你饿着肚子到底想要怎样呢？有吃的呀。能找到的地方就有吃的。你为什么上这里来？我猜你是从德兰姆来的。我猜他们又在找我了。我跟着你呢，你知道吧。我跟着你，盯着你。我可以一整天盯着你。我告诉卫兵，伏倒。你起来了，我想你要往前走了，可是你却径直往这边来了，径直来到我门口，我该咋办呢，伙计？我跟在你身后，我手里拿着棍子，于是我打了你的头，狠狠一下！"然后他做了一下重击的手势，笑了起来，露出了一嘴牙缝巨大的大黄牙，"你不知道我在那儿，对吧？我想，我把他弄死了，弄死了。你像根枯树枝一样一头栽倒，倒在地上。我把他弄死了。德兰姆不过如此！然后我看了一眼，是个孩子。桑帕，桑帕，我他妈弄死了个孩子！不对，还没死。他那笨蛋蛋壳脑袋都还没破呢。可他像根枯树枝一样栽倒了。一个孩子。我一只手把你提溜起来，你活像只小鹿。你知道，我很壮的。他们都知道。他们没有来这里。你来这里干吗，小子？你来为了啥事？你饿着肚子干啥？你躺在那里，钱包里有一万钱！铜币、银币，各种神灵的脸！像卡姆贝洛国王一样有钱！你饿着肚子干啥？这是啥地方，你要带那么多钱来？你要买家根夫人的鹿吗？你疯了吗，小子？"他点了点头，"你疯了，疯了。"

然后他哧哧笑着说："我也疯了，小子。疯子库嘎。"他又哧哧笑了起来，给了我一小片没有加盐的纤维状的肉，肉经过烟熏，上头有点灰，带了点苦味儿。我慢慢地咀嚼着，我的嘴里满是饥渴的汁水。

有一阵子，这就是我生活的全部：饥饿，他每次就给我一点点的那些食物的鲜明滋味，他断断续续的说话声，我脸部上方的黑色岩壁，烟和毛皮的臭味儿，紧挨着我大腿的狗。后来，我能坐起来了；再后来，我能爬到洞室入口了。我发现库嘎把一个山洞改造成了自己的房子。洞里头有好几个洞室，我所在的这个是最里头的、最为低矮的。我行动迟缓地去探寻了这些洞室。在有些洞室中人能站直，至少在最中央的位置能站直。最大的那间洞室相当宽敞，不过地面也只是一堆乱七八糟的大石头。山洞的黑色岩壁上有孔洞和裂缝，光线透过上方的裂缝穿透进来，让洞里有了带有烟雾效果的微光。我第一次走出山洞时，阳光幻化成大量眼花缭乱的红色和金色光束，令我目眩难耐，空气闻起来如蜜一般甜。

即便是正对着山洞的入口，从外头也看不出这里有个山洞，只能看到一大堆倾斜的巨石，像一条干涸的瀑布，上头长满了匍匐植物和蕨类植物。

库嘎的全部财产包括：一些他自己粗略风干的鹿皮和兔毛皮，几个树皮杯子，他拿赤杨木削出来的几把勺子和其他一些用具，一卷细蹄筋，还有他的珍宝——一个装着半盒盐晶的金属盒子，一个用来生火的火绒箱，两把角质把手的精钢猎刀。他拿一块细密的鹅卵石把猎刀磨得极其锋利。他把这些珍宝藏起来不让我看到，对我充满了怀疑和戒备。我一直都不知道他把那些盐晶放哪儿了。在我头一回看到他拿出其中一把猎刀的时候，他咆哮着冲我挥舞着刀子，用他那仿若窒息的声音说道："不要碰它，不要碰它，否则，我以破坏神的名义宣布，我会用它割下你的心脏。"

"我不会碰它的。"我说。

"如果你碰了，它会自己掉转方向割断你的喉咙。"

"我决不会碰的。"

"你是个白话精。"他说，"白话精，男人都是白话精。"有时候他会一遍又一遍地说这样的话，一整天不说别的：男人都是白话精，男人都是白话精……走开，出去！走开，出去！……其他时候，他说话又很正常。

我几乎不怎么说话，这一点似乎很合他意。他跟我说话，就像跟狗说话一样，描述他的每日探险活动，从树林到他的兔子陷阱、钓鱼洞和浆果地，他抓到的、看到的、闻到的、听到的每一样东西。我跟狗一样专心地听着这些长长的故事，从不插嘴。

"你是个逃奴，"有天晚上，我们坐在外面，透过树木枝叶看着八月夜空里明亮的繁星，"家奴，安逸长大的家奴。你逃跑了。你以为我是个奴隶，对吧？不，不，不。你想找逃奴？那你接着往北，到森林里去，他们在那里。我跟他们可是八竿子打不着。白话精，小偷。我是个自由民。我生下来就是自由的。我不想跟他们搅和在一起。还有农场那帮家伙，镇上那帮家伙。桑帕干掉他们吧，白话精，骗子，贼。他们都是白话精，骗子，贼。”

“你怎么知道我是奴隶呢？”我问他。

“不是奴隶，还能是什么？”他露着黑牙咧嘴笑着，一脸精明相。

我不知道还能是什么。

“我来这里就是要避开他们，他们那帮家伙。”库嘎说，“他们叫我野人、隐士。他们害怕我。他们不管我。库嘎隐士！他们不会过来，他们不来这里。”

我说：“你是库嘎曼德的主人。”

他静默不语地坐了一会儿，然后又发出了那种断断续续的嗤笑声，一只厚重的大手拍着大腿。他是个大块头，非常强壮，不过他应该有五十岁以上了。“再说一遍。”他说。

“你是库嘎曼德的主人。”

“我是！我是！这是我的领地，我是这里的主人！以毁灭神之名，事实正是如此。我见到一个说实话的男人了！以毁灭神之名！一个说实话的男人！他来了，我是怎么欢迎他的呢？拿棍子敲他的头！哪能这样打招呼呢？欢迎来到库嘎曼德！”他笑了很久很久。他会安静一会儿，然后接着笑，之后再安静会儿，再笑。最后他透过昏暗的星光看着我，说道：“在这里你是一个自由民。相信我。”

我说：“我相信你。”

库嘎脏兮兮的，从不洗澡，他那些潦潦草草鞣制过的毛皮都臭烘烘、烂乎乎的；可是在食物的保存储藏方面，他是一丝不苟的。他抓到了大的野兽——各种兔子，偶尔会有幼鹿，就会把肉烟熏起来，挂在山洞壁炉室的顶上。他还会设置陷阱抓草地上的小动物——林鼠，甚至是收割鼠，他抓到这些之后就直接在火上烤了吃。他设置的陷阱极其精巧，而且他永远保有耐心。但是在钓鱼、捉鱼方面他就没那么好运了，他很少能抓到一条值得烟熏的大鱼。这个我就能帮得上忙了。他只能用那些蹄筋当作鱼线，鱼线泡进水里就软了。我从我那条褐色毯子的头上抽了一些亚麻经线出来，加上他用骨头雕刻的精巧的钩子，我钓到了一些大鲈鱼，还在沿溪的那些水池里钓到了那种小小的褐鲑鱼。他给我演示了如何把鱼弄干烟熏。除此之外，我对他来说就没什么用处了。他外出探险时就不要我跟着。他经常会一整天都无视我的存在，顾自喃喃着重复的话语，不过他吃东西的时候总会拿食物给我和卫兵。

我没有问过他为什么要把我带进山洞，让我活下来。我从来没想过这个问题。我只问过他一个问题：卫兵是哪儿来的？

“一只母牧羊犬，”他说，“在那头岩坡的东面下了一窝崽。我看到狗崽在玩，以为是狼，拿着刀过去想把它们刨出来，割断它们的喉咙。我刚到洞口，母狗也从山那边过来了，它要袭击我。我说，嗨，你瞧着，妈妈，我会杀狼，不会伤狗的，对吧？它龇着牙，”他龇着一嘴黄牙笑着咆哮了一声，“然后进洞去了。后来我就老回那儿去，我们互相就认识了，它把狗崽子带出洞，我看着它们玩。这一只跟我合得来，它就跟着我了。有时候我还会回那儿去。现在母狗又下了一窝崽。”

他从来没有问过我任何问题。

就算他问了，我也回答不出来。每次发现自己记起了什么，我就会避开，转而关注我眼皮底下的东西、我手里的东西，只关注这些。我也不再回想了，以前会浮现出来的那些意象都没有了。如果睡觉时做了梦，醒来我也不再记得。

晨曦的金色更浓了，白日更短了，晚间更冷了。库嘎曼德的主人跟我一起坐在壁炉室里，我俩中间隔着一个小小的火堆。他把一整条小鲑鱼从叉子上撸下放进嘴里，咀嚼片刻，咽下，双手在他那赤裸的、污垢已经结了块的胸口擦了擦，然后说道：“冬天这里很冷。你会冻死的。”

我未置一词。他知道他在说什么。

“你走吧。”

过了很久我才说道：“我没地方去，库嘎。”

“哦，有的，有的。森林，你该去那儿。”他冲着北方点了点头，“森林，达内冉，大森林。他们说没有尽头。那儿没有奴隶贩子。哦，没有。没有奴隶贩子。只有住在森林里的人。就去那儿。”

“没有房顶。”我说着往火堆里又扔了一片树皮。

“哦，有的，有的。他们住得安逸着呢。房顶，墙，啥都有。床，大衣，要啥有啥。他们知道我，我知道他们。我们互不侵犯。他们知道我。他们避着我。”他皱着眉头，又开始喃喃自语起来，避着我，躲着我……

第二天一早他就把我摇醒了。在山洞入口前方那块平坦的石头上，他把一堆东西“一”字摊着：我的棕色毯子、装着鼓鼓囊囊钱币的绸缎荷包、前一阵他给我的一件脏兮兮的毛披肩、一包肉干。“走吧。”他说。

我站着不动。他的脸色变得警惕冷酷起来。

“替我保管这个。”我把绸缎荷包递给他。

他咬着嘴唇。

“不想因为这个丢了性命，嗯？”最后他终于开口了，我点了点头。

“也许吧。”他说，“也许他们会为了这个干掉你。贼，骗子……我不想要这种东西。我该把它放在哪儿才不会被偷走呢？”

“你的盐盒子里。”我说。

他怒视着我。“盒子在哪儿？”他满脸狐疑地厉声说道。

我又耸了耸肩：“我不知道。我从来没有见过它。没人能找到它。”

听了这话他慢慢地笑了，咧开了大嘴巴。“我知道，”他说，“我知道！好的。”

他把已然褪色的、脏兮兮的、沉甸甸的荷包攥在自己的大手里，转身回到山洞。过了一会儿，他走了出来，冲我点点头。“走吧。”他说。然后他迈开大步往前走去，他的步伐看似很慢，其实速度非常快。

我已经恢复健康了，所以能够一整天跟上他的步伐，不过到了晚上我就疲惫不堪，脚酸得不行。

到了最后那条溪流，他让我喝个痛快。我们穿过溪流，爬上一段长坡，在山顶驻足，这是最后一座山了。从这座山头开始，地面缓缓下降，汇入一片广袤的森林，树顶往前延伸，绵延不绝，在远方幻化为一片幽暗的蓝色，没有尽头。太阳还未下山，但是影子已经很长了。

库嘎马上忙活了起来，捡拾木柴生起了火，一个很大的火堆。他用的是青木柴，不是干的，团团烟雾冲着清朗的天空盘旋而上。“好了，”他说，“他们要来了。”说完他转身打算回去了。

“等一下。”我说。

他停下脚步，显得有点不耐烦。“等在这儿就好了。”他说，“他们会过来的。”

“我会回来的，库嘎。”

他生气地摇了摇头，转身大步走过干草地，身子稍稍蜷着。不一会儿他就穿过了山顶下方的那些树，消失不见了。落日隔着幽暗的树梢发出烈焰般的光芒。

那天夜里，我独自睡在山顶那堆火旁边，裹着我的毯子和那件毛披肩。毛皮那种烟熏的臭味儿让我觉得很适意，我就是在这种臭味儿当中慢慢恢复了的。

夜里我反复醒来。有次醒来时，我把火弄旺了一点，不是为了取暖，是为了让它继续发出烟雾信号。天快亮时我做梦了：我在我们的梦幻城堡先塔斯城睡觉，其他人都和我在一起。我听到他们用柔和的声音在黑暗中低语。有一个女孩子笑了起来……我醒来，还记得这个梦。我想抓住这个梦，想继续留在梦境中。可是我很渴，渴醒了。我告诉自己，天一亮我就去山脚找水，我就躺在那里等着天亮。

我想，我们从来没有在先塔斯城睡过觉，我们都是睡在农场大宅外头，睡在树底下。我们透过树叶看着星星。我们谈论过要跑到先塔斯城去睡，但是一直都没去成。

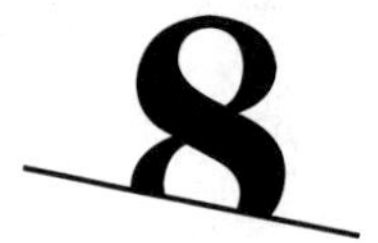

他们一共四个人把我团团围住，我一开始只看到了其中的一个。我刚刚醒来。我已经坐起身，独自一人在荒郊野外的山坡上，在一个熄灭的火堆边。他们围着我，一动不动，身后是那片草地，还有拂晓时分的晨曦。我坐着没动，一个挨一个地打量他们。

他们手里有武器，不是士兵作战的兵器，而是短弓和长刀。有两人拿着五英尺[1]长的棍子。他们个个表情冷酷。

终于，其中一个人开口了，他的嗓音嘶哑、柔和，近似耳语："火灭了？"

我点了点头。

他过去踢了踢剩下几根烧了一半的木柴，小心地踩了踩，又放在手里感知温度。我起身，帮着他把那几块冰冷的煤渣埋好。

1　英美制长度单位，1英尺约为0.3米。——编者注

“那么走吧。”他说。我把毯子和最后几片干肉卷起来带走，身上穿着那件兔子皮和松鼠皮做成的披肩以保暖。

“好臭。”有人说道。

“臭死了，”另一个说，“跟老库嘎一样臭。”

“是他带我来这儿的。”我说。

“库嘎？”

“你跟他在一起？”

“整个夏天。”

有一个家伙直愣愣地盯着我，有一个家伙吐了口口水，还有一个家伙耸了耸肩，第四个，也就是首先开口说话的那个，摆了一下头，带着我们走下长长的山坡，向着森林进发。到了山脚下，我跪在溪边喝水。我正喝个不停呢，那个嗓音嘶哑的带头人用手里的棍子捅了捅我：“够了，你该一天到晚尿个不停了。”我爬起来，跟着他们蹚过溪流，走入黢黑的树荫底下。

他一路带领着我们。我们快速地在林间穿行，经常是小跑前进。一直到半晌午，才在一片小小的林间空地停下。空气中有一股不新鲜的血的味道。一群秃鹫扇动着巨大的黑色翅膀，从一堆内脏和头骨残留物上缓缓飞起。一根树枝上高高地挂着三头鹿。鹿已经宰杀停当，身上停满了苍蝇，亮闪闪的一片。他们把鹿取下，分成几份，系上绳子。我们一人背着一大块肉继续前进，不过现在速度慢了些，比先前容易跟上了。我渴得要命，还有苍蝇一直团团围着我们和我们背着的肉块，真是让人不堪其扰。我背的那块肉不太好放平，穿着旧鞋的脚经过昨天的长途跋涉已是酸痛不已，还起了水疱。我们走的路非常窄，在阴森的大树前弯曲盘旋，隔几步就看不太清哪里是路了，而且还经常会有绊脚的树根。当我们终于又要跨过一条溪流时，我又径直用双手双膝撑起身体，喝起水来。

带头人回头叫我起来："快走！你可以到了再喝！"可是还有一个人也把脸埋进了水里，他抬头说道："啊，就让他喝吧，布里吉恩。"带头人这才不再言语，等着我们。

我们蹚过溪流的时候，水泡着我的脚，凉凉的，舒服极了。可是上岸之后水疱就越发地疼了起来，我的湿鞋子不停地摩擦着它们。等到了林中营地时，我已经疼得一瘸一拐了。我们把背着的鹿肉放到一个敞开式的大棚里，我终于能够站直身子，看看周围的一切了。

如果我是从以前生活的地方直接来到这里，那这地方在我眼里就什么也不是——一条小小溪流边的一片草地，长着赤杨木，寥寥几个低矮的棚屋，寥寥几个男人，周边为幽深的森林所环绕。可我是从荒无人烟的原野来到这里的，看到建筑物让我感觉很局促、很震撼，看到有其他人，我就感觉更局促不安了。

没有人留意我。我鼓起勇气，走到赤杨木树荫下的溪边，终于喝了个饱，然后我脱下鞋子，把那双皮开肉绽、火辣辣、血淋淋的脚伸进了水里。草地上很暖和，秋日的阳光尽情地倾洒而下。我飞快地脱掉衣服，整个人浸入水中。我洗了身子，然后尽可能把衣服洗了一下。衣服本来是白色的。白色衣服女孩子在订婚仪式上会穿，死人会穿，参加葬礼的人会穿。已经没法形容我的衣服变成什么颜色了：褐色，灰色，抹布的颜色。我已经想不起它原先的白色了。我把衣服摊在草地上晾干，回到溪边把头伸进水里洗头发。起来的时候我的眼睛什么都看不见了，头发垂下来挡住了眼睛。头发长得实在太长了，脏得要命，还都打结了，我洗了一遍又一遍。洗好最后一遍抬起头时，我看到岸边我的衣服旁坐着一个男人，正盯着我看。

“这样好多了。”他说。

他就是那个跟带头人说让我喝水的人。

他个子很矮，晒得很黑，有着红润的高颧骨和细长的黑眼睛，头发理得很短，贴着头皮。他说话有口音，一种来自异域的口音。

我从水里站起身子，拿那块破旧的棕色毯子尽可能地擦干身子，然后套上我的湿袍子以维持体面——虽然周围显然全是男人——也是为了能暖和一点。现在这片林间空地已经没有阳光了，不过天空依然明亮。我打着寒战，不过我不想披上那件脏兮兮的皮毛披肩，好不容易才把身子洗干净的。

“嘿，”他说，“等一下。”他走开了一会儿，回来的时候手里拿着一件长袍和一件我说不上名字的衣服：“这好歹是干的。”他说着把衣服递给了我。

我脱下身上那件松垮垮的湿袍子，把他给我的那件袍子套上。那是一件褐色的亚麻袍子，很旧了，软软的，长袖的。袍子贴着我的皮肤，我感觉温暖舒适。我拿起他拿来的另外一件衣服，衣服是黑色的，用某种厚重细密的材料做成。我想这应该是件斗篷。我试着把它披到肩膀上，但是没法弄妥帖。

那人盯着我看了一会儿，然后身子后仰躺回溪边，放声大笑。他笑得眼睛都消失了，脸也变成了深红色。他跪在地上蜷曲着身体，笑到让人觉得他都要笑伤了，不过笑声不是很大。有几个人听到了，走过来看看他，看看我，其中有人也开始笑了起来。

“哦，”最后他终于开口说话了，一边揉着眼睛一边坐了起来，“哦，这样对我有好处。那是一条短褶裙，小家伙。你穿的——”他又开始笑了起来，弯着腰，喘着气，最后终于又能开口了：“你穿反了。”

我看了看那东西，上头像裤子一样有一条腰带。

“我用不着。”我说，“如果你不介意的话。”

“不介意。”他喘着气说道，“我不介意。那就还给我吧。”

“这孩子干吗得穿你这傻不拉唧的裙子啊，钱穆瑞？”一位旁观者说道，“来，孩子，我给你拿点像样的衣服。”他拿来一条马裤，长度很适合我，不过有点松。我穿上去之后，他说：“你就留着吧，我穿着肚子这里太紧了。这么说，你是今天跟布里吉恩他们一起过来的？要加入我们，是吗？我们怎么称呼你？”

“迦威尔·阿尔卡。”我说。

给了我短褶裙的那个男人说：“那是你的名字。”

我不解地看着他。

“你想用你的名字吗？”他问道。

我已经很久没怎么思考了，我的头脑完全没法快速动起来，思考这个问题需要很长的时间。最后我终于回答说：“迦夫。”

“那就管你叫迦夫。”给我短褶裙的那个男人说，“我是伯恩莽的钱穆瑞·伯恩，我直接用我的本名。因为我来自很远的地方，没人可以通过名字或者名气，或者别的啥花招找到我。”

“他那个地方，男人穿裙子，女人站着撒尿。”一位旁观者说道，其他人闻言笑了起来。

“低地人。”钱穆瑞·伯恩是在评价他们而不是对着他们说，“他们知道啥？来吧，你，迦夫。你最好先宣誓，如果这是你来这里的目的的话，然后得到你的那份食物。我看到你拿来了自己的那一份，还有很多呢。”

他们说，幸运之神的一只耳朵是聋的，就是我们对着祈祷的那只耳朵，他听不到我们的祈祷。他能听到什么，他在听什么，没人晓得。诗人德尼奥斯说，他听到了宏伟的星辰战车的轮子驶过天堂大道的声音。我知道，当我深深沉入任何有关祈祷的念头之下时，没有希望，对一切都不信任，没有欲望，此时幸运之神就肯定来眷顾我了。我活着，但是从未在意自己是否能活下去。我人畜无害地来到陌生人中间。我带着钱而没有被抢。当我独自一人濒临死亡之时，一个隐居的老疯子敲了我一下，又让我活过来了。现在幸运之神又把我送到了这些人身边，其中一位便是钱穆瑞·伯恩。

钱穆瑞走到最大的那间棚屋，敲响了一根柱子上挂着的铁棍。听到这个信号，四散的人们会聚到棚屋的门廊前。“新来的。”他说，“他的名字是迦夫。他说他之前跟怪物库嘎一起住，这就解释了他来时身上的那股怪味儿了。在我们的河里洗浴之后，他想入伙。对吧，迦夫？”

我点点头。成为一大群人的中心让我很害怕，在我看来这是很大的一群，有二十个人或者更多，人人都在打量我。多数人很年轻，身材瘦削，看起来健康强壮，就像带着我来到这里的布里吉恩，不过也能看到那么几个头发灰白或者已经秃了的脑袋、两三个松弛的大肚腩。

“你知道我们是什么人吗？”一个秃头问道。

我深吸一口气：“你们是巴尔纳帮的人吗？”

听了这话，有人皱眉，有人大笑。

“我们有些人以前也许是吧。”那个人说，“你是怎么知道巴尔纳帮的，小家伙？”

我是比他们小，可我不喜欢他们总是管我叫孩子或者小家伙，这让我很生气。

“我听过他们的故事。他们住在森林里，跟自由民一样，没有主人，没有奴隶，所有的东西平均分享。”

“说得好。”钱穆瑞说，“高度概括。”有好几个人露出了欣慰的表情，点了点头。

“很好，很好。”秃头男子还是一脸的骄矜。另一个人走到我身边，他跟布里吉恩很像，后来我知道他们就是兄弟俩。他的脸坚毅英俊，眼神清澈冷静。他上下打量着我。“如果你跟我们一起生活，就会了解公平分享意味着什么。”他说，“意味着我们做什么，你也做什么。我们所有人是一体的。你要是以为自己可以为所欲为，那你在这里待不久的。如果你不分享，你就没东西吃。如果你疏忽大意，给我们带来了危险，那你就死定了。我们有我们的规则。你发誓跟我们一起生活，遵守我们的规则。如果你违背了誓言，我们一定会追到你，绝对快过任何一个奴隶贩子。”

人人都是一脸严肃，听了他的话大家都点了点头。

“你觉得你能遵守这个誓言吗？”

“我会努力的。”我说。

“努力还不够。”

“我一定遵守你们的誓言。”我说。他的强横激起了我的火气。

“我们拭目以待。”他说着转开身去，“拿东西过来，莫德拉。”

秃头男子和布里吉恩从棚屋里拿出了一把刀、一个陶碗、一根鹿角和一些粗粉。我不能透露仪式的具体内容，因为参加了仪式的人都发誓要保密，我也不能透露我说的誓词的内容。他们都跟着我重新念了一遍誓词。仪式和宣誓让他们所有人都惺惺相惜。仪式完成、誓词念好之后，好几个人过来拍我的背，说我的入会仪式很棒，说我是个勇敢的人，欢迎我加入他们。

钱穆瑞·伯恩自告奋勇当我的引领人，一个名叫韦内的年轻人当我的狩猎搭档。在随后的庆祝活动中，他俩一人坐在我的一边。烤肉扦子上已经烤着很多肉了，他俩又添了好多，整出了一顿盛宴。我们坐下来开吃时，夜幕已经降临了——大家围着舞动的红色篝火，有人坐在地上，有人坐在树桩和粗制板凳上。我没有刀，韦内带我到棚屋里面打开一个武器箱子，让我自己选一件。我选了一把带着皮护套的轻巧锋利的刀子，拿着刀子从一块滋滋滴油、表面已焦、香气扑鼻的腰子上割了一大块肉，坐下来狼吞虎咽起来。有人递给我一个金属杯子，倒了点什么进去——也许是啤酒，也许是蜂蜜酒——带着酸味儿，有点气泡。大家开怀畅饮，纵情欢笑，大喊大叫一通，接着继续大笑。看着他们的兄弟情谊，我的心暖暖的——这是森林弟兄之间的情谊。他们管他们自己叫森林弟兄，我加入之后，他们也管我叫森林弟兄。

这片火光闪耀的林间空地的周遭便是夜间的森林，树底下漆黑一片，星光下，高耸树冠的灰色影子向着远方无尽绵延。

* * *

要不是钱穆瑞·伯恩喜欢我，韦内让我当他的狩猎搭档，那年秋天和冬天我的日子会更难过。事实上，我总是处于忍耐力极限的边缘。我和库嘎一起在野外生存过，但是都是他照顾我、庇护我、给我食物，而且那时候是夏天，野外生存会容易一些。在这里，我身为城里人的软弱、体能的不足、对于生存技能的无知，都曾置我于死亡的边缘。布里吉恩和他兄弟伊特尔，还有其他几个人以前是农奴，习惯了艰苦的生活。他们坚忍不拔，无所畏惧，足智多谋，在他们看来我就是一个完全没用的人，一个累赘。团队里其他人是在城镇长大的，对我这该死的无能还有一些耐心，会给我生存所必需的东西，会教我必需的技能。跟之前在库嘎身边时一样，我的钓鱼本领让我有机会展示我多少还能做点有用的事情。在狩猎方面，我是毫无指望了，不过韦内还是出于好心带上了我，训练我用短弓以及其他猎人需要具备的基本技能。

韦内大约二十岁，来自喀西卡尔地区的一个镇子。十五岁那年，他逃离了恶毒的主子，一路奔逃来到了森林——据他说，在喀西卡尔，人人都知道森林弟兄，所有的奴隶都梦想着能加入他们。他很享受森林里的生活，看起来如鱼得水，是我们这帮人里头最出色的猎手。可是很快我就得知他也不安心。他跟布里吉恩和伊特尔不对付。“耍起主子那一套了。”他冷冷地说道。过了一会儿，他又说：“他们不接受女人加入……嗯，巴尔纳那帮人里头是有女人的，对吧？我想着去加入他们。”

“再想想吧。”钱穆瑞正在往一只鞋底上缝软鞋面，他是我们的皮革匠和鞋匠，能用麋鹿皮给我们做很好的鞋子和拖鞋，“到时候你该跑回来求我们救你了。你觉得布里吉恩很霸道？在发号施令这方面，男人永远比不上女人。男人生来就是女人的奴隶，女人生来就是男人的主子。你好，女人！再见，自由！”

“也许吧，”韦内说，“但是女人还会带来别的东西。”

他们两个是好朋友，他们拉上我分享他们的友情和谈话。团伙里很多人似乎都不怎么说话，只会发出哼声或者做个手势来表达什么，要么就是像动物一样呆坐着一言不发。做奴隶时保持静默的习惯已经深入他们的骨髓，他们都不会再突破这个习惯。钱穆瑞却是个话痨，他很喜欢高谈阔论，喜欢聆听，喜欢讲故事，他的故事有点像诗歌——押韵，有节奏。他很乐意跟任何人讨论任何事情。

很快我就知道了他的经历，或者说是他认为可以告诉别人的那部分经历，跟事实的出入也在他认为合适的范围内。他说他来自高地，位于城邦国遥远东北方的一个地区。我从来没有听说过这个地方，问他是不是比俄尔岱欧还要远。他说是的，比俄尔岱欧还要远得多，比本德拉曼还要远。我只在古老的故事《查木汗》中读到过本德拉曼。

“高地在远方的远方，”他说，“在月亮的北方，黎明的东方。在一个荒芜凄凉的地方，有山，有狗，有岩石，有峭壁，一座巨大的高山拔地而起，山顶环绕着一圈云，那是喀兰塔奇山。除了绵羊，没有动物应该生活在高地。这是一片贫瘠之地、冰封之地，永远是冬季，一年只能照到一次微弱的日光。它被分割成一片片小小的领土，他们号称那是农场，都是些贫瘠得可怜的农场，但是在高地，那就是领土。每片领土都有一个主子，一个头人，每个头人都有自己的邪恶力量。他们是巫师，全是巫师。你怎么可能会喜欢这样一个主子？这个人挥挥手说一个字，就能把你里外翻个个儿，你的内脏将散落在地上，你的眼睛能看到你自己的脑子。或者他只要盯着你，你就再也没有自己的想法，脑子里只有他放进来的东西了。”

他喜欢不停地讲高地巫师们这种可怕的力量，他称之为“灵能”。他的故事讲得越来越长。有一次我问他，他有没有主子，他主子的灵能是什么。听到这个问题他沉默片刻，然后明亮狭长的双眼盯着我。“也许你都没法把那个想成是一种力量。”他说，“你什么也看不见。他可以弱化人身体里的骨头。要花点时间。不过如果他向你施加了灵能，那么一个月后你就会变得虚弱疲惫，半年后你的腿就变得像小草一样无力，无法站直，一年之后你就死了。你打死都不会希望遇到一个有这种能力的人。哦，你们低地人还自以为你们知道有个主子意味着什么！在高地，我们都不会用‘奴隶’这个词。我们说的是‘头人的子民’。也许有一半是类似的，他的仆人，他的农奴——他的子民。但是跟低地这边最糟糕的主子相比，头人面前的奴隶也更像奴隶！”

“我搞不懂。”韦内说，“一顿鞭子、两条大狗跟一句咒语一样能毁灭一个人啊。”韦内的双腿、后背和头皮上都有可怕的疤痕，有一只耳朵已经缺了一半。

“不一样，不一样。那是恐惧，”钱穆瑞说，“极度的恐惧。

只要你逃离鞭打你的人和撕咬你的恶狗，你就不再害怕他们了，对吧？可是我告诉你，哪怕我逃到离高地和我的主子一百英里外的地方，当我觉得他的想法施加在我身上时，我还是吓得缩成一团。我能感觉到！那种力量从我的腿和胳膊里跑出来了。我不能挺直后背。他的灵能施加在我身上了！我能做的就是往前，往前，继续往前，直到我和他的手、他的眼、他的残酷能量之间隔着山，隔着水，隔着遥远的距离。越过特龙大河之后，我变得强壮起来了。等我越过第二条大河萨里河之后，我终于安全了。那种能量能够越过宽阔的河流一次，但是没法越过第二次。这是一个睿智的女人告诉我的。可我又越过了一条河之后才笃定了！我再也不会回北部去了，再也不会。你们压根儿不明白当一个奴隶是怎么回事，你们这些低地人！”

不过钱穆瑞还是会经常讲起高地和他出生的那个农场，虽然他一直抱怨那是一个贫瘠的、不幸的、该死的地方，但我还是听出了他恳切的思乡之情。他在我头脑里描绘出了一幅栩栩如生的画面：那一大片荒芜的沼泽地，云层缭绕的山巅，拂晓时分上千只野生白鹤会从沼泽地里齐齐腾空而起，石头墙、岩板顶的农庄挤挤挨挨地散布在一座褐色小山丘光秃秃的、弯弯曲曲的峡谷里。他在讲述这些的时候，我能清晰地看到那场景，仿佛是自己记起的一般。

那还让我想起了我自己的灵能，管它是什么呢，反正就是回想到尚未发生的事情的能力。我记起我有过这样的能力，曾经有过。可是当我想到那个的时候，我开始回忆起不想回忆的那些地方。回忆让我的身体痛苦地蜷了起来，头脑因为恐惧陷入空白。我把它们推开，转身避开它们。回忆会杀了我的。忘却让我得以苟延残喘。

森林弟兄们全是逃避过去的，逃离了某些无法忍受的事情。他们跟我一样。他们也没有过去。我学着如何熬过这艰苦的生活，如何忍耐永远不干爽、不暖和、不洁净的环境，吃的只有半生不熟的野味。我完全可以就这么跟他们一起过下去，就像当初跟库嘎在一起时那样，不去想当时当下以外的事，不去想身边的事。多数时候我都是这么做的。

可是有些时候，当寒冬的暴风把我们困在四面漏风、烟气熏天的小木屋里，钱穆瑞、韦内和其他一些人聚在闷闷烧着的炉火边，在半晦半明中聊着天，然后我开始听他们的故事：他们打哪儿来，他们以前的生活，他们逃脱的主子，他们痛苦的回忆和开心的回忆。

有时候在我的脑海中会有关于一个地方的清晰画面：一个全是女人和孩子的大房间；一座城市广场上的喷泉；一处拱廊环绕的阳光明媚的中庭，拱廊下坐着纺纱的女人们……当我看到这样一个地方时，我不会赋予它名字，我的思绪慌忙避开它。我从来不加入其他人关于森林之外世界的谈论，也不喜欢听他们的谈论。

有一天将近黄昏时分，我们这个木屋里围绕着简陋火炉的六七个疲乏不堪、肮脏不堪、饥饿不堪的男人已经谈资枯竭。我们都沮丧地坐着，一言不发。冰冷的暴雨几乎不停歇地下了整整四天四夜。黢黑的树木上方乌云压空，白天感觉也像是黑夜。雾气和黑暗在湿漉漉、沉甸甸的树枝间盘旋。我们的柴火堆在一天天缩小，人走到柴火堆那里取一点烧火的木头，立马就被淋得浑身湿透，我们有些人干脆光着身子出去，因为皮肤比布料和皮革干得更快。一个名叫布列克的同伴咳嗽得很厉害，咳的时候身子摇晃得像只被狗叼在嘴里的耗子。就连钱穆瑞也讲不出笑话和长长的故事了。在那个冰冷沉闷的地方，我想起了夏天，想起开阔山间的夏日的炎炎炽热和灼灼光芒。一段旋律钻进了我的脑海，一种节拍，还有配着这段旋律的词句，我不假思索地大声说出了这些词句：

有如身处隆冬暗夜时
我们的双眼期盼曙光，
有如身受严寒之苦时
满心渴盼太阳，
不见光明、不得自由的灵魂
发出怒吼：
做我们的光、我们的火、我们的生命吧，
自由！

在我说完之后，大家都陷入了静默。“啊，”终于，钱穆瑞打破了这个静默，“我听过那个，听人唱过。有曲调的。”

我在脑子里搜寻着那个曲调，一点点想了起来，包括曾经吟唱过这个曲调的那个优美的嗓音。我没有优美的嗓音，但我还是唱了起来。

“真好。”韦内柔声说道。

布列克咳了一声，说道：“再多来一点。”

“多来点。”钱穆瑞说。

我搜肠刮肚，想记起一些诗句念给他们听。有那么一阵子，我的脑子一片空白。最后我终于想到了一句，念了出来：“少女身着白色丧服，登上高高的台阶……”我大声念着，后续的诗句自然而然地涌现了出来。我给他们讲了贾鲁这首诗的一部分，这首诗讲了女先知钰尔诺面对敌方英雄卢瑞克的场景。穿着丧服的少女钰尔诺站在先塔斯的城墙上，俯身责骂这个杀害了她勇士父亲的男子。她告诉卢瑞克他的死状：“到了特莱波斯丘你要当心，你会在那里遭到伏击。你会逃跑躲到灌木丛中，但是他们会在你试图偷偷摸摸爬走的时候杀了你。他们会把你赤裸的尸体拖到镇上示众，面朝下，手脚摊开，这样所有人都能看到你后背的伤口。你的尸体不会伴着对祖先的祈祷被烧掉，那是英雄才有的礼遇，你会被埋葬在他们葬奴隶和狗的地方。”卢瑞克被她的预言激怒，大声吼道：“看看你是怎么死的，你这个满嘴谎话的巫婆！”然后他将手中厚重的长矛掷向钰尔诺。在场所有人都看到了长矛从她的胸口下方刺穿她的身体，飞了出去，鲜血在她的身后喷溅而出，但她依然屹立在城垛之上，白色丧服加身，毫发无伤。她的兄长——勇士阿里让——捡起长矛递给她，她把长矛扔还给卢瑞克，不是用力投掷，而是矛尾冲前、轻飘飘地、轻蔑地扔了下去。“在你四处逃窜躲藏的时候，你会用到这个的，”她说，“帕加迪的大英雄。”

小木屋冷如冰窟，烟雾弥漫，光线半晦半明，雨点大声敲打着低矮的屋顶，我念着那些诗句，眼前浮现这样的场景：我站在阿尔卡曼德的课室里，手里拿着抄写本，上头是某个学生费力抄写的这些诗句。“迦威尔，念这一段。”我的夫子说道。于是我大声念了出来。

随后是一片静默。

“哈，傻蛋。”巴寇克说，“冲女巫扔长矛，他咋不晓得咧，女巫用火烧才会嗝屁！”

巴寇克这人看长相得有五十岁了，不过，一个过去总是吃不饱又总是被鞭打的男人，他的年龄是很难判断的，也许他只有三十岁而已呢。

“这是一个故事的一部分。”钱穆瑞说，“还有吧？这个故事有名字吗？”

我说：“它的名字是《先塔斯的围城和沦陷》。还有。”

“那给我们讲讲吧。”钱穆瑞说。其他人都附议。

有那么一会儿，我怎么也想不起来这首诗的开场白，然后，感觉就像我手中真的拿着那本古旧的抄写本，那些诗句自然地浮现了出来，我念了起来：

> 全副武装的使节们，直奔先塔斯市议会和元老院，
>
> 他们利剑在手，傲慢自大，大步迈向会议厅。
>
> 先塔斯贵族们正在会议厅做出审判……

我讲完这首诗的第一部时已是夜晚，夜已深。简陋壁炉里的炉火已经烧得只剩余烬，可是围坐一圈的大伙儿没人起身去添火，大家都整整一个小时坐着没有动弹了。

“他们就要失去自己的城市了。”黑暗中传来了布列克的话音，伴随着柔和的雨点声。

“他们本来是可以挺住的。其他人离家太远了。就像去年想要拿下埃特拉的喀西卡尔一样。”塔法说道。这是我听他说话最多的一次了。韦内告诉过我，塔法不是奴隶，他是一个小城邦的自由民，应征入伍，在一次战役中当了逃兵，历经艰辛来到了森林。他满脸愁容，冷漠超然，很少开口讲话，但是现在他侃侃而谈，都算得上是口若悬河了：“他们把兵力铺排得太远了，看，帕加迪人进攻了。如果他们不能快速攻城，接下来的冬天他们就要闹饥荒了。”

他们都加入了讨论，人人都言之凿凿，仿佛先塔斯围城就发生在此时、此地，仿佛我们此时就住在先塔斯城内。

在他们当中，只有钱穆瑞一个人理解了我告诉他们的“诗

歌”为何物，它是创作者创作出来的，是一件艺术品，部分是久远的历史，部分是虚构。对其他人来说，那是一个事件，正如他们所听到的那样真实地发生了。他们希望它能继续发生。如果我可以，他们恨不得让我日夜不停地讲下去。可是第一个晚上我就讲得声嘶力竭了，那之后我躺在自己的木头床上，想着上天送还给了我一样东西：语言的力量。那之后我花了些时间来思考和规划如何使用这种力量，何时使用——如何继续讲这首诗，如何让这首诗不要一下子就被讲完，也让我不要一下子被掏空。最后我每天晚上讲一两个小时，在我们吃好饭之后。冬夜漫长无边，人人都很欢迎能够打发这漫漫长夜的事情。

这事传了开来，短短一两晚的时间，兄弟帮绝大多数的人都挤在我们的小木屋里，“讲打仗的事情”，参与接下来长时间的充满激情的关于战术、动机、道德的探讨和争论。

有些时候我不能完整地回想起贾鲁的诗句，但是这个故事在我头脑中已然非常清晰，于是我就用一些支离破碎的诗句加上我自己的描述，填补这些空白，直到我再次记起或者“看到”写在抄写本上的某个章节，然后就得以回归原诗那有力的韵律。我的同伴们似乎并没有注意到我的瞎白话和贾鲁原诗之间的区别。我在念原诗的时候他们听得是最专注的——那些通常也正是关于战斗和痛苦最为生动的章节。

当我们再次讲到我最早背诵过的那个章节的情节，就是钰尔诺在城墙上讲出预言的那个情节时，巴寇克屏气凝神，当卢瑞克

“狂怒之下举起厚重的长矛”，巴寇克大喊起来：“不要扔，伙计！没有用！”其他人喝令他住嘴，但他愤愤不平地说道：“他咋不知道这样没用咧？他已经扔过一次啦！”

起先我只是为我自己复述诗歌的能力和他们聆听的能力而感到困惑。关于这件事情他们跟我谈得不多，但是我的待遇、我在他们当中的地位因此而发生了改变。我拥有他们向往的某种东西，他们因此而尊敬我。我大方地将这东西给予他们，他们也非常慷慨地表达对我的敬重：“嗨，你就不能给那孩子整块大点的肋条吗？他今天晚上要干活儿，要讲打仗……”

但是正如钱穆瑞所说，有起必有伏。布里吉恩和他弟弟，还有他们最亲近的，也就是跟他们同住一间棚屋的那几个人，来看了一两次我们的背诵会，站在门口附近听了一小会儿，就一言不发地走了。他们没跟我说什么，但是我听其他人说，他们说听傻瓜故事的人比那些讲故事的人还要傻。布里吉恩还说，愿意花半个晚上听一个小子喋喋不休掉书袋的人不是一个合格的森林弟兄。

掉书袋！布里吉恩怎么能用这么轻蔑的口气？森林里压根儿就没有书。布里吉恩这辈子也没看过书。他凭什么蔑视书？

这些人很有可能会嫉妒知识。因为猜疑，他们没有机会接受知识。一个胆敢去学习识字的农奴也许会被挖掉眼睛，被鞭打至死。书是危险的，一个奴隶有的是理由害怕书。但是害怕是一回事，蔑视是另一回事。

我愤懑地将他们的蔑视归因为心胸狭隘，因为在我讲述的这个故事当中，我看不到任何配不上男子气概的东西。一个关于战争和英雄气概的故事怎么就会让每晚如饥似渴聆听它的男人变弱呢？每次讲完之后，我们都会互相聆听其他人关于将军们战术的是非以及勇士们战绩的论述，那不是加固了我们真正的兄弟情谊，让我们更团结吗？夜复一夜像畜生一样傻乎乎地默然坐在雨地里，头脑空空，无聊之至——那能打造出真男人？

有天早上，伊特尔说了些闲话，什么懒惰的大傻瓜们听一个臭小子扯谎之类的，他知道这些话我能听得到。我真是受够了。我正要冲过去，用我刚刚说的这些话跟他当面对质，然后一只铁钳样的手抓住了我的手腕，还有一只灵巧的脚差点把我绊倒在地。

我挣脱出来，喊道："你以为你在干吗？"是钱穆瑞·伯恩，他为自己的笨手笨脚向我道歉，一边说一边再次紧抓住我的手腕。"哦，不要落入圈套，迦夫！"他绝望地低声说道，一边拖着我远离伊特尔那帮人，"你没看出来他是在给你下套吗？"

"他在侮辱我们所有人！"

"应该有谁来阻止他吗？你吗？"

现在他已经拉着我绕到了柴火堆后头，远离了其他人。看到我现在是跟他争论，而不是想挑衅伊特尔，他就松开了我的手腕。

"可是为什么——为什么——"

"为什么他们不因为你拥有他们没有的能力而爱你？"

我无言以对。

"他们有强硬的手，你知道，而你拥有柔软的声音。哦，迦夫。不要聪明胜过主子。那要付出代价的。”

现在，我在他的脸上看到了我在这里的每个人脸上都看到过的悲伤，那是苦痛的痕迹。他们最初拥有的便微乎其微，后来又失去了几乎所有。

“他们不是我的主子，”我怒不可遏地说道，“在这里我们是自由的！”

“嗯，”钱穆瑞说，“在某些方面。”

即便伊特尔和布里吉恩为我的突然大受欢迎而恼怒不已，他们也应该明白，任何想要破坏夜间聚会的企图都会激起实实在在的反抗。他们扬扬自得地蔑视我，蔑视我的同伴钱穆瑞和韦内，对其他人倒是没搭理。所以我给我那些狂热的听众继续讲了整部《先塔斯的围城和沦陷》，时日也从阴沉的冬季缓缓步入春天。就在差不多春分的时候，我讲完了全部的诗篇。

有些人很难理解故事结束了、为什么得结束。先塔斯已经陷落了，城墙和雄伟的城门被摧毁，要塞被大火夷为平地，城里的男人被屠杀，妇孺沦为奴隶，英雄卢瑞克带着他的军队和战利品扬扬得意地班师回帕加迪——那么，接下来的故事呢？

“现在他要经过特莱波斯丘吗？”巴寇克很想知道，“在女巫说了那些预言之后？”

“他肯定要路过特莱波斯丘的，迟早的事，”钱穆瑞说，“先知的眼睛看到一个人经过一个地方，那他势必就会经过。”

“呃，那迦夫为什么不说下去呢？”

“这个故事讲到城池陷落就结束了，巴寇克。”我说。

“什么——是他们都死了？可是只是有些人死了呀！”

钱穆瑞试着跟他解释故事的特性，但他还是不满意；他们个个都惆怅不已。“啊，接下来好无聊啊！”塔法说，“我会想念那场剑斗的。当你身临其境时，那是很可怕的，但是听故事就很棒。”

钱穆瑞咧嘴乐了：“人生大部分事情都是这样，也许。”

“还有这样的故事吗，迦夫？”有人问道。

“故事有很多。”我慎重地说道。我并不急于开始讲另一篇史诗。我感觉自己成了听众的囚徒了。

“你可以从头开讲另一个故事。”有人提议，好几个人也都热切地附和。

“下一个冬天吧。”我说，“等到夜晚又变长了。”

他们像遵从牧师的仪轨一般遵从我的决定，毫无抵触地接受了。

可是布列克满怀期待地说道：“我希望夜晚短的时候有短故事听。”他听之前的史诗时付出的是近乎痛苦的专注，需要竭力地压低他的咳嗽声。相较于战争场景，他更喜欢那些对宫殿内各处宫室的描述，令人感动的家族故事，以及阿里让和露奥蔻的爱情故事。我很喜欢布列克，眼看着即便天气渐转晴好温暖，他这么年轻却病情日益严重，身体日益虚弱，真是很痛心。我无法拒绝他的请求。

“哦，有一些短故事的。”我说，“我来给你们讲一个。”一开始我想讲《尼萨斯河上的桥》，但是我做不到。那些词句虽然清晰地浮现在我脑海中，但是它们拥有我无法提举的分量。我没法讲出那些词句。

于是我在脑中让自己置身于课室，打开一本抄写本，呈现在我眼前的是霍迪斯·巴德利的一则寓言:《吃掉月亮的男人》。我逐字逐句地把寓言讲给他们听。

他们一如既往听得聚精会神。大家对这则寓言的反馈褒贬不一。有些人笑着叫道:“啊，这是最棒的！完胜所有故事！”但是其他人觉得挺傻的，塔法说了句“蠢货”。

“啊，但是其中有个寓意。”钱穆瑞说，他之前一直听得兴致盎然。他们开始争论吃了月亮的那个人到底是不是骗子。他们从来不会拉我来给出结论，甚至都不会让我加入讨论。我说白了就是他们的书。我提供文本，对于文本的评判则由他们来做出。以往我听过那些博学之士关于伦理的辩论，而现在他们辩论的激烈程度也丝毫不差。

那之后，他们经常在晚上让我给他们讲一个寓言或者一首诗，不过现在他们的需求不那么强烈了，因为我们已经不用老是蜷在窝棚里躲雨，可以到户外活动，人也变得活泛起来了。人人都忙着狩猎、设陷阱捕猎、抓鱼，因为在冬末春初我们个个都已经瘦得皮包骨了。我们不光想吃肉，还想吃野洋葱和其他香草，我们当中有些人知道怎么在森林里找到这些东西。我念念不忘在城里时经常吃的麦片粥，可是这里没有这样的东西。

“我以前听说森林弟兄到有钱的农户那里偷谷物。”有一次，我们一起挖野生山葵时我对钱穆瑞说道。

“是他们偷的，那些会偷的人。”他说。

“谁？”

“巴尔纳帮，在北面。”

这个名字在我头脑中产生了奇怪的回响，带来了一整套稍纵即逝的影像：年轻人在拥挤暖和的宿舍里高谈阔论，一位老牧师的脸……不过我没有去理会这些影像。语言才是我现在可以安全记起的东西。

“那么说真的有个叫巴尔纳的人？”

“哦，是的。不过你不要在布里吉恩面前提到他。”

我又用甜言蜜语哄他再多说一些，钱穆瑞是永远无法拒绝讲故事的。于是我发现了，正如我之前所怀疑的那样，我们这伙人是从另一个大团伙中分离出来的，两方的关系并不友好。巴尔纳是那个大团伙的首领，伊特尔和布里吉恩背叛了他的领导，带着几个人来到了森林的南部——这里距离任何一处居民点都是最远的，因此对逃奴来说也是最为安全的，同时也是资源最为贫乏的，唯一多的就是钱穆瑞所说的带角的畜生。

“在他们那里，他们能够猎到正儿八经的猎物，”他说，

“肥肥的小公牛。绵羊！啊！要能尝到羊肉的滋味，让我拿啥换都干！我打心底里讨厌绵羊，这种狡猾的、毛茸茸的、讨厌的畜生。可是要是一头绵羊躺下来摇身一变成了烤羊肉的话，我能吞下一整头。”

“巴尔纳那帮人养牛养羊吗？”

“多数时候他们让别的人替他们做这事，然后他们会挑走几头最好的。有人会说这是偷，不过这个词太微妙，太具有法律意义上的严重性了。我们管这叫征税。我们向农户的牲畜征税。”

“这么说你在那儿住过，跟巴尔纳帮一起？”

“住过一阵子。而且住得很舒服。”钱穆瑞身子往后坐下，看着我，“你看，你们应该到那儿去的。不该来这儿，跟这么一帮子铁石心肠榆木疙瘩混在一起。”他敲掉一根辣根上的土，在衣服上蹭了蹭，开始吃了起来。“你和韦内，你们应该走。你们会受到他们的欢迎的，韦内的狩猎本领，你的金舌头……”嚼了一会儿生辣根后，他脸上的肌肉抽搐起来，两眼也直流泪，“你的口才在这里只会让你陷入麻烦。”

“你会跟我们一起走吗？”

他吐出残渣，擦了擦嘴：“石神啊，真够辣的！我不知道。我跟布里吉恩他们一起出来的，因为他们是我的同伴。我又是个不安分守己的……我不知道。”

他是不安分守己。当我们下定决心离开的时候，韦内和我没费什么力气就哄得他同意跟我们一起走。很快我们就付诸行动了。

布里吉恩和伊特尔感受到了我们的不满情绪，试图用前所未有的严苛要求和指令来压制这种情绪。伊特尔告诫现在已病入膏肓的布列克，如果他不出去打猎，那么营地大锅里的东西他一点都吃不着。伊特尔可能只是在恃强凌弱，也可能他真的以为自己的威胁会奏效，有些过惯了艰苦日子而身体健康的人只会把人的病痛和虚弱归因为懒惰、装腔作势。反正布列克要么是被吓着了，要么是觉得羞愧，他坚持让一支狩猎小队带上他。他跟着他们离开营地走了一段路后就倒地不起，口吐鲜血。他们把他带回营地时，韦内当面斥责了伊特尔，吼叫说他会像奴隶监工一样害死布列克。之后韦内悲愤交加地冲出了营地。他看到我在溪流上游的一个池塘边钓鱼："我们走出营地之后，得马上给布列克找个能坐下来等着我们的地方，可是他连那点距离都要走不了了。他正在死去。迦夫，我没法在这儿待下去了。我没法遵从他们的命令！他们以为他们是主子，我们是奴隶。我想杀了那个狗日的伊特尔！我必须马上离开这儿。"

"我们跟钱穆瑞谈谈吧。"我说。我们去找了钱穆瑞，起初他劝我们等一等，但是当他看到韦内的怒火已经到了危险的地步时，他同意当天夜里就走。我们跟其他人一起吃饭。大家都一言不发。布列克躺在一间小木屋里费力地呼气吸气。黎明之前，韦内、钱穆瑞和我摸黑潜出了营地，我还能听到布列克那拉风箱一般的缓慢呼吸声。我们随身带了一点点自认为应当属于我们的东西：身上穿的衣服，一人一条毯子，我们的刀，韦内的弓和箭，我的鱼钩和捕兔夹，钱穆瑞的修鞋工具，还有一包熏肉。

距离春分已经过去两个月了，现在也许是五月底了：和煦惬意的黑夜，薄雾蒙蒙的黎明，鸟鸣阵阵的清晨。非常适合奔赴自由，将营地那些尔虞我诈野蛮残暴抛诸身后。我一整天都步履轻快，心情愉悦，一路在想着我们干吗要忍受伊特尔和布里吉恩的欺凌那么久。但是到了夜间，我们坐下歇息却不敢生火，躺在低矮的地方以防他们追到我们，我的心绪也随之低落下来。我一直在想着布列克，还有其他人：塔法当了逃兵，同时也舍弃了自己深爱的妻儿，再也无法回到他们身边；巴寇克心思单纯，他甚至都不知道他生而为奴的那个村庄叫什么名字——他只知道是“那个村子”……他们都对我很好。而且我们一起立过誓言。

“你在烦恼啥，迦夫？”钱穆瑞问道。

“我感觉我抛弃了他们。”我说。

“他们也可以逃的，如果他们想的话。”韦内脱口而出，看他这反应速度，我就知道他也一直在想同样的问题，在心里为我们弃他们而去做着辩护。

“布列克不可以。”我说。

“现在，他应该比我们走到更远的地方了。”钱穆瑞说，“不要为他而烦恼。他已经回家了……你太过忠诚了，迦夫，这是你的一个缺点。不要往回看。短暂停留后继续进发，这是最好不过的。”

这话在我听来很奇怪。他这是什么意思？我从来没有往回看。我没有效忠的对象，没有可以紧抓不放的东西。我只是受命运的摆布而行。我就像一捆布匹在河流之中随波辗转漂浮。

第二天，我们到了我以前从未到过的大森林的某个区域。从这里开始我们就离开我们的领地了。这里的树木都是常绿的冷杉和铁杉树。这些树构筑出了道道铜墙铁壁，那些倒塌的树干和树干之上长出的小树构筑出了座座迷宫。我们只能顺着河床前进，过程很是费劲，我们得蹚过水，爬过岩壁，绕过急流，头顶是遮天蔽日的大树，光线异常阴暗。钱穆瑞一直在说我们很快就能走出去了，第二天的傍晚我们终于重见天日。我们溯溪而上，直到溪水的源头，那是一片开阔的绿草如茵的山坡。我们坐下来，尽情地享受柔软的草地和毫无遮挡的暮光。就在山下距离我们不到二十英尺的地方，一群鹿排成一行悠然走过，它们漠然瞥了我们一眼，继续安静地往前走去，一只挨着一只，大耳朵来回扑扇着。韦内悄悄举起弓，搭上了一支箭。四下一片寂然，只有弓弦发出的嘣的一声，就像一只大甲虫拍打翅膀的声音。队列中最后那只鹿猛然跳起，膝盖跪地，接着轰然倒下，这一切都发生在一片安详的寂静之中。其他鹿没有回头，继续往前走进了树林。

“啊，我干吗要射它呢？”韦内说，“现在我们还得清理它。”

不过清理工作很快就做好了。那天晚上，还有第二天，我们都有新鲜的肉可以吃，大家都很高兴。我们吃得饱饱的，坐在火堆的余炭边，钱穆瑞说：“如果这是在高地的话，我就会说是你召唤了那些鹿过来。”

“召唤它们？”

“这是一种灵能——召唤动物过来。头人出去打猎，嗯，他就会带一位召唤师，如果他自己没有召唤灵能的话。野猪、驼鹿、鹿，不管他们要打的是什么猎物，这些猎物都会到召唤师这里来。”

“我不会这个。”过了一会儿，韦内低声道，“可是我能看到事情会怎样发生。假使我熟悉了这片土地，绝大多数时候，我就能大致知道鹿在哪里。它们也知道我在哪里。假使它们害怕了，我就不再看它们。可是假使它们没有害怕，它们就会过来。它们会让自己被看到——‘你想要我吧，我在这里。’它们献出自己。不了解此道的人就跟打猎无缘，他仅仅是个屠夫而已。”

我们继续走了两天，穿过连绵起伏的开阔的树林，最后我们来到了一条很大的溪流边上。“过了这条溪就是巴尔纳的地盘了。”钱穆瑞说，“我们最好待在一条路上，发出声响，让他们知道我们在这里，免得他们以为我们想偷偷溜进去侦察。”于是我们就像一群野蛮的猪一样冲进了巴尔纳的领地，这是韦内的形容。我们走上一条小道，一边沿着这条道往前走，一边高谈阔论。很快有人大声叫我们站在原地别动。我们照做了。两个男人顺着小道大步走过来跟我们会合。他俩一个又高又瘦，一个矮一些，挺着个大肚子。

“你们知道自己在哪里吗？”矮个子问道。他的声音似乎很欢快，没什么威胁的意味。高个子手里拿着上了箭的弩，不过没有对着我们。

“在森林中心，”钱穆瑞说，“寻求接纳，托马。你不记得我了吗？”

“嚯，毁灭神啊！越是不想见的人越要让你见！”托马走过来把手搭在钱穆瑞一边肩膀上，来回用力摇晃他，用力地表达着欢迎。“你这个高地耗子，”他说，“你这个大害虫，跟着布里吉恩那帮家伙夜里偷偷溜走。你跟他们走图个啥呢？”

“那是个错误，托马。”钱穆瑞让自己站稳，好让托马继续摇晃他，“是个错误，原谅它吧。唉！”

“有啥不行呢？这肯定不会是我原谅你的最后一件事情，钱穆瑞·伯恩。”托马终于放开了他，“后边你带来的是啥呀？耗子宝宝吗，他俩？”

“我带走的是猪头布里吉恩和他的兄弟，”钱穆瑞说，“带回来的是两颗珍珠，献给巴尔纳的耳朵的镶金珍珠。韦内，就是这位，能够在千步之外射倒一头鹿；迦夫，就是这位，会讲各种故事和诗歌，让你上一刻痛哭流涕，下一刻哈哈大笑。带我们去森林中心吧，托马！”

于是我们穿过橡树和赤杨树林，走了大约一英里，来到了那处不寻常之所。

森林中心是一个镇子，在木桩围墙外头有菜园、谷仓、牛棚和畜栏，围墙里头是他们的住房和礼堂、街道和广场——全是用木头搭建的。我曾经以为镇子和城市都是用石块砖块建成的，只有牲畜住的畜棚和奴隶住的工棚才是用木头建的。但眼前就是一座木头之城。城里挤挤挨挨的都是人——男人，也有女人和孩子——到处都是，菜园里，街道上。我好奇地看着那些女人和孩子。我看着那些有着横梁和双坡屋面的房子惊叹不已。我看着人潮汹涌的宽阔的中央广场，惊恐地停下了脚步。韦内走在我的右手边，他伸手压着我的肩膀给我勇气。“这种东西我见得多了，迦夫。”他用粗嘎的声音说道。我们紧紧跟在钱穆瑞身后，活像两只跟在母羊身后的小山羊。

钱穆瑞环视着这一切，也是惊愕不已。“我走的时候还不到这一半的规模呢。”他说，“瞧瞧他们造的这些！”

“你很幸运，”我们的胖子向导托马说，“他本人就在那儿。”

穿过广场朝我们走来的是一个大块头、胡子拉碴的男人。他非常高，胸宽腰粗，一头深红色鬈发，一把大胡子遮住了他整个脸颊、下巴和前胸，一双清亮的大眼睛，步姿异常的挺拔轻盈，似乎他就是从土地里长出来的——一看到他，你就知道这就是托马所说的“他本人”。他目光友善，带着强烈的好奇打量我们。

“巴尔纳！”钱穆瑞说，“如果我给你带来了两位特别的新成员，你愿意让我回来吗？”钱穆瑞的腔调很是自得轻快，似乎对巴尔纳不是那么敬畏，不过他的身体姿势是非常恭敬的，“我是伯恩莽的钱穆瑞·伯恩，几年之前鬼迷心窍去了南面。”

“高地人。”巴尔纳微笑着说道。他笑的时候嘴巴咧得很大，露出的一嘴白牙在大胡子间很是闪耀，他的声音低沉雄浑。“哦，就你自己回来你也是受欢迎的，伙计。我们这里来去自由！”他握住钱穆瑞的手摇了摇，“这两个小伙子是谁？”

钱穆瑞向他介绍了我俩，言简意赅地说了一下我俩的才能。巴尔纳拍着韦内的肩膀，告诉他猎人在森林中心一直都很受欢迎；他专注地盯着我看了一会儿，然后说道：“如果你愿意的话，迦夫，等一下来见我。托马，你会给他们找住处吧？好，好，好！自由欢迎你们，小伙子！”然后他就迈着大步走开了，比其他所有人都高出了一个头。

钱穆瑞喜不自禁。“石神啊！”他说，“没有一句冷言冷语，敞开怀抱欢迎我们回来，饶恕了过往的一切！这真是个伟大的人，有一颗伟大的心！”

我们在一处寮房找到了住处，那地方跟森林营地中我们那些粗制滥造、烟熏雾绕的棚屋相比显得很奢侈。我们去公共食堂吃了饭，这里全天对所有人开放。在公共食堂，钱穆瑞终于得偿所愿：他们烤了两头绵羊。他大快朵颐，沾着羊油的两颊油光锃亮，两眼放着心满意足的光。之后他带我去了位于中央广场上方的巴尔纳大宅，但没有跟我一起进去。“我不能榨光我的运气，”他说，“他叫你来，没有叫我。给他唱你的那首歌，《自由》，是吧？那首歌能征服他的。”

然后我进去了，努力让自己看起来并不胆怯，跟里头的人说是巴尔纳叫我来的。这些人都是男人，不过我听到宅子远处有女人的声音。那个声音，大宅子其他房间传来的女人的说话声，让我的思绪奇怪地悸动了起来。我想停下脚步听这个声音。我很想听到一个声音。

可我只能跟着那些带着我的男人走进了一个大厅，厅里有一个巨大的壁炉，不过现在里头没有烧着火。巴尔纳坐在一把对他来说足够宽大的椅子上，那是一个形状规整的王座，他正在跟一些男士、女士谈笑风生。女士们穿着美丽的华服，这样的颜色好多个月以来我只有在一朵鲜花上或者黎明时分的天空中看到过。你也许会嘲笑我，但是当时我盯着看的真的就是那些色彩，而不是那些女人。有些男士也衣冠楚楚。男人们仪容整洁，穿着帅气的衣服高声谈笑，真是一个令人愉悦的场景，很熟悉的场景。

“到这边来，小伙子。”巴尔纳用他低沉雄浑的声音说道，“迦夫，对吗？你是来自喀西卡尔，还是亚逊，迦夫？”

呃，在布里吉恩的营地，你绝对不能问一个人来自何方。对逃奴、逃兵和被通缉的盗贼而言，这个问题并不受欢迎。钱穆瑞是我们当中唯一经常无所顾忌地说起自己来自哪里的人，因为那里的距离是如此遥远。不久前我们还听说有人进入森林搜查，奴隶贩子们在寻找那些逃奴。对我们所有人来说，最好压根儿就没有过去，这一点正合我意。巴尔纳的问题让我大吃一惊，我答得很僵硬，很不自在，就连我自己都觉得我是在撒谎：“我来自埃特拉。”

“埃特拉，是吗？哦，我看到一个人就知道他是不是城里人。我本人是出生在亚逊的，是奴隶的儿子，生来就是奴隶。你看，我把城市带进了森林。如果你又穷又饿又脏又冷，自由有何益处？那不是值得拥有的自由！如果一个人想靠弓箭或者自己双手的劳作而活，就让他自己做出选择吧，但是这里，在我们的领土，没有人会沦为奴隶或陷入困顿。那是巴尔纳律法的基本和终极目标。对吧？”他笑着问他身边的那些人。他们大声答道：“对！”

这个人的活力以及和善，他乐在当下的纯粹，都令人无法抗拒。他用他的热情和力量拥抱我们所有人。他也非常敏锐，清澈的双眼看事物又敏锐又深入。他看着我说道：“你曾经是一个家奴，很受善待，对吧？我也是。你在大宅子里受训给主子们提供什么服务呢？”

“我接受教育，给大宅子的孩子们授课。”我说得很慢，感觉仿佛在读我脑中的一个故事，仿佛我说的是别人。

巴尔纳身子前倾，表现出了强烈的兴趣。“接受教育！”他说，“读，写——这些吗？”

“是的。”

“钱穆瑞说你是一个歌者？”

“讲述者。”我说。

“讲述者。你讲述什么呢？”

“讲述我读过的一切。”我说。不是在吹嘘，而是因为事实就是如此。

“你读过什么呢？”

“历史学家、哲学家、诗人的作品。”

“一位博学之士！聋神啊！一位博学之士！一位学者！幸运之神送来了我想要的人，我急需之人！”巴尔纳盯着我，表情又是惊愕又是开心，然后他从那把大椅子上起身，走到我身边给了我一个大熊抱。我的脸都要被他卷曲的大胡子给扎伤了，他紧抱着我，我都要窒息了，然后他松开怀抱，让我跟他隔着一臂远，用手拉着我。

“你会在这里住下，”他说，“对吧？荻媛萝，给他一个单独的房间！今晚，今晚你愿意为我们讲述吗？你愿意给我们讲讲你的一小片知识碎片吗，学者迦夫-氏？嗯？”

我说我愿意。

“这里没有书给你看。”他有点不安地说道，两手依然扶着我的肩膀，“一位男士所需要的其他一切我们都有，除了书——我的这些人多数是不会带着书来这里的，他们是无知的文盲大老粗，而且书是非常重的东西——”他笑着甩了甩头：“啊，但是现在，从现在开始，我们可以弥补这一点了。那么，晚上见！”

他示意我可以出去了。一位身穿精致的黑色和紫色礼服的女士牵着我的一只手，引领我退下。我感觉她年纪挺大的，肯定超过四十了。她面色严峻，没有笑意，不过她的态度和声音都很柔和，她的裙子很美，她的动作、步态和谈话方式跟男人是那么不同，真是令人惊奇。她带我去了一间阁楼，向我表达歉意，说这个房间在楼上，而且很小。我结结巴巴地说想跟同伴们一起待在寮房里。她说：“如果你愿意，你当然也可以住在那里，但是巴尔纳希望你能给予他的宅子这个荣幸。”我无法让眼前这个优雅而纤巧的人失望。似乎所有人都深信我是有学问的，不过我也不是很确定。

她让我自己留在那间小阁楼里。阁楼有一个小小的正方形窗户、一张床，床上铺着垫子，放着寝具，还有一张桌子、一把椅子、一盏油灯。在我看来这就是天堂啊。我回过一次寮房，但是钱穆瑞和韦内都出去了。我让一个懒洋洋靠在床铺上的人告诉他俩，我要暂住在巴尔纳大宅里。起初他一脸难以置信地看着我，随后露出一个会意的、幸灾乐祸的笑。

“过上上等人生活了，嗯？”他说。

我把仅有的那一点点财物跟钱穆瑞的东西放在了一起，因为我不会再需要鱼钩和那条脏兮兮的旧毯子了，不过我把那柄皮鞘刀别在了腰带上，我看这里多数男人都是这样做的。我回到了巴尔纳大宅。现在我不再那么胆怯了，可以好好地看看它了。宅子面朝中央广场，正立面宽阔高耸，有着巨大的房梁和纵深很大的山墙。宅子全是用木头建成的，带着小窗格的窗户上都没有玻璃，不过这依然是一栋令人惊叹的房子。

我坐在自己房间的床上——我自己的房间！——任由困惑和兴奋的情绪泛滥。要在这个和蔼亲切、恣意妄为、难以捉摸的巨人和他手下那群人面前背诵，我感到非常紧张。我觉得我应当立即证明自己确乎就是他希望我是的那种学者。那是一件令我不安的事情，却又义不容辞。要突破我保持了这么久的沉默，森林的沉默，缄默地遗忘过去……可我就是在这样的沉默之中为我的同伴们背诵了整部《先塔斯的围城和沦陷》，不是吗？我召唤它，它应声而至。它是我的，它就在我内心深处。我记起了在课室里学过的全部，和——

我走得离墙太近了，脑子陷入了麻木。一片空白，空无一物。

我躺下，我想我应该是打盹儿了，直到透过那个有着厚厚窗框的小窗户的光线逐渐变红。我起身，用手指梳理了头发，又用一根钓鱼线的线头把头发束了起来，因为头发已经有一年没有剪了。那是我唯一能做的让自己显得优雅一些的事。我走下楼梯，来到大厅，那里已经聚集了三四十人，像一群叽叽喳喳的椋鸟。

有人迎接我进入，那位身着黑紫配色的礼服、脸色肃穆、态度温和的女士荻媛萝递给我一杯葡萄酒，我如饥似渴地将酒饮下。我感觉自己的头在转。我没有胆量制止她给我续杯，不过我神志还清醒，不会让自己再喝了。我看着手里的酒杯，纤薄的银质杯壁，镂刻着橄榄叶图案，精美一如……一如我曾经见过的那些美物。我很好奇，森林中心有银匠吗，银子又是从哪儿来的呢？随后巴尔纳高高的身影来到了我的身边，我的耳边传来了他低沉雄浑的声音。他伸出一只手环抱着我的肩膀，把我带到众人面前，高呼着让大家安静下来，然后他告诉客人们，他有样好东西要款待他们，接着微笑着冲我点了点头。

我真希望手里能拿着一架七弦琴，就像那些吟游诗人一样，他们用七弦琴给他们的唱诵定好调子和氛围。我只能在一片寂静之中开始，这很难。不过我已经训练有素了。站直了，迦威尔，双手不动，让你的声音从腹部蓄力，通过胸腔发出……

我给他们唱诵了一首古老的诗——《亚逊的水手们》，今晚想起这首诗是因为巴尔纳说他来自那个城市。我希望在我现在身处的这个聚会中它是合时宜的。故事讲述的是一艘满载珠宝的大船从安苏尔出发，沿着海岸线一路北上亚逊。强盗攻上这艘船，杀死了军官，命令划桨的奴隶把船划向强盗的避风港索瓦岛。划手们应承了，但到了晚间他们策划了起义，解开束缚他们的枷锁，杀死了海盗。然后他们把满船珠宝运到了亚逊港，亚逊的贵族们以英雄的礼遇欢迎他们，奖赏了他们部分珠宝，并赐他们以自由。这个故事情节仿佛海浪般跌宕起伏，我看到我那些身着精美服饰的听众瞠目结舌地陷入故事情节之中，他们给的反应就跟那间烟雾缭绕的小棚屋里我那些衣衫褴褛的弟兄的反应一样。这些词句，还有他们的专注，都在激励着我。我们都仿佛置身于漂荡在昏暗大海之上的那艘大船之中。

故事就这样结束了，随后是一阵短暂的沉默，接着巴尔纳欢呼着起身："放他们自由！造物神、毁灭神桑帕啊，他们放他们自由了！终于有一个我喜欢的故事了！"他又给了我一个熊抱，用他特有的方式双手撑着我的肩膀说，"不过我怀疑这不是真实的历史。对这么多划桨奴隶表示感谢？不可能！来，学者，我来告诉你一个更好的结局：他们根本就没有把船划回亚逊，而是一路往南，往南，回到那些珠宝的发源地安苏尔。他们在那儿分享了那些珠宝，靠着这些珠宝度过了余生。自由，富有！怎么样？这真是一首好诗，壮丽的诗篇，讲得也好！”他拍了拍我的后背，然后带着我四处走动，把我介绍给其他男男女女，他们都对我夸赞有加，语气和善。我喝光了杯中的酒，头又开始晕了。非常愉快的一晚，不过我很高兴我终于可以离开了，心中对这悠长一日发生的一切惊叹不已。我回到了自己的阁楼，倒在我柔软的床上，酣然入睡。

如是，我开始了在森林中心的生活，开始了跟它的创始人兼主持大局的灵魂人物之间的交往。我能想到的就是幸运之神终归还是眷顾我的，自从我不知向他何所求之后，他就给了我需要的一切。

巴尔纳对我的欢迎不仅仅是快活的夸夸其谈，他的多数言行多少体现了这种快活，不过在这层表象之下，还有一个强烈的意图。他一直想给他这座自由之城招一些有学识的人，却一直未能实现。

很快他就对我信赖有加。跟我一样，他也是一个在大家族里长大的奴隶，家族中的主子和有些奴隶是受过教育的，宅子中有书可以看。此外，到访亚逊的学者们会拜访家族中有学问的人，相互交谈。有些诗人会长住下来，哲学家迪奈特尔曾经在那儿住了一年。所有这一切都令少年巴尔纳心驰神往，而他的敏于学，尤其是在哲学方面的才能，也深深打动了他的主子和访客们。迪奈特尔非常看重他，想收他为徒。他即将成为迪奈特尔的学生，跟随他环游世界。

但是在他十五岁那年，亚逊市政大寮房的奴隶们造反了。他们闯入市卫队的军械库，把军械库当成一个堡垒，大肆杀戮市卫队员和其他试图攻击他们的人。他们宣布自己是自由民，要求市议院承认他们的这一身份，并号召全体奴隶加入他们。很多家奴加入了他们。此后好多天，整个亚逊人心惶惶，一片混乱。亚逊军队的一个团被派遣过来，他们包围了军械库，将其攻陷，反叛者被屠杀殆尽。此后几乎所有男奴都遭到了怀疑，他们很多人被打上了烙印，标记着他们永生都不得自由。十五岁的巴尔纳逃过了烙刑，但是再也没有关于哲学和游学的探讨了。他被选派去补市政营的缺，被安排做各种苦役。

“就这样，我的教育就在那个时候、那个地方戛然而止。那天之后我的双手再也没有拿过一本书。不过我受过那几年的教育，聆听过真正有智慧的人的交谈，知道有一种精神生活是远远超然于这世上其他一切事物的。所以我很清楚这里缺失的是什么。我可以打造出我的自由民的城市，可是对于无知之人，自由有何益处呢？自由是头脑的力量，是去学习头脑之所需以及头脑认为自己喜欢的东西，除此之外，自由本身是什么？啊，即便你的身体被锁链束缚，只要你的头脑中有哲人的思想和诗人的词句，你就能摆脱锁链的束缚，行走在伟大人物中间！”

他对于知识的赞颂深深打动了我。我一直与贫困的人们生活在一起，任何关于超乎他们贫困的事物的知识对他们来说都毫无意义，因此他们就判定那些知识是无用的。我已然接受了他们的判定，因为我接受了他们的贫困。我已经很久很久没有想起过造物主的词句了。在布里吉恩的营地，当这些词句重回我的脑海时，它们似乎是一个神迹般的礼物，跟我的志愿和意向无关。长久以来我自己也是如此贫困、如此无知，“无知者不可评判知识”这样的话我已经全无勇气说出了。

但是现下就有这样一个人，他让世人见证了他的才智、能量和勇气，他让自己摆脱了贫困和奴隶身份，晋升为一位王者，他带领着跟从他的所有人独立自主，他将知识、学问和诗歌的地位放置于如是之丰功伟绩之上。我为自己的软弱而羞愧，为他的力量感到欣喜。

随着对他的了解的加深，我对巴尔纳越发钦佩仰慕，我想要让自己对他有所助益，为他所用。但是就目前看来，他想让我担任的无非就是类似门徒的角色，跟着他在城里各处走动，聆听他的想法——我很乐于倾听——然后就是到了晚间，在他的客人和家人面前随我自己所愿唱诵某首诗或者某个故事。我提议我来教他的一些同伴阅读，可是他说，没有书可以拿来教，尽管我提出可以写手抄本，但他不同意我把时间浪费在这上头。他说，书可以去搜罗来，也会去找受过教育的人来辅助我，然后我们就可以有一所正规学校，那些想学的人都可以来这儿学习。

与此同时，巴尔纳身边有些人哄劝我教他们，是住在他宅子里的一些年轻女子，她们想寻求一种新的娱乐。在巴尔纳的许可下，我给她们几个人开了一个小班，教她们写字阅读。巴尔纳笑话我和那些女孩子。“不要被她们愚弄了，大学者。她们才不是追求文学呢！她们只是想坐在一个漂亮男孩子的旁边。”他和他那些男性伙伴嘲笑这些女孩子居然要变成书虫了，很快她们也就放弃了。荻媛萝是唯一来了不止那么几次的学生。

荻媛萝是个美丽的女子，亲切又温柔。她从少女时代开始受训成为一名“蝴蝶女士”。亚逊“蝴蝶”们接受寻欢作乐学科的系统培训，这门学科比各个城邦为人熟知的其他一切都远为精致繁复。亚逊是一座古老的城市，以其礼仪、奢华和女人而闻名。

但是，荻媛萝亲口告诉过我，教授给“蝴蝶”们的才艺当中没有阅读这一项。她怀着极度的向往之情聆听我唱诵的诗歌，她对诗歌有着强烈的求知欲，但是又心生怯意。我鼓励她，教她书写字母、拼写单词。她很谦卑，很没有自信，不过学得很快，她乐在其中，我也乐见于此。巴尔纳饶有趣味地旁观我们上课。

他的那些老随从都跟随了他好多年，对他言听计从。多年的奴隶生涯让他们养成了接纳指令、不会竞争领先的习惯，这让他们成了很好相与的同伴。他们把我当成一个孩子，而不是他们的竞争对手来对待，他们告诉我需要了解的规矩，偶尔也会向我发出警告。他们告诉我，巴尔纳可以把自己身上的衣服脱下来给你，可是如果他认为你在跟他的女孩偷情，那你可得当心啦！他们告诉我，荻嫒萝在巴尔纳初获自由时就跟着他一起逃离了亚逊，给他当了好多年的情妇。现在她已经不再是他的情妇了，但是她是巴尔纳大宅的女人，一个不能抱着诚挚敬意对待荻嫒萝的男人在那儿是不受欢迎的。

有一天，巴尔纳和我一起坐在森林中心的瞭望塔上，他给我讲男子和女子应当自由相爱，而不应当靠着那些虚伪的忠诚承诺束缚在一起。我深以为然。我对于婚姻的全部了解就是，那是主子们才配享有的，像我这种人是不配的，所以我很少会对婚姻想这想那的。巴尔纳却思考了这些事情，得出了自己的结论，并在森林中心将其付诸实施。关于孩子，他也自有想法：他们应当完全自由，不能惩戒他们，要允许他们随心所欲地到处跑，让他们自己发现最适合自己做的事情。这个想法我觉得也非常棒。他的所有想法都非常棒。

我是一个很好的聆听者，有时候会提出一个问题，不过多数时候我都是兴致勃勃地听着他无穷无尽的创想和多姿多彩的愿景。如他所说，他在想事情的时候大声说出来效果最好。很快他就宣告我对于他来说是不可或缺的："迦夫-氐呢？大学者呢？我需要思考！"

我住在巴尔纳大宅里，不过我会经常去看钱穆瑞。他加入了鞋匠公会，在那儿生活得很舒适，心满意足，除了偶尔抱怨女人太少、烤羊肉太少。"他们该派征税少年出去搞烤羊肉了！"他说。

韦内很快就发现，身为猎人的他多数时间都得到很远的森林深处，就像以前在布里吉恩营地一样，因为森林中心附近的猎物早已被捕猎殆尽。如今森林中心的人们已经不是靠打猎为生了。有一支“征税少年”队发现他的短弓百发百中，于是邀请他跟他们一起行动，为他们提供保卫，于是他加入了他们。在我们抵达森林中心大约一个月之后，他第一次跟他们一起出发行动了。

征税者们，说白了就是抢劫者们，从我们的木头城出发，在森林外头的大道上搜寻牲畜贩子和运货马车。他们的行动目标是带回各种牲畜、连车夫带马匹的满载的运货马车，以此来充实我们的食品库，增加我们的运输工具、牲畜以及人员的储备——假使那些人愿意加入巴尔纳兄弟帮的话。巴尔纳告诉我，如果那些人不愿意加入我们，抢劫者就会把他们蒙上双眼、绑住双手，让他们自己瞎走，直到有过路人给他们松绑。他带着他那声如洪钟的笑声告诉我，有些车夫被森林兄弟抢劫的次数太多了，他们自己会温顺地伸出双手等着被绑。

还有一些“网人”，他们独自一人或者两人一组潜入亚逊城，有时候是去市场上以物换物换取我们需要的物品，不过也有些时候是去有钱人的宅子和那些富裕圣祠的柜子里偷窃财物。我们内部自己人之间是不用钱的，不过森林兄弟会需要现金来买一些抢劫者抢不来的东西——获取森林周边市镇的善意，让城里跟我们串通勾结的商人保守秘密。巴尔纳喜欢自夸他坐拥的财富足以让亚逊城的大商人们眼热嫉妒。我从来不知道那些金子、银子藏身何处。任何人要去市镇上购买物品都可申请拿到铜币。

巴尔纳和他的助手们都清楚有哪些人离开了森林中心。知道详情的人不多，只有久经考验的亲信才有知情权。巴尔纳是这样解释的，一个在小酒馆里瞎扯淡的傻瓜就会引来一支亚逊军队征讨我们。通往大门的那些错综复杂的、狭窄的林间小道都有人看守，而且路也经常变来变去，有些路废弃不用，因此没人能够通过运货马车和牲畜群留下的痕迹轻易地找到木头城。我想起了我们之前碰到的哨兵，他们对我们的盘问，还有那把上好了箭的弩。我们都明白，看到有人未经允许走出大门，小路哨兵不会盘问他，而是会直接射杀他。

他们让韦内去当小路哨兵，但是他不喜欢在背后射杀别人。抢劫马车队和牲畜群更适合他，身为抢劫者的人在兄弟会中享有极大的威望。巴尔纳亲口说过，抢劫者和执行法令的“法官”是我们这个社区最有价值的成员。森林中心的每一个人都应当遵从自己的内心来选择自己做什么。于是韦内兴高采烈地跟着一帮年轻人出发了，信誓旦旦地跟钱穆瑞说他会带“一群绵羊，如果没有绵羊，就带一帮女人”回来。

事实上在森林中心没有多少女人，每一个女人都被一个男人或者一群男人竭尽全力地看守着。你在街道上和菜园子里看到的那些女人似乎都是有孕在身或者身后跟着一串拖油瓶，要么就是在弯腰弓背地打扫、纺线、掘地、挤牛奶，跟其他地方的老女奴一般无二。巴尔纳大宅里年轻女子数量是最多的，她们是城内最美丽的女孩子，也是最快活的。她们穿着抢劫者们带回来的精美服饰。如果她们能够唱歌、跳舞、弹七弦琴，那会很受欢迎，不过没人指望她们干活儿。巴尔纳说，她们是“一个女子该有的样子——自由自在，美丽，亲切”。

他很喜欢让这些女子围在自己身边，她们使出浑身解数跟他调情，奉承他，戏弄他。他跟她们玩闹取乐，但他总是只跟男人们谈论严肃的话题。

时光荏苒，现在他让我几乎形影不离地陪伴在他左右，他的信任于我是荣耀，也是负担。我尽力让自己配得上这样的信任。晚间我继续在他的大厅里为所有想听的人唱诵，因为此事，也因为巴尔纳常让我陪侍在旁，绝大多数人都对我恭敬有加，不过这种恭敬里头常常夹杂着嫉妒、困惑或者高人一等的优越感，因为毕竟我还只是个小小孩童而已。我心里清楚，他们有些人把我看作一个有点学问的笨蛋。他们感觉到我身上缺乏某种东西，虽然我精通这些无穷无尽的文字，但我对于这个世界的了解是微不足道的、浅薄的，一如孩童对于世界的了解。

我也明了这一点，但是我没法去思索这个问题，思索为什么会这样。我回避这样的想法，跟着巴尔纳四处转悠，我追随他，我需要他。他的精力充沛和思想丰盈填补了我的空虚。

有这种感觉的不止我一个。巴尔纳是森林中心的中心。他的远见卓识，他的决断，永远都是其他人的参照点，他的意愿就是他们的支点。他对局面的这种掌控不是通过威逼胁迫，而是通过他卓尔不群的能力、才智以及他那极度慷慨大方的天性来实现的。他所做的只是在其他人面前看到什么该做和该怎么做，用他的激情、行动和善意吸引大家一同行事。他发自内心地爱他人，爱与他们一起、与他们共处，他全心全意地相信兄弟情谊。

现在我对他的梦想已经了然，因为我们在城里四下转悠的时候他告诉过我，他指引方向，鼓舞人心，并亲力亲为参与其中，我则是用心倾听的他的忠实跟班。

我做不到一直像他那样爱着森林兄弟，我很好奇对其中有些人他是怎么保持耐心的。住所、食物、所有的生活必需品都是尽可能公平地进行分配，但是只能做到大致的公平合理，房间总是有大有小，这片馅饼比另一片馅饼的葡萄干要多。很多人感受到了分配不公之后第一个反应是指责对方占便宜，抡起拳头甚至拔刀相见来发泄内心的愤懑。他们当中多数人之前是农奴或者干重活儿的奴隶，从小就被残酷对待，习惯了靠争抢来夺取自己那微不足道的东西，再通过打斗来保住它。巴尔纳也过过那样的生活，理解他们的行事。他制定了非常简单又非常严格的规则，他手下的法官们会不打任何折扣地严格执行这些规则。不过即便如此，还是不时地会有凶杀案发生，每天晚上都有打斗事件。我们寥寥可数的几位医师、接骨师、拔牙师都得卖命地工作。遵照巴尔纳的指示，我们酿酒厂里酿造的啤酒度数都很低，但是酒量小的人，还有彻夜喝酒的人还是会喝醉的。当大家没有喝醉，也没有吵架时，他们就在抱怨各种不公平、不正当，抱怨他们被指派的活计，他们想少干点活儿，想干别的活儿，想跟这班同伴而不是那班一起干活儿。诸如此类，没完没了。所有这些抱怨到了巴尔纳这儿就消停了。

“人必须学会如何保持自由。”他对我说，“当奴隶是很容易的，当一个自由的人就必须用上你的头脑了。你必须这里给予一点，那里索取一点，你必须给自己下达指令。他们能学会的，迦夫，能学会的！”但是他心胸再宽广、脾气再好，也会被那些等待他解决的、出于嫉妒的、鸡毛蒜皮的事件而激怒，他还会被他最亲近的那些人背后相互中伤、暗自较劲而激怒。他最亲近的人就是他的法官们和他宅子里的那些人——事实上就是我们的政府，不过他们并没有具体的头衔。

他本人也没有任何头衔，就是巴尔纳，仅此而已。

他挑选出手下，手下再挑选出其他人来辅佐他，都是经过了他的首肯的。对于投票普选这种做法他知之甚少。我可以告诉他，有些城邦曾经一度或两度建立了共和政体甚至是民主政体，不过当然只有那些有产的自由民才有选举权。我记得我在书上看到过，位于遥远南方的安苏尔城邦是由全民选举产生的官僚来统治的，没有奴隶，直到他们自己被来自东方沙漠的一个好战的族群奴役。还有位于本德拉曼以北的伟大国家俄尔岱欧，那里不允许任何形式的奴役行为，跟安苏尔一样，他们认为男人、女人都是公民，每一个公民都有选举权，每两年选举执政官，每六年选举议员。我会跟巴尔纳聊这些不同的政体，他饶有兴味地听着，从他们那里借鉴一些元素，加入他打造森林自由邦的终极政府计划中。

他心情好的时候，这些计划是他最乐于谈论的话题。当那些抬杠、吵架、背后中伤，以及关于补给供应、警卫任务、建筑工作和其他由他负责的各种事务的无可计数、永无止境的种种细枝末节搞得他疲惫不堪、心情阴郁之时，他就会谈起革命——起义。

“在亚逊，每一个自由民会有三个或四个奴隶。在整个贝恩岱欧，在农场干活儿的人都是奴隶。如果他们能够明白自己是什么人就好了——没有他们什么事情也做不了！如果他们能够明白自己的数量有多庞大，他们就能够意识到自己的力量，然后团结起来！二十五年前的军械库叛乱只是一次突发的事件。没有计划，没有真正的领导者。有武器，但是没有决策。不知道何去何从。没法团结一致。现在我计划的是完全不同的。有两个最根本的因素。首先，是武器——我们此时此地储备的武器。我们会遭受暴力攻击，我们必须能够以无可抵挡的力量来进行抵御。然后，是团结。我们必须团结一心。起义必须在各处同时发起：城里，乡间，各处市镇和村庄，农场。大家要结成一张网，相互接触，准备就绪，洞悉事态发展，手握武器，人人都要知道何时行动和如何行动——如此一来，第一个火把点起之时，整个国家便会毁于烈焰。自由之火！你那首歌怎么唱来着？‘做我们的火……自由！’”

他这番关于起义的言谈搅动了我的心绪，令我心驰神往。我并未真正理解起义会让我们处于怎样的险境，我喜欢听他讲自己的计划，还会让他讲更多的细节。然后他就会情绪高昂，带着极大的激情侃侃而谈。他说："你把我带回了我的内心深处，迦夫。努力摆平这里的各种事情把我完全困住了。我只顾着看接下来要做什么，都忘了我们做这些所为何来。我来这里是为了建造一个据点，聚集起人员和武器，确立一个中心，人们可以从这里返回各处，在北方各城邦和贝恩岱欧搭造一个人员网络，要让全亚逊的奴隶都支持我们，还有喀西卡尔，还有乡间的奴隶。让他们为起义做好准备，如此一来，起义之后贵族们便退无可退。他们会派出军队，但是军队会攻击谁呢——贵族们在自己的宅子和农场里沦为人质，城市又已落入了奴隶之手？在城里的每一处宅子，贵族们都会被关进寮房，每次有战争威胁时他们就是这样关押我们的，对吧？但现在，是贵族们被关起来，奴隶们管理着每个家族的事务，让市场继续运行，管理整座城市，就像他们一直所做的那样。在市镇和乡间也是同样，贵族们被关押起来严密看守，奴隶们接手管理事务，一如既往地做着各种活计，唯一的区别就是现在是由他们来发号施令……于是军队进攻了。但是假使他们发起攻击，最先死去的就是那些人质、那些贵族，他们哀号着祈求军队手下留情：不要让他们杀了我们呀！不要发起攻击，不要发起攻击！军队的将军在想，啊，他们不过是一帮拿着甘草叉和菜刀的奴隶，我们一发动进攻他们立马就跑了，于是他派出一支军队去攻下农场。埋伏的奴隶们手握战剑和十字弩，将这些军人剁成了碎片。这些奴隶训练有素，而且是在自己的土地上奋战。他们没有俘虏一个活口。然后他们推出了一个哀号的贵族，也许是某个家族的主父，推到军队能看到的地方，宣称：你们进攻，他死。割头。再发起进攻，他们死得更多。这样的场景会在全国各处上演——每一处农场，每一个村庄、市镇，还有亚逊城内——伟大的起义！直到贵族们拿出他们的每一分钱，拿出他们所有的财产买下他们的自由，起义才会结束。然后贵族们可以被释放，学学普通百姓是怎么活着的。”

他仰头大笑，这是多日来我见到他最开怀的时候。“啊，你对我真是太有用了，迦夫！”他说。

他描绘的画面真是异想天开，却又非常生动逼真，不由得我不信服。“可是你怎么联系到那些农奴，还有城里那些家奴呢？”我尽量让自己听起来很务实、很有见地的样子。

“通过谋略，对，就是谋略。要渗透进那些家族、那些寮房和奴隶居住的村子，派人去跟他们谈——把他们抓入我们的网！给他们看他们能做什么，可以怎么做。让他们提出问题。让他们自己想出对策，做出自己的计划——他们只需要知道他们必须等候我们的信号。此事需要花费一些时日，要扩充这张网，在城乡各处确定好计划。建网的过程还不能太慢，因为如果耗时过久，消息就会泄露出去，蠢蛋们会开始多嘴多舌，贵族们会警觉焦虑——寮房里那些人都在说什么？他们在膳房里窃窃私语啥？那个铁匠在那儿做什么？——如此一来，出其不意的绝佳优势就没有了。时机决定一切。”

他所说的起义，对我来说就是一个凭空捏造的故事。在他的头脑中，起义会在将来发生，那是一次伟大的复仇，是对过去的一次矫正。可是在我的头脑中，压根儿就没有过去。

除了那些词句——那些在我脑海中自动唱出来的诗歌，那些我能从脑海中拿到眼前念出来的故事和历史——过去在我这里什么都没有留下。我不会从这些词句中抬头，看看它们周遭是什么。当我的目光从它们身上移开之后，我便回到了生动强烈的当下，此时此地，当下的身后一无所有，没有影子，没有回忆。我需要的时候这些字词便到来了。它们凭空来到了我面前。我的名字是一个词，“埃特拉”是一个词。仅此而已。它们没有意义，没有历史。“自由”是诗歌中的一个词，一个美好的词，美好是它所拥有的全部意义。

巴尔纳总是在描绘他的计划和对于未来的梦想，从不过问我的过去。但是有一天，他却跟我谈起了我的过去。他一直在谈起义，也许我的回答没有那么热情，因为有时候我的虚无感让我很难做出令人信服的回应。他敏锐地察觉到了我的这种情绪。

“你看，你做了正确的事情，迦夫。”他用清澈的双眼看着我，“我知道你在想什么。你在想……回到城市，‘我真是个傻子！逃离城市，忍饥挨饿，在森林里跟一帮无知的家伙住在一起，干的活儿比我在主子那里干的要苦得多！那就是自由吗？我在那里不自由吗，跟博学之士交谈，读诗人们的书，在柔软温暖的床上入睡醒来？我在那儿不是更幸福吗？’可你不是，你不幸福，迦夫。你内心深处明了这一点，因此你才会逃离。你永远处于主子的支配之下。”

他叹了口气，凝神盯着炉火看了一会儿。时节已然入秋，空气中有一丝寒意。我像以往听他讲自己的那些故事一样静静听着，没有辩驳，也没有提问。

“我知道以前的你是怎样的，迦夫。你是一个大家族里的奴隶，一个富裕的家族。在城里，仁慈的主子让你接受教育。哦，我知道这些！你认为你应当幸福，因为你有权利学习、阅读、教授他人——成为一个智慧的人，一个有学识的人。他们让你拥有了这一切。他们允许你得到这些。哦，是的！可是尽管你被赋予了去做某些事情的权利，你却没有凌驾于任何人、任何事之上的权力。那种权力是他们，是贵族们，是你的主人们才有的。不管你知晓与否，你身上的每一块骨头和你脑中的每一根纤维都感受到了你主子的手抓着你，控制着你，压迫着你。在这种情形下，你所拥有的任何权利，都是毫无价值的。因为这不过就是他们通过你而得以实施的权利。利用你……他们让你自以为那是你的权力。你从你的主子那里窃取到了一丁点儿的自由，一小碎片的自主，假装那是你自己的，认为这足以让你保持幸福，对吧？但是你正在成长为一个男人。对一个男人来说，迦夫，如果没有他自身的自由，凭自己意愿行事的自由，是没有幸福可言的。所以，你的意志会探寻属于它自己的全然的自由。一如很久以前我的意志一般。”

他探过身来，拍了拍我的膝盖。“不要一副伤心的样子。”

他咧嘴笑着，一口大白牙在卷曲的大胡子中闪着光，“你知道你做了正确的事情！为此而高兴吧，就跟我一样！”

我试着告诉他，我为此很是高兴。

他必须起身去处理事务了，留下我坐在火炉边沉思。他所说的是真的，真相正是如此。

但那不是我的真相。

我把思绪从他的故事上掉转开，第一次回头望向——有多久了？我望向我为了阻止回忆而建起的那堵墙的另一边。我望着，看到了真相：我曾经是一个大家族的奴隶，一个富裕的家族，在城里，我很顺从我的主子们，除了他们许可我的自由，我是毫无自由可言的。我一直很幸福。

在我身为奴隶的那个家族中，我有一份非常珍视的热爱，我无法忍受想到它，因为当我失去了这份热爱时，我失去了一切。

我的整个人生是建立在信任之上的，那种信任被阿尔卡曼德家族所背叛。

阿尔卡曼德——随着这个名字，随着这个词的浮现，我遗忘的、我拒绝去记起的一切，都回来了，重新变成了我的一部分，随之而来的是我一直拒绝接受的所有那些无法言说的痛苦。

我坐在炉火边，把脸转向屋外，弓着身子，双手紧握着双膝。有人走过来，在我身边站定，挨着炉火取暖——是荻媛萝，她裹着一条精致的灰白色羊毛长披肩，动作轻柔。

“迦夫，”她的声音非常轻，“怎么了？”

我想回答她，却抽噎起来。我把脸藏在胳膊里，失声痛哭。

荻嫒萝挨着我，在炉边石椅上坐下。她伸出双臂环抱着我，在我哭的时候一直抱着我。

“告诉我，告诉我。”最后她说道。

“我姐姐。她是我姐姐。”我说。

说出这个词之后，我再次呜咽起来，哭得上气不接下气。

她抱着我摇了一会儿，直到我终于能抬起头擦干鼻子和脸。然后她又说道：“告诉我。”

“她一直都在。”我说。

就这样，用这样那样的方式，我边哭边用断断续续的句子语无伦次地跟她讲了萨珞，讲了我们的生活，讲了她的死。

遗忘之墙轰然倒塌。我能够思考、能够说话、能够回忆了。我自由了。自由是无法言喻的痛苦。

在起初那糟糕透顶的一个小时里，我一遍又一遍地回想着萨珞的死：她是怎么死的，她为什么会死——我一直拒绝问起的所有问题。

“主母知道——她一定知道的。”我说，“也许托姆没有询问，没有得到允许就带萨珞和瑞思离开了丝舍，听起来像是他干的事。可是那里的其他女人会知道啊——她们会跑去告诉主母的——托姆-氏把瑞思和萨珞带走了，主母——她们不想去，她们在哭——是您跟他说可以带走她们的吗？您可以派人去追他们吗？——可是她没有。她什么都没有做！也许主父说了不要干涉。他总是偏袒托姆。萨珞说起过，她说主父讨厌琊汶，偏爱托姆。可是主母——她知道的呀——她知道托姆和霍比会把她俩带去那里，带去那个地方。那些男人，那些像对待牲畜一样对待女孩子的男人——她知道的呀。瑞思还是处女。主母亲自把萨珞赐给了琊汶。可她还是任凭她的另一个儿子把她带走，把她献给——他们是怎么害死她的？她试图反抗了吗？她没法反抗。那些男人，他们强暴她，他们折磨她，他们带女孩子去那儿就是干这个的，听她们的尖叫声——折磨她们，杀了她们，淹死她们——萨珞死了。在我看到她之后。我看到的她就是死的。主母派人叫我过去。她管她叫‘我们可爱的萨珞’。她给了我——她给了我钱——因为我姐姐——”

然后一种声音从我的嗓子里迸裂而出，不是呜咽，而是嘶哑的号叫。荻嫒萝紧紧抱着我。她一言未发。

最后我终于安静了下来。我精疲力竭。

“他们背叛了我们的信任。”我说。

我感觉到荻嫒萝点了点头。她挨着我坐着，一只手放在我手上。

“现实就是如此。”她的声音几不可闻，“你保有这份信任，抑或没有。对于巴尔纳这是全然的权利。可是其实不是，其实这是信任。”

“他们有背叛它的权利。”我痛苦地说道。

“即便是奴隶也有那样的权利。”她用柔和的嗓音说道。

10

那之后好几天我都闭门不出。荻嫒萝告诉巴尔纳我病了。我确实是病了，自从我走出尼萨斯河畔的墓园后，在难以计数的日日夜夜里我无法感知的那些悲痛和愤怒如今排山倒海而至。彼时我的身体和心灵都在逃避。现在，我终于转身，停止逃避。可是返回还要很长很长的一段路。

我的身体没法返回阿尔卡曼德，不过我屡次三番想这样做。可是我已经逃离了萨珞身边，逃离了关于她的所有记忆，我必须回到她身边，让她也回到我身边。我不能再否认她的存在，我的爱，我的姐姐，我的幽灵。

对她的哀悼给我带来一丝宽慰，但是从来都不会持久。每一次，单纯的悲伤中都会加入愤怒、痛苦的责备、自责、决不姑息的仇恨，令人窒息。其他人也都随着萨珞一起回到我的脑海，他们的脸、他们的声音、他们的身体，这么长时间以来我一直远离他们，将他们藏在墙后头。很多时候我压根儿想不起萨珞来，只能想起托姆——他厚重的身躯、东倒西歪的步态，想起阿尔卡主母和主父，想起霍比。在萨珞哭喊着寻求帮助的时候把她推进了车厢的霍比。主父的私生子、满怀怨恨和嫉妒、在所有人里头最恨我和萨珞的霍比。曾经差点把我淹死的霍比。他们也许让——在那个池子里——也许是霍比——

我蜷缩在房间的地板上，把一件斗篷的角塞进嘴里，这样就不会有人听到我的尖叫了。

荻嫒萝一天会来我房间一两次，尽管我无法忍受其他人看到我的样子，她的到来却并不会令我感到羞耻，甚至见到她还让我感到有一点点尊严。她的身上有一种冷峻的、柔和的、镇定自若的平静，她跟我在一起时我也能有这样的平静。我因此而爱她，并对她心存感激。

她让我稍微吃一点东西，照顾好自己。有时候她能够让我想到，我必须进入这样的绝望，以便找到一条穿过其中的路，一条回归生活的路。

到我终于能够再次下楼的时候，是她的陪伴让我有了勇气。

巴尔纳一直被告知我这段时间是发烧了，他对我很是体贴，说在身体完全恢复之前我不用再唱诵了。于是，虽然白天还是跟以前一样多数时间陪在他身边，在那些冬夜里，我则经常去荻嫒萝平静祥和的房间，跟她单独谈话。我很期待那几个小时的时间，事后还回味不已，想着她跟我打招呼、她向我微笑、她轻柔的举止，虽然这些就像演员或者舞者的做派一样专业且有矩可依，但这其实也是她的真性情的流露。我知道她很欢迎我的到访和我们之间安静的交谈。荻嫒萝和我彼此相爱，不过她从来不拥抱我，除了那一次，就是在那个巨大的壁炉边她让我哭了出来的那一次。

大家取笑我俩，不过火地，小心翼翼地，一边拿眼觑着巴尔纳以确保他并不介怀。他看起来似乎只是觉得很逗乐：他的旧情人正在抚慰他的小学者。对于此事他没有开玩笑，也没有含沙射影地说过什么，对他来说这真是矜持得很不寻常，不过他对待荻嫒萝向来是礼敬有加的。荻嫒萝自己对别人怎么想、怎么说倒是无所谓。

至于我，如果巴尔纳认为荻嫒萝和我是爱人，那倒省得他怀疑他那些女孩子被我“撬墙脚”。虽然她们都那么美，显然都是唾手可得，足以令我这个年纪的男孩子为之疯狂，但是她们的唾手可得是一种假象、一个陷阱，正如宅子里那些男人早前警告过我的。他们说，如果巴尔纳赐给你一个女孩，那就接受她，不过仅限于那一夜。也休想跟他最宠爱的那几个女孩子偷偷摸摸！随着对我的了解的加深，他们相信我是个慎重之人，于是跟我讲了一些巴尔纳嫉妒心发作时的可怕故事。有次他发现一个男人跟一个他想要的女孩在一起，他就折断了那个男人的手腕——他们说就像折断两根树枝一样，然后把他赶到森林里去活活饿死。

我并不完全相信这样的故事。毕竟，这些人可能就是有点嫉妒我，存心要把我从那些女孩子身边赶开。我很年轻，有些女孩子比我还小。有些女孩子小心翼翼地跟我调情，赞美我，宠溺地称呼我是她们的“学者-氏”，娇媚可爱地恳求我唱诵一个爱情故事：“让我们哭出来，迦夫，让我们心碎！”过了一阵子，我重新为大家进行表演，我又听到了这样的话语。

在最初的剧痛中，当我重新获得被我切断的那些记忆之后，我能记起来的全部就是萨珞，萨珞的死，以及我在阿尔卡曼德和埃特拉生活的种种。此后好几天，我都相信那就是我能记起来的全部。我不想记起在那里、在那些杀人犯的宅子里学会的任何东西。我所拥有的关于历史、关于诗歌、关于故事的全部财富都被他们的罪行玷污了。我不想知道他们曾经教给我的东西。我不想要他们给予我的任何东西，不想要属于主子的任何东西。我试图将所有这一切从我身上推走，忘掉这一切，一如我曾经忘了他们一样。

可那是愚蠢的想法，我内心深处明了这一点。慢慢地，疗愈开始了，它似乎一直都在进行，而不是现在才发生的。一点一点地，我让所有我学过的东西重新回来，它没有被玷污，没有被糟蹋。它不属于主子们，它不是他们的，它是我的。它是一直以来我唯一真正拥有过的东西。于是我停止了徒劳的遗忘，我学过的所有书本知识都回来了，如此清晰完整，有些人会觉得不可思议，但其实这种天赋也并不是那么稀罕。再一次，我可以在脑海中进入课室或者阿尔卡曼德的藏书室，打开一本书，朗读出来。

站在高耸的木头大厅里，当着众人的面，我可以张嘴，说出一首诗或者一个故事的开篇语，随后的内容便会自动跟上，诗歌借助我的身体自己讲出来、唱出来，故事不断地自动更新情节，一如奔腾不息的河流。

现场多数人认为我是在即兴表演，我是创作者，是诗人，有着不可思议的灵感，六步格诗从我嘴里源源不断地喷涌而出。跟他们争论这个没什么意义。人们通常比创作者本人更明白作品是怎么创作出来的，然后告诉创作者。他也不妨就让自己的观点烂在肚子里。

在森林中心几乎没有什么其他娱乐方式了。有些女孩子，还有少数那么几个男人会奏乐和唱歌。他们和我永远都有一帮仁慈的观众。巴尔纳安坐在他的大椅子上，拨弄着他那把卷曲的大胡子，专心致志，兴致勃勃。有些对故事或诗歌兴趣寥寥的人也在听，他们要么是想取悦巴尔纳，要么就只是想跟他在一起分享他的快乐。

他还像以前一样四处带着我同行，跟我讲他的计划。就这么着，讲话，聆听讲话，有悠闲时光和舒适的地方可以思考——当一个人身体温暖干爽并且肚子不饿的时候，思路就会敏捷很多——我用那个暮冬的时间让自己消化了所有恢复的记忆，我终于回到了我的萨珞的身边，我可以为她哀悼，知道我已然失去她，审视自己过去的人生，审视自己本可以拥有的人生。

回想阿尔卡主母和主父对我来说还是件很艰难的事情。一念及他俩，我的思绪就完全无法清晰。不过我经常想起瑯汶。我想他是不会背叛我们的信任的。我很好奇，当他回家的时候是否进行过复仇，尽管那也毫无用处。他肯定不会原谅托姆和霍比，不管他能强忍着不去惩罚他们多久。瑯汶是一个讲信义的人，而且他爱萨珞。

可是瑯汶也许已经死了，在喀西卡尔攻城战中战死了。那场战争对于埃特拉来说是一场灾难，人们是这么说的，一如埃特拉围城战对喀西卡尔是一场灾难。也许托姆现在是阿尔卡曼德的继承人了。我的脑子对这个想法还是避之唯恐不及。

我想起索图尔时只有尖锐刺痛的悲伤和痛苦。她尽己所能地拒不背弃我们。她在那儿孤身一人，会有怎样的遭遇呢？她也许，很有可能已经嫁入了其他的某个家族——那个家族没有埃弗拉，没有满是书籍的藏书室，没有友情，无法逃离。

我一遍又一遍地回想跟萨珞在藏书室交谈的那个夜晚，索图尔走了进来，她们试着告诉我她们为什么很担心。她们彼此依恋，忠诚，无助。

当时的我并不理解。

背叛她们的不仅仅是阿尔卡家族。我也背叛了她们。不是在行动上——我能做什么呢？可是我应当理解她们的。我不愿意看到真相。我用信任蒙蔽了我的双眼。我坚信主子的规则和奴隶的顺从是一种神圣不可侵犯的互相信任。我坚信在一个建立于不公平基础之上的社会会存在公平。

“相信谎言，便会在谎言中度过一生。”我记起了喀司普罗书中的这一句话，它像一把剃刀尖锐地划过我的心灵。

荣耀可以存在于任何一个地方，爱可以存在于任何一个地方，公平却只能存在于彼此关系建立于公平之上的人群之间。

我想，现在我理解了巴尔纳关于起义的计划，现在它们于我是明晰的了。祖先们规定下的种种古老的邪恶，那座关于掌控和奴役的囚禁之塔，应当被连根拔起、被推倒，取而代之以公平和自由。这个梦想可以实现。幸运之神引领我来到此地，伟大的变革即将在此开端，此地是即将到来的自由的家园和中心。

我想成为这个梦想的实现者之一。我开始梦想着去往亚逊。很多森林弟兄都是来自那个城市，那座伟大的城市里有着数量庞大的自由民和释奴、商人和工匠，一个逃奴可以混入其中不被质问，不受怀疑。巴尔纳的那些网人经常在那里来来回回，以奴隶贩子、商人、牲畜贩子、农民授权的奴隶等各种身份出没。亚逊城有很多受过教育的人，有贵族，也有自由民，我可以在这些人面前介绍自己是一个寻求抄写、唱诵或者教师工作的自由民。如此一来我就可以起到和巴尔纳一样的作用，在我与之打交道的奴隶当中打下起义的基础。

巴尔纳完全不同意此事。“我要你留在这里，”他说，“我需要你，大学者！”

“你在那里更需要我。”我说。

他摇了摇头：“太危险了。有一天他们会问，你在哪里学到的这些。你该如何作答？”

我胸有成竹：“就说我在墨桑上的学，我的大学就在墨桑，因为俄尔岱欧有太多有学问的人了，贝恩岱欧的薪水更好，所以我南下来到了亚逊。”

“那里会有来自大学的学者，他们会说不对，那个男孩没在那儿待过。”

“去上大学的人数以百计。他们不可能人人都认识。”

我据理力争，但他就是摇着他那一头鬈发的大脑袋，他原先笑着的表情也变得严肃起来：“听着，迦夫，我告诉你一个博学的人会脱颖而出。你已经非常有名了。那帮小伙子四处游说，拉拢那些村镇的人来这里加入我们。他们会拿你来炫耀。他们会说，我们有个家伙，能够讲所有的故事和诗歌！他还只是个孩子，真是世界奇迹！唉，你不能带着这么响亮的名号到亚逊去。”

我盯着他：“我的名号？他们说出我的名字了？”

“他们说了你告诉我们的名字。”他毫无挂碍地说道。

当然了，他，还有钱穆瑞·伯恩之外的其他所有人，都想当然地以为“迦夫”是一个假名。在这里，没有人会用以前当奴隶时的名字，甚至包括巴尔纳本人也一样。

看到我的表情之后，巴尔纳的脸色也变了。“哦，毁灭神啊。”他说，“你用的是你在埃特拉时的名字？”

我点了点头。

“唉，”过一会儿他说道，“如果你真的要离开，那就起一个新名字吧！可是那只会给我更多理由让你留在这里！你的旧主子也许已经放话出去了，他们花了那么多钱培养的聪明小奴隶逃跑了。他们不愿意让一个逃奴脱身的，那会令他们的灵魂都受到煎熬。我们这里距离埃特拉很远，不过世事难料。”

我从未想过会有人来追捕我。我离开墓园，逆尼萨斯河一路北行时，就是宣告死亡之时。我离开了过往的一切，步入了虚空，走向了虚无。彼时我无所畏惧，因为我无所欲求。当我在此地开始重拾生活，我仍然无所畏惧。在我自己的精神世界，我已经走了这么远，我从未想过，我的旧人生中会有人来追捕我。

“他们以为我死了。”最后我终于说道，“他们以为我在那天早上把自己淹死了。”

“他们为什么会这么以为？”

我沉默不语。

我没有跟巴尔纳讲过我的过往。除了荻媛萝，我没有跟任何人讲过。

“你在河岸上留了一些衣服，嗯？”他说，“嗯，他们之前也许被这个惯招骗过去了。可你是一件值钱的财产。假使你的主人认为你也许还活着，他们就会打开自己的耳目。才一两年的时间，对吧？决不要以为你已经安全了——除了在这里！你可以去告诉那些小伙子，你来自帕加迪或者皮拉姆，他们再说起你的时候就不会提埃特拉了，嗯！”

“我会的。”我谦恭地说道。

我的愚蠢难道就没有尽头吗？幸运之神对我的考验就这么没完没了吗？

但我还是再次提起了去往亚逊城的请求。巴尔纳说："你是一个自由的人，迦夫。我不会给你任何指令的！可是我告诉你，现在还不是你去那里的好时机。你不会安全的。你现在去亚逊待着会给那里的其他人带来危险，给整个起义计划带来危险。等你去那里的时机到了，我自会告诉你的。在那之前，如果你去，就是违背了我的心意。"

对此我无法辩驳。

早春时节，来了两位新成员，是来自亚逊一个家族的逃奴，他们是躲在网人驾驶的一辆运货马车上过来的。他们随身带来了从主家偷来的东西：很大一笔钱和一个长盒子。"这东西是啥？"巴尔纳的一个手下打开盒子，拿出一个卷轴举在手里，纸卷从轴上滑落，一直铺陈到他的脚边，"布料，是吗？"

"这是我要的东西，伙计，"巴尔纳说，"是一部书。小心看好它！"他确实要求他的网人们带书回来。从来没有人带书回来过，直到现在，我们多数的新成员——以及招募者——都不识字，不知道该上哪儿去找书，甚至就像这个家伙一样，都不知道书到底长啥样儿。

新来的这两个逃奴是受过教育的，一个接受过会计培训，另一个会唱诵。他们带来的书各色各样，有些是卷轴，有些是装订的翻页书，不过都可以用来教学，其中有一本在我眼里是个宝贝——一本小小的喀司普罗的《宇宙论》，印刷精美，可以替代弥蒙送给我的那本手抄本，在我开始回忆起自己在阿尔卡曼德失去的和遗落的东西时，我为这个本子而痛惜不已。

这两位新成员，用巴尔纳的话说，是两个好手：会计师协助他记账，唱诵者现在可以讲寓言和本迪利的史诗，这让我有了休息的时间。

我满心期盼着能跟这两位受过教育的人士交谈，可并不是很顺利。会计师只知道数字和计算，唱诵者帕尔特尔则明确告诉我，他比我年长且比我更有才华，我自命有学问，但并不足以让我有资格跟一个真正有学问的人交谈。相比他的唱诵，我们多数人更喜欢我的表演，这令他恼怒异常，不过他很快也有了一批拥护者。我所受的教导是要让那些词句本身发挥作用，而他在表演时会忽而高声呐喊，忽而低声细语，中间会有长久的停顿、戏剧化的夸张语调、充满了情绪张力的颤音。

那本《宇宙论》是他的，但他没有兴趣看喀司普罗的作品，他说所有的现代诗都是晦涩和有悖常理的。他把那本书给了我，就冲这一点，他的那些冷落，他的那些颤音，我统统都原谅。我发现这首诗很难，但我会不停地回味它。有时候我会读这首诗的节选给荻嫒萝听，在安静的午后，在她的房间里。

她的友情跟我此生所经历的一切都不一样。只有跟她在一起时，我才会讲起在阿尔卡曼德度过的日子。当我跟她在一起时，我没有了任何复仇的期盼，没有了颠覆社会秩序的欲望，没有了对那帮再无用处的可怜先祖的仇恨。我知道我失去了什么，我能记起我曾经拥有过什么。尽管荻嫒萝从未到过埃特拉，她却是我和埃特拉之间的纽带。她不认识萨珞，但她把萨珞带回了我身边，由此让我的心灵得到了放松。

跟多数奴隶一样，荻嫒萝也是被随机指给了一位女奴妈妈，不记得有兄弟姐妹，她自己年轻时生的两个孩子在还是小婴儿时就被卖掉了。对于家庭关系的渴望深埋在她的心底，一如我们所有的人。巴尔纳了解这一点，以此为号召，建立并不断强化他的兄弟会。

我的经历很不寻常，因为我有一位联结如此紧密的姐姐：我失去亲人的经历是独特的，我对亲情的渴望是深切的。我像爱姐姐一样爱荻嫒萝，于她而言，我就像她的弟弟或者是儿子，或许还是她认识的男人里唯一不想掌控她的。

她很爱听我讲关于萨珞和阿尔卡曼德其他人的事，讲我们在农场的日子。她对埃特拉的风俗很好奇，对我的身世也很好奇。那片大沼泽位于亚逊南方，并不是很远，劳希河的源头就在沼泽上。她一见我就认出了我是沼泽人：肤色很深，个子瘦小，有着浓密的黑发和高高的鼻梁。她管沼泽人叫拉汐欧人。她说，他们来到亚逊城，在某个每月一次的集市上交换物品，他们带来需求量很大的药草和药物，还有他们用芦苇编制的精致篮筐和织物，来交换陶器和金属器皿。他们得到一个古老的宗教停战协定的庇护，不会被奴隶贩子贩卖。人们尊他们为自由民，他们当中有些人甚至在城内的某个区域定居了下来。她听说埃特拉人袭击沼泽人、劫取奴隶时很震惊。“拉汐欧是一个神圣的民族。”她说，“他们跟水域之神有盟约。我想，你们的城市会因为奴役拉汐欧人而遭灾的。”

巴尔纳大宅里有些年轻女子在荻嫒萝面前卑躬屈膝，极力讨好，好像她有她们在女奴隶主身上领教过的那种权力；其他人对她信赖恭敬；还有一些则像对待所有的老女人一样无视她的存在。她对她们则是一视同仁——亲切、温柔、和善，她身上那种端庄又让她显得卓尔不群。我想她在她们当中是非常孤独的。有一次我看到她跟一个女孩子谈天，一如当初她对我一般，那个女孩子说着说着就哭着说想家了。

巴尔纳大宅里没有孩子。要是哪个女孩子怀孕了，她就搬去城里其他女人的那些房子里，在那里生下孩子。她可以选择自己带孩子还是把孩子送人。如果她想自己带孩子，那很好，不过假使她想回巴尔纳大宅过自由的生活，那么她就不能带上孩子。“这里是我们得到孩子的地方，不是养孩子的地方！”巴尔纳说，此话获得他手下人的一片赞许之声。

在帕尔特尔和会计师到来之后不久，又有一个女孩子被带到了宅子，随行的还有她的小妹妹，她拒绝跟妹妹分开。伊拉德来自森林西边的一个村子，十五六岁，长得非常漂亮。巴尔纳马上就被她迷住了，宣示了自己对她的主权，让其他人不得染指。也许她已经有过了跟男人在一起的经验，也许只是毫无戒备之心，她对所有事情都是一味顺从，连假装抵抗一下都没有，直到他们跟她说她的小妹妹必须被带走。然后她瞬间成了一头母狮子。我没有见到那个场景，不过有人讲了给我听。“你要是碰她一下我就杀了你。”她说着，出其不意地从绣花长裤的裤缝里抽出一把窄窄的长刀，怒视着巴尔纳和其他所有人。

巴尔纳开始跟她晓之以理，解释说这是宅子的规矩，并向她保证孩子会得到很好的照顾。伊拉德一言不发地站着，手中的刀蓄势待发。

就在这个节骨眼上，荻嫒萝出手了。她走上前去站在姐妹俩旁边，一只手放在蜷缩在伊拉德身边的小姑娘的头上。她问巴尔纳姐妹俩是不是奴隶。我能想象到她问这个问题时那温和的、声调平缓的声音。

他当然宣称她们是自由之城的自由女子。

“那么，如果她们愿意，就让她俩跟我一起住吧。”荻嫒萝说。

最先把这事讲给我听的那些人都以为荻嫒萝终于开始吃醋了，伊拉德是那么年轻，那么美丽。他们嘲笑这件事情。“这只老母狐还是留了一两颗牙齿的！”有一个人说道。

我不认为是嫉妒让她采取了行动。荻嫒萝没有嫉妒心，也没有占有欲。这一次是什么让她现身干预呢？

某种意义上来说她的意愿达成了，那天夜里她把那个孩子带到了她的住处。巴尔纳当然是让伊拉德陪他过夜了。可是只要巴尔纳不召见她，她就总是跟小梅乐一起待在荻嫒萝的房里。

巴尔纳大宅的女人们全部聚齐时，我常常因为她们那种年轻有活力的女性特质所散发出来的纯粹的力量感到胆怯。我在心里蔑视她们，以此来实现我作为男性的报复。她们健康，丰满，没有头脑，整日在宅子里闲逛，试试最近偷来的华美服饰，叽叽喳喳聊些无聊的话，如此她们就心满意足了。假使她们当中有一两个出去生孩子了，感觉也没有任何不同——女孩子是源源不断的，下一拨抢劫者的车队会带回同样年轻漂亮的女孩子们。

现在我开始好奇这些源源不断供应的女孩子。她们都是逃奴吗？她们都是自己要来这里的吗？她们都是为了寻求自由而来的吗？

是的，当然是的。她们都是从那些强迫她们发生性行为的主子那里逃亡出来的。

巴尔纳大宅会比她们逃离的一切强一些吗？

是的，当然是的。在这里，她们没有被强暴，也没有挨打。她们吃得好，穿得好，整日无所事事。

跟阿尔卡曼德丝舍的女人完全一个样儿。

我很羞愧，我现在还记得第一次有这个想法的时候是多么的窘迫。现在的我羞愧一如彼时。

我以为自己将萨珞存放在记忆中珍之重之，但其实我已经再次将她遗忘，拒绝看见她，拒绝看到她的生活和她的死亡所展示给我的。我又一次逃离了。

曾有一度我都很难让自己去看荻嫒萝。好几个晚上，我到镇上去找韦内、钱穆瑞和他们的朋友聊天。当我最后终于去了荻嫒萝的房间时，我内心的羞耻让我的舌头都打结了。而且，那个小姑娘就在那里。“伊拉德晚上当然一般都是陪着巴尔纳的。”荻嫒萝说，“那我就跟梅乐一起睡觉。我们会讲故事，是吧，梅乐？”

小姑娘用力地点着头。她六岁左右，黑黑的，好小好小的一个人。她坐在荻嫒萝身边，盯着我看。我回看她的时候，她眨了下眼，可还是继续盯着我。“你是克莱吗？”她问道。

“不是，我是迦夫。”

“克莱到村子里来，”她说，“他也活像一只乌鸦。”

“我姐姐以前管我叫鸟嘴。”我说。

过了一会儿，她终于把眼睛朝下看了。她笑了。“鸟嘴，鸟嘴。”她喃喃地说道。

“她的村子就在大沼泽边上。”荻嫒萝说，“也许克莱就是打那里来的。梅乐也有点像拉汐欧人。迦夫，看看梅乐今天早上做的。”她拿了一片薄薄的、裁得方方正正的帆布给我看，我们拿这种布来做书写作业，因为我们几乎没有纸。帆布上是几个大大的字母，笔触歪歪扭扭的。

“T，M，O，D。”我把字母念了出来，“你写的吗，梅乐？”

“我跟着荻嫒萝-伊奥写的。”小姑娘说着，跳起来把荻嫒萝那卷抄写本拿给我，把它展开到最后几句，上头写的是一首诗，

“我抄了那些大的字母。”

“非常好。”我说。

“那个写歪了。”梅乐挑剔地检查着字母D。

“她从你这儿能学到的比我能教她的多得多。”荻嫒萝说。她很少提出请求，提的时候也都很温和，很委婉，我常常没能听出来。这一次我听出来了。

“它是歪了，不过我还是能认出来、念出来的。”我对梅乐说，“这个念作D。D是荻嫒萝名字的第一个字母。你想看看后面怎么写吗？”

小姑娘没有接话，只是又一次跳了起来，拿来了墨水瓶和毛笔。我向她表示感谢，把东西接过来放在桌上。我找了一片干净的帆布，写下了“荻嫒萝”这几个大大的大写字母，然后拉过一张凳子让梅乐坐下，接着把毛笔递给了她。

她抄得相当不错，得到了我们的表扬。“我可以写得更好。”她说，然后趴在桌上又抄了一遍，写的时候她的眉头紧皱在一起，爪子般的手紧抓着毛笔，上下排牙紧紧咬着粉红色的舌头。

又一次，荻嫒萝把我离开阿尔卡曼德时失去的某种东西还给了我。她看着我们，双眼闪闪发亮。

那之后，我几乎每天都会去一下她的套房，跟她一起看书，教小梅乐学字母。梅乐的姐姐伊拉德也经常在那里。起初她跟我待在一起时非常害羞，我也是。她是那么美丽，毫不设防，而且人人都清楚她是巴尔纳独占的。不过荻嫒萝总是陪着我们，保护着我们。梅乐敬爱荻嫒萝，很快也深深地喜欢上了我。当我走进房间时，她就会冲过来，嘴里大喊着：“鸟嘴！鸟嘴来了！”我俯身抱起她，她的双手紧紧地环抱着我。这让伊拉德也开始信任我了，跟小姑娘一起说话一起玩让我们都放松了下来。梅乐很认真，很好玩，理解力非常强。伊拉德对她带有强烈保护欲的爱意中有一种崇拜，甚至是敬畏。她会说：“恩弩派我来照顾梅乐。”

她们俩的脖子上都戴着一个小小的恩弩–楣的像：一个用黏土捏出来的粗糙的猫头，吊在一根细绳上。

我很容易就说服了伊拉德，跟梅乐一起学习读写是一件好事情，于是她也加入了学习。跟荻嫒萝一样，她对于学习有怀疑和犹豫。梅乐就不会，小妹妹指导姐姐的场景真的很感人。

宅子里其他女孩子上课的进展从来没能超过半个字母表，她们要么失去了兴趣，要么老是被叫走。给梅乐上课的乐趣让我有了一个想法，也许可以把镇上的小孩子聚集起来开一个班。我尝试过，但是未能实施。女人们不放心把自己的女孩交托给任何一个男人；孩子们需要跟着他们的妈妈一起下地干活儿，或者照顾他们的小弟弟；也有一些孩子就是不能够安静地坐够一堂课的时间，而他们的父母也看不出他们为什么需要上课。我需要巴尔纳的支持，需要借助他的权威。

我向巴尔纳提议建立一所学校，一个单独设置的地方，有固定的上课时间。我负责教读写。为了迎合帕尔特尔在我面前的优越感，我会请他来唱诵和做文学讲座。会计师可以教一点点实用的算术。巴尔纳边听边点头，很痛苦地同意了，但是当我开始提议合适的选址时，他却列举了很多此事行不通的理由。最后他拍着我的肩膀说道："把这事推到明年吧，大学者。现在太忙了，大家都浪费不起时间。"

"六七岁的小孩子就浪费得起时间？"我说。

"这个年纪的小孩子不想被关在课室里的！他们需要的是到处乱跑，尽情地玩闹，像鸟儿一样自由！"

"可是他们没有像鸟儿一样自由，"我说，"他们跟他们的妈妈在地里干苦力活儿，或者拖着他们的小妹妹、小弟弟四处转悠。他们什么时候才能学点别的东西呢？"

"我们保证会让他们学习的。我会再跟你讨论这个的！"说完他就走开去安排新到的粮食入仓的事情了。他确实是忙个不停，我体谅这一点，但还是很失望。

我只能自己来弥补，我向大家提出在我原先希望能用作课室的那个房间里表演说书。我告诉人们，如果他们愿意来听的话，晚上我可以说一些关于城邦、贝恩岱欧和西岸其他大陆的历史。最后我有了九十个成年男子听众，女人们晚间是不上街的。我的听众当中多数人只是来听故事的，不过有两个人对各种各样的风俗信仰表现出了敏锐的兴趣，听到各种稀奇古怪的行事和思维方式时发出了由衷的大笑，他们很乐意讨论其中的原因。不过他们白天一整天都在辛勤劳作，当我讲的时间长一点时，我就会看到半数听众都已酣然入睡。我如果想要为森林弟兄们提供教育，那就应该趁着他们还年轻的时候。

办学校的计划失败之后，我有了更多的时间跟获嫒萝和梅乐待在一起，跟她俩在一起比在别的任何地方都要快乐。我还是会跟着巴尔纳四处转悠，但是他的注意力都在那些紧急的项目上头，新建的房子啦，公共厨房的扩建计划啦。我们的牲畜越来越多，菜园里欣欣向荣，抢劫者们源源不断地带回各种物资，森林中心很快就越发繁荣昌盛。在钱穆瑞经常光顾的啤酒屋，就着淡啤酒，我跟那些潜入亚逊城的网人聊天，他们说的不外乎偷窃和交易。在我看来，他们被派出去的主要目的就是搞到奢侈品。

韦内跟他的小分队在一次漫长的出行之后终于回来了，他和几个同伴经常在啤酒屋里和我们待在一起。他喜欢他的工作。他说，很刺激，他还没有射过人。我问他森林外头的人是否知道他们的身份。他说，在他去过的皮拉姆那一带，村民们管抢劫者叫“巴尔纳的小伙子们”。他们很乐意跟抢劫者们进行物物交换，不过都很小心谨慎，不停地催促他们去下一个镇上“扒商人的皮”。

我问韦内，抢劫者们有没有跟人们说起过起义的事。他压根儿就没听过这个：“造反？奴隶？奴隶怎么战斗呢？要做那个事，我们得像一支军队，好像是这样。”他的毫不知情让我想到，只有特定的人才被安排了传播起义计划的危险任务，可我不知道都有哪些人。

我问抢劫者们，村子里、农场里的奴隶有没有经常提出来要加入他们。他们说有时候会有个把男孩想要跟他们一起走，可是他们通常不会同意，因为偷走奴隶会引来追捕，即便是偷牲畜都不会激起这么大的复仇心。不过他们人人都能讲出一些逃奴自己跟着他们的故事。他们大多数人自身就是这样的逃奴。“你看，我们知道自己进不了巴尔纳的城市，除非跟着巴尔纳的小伙子们一起进来。”一个来自劳希河边村子的年轻人说道，“我一直留意着那些跟我以前一样的家伙。”

“那些女孩子你们也是这样带过来的吗？”我问道。

这个问题招来了一片笑声，大家唠唠叨叨地讲起了各种故事。我渐渐了解到，有些女孩子是逃奴，不过抢劫者们接收她们时要非常小心，“因为她们后头很可能有人跟着，她们不知道怎么掩盖自己的行踪，她们可能还带着孩子”。另一个人插嘴进来：“只有那些怀孕的、很丑的、残疾的、兔唇的女人想加入我们。我们想要的那些女人都被藏得严严实实呢。”

“那你们怎么让她们加入我们呢？”我问道。

笑声更多了。“跟我们搞定牛和绵羊一样的法子喽。”韦内的头儿说道，“把她们圈起来赶着走！”韦内的头儿个头很矮，有点胖，韦内告诉我他是一个好猎人、好侦察员。

“可是不能碰，不能碰。”另一个人说，“至少最漂亮的那一两个是不能碰的。巴尔纳喜欢她们新新鲜鲜的。”

他们继续讲故事。把伊拉德和梅乐带回来的那帮人也在，他们当中的一个人讲起了当时的事情，有点自吹自擂，因为人人都知道伊拉德是现在最受巴尔纳宠爱的。“她们就在村子边上，在地里，我和艾特尔骑着马打那儿过，我看了一眼，冲艾特尔使了个眼色，飞身下马抓住美人，可她拼命反抗，我告诉你们哦，活像头母熊。她想伸手去抓她那把刀，现在我知道有那么一把刀了，还好她没有抓到，要不我的肠子都要被她捅出来了。那个小家伙拿她手里那把锋利的小铲子狠命敲我的腿，我的裤子都被敲成一条一条的了，于是艾特尔只好过来把她拽开。他想把她扔在一边，可是她们两个紧紧地抱在一起。于是我说，那就把两个狗娘养的小婊子都带走。我们把她俩绑在一起，扔在我那头大母马上，我在后头跟着。她俩一直不停地尖叫，可是我们离那些房子老远，没人听得到。桑帕神啊，运气还真不错！我猜他们直到傍晚才会想起这俩娘儿们，那时候我们已经走到半道，快进森林啦。”

“我可不想要玩命成那样的娘儿们，还带着刀，”行动迟缓的大块头艾特尔说道，“我喜欢软和的娘儿们。”

大家的谈话越扯越远，扯到了对各种女人的比较。啤酒屋不就常常是这样的吗？我们这一桌八个男人里头只有一个有自己的女人，他遭到了无情的取笑，大家说在他出去抢劫的时候他的女人都干了些啥啥啥。其他人谈的更多的是他们想要的东西，而不是他们拥有的东西。森林中心也不过是一个男人之城。巴尔纳有时候会说是一个兵营。两者在很多方面都非常相像。

可是假使我们是士兵，我们正在打的是什么仗呢？

“他又要开始孵蛋了。”韦内边说边学母鸡咯咯咯地叫着。我恍然惊觉有人已经拿我开了一次玩笑了，我却没有听到。他们都哈哈大笑起来，笑声温厚。我是那个学者，是那个书呆子气的孩子，他们喜欢我心不在焉的样儿。

我回到了巴尔纳大宅。那天晚上我要唱诵。巴尔纳已经到了，一如既往地坐在那把大椅子上，不过今天他还让伊拉德坐在腿上，他一边听我讲《查木汗》里的故事一边爱抚她。

之前，虽然他有时会当众爱抚他的女孩子，不过都是闹着玩的，他会叫上一群女孩子过来围着他，“在冬夜里给我温暖”，邀请他的一些手下“自便”。不过那都是在欢宴畅饮之后，不会是在唱诵的过程中。人人都知道他被伊拉德迷得神魂颠倒，夜夜都要召幸她，把之前的旧爱全抛诸脑后。不过当众这么粗鲁倒是第一次。

伊拉德端坐着一动不动，顺从地接受着他越发狎昵的亲热，面无表情。

在这一章接近尾声时我停了下来。我已经词穷了。故事的主线我都拎不起来了，我的很多听众也是。我安静地站了一会儿，然后鞠躬，走了下去。

“还没到结尾呢，是吧？”巴尔纳用洪亮的声音问道。

我说：“没有。不过今晚显然已经够了。也许朵莱米尔可以为我们演奏一曲？”

“把故事讲完！”巴尔纳说道。

可是其他人已经开始四散走动，闲聊了起来，好几个人赞同我的提议，于是朵莱米尔握着七弦琴上场了，以往我和帕尔特尔唱诵结束时都是她上场演奏。于是这事就这么不了了之，我落荒而逃。我去了荻嫒萝的房间，没有回自己那里。我心里很乱，想跟她谈谈。

梅乐在卧室里睡着了。荻嫒萝在客厅里，没点灯，屋里只有月光。这是一个甜美澄澈的初夏之夜。一种被称为“夜铃”的森林鸟儿在外头的树梢间鸣啭，相互应和着。间或会有一只小猫头鹰温柔地啸叫一声。荻嫒萝的房门敞开着。我走进去，向她致意，然后我们沉默地坐了一会儿。我想告诉她巴尔纳的举动，不过我不想搅了她的平静，这对我而言一直都是一种抚慰。最后她终于开口了：“你今晚很伤心，迦夫。”

我听到有人轻手轻脚地跑上了楼梯。进来的是伊拉德，她披散着头发，气喘吁吁的。“不要说我在这里！”她低声说道，然后又跑了出去。

荻嫒萝站起身。她像一株柳树站在月光之中，一身黑色镀上了银光。她拿起火石和火镰，擦火点亮了一盏灯。小小的油灯发出昏黄的光，改变了房中所有影子的方向，也把冷冷的月光阻隔在外头。我不愿看到原先的静谧氛围被打破，正想恼怒地开口问荻嫒萝，伊拉德干吗要玩捉迷藏的游戏。但是从楼梯传来了沉重的脚步声，这回站在门口的是巴尔纳。他的头发和胡子都乱糟糟的，脸看着大了一圈，满面怒容。“那个臭婊子在哪儿？”他咆哮着，“她在这里吗？”

荻嫒萝低下了头。一直以来她都在接受使自己变得温柔顺从的训练，她没法做出回答，只是退缩着保持沉默。我在这个气冲冲的大块头面前也退缩了。

他从我们身边挤过去，猛地推开卧室门，环视一圈，又走了出来，怒目瞪着我："你！你想上她！所以荻嫒萝把她留在这里！"他像一头急红了眼的大野猪，向我发起攻击，抬起一只胳膊要打我。荻嫒萝挡在我俩中间，大喊着他的名字。他用一只手把她猛推到一边，然后抓着我的肩膀把我拎起来，用力地摇晃——霍比当年就是这么干的——左右开弓扇了我俩耳光，然后把我扔在了地上。

有那么一两分钟，我还没反应过来到底发生了什么。等我能够坐起身，直冒金星的双眼终于能够透过黑暗看到东西时，我发现荻嫒萝蜷缩在地上。巴尔纳已经走了。

我试着用双手双膝撑起身子，终于站了起来。我往卧室里看。里头只有一个小小的身影背对着床边的墙瑟缩着。

我说："别害怕，梅乐。没事了。"我发现自己说话很费劲。我的嘴里全是血，右边的两颗牙齿已经松动了。"荻嫒萝马上就来。"我说。

我回到荻嫒萝那边。她已经坐起来了。油灯还点着，在微弱的光晕中我能看出她柔软的面部一片瘀紫。看到这个让我很抓狂。我在她身边跪下。

"他找到她了。"她轻声说道，"她藏在你房间里。他径直去了你的房间。迦夫，你怎么办呢？"她握住我的手。她的手冰冷冰冷的。

我摇了摇头，感觉耳中再次嗡嗡作响，晕头转向。我不停地咽着血。

“他会怎么处置她？”我问道。

她耸了耸肩。

“他很生气——可能会杀了她——”

“他会打她。他不会杀女人的。迦夫，你不能留在这儿了。”

我觉得她说的“这儿”是指这个房间。

“你必须走。离开这儿！她去了你的房间，她不知道哪里好躲。哦，可怜的孩子。哦，迦夫！我是多么爱你啊！”她把脸埋在我手里，静静地哭了一会儿，然后抬起了头，“我们会没事的。我们不是男人，我们无关紧要。可是你必须走。”

“我要带上你。”我说，“还有她们——伊拉德和梅乐——”

“不，不，不，”她低语道，“迦夫，他会杀了你的。现在就走吧。马上！她俩和我是安全的。”她起身，强撑着身子走到桌子边上，颤抖着站了一会儿，然后走进卧室。我听到她温柔地和小姑娘说话。她带着梅乐走了出来。梅乐紧紧贴着她，脸藏了起来。

“梅乐小宝贝，你得跟迦夫说再见了。”

小姑娘转头伸出双臂，我抱着她，紧紧抱在怀里。“会没事的，梅乐。”我说，“跟着荻嫒萝上课。你保证哦！还要帮助伊拉德学习。这样你们俩都会成为有学问的人。”我都不知道自己在说些什么。我泪流满面。我吻了吻梅乐，把她放了下来。我握着荻嫒萝的手，用嘴贴了一会儿，然后走出了房间。

我走到自己的房间，佩上刀，穿上外套，口袋里揣上那本小小的《宇宙论》。我环视着这间有一个高耸窗户的小房间，我此生拥有过的唯一的房间。

我从后门出了巴尔纳大宅，穿街走巷，到了鞋匠寮房。月光如洗，整座木头城都笼罩着银蓝色的光，朦朦胧胧，静谧又美丽。

第三篇

我一在他的床铺上坐下，钱穆瑞立马从梦中醒了过来。我告诉他，我想跟他一起住一阵，在巴尔纳大宅里发生了一点误会。“你说什么？”他说。虽然我不想说太多，他还是从我嘴里套出了整个故事。“那姑娘？她在你房里？哦，石头神啊！你必须马上走，马上消失，今晚就走！”

我争辩说，这不过是一个误会而已。巴尔纳喝醉了。可是钱穆瑞却下了床，在床铺底下翻了起来：“你留下来的那些东西呢，你的渔具，还有——那儿。我就知道在这儿。好了。带上你的这些东西到城门去。告诉哨兵，你想在日出之前赶到鳟鱼塘，日出时分是钓鳟鱼的最佳时刻——”

“最佳时刻是日落时分。”我说。

他看着我，脸上带着痛苦和嫌弃。然后他的表情变得锐利起来。他摸着我的脸颊：“挨揍了，是吧？幸好他没有当场宰了你。等他再看到你时会宰了你的。他对待男人就是这样，为了女人，或者有人想动摇他的权力。我亲眼见过。我见过他杀了一个男人。他徒手勒死了那个男人，拧断了他的脖子。你带上这些东西。这是你的旧毯子，也带上吧。快到城门那儿去。”

我像跟木桩子一样呆立在当地。

“哦，我跟你一起去。”他生气地说道。他真的陪着我走了，我们匆匆忙忙地沿着背街小巷往城门而去。一路上他都在跟我说话，告诉我该怎么跟哨兵说，等我进了森林之后该怎么做：“不要走小道！不要走任何一条小道。那里都有人把守，时不时地有人。我希望——对！就这么办，他可以带上你——来，这边走！”他改变了方向，往韦内跟他的抢劫分队居住的那条街走去。他让我站在寮房的阴影下，自己走了进去。我站在那里，看着银蓝色的屋顶，它们好像随着我头部的抽动在微微舞动。钱穆瑞走了出来，身后跟着韦内。“你们要去打猎，”他说，“不是钓鱼。快走！”

韦内拿着两把弓，背上背着箭袋。“迦夫，很遗憾你摊上麻烦了。”他温和地说道。

我试着跟他们解释我没有摊上麻烦，巴尔纳是喝醉了，这么惊慌失措完全没有必要。钱穆瑞说：“别听他的。他的脑子已经被敲散了。带他去他能够彻底消失的地方吧。”

“我做得到，”韦内说，“只要哨兵让我们走出城门。”

“这事交给我。”钱穆瑞说。他真的说动哨兵放我们出城了，很顺利。跟哨兵东拉西扯的时候，他很快就搞明白了，巴尔纳还没有派出人来追我。三个哨兵我们都认识，他们只是提醒我们要在日落之前回城，就给我们放行了。“哦，我很快就回来。”钱穆瑞说，“我是不会三更半夜跑出去打猎的！我只是来送这两个傻瓜。”

他和我们一起穿过菜园，走到森林的边缘。“我回来之后怎么说呢？”韦内问道。

“你把他弄丢了。在河边弄丢的。你找了他一整天。他掉进河里了，又或者是跑掉了——你觉得这样可行吗？”

韦内点了点头。

“这个不太能让人信服，”钱穆瑞果断地说道，“很难让人信服。不过我会说，我以前听迦夫说过要逃到亚逊去。于是，他骗你，让你带他出去打猎，然后偷偷溜走了。你会没事的。”

韦内又点了点头，一脸镇定自若。

钱穆瑞转头看着我。“迦夫，”他说，“自从我看到你，你想把我的短裙往头上套时，你就一直是我的累赘、我的麻烦。你把我拖回了这里，现在又要自己跑出去了。唉，逃跑顺利。往西边走。”

他看着韦内，韦内点了点头，证实他说的方向没错。

“要远离高地。”钱穆瑞说。他张开双臂重重地抱了抱我，转过身，消失在树丛投下的阴影之中。

我不情不愿地跟在韦内身后，他毫不迟疑地走上了我完全没有辨认出的一条小径。树枝和树干间投下的月光让我眼花缭乱、头晕目眩。我走得磕磕绊绊。韦内发现我走路很困难，放慢了脚步。“你挨揍了，嗯？”他说，“头晕吗？”

我有点头晕，不过我说会慢慢好转的，我们继续往前走。我还是坚信他们个个催着我逃亡、个个这么惊慌失措真是有点蠢，那只是一个误会而已，到了明早一切就都能解释清楚了。我以前见识过巴尔纳发火。他发火时是很莽撞、很野蛮的，不过不会持续太久，像一场雷暴一样很快就过去了。我盘算着，等天一亮我就告诉韦内，我要掉头回去。

可是当我们在夜晚凉爽的空气中安静自在地行走时，我的头脑慢慢清醒了。我回想起了在巴尔纳大宅里发生的一切，我又看到了那些场景。我看到了巴尔纳在众目睽睽之下狎昵那个端坐不动、面无表情的女孩子，我看到了伊拉德为了躲他而向我们跑过来时的满脸惊恐，看到了巴尔纳脸上的疯狂。我看到了荻媛萝脸颊上暗红色的瘀伤。

韦内在一条小溪流陡峭的岩石岸边停下，喝了水。我洗了洗脸。我的右耳和两边脸颊都又痛又肿。一只小猫头鹰啸叫着飞过。月亮开始下山了。

“我们在这里等到天擦亮的时候。”韦内用他低沉的嗓音说道。我们静静地坐着，他打起了盹儿。我弄湿一只手，放在自己肿了的耳朵和两边太阳穴上感受着那股凉意，一遍又一遍。我望向眼前那片幽暗。我无法说清我的理智是如何在那片幽暗之中启动的，不过随着树、树叶、溪岸的岩石、水的流动，理智在灰暗的曙光之中开始以不可思议的方式逐渐显现出来，带着一种超越决断的笃定，我深知，我不能再回巴尔纳大宅了。

我能感受的唯一情感就是羞耻。为他，也为我自己。我又一次付出了信任，又一次做出了背叛，也遭到了背叛。

韦内坐了起来，揉了揉眼睛。

“我继续走了。”我说，“你不要再往前走了。”

“嗯，”他说，“我的故事是你背着我溜走了，所以我得花一整天假装找你。而且我想把你送到足够远的地方，让他们抓不到你。”

“他们不会找我的。”

“这可不一定。”

“巴尔纳不会让我回去的。”

“他也许想把你的脑浆给砸出来。”

韦内站起身，舒展了一下身体。我抬起头，带着爱意忧伤地看着他，这位身材修长、伤痕累累、嗓音柔和的猎人一直都是我亲切友好的同伴。我希望自己能够确定巴尔纳不会因为他帮助我逃跑而迁怒于他。

“我往西走。”我说，“你绕一圈，从北面回去，这样如果他们真的派人追我，你也可以把他们引到错误的方向。现在就走吧，这样你才有足够的时间。”

他坚持要陪着我，直到带我走上一条能走出达内冉森林、走上西向大路的小道。“我以前看到过你在森林里兜圈！”他说。他还给了我很多建议：在我完全走出森林之前不要点火；记住在一年的这个时节中，太阳在西南方向落山；等等。他很发愁我没有带食物。我们继续往前，现在已经没有路了，我们只是在相当开阔的橡树林中穿过，他一路盯着地上的每个小土坡和圆丘，最后终于找到了一个灌木和柴枝搭成的小丘。他把它掰开，里头是一个林鼠的粮仓：两把小小的野生核桃和橡子。“橡子就是个果核而已，不过比啥都没有要强。”他说，“在西向大道的旁边有一大丛甜栗树。你也许能在树上找到一些甜栗。多留点心。出了森林之后，你就只能靠乞讨或者偷了。不过你以前也这么干过的，嗯？”

最后我们终于走到了他要找的那条路，一条畅通的林中大道，一直迤逦向西。到了那儿，我坚持要他往回走。现在已经快到中午了。我想跟他握手，但他重重地拥抱了我，跟钱穆瑞一样。他嘟嘟囔囔地说道：“愿幸运之神一路陪伴你，迦夫。我不会忘记你的。也不会忘记你的故事。幸运之神一路陪伴你！”

他转身离去，片刻之后就消失在树林的阴影中。

那真是一个阴郁的时刻。

昨天的这个时候，我还在巴尔纳大宅里跟一群兴高采烈的男男女女一起享用分配的食物，等着晚间给巴尔纳唱诵……巴尔纳的大学者。巴尔纳的宠儿……

我坐在林间大道的边缘，盘点着手头的东西：鞋子，裤子，衬衣，外套，那条又旧又破、散发着臭味儿的棕色羊毛毯，我的渔具，一个装着从林鼠那儿偷来的坚果的袋子，一把好刀，还有喀司普罗的《宇宙论》。

还有我在阿尔卡曼德的全部人生经历，在森林的全部人生经历，我读过的每一本书，我认识的每一个人，我犯过的每一个错误——这一次，我全都带上了。我告诉自己，我不会逃避它们了。再也不会了。它们都会永远跟着我，它们全部。

我该把它们带到哪里去呢?

我现在唯一的答案就是脚下这条路。它会引领我去往大沼泽，去往我和萨珞出生的地方，去往这个世界我能够归属的唯一一群人。我会把你们被偷走的孩子带回来，或者说是把他俩当中的一个带回来，我在脑海中对沼泽人说道，让自己尽量自信坚定。我站起身，朝着西方走去。

* * *

当我逆河而上离开埃特拉时，我是一个穿着白色丧服的小男孩，孤身一人，这个情景本身就足够奇怪了。人们可以说我脑子不正常。那一点保护了我。发疯是神圣的。现在，我沿着这条人迹罕至的林中大道往前走，我已经大了两岁，穿着和神态都跟我的身份相吻合：逃奴。假使遇到别人，我保护自己免遭怀疑和奴隶贩子毒手的唯一依靠就是自己的机智应变，还有幸运之神，他可能已经厌烦了再眷顾我。

沿着这条路我能走到达内冉森林的西面，继续往西或者西南，我就能到大沼泽了。我不知道沿途会经过哪些村庄，只知道没有城镇，大的小的都没有。我曾经见过现在所处的这个国家，很久以前，从很远的地方：在梵恩帝恩山的最高点，借着金色的夜光。当时看起来空荡荡的。我记得在东边有大片模糊的幽暗森林，往北则是大片平坦开阔的土地。萨珞和我盯着看了很久。索图尔问我们是否还记得大沼泽，我说了我关于水、芦苇和远处蓝色小山丘的记忆，可是萨珞说我俩当时都太小了，什么都不记得。这么说来那段记忆应当是我以前有过的另外那种回忆，是对尚未发生之事的幻觉。

我有这种幻觉是好久以前的事情了。离开埃特拉后，我就把过往抛诸身后，也抛下了未来。很长一段时间以来，我只生活在当下——直到过去的这个冬天，跟荻嫒萝在一起的时候，我终于有勇气回望过去，取回我曾经遗落的天赋和负累。可是另一方面，那些未来的意象和浮光掠影，我似乎已经永远地失去了。

也许是住在树林之中的缘故，我一边沿着林中大道走着一边想。森林中无穷无尽的大树和相互纠缠、遮天蔽日的树枝让人在空间和时间上都无法远眺。在开阔地带，在平坦的平原上，在蓝色的水天之间，也许我能够再次往前看，能看到很远。很久以前，在课室长椅上紧挨着我坐的萨珞不是告诉过我，那是我从族人那里得来的灵能吗？

“不要跟别人说。”她用轻柔的声音在我耳边暖暖地说道，“迦威尔，听我说，一定，一定，你一定不可以跟任何人说起这个。”

我从来没有说起过这个。没跟抓了我们的阿尔卡曼德主子们讲，他们没有这种灵能，他们害怕这种灵能，也无法理解这种灵能。没跟森林里的逃奴们讲，因为在那里我没有关于未来的意象，有的只是巴尔纳关于革命和解放的梦想和谋划。可是如果我能够加入自己的族人，加入这个自由的民族，没有主子，没有奴隶，也许我可以找到其他拥有这种力量的人，他们可以教我恢复那些意象，学着利用它们。

这样的想法令我精神振奋。事实上我很高兴又可以单独待着了。现在在我看来，跟巴尔纳在一起的这整整一年里，他洪亮而快活的声音充斥着我的头脑，控制着我的思想，支配着我的判断。他身上那种力量就像一个魔咒，给我留下了只够自己待着的角落，我只能在这个角落里的暗处躲着。现在，我从他身边走开了，我的思绪可以自由地回顾过往的全部时间，在森林中心的时候，跟布里吉恩那班人一起的时候，还有那之前，跟库嘎在一起的时候，那个疯疯癫癫的老隐士救了一个快要饿死的疯男孩……可是那些想法很快又把我带回当下这一刻。从昨天夜里开始我就一直没吃东西。我的肚子开始呼唤一顿美餐，可是一袋坚果是不能让我坚持很久的。我决定抵达森林边缘之前什么也不吃。等到了那里，我会来一顿林鼠美食盛宴，再决定接下来何去何从。

穿过一片稀疏的赤杨木林之后，我走的这条路跟另一条路交会了，这是一条南北向的路，比原本那条更大。路面上有上一次雨季留下的车辙，还有很多绵羊和马的蹄印，不过就我目前所见，路上空空如也。路的对面是空旷的原野，繁茂的矮小树丛间有那么几棵大树。

我在一丛灌木后坐下，郑重其事地砸开十颗核桃吃了下去。这样我就剩下二十二颗核桃和九颗橡果，要好好留着当最后的救命食粮。我起身，面朝左方，大步流星地往南走去。

我脑子里一直在盘算着，要是有哪个车夫或者牲畜贩子，或者骑马的人赶上了我，我该怎么跟他们讲。我想，我身上有一样东西可以表明我不是一个逃跑的小奴隶，就是袋子里那本小小的书。我是一位学者的奴隶，受命从亚逊带这本书给埃特拉的一位学者，这位学者病了，想在死之前看到这本书，恳请亚逊的朋友把这本书送给他，还要有一个男孩子可以读给他听，因为他的眼睛已经看不见了……我仔仔细细地琢磨这个故事，走了好几英里远。我想得太投入了，都没有看到有辆农场马车从一条旁路走进了主路，就在我身后不远处，直到挽具的叮当声和马蹄声把我惊醒。那张有着温和眼睛的大马脸几乎就要顶着我的肩膀了。

“吁！”车夫叫道。那是一个矮胖的男人，脸宽宽的。他低头看着我，脸上没有任何表情。

我含含糊糊地说了句问候的话。

“上来吧。”男人的声音可比我的清楚多了，“到路口还有好远的路呢。”

我爬到了座位上坐下。他又审视了我一会儿。他的眼睛特别小，在那坨大脸上活像两颗小小的种子。

“你要去汐岔吧。”听他的语气，仿佛这是一个不容争辩的事实。

我说是的。这么说看来是最明智的。

“路上没怎么看到你们的人。”车夫说道。听了这句话，我意识到他以为我是——他把我认作了——一个沼泽人。我不需要那个复杂的故事了。我不是一个逃奴，我就是一个本地人。

这样也好。这个家伙也许压根儿不知道书为何物。

去往路口的那几英里路，我们慢慢地走着，一晃到了傍晚，天边是无边无际的金色和紫色的晚霞。一路上他都在跟我讲关于一个农夫、他叔叔、猪、鼠水边一片地和一件不公正事件的故事。我压根儿没听明白，不过我会在恰当的时候点头哼一声，那就是他想要的。“我一直都喜欢跟你们的人说话。”他在路口把我放下时说道，“你们都会给出好建议。那就是去汐岔的路。”

我谢过他，在暮色中继续进发。那条旁路是往西南方向的。如果汐岔是沼泽人的聚居地，我不妨就去那儿吧。

过了一会儿，我停下脚步，拿两块石头敲开了剩下的所有核桃，边走边一颗一颗地吃掉，我已经饿得受不了了。

暮色越发暗了，我看到前方有些许亮光。走近一看，是水面反射的天空最后一线光亮。我穿过一片奶牛牧场，来到一个位于湖边的小小村庄。这里的房子都是吊脚楼，有一些码头尽头的房子整个位于水面之上，还有船只停靠在码头，我看得不是十分真切。我筋疲力尽，饥肠辘辘，浓暮之中一扇亮着灯的窗户发出黄色的微光，美极了。我往那栋房子走去，爬上木梯，站在窄窄的门廊上朝着敞开的门往里瞧。这里看起来像是一个小酒馆或是啤酒屋，没有窗户，有一个低矮的吧台，但是没有任何家具摆设。有四五个人坐在地上的垫子上，手里握着陶土杯子。他们都看了看我，然后把目光移开，没有直愣愣地盯着我。

“哦，进来吧，孩子。”有一个人说道。他们个个都是皮肤黑黑的、瘦瘦矮矮的。吧台后一名女子转过身来，她有着锐利明亮的黑色眼睛、鹰钩鼻，我恍若看到了老甘弥。“你从哪里来？”她问道。

“森林。”我的声音像是嘶哑的耳语声。没人接腔。“我在找我的族人。”

“那么你的族人是谁呢？”女子问道，“进来吧！”我走了进去，看起来肯定是一副鬼鬼祟祟的样子。她啪的一声在盘子里放了点东西，隔着吧台推给了我。

“我没有钱。”我说。

“吃吧。”她凶巴巴地说道。我接过盘子，在壁炉边找了个位置坐下，壁炉没有生火。我想那应该是一个冷的鱼肉馅饼，个头相当大，不过我还没搞清楚那到底是什么，就已经把它消灭了。

“那么，你的族人是谁？”

“我不知道。”

“那要找到他们就有点难喽。”一个男人说道。他们一直看着我，不是直愣愣地盯着，也没有敌意，而是在偷偷摸摸地打量闯进他们这里的这个新来的家伙。鱼饼被风卷残云般地消灭让他们哑然失笑。

“在这一带吗？”另一个男人一边摩挲着自己的光头一边问道。

“我不知道。我们是被偷走的——我和我姐姐。被来自埃特拉的奴隶贩子。也许是在这里的南边。”

“什么时候？”酒馆老板娘用她尖利的嗓音问道。

“十四五年前。”

“他是个逃奴，是吧？”最年长的那位男子不安地跟边上的人说道。

“那么那时候你还是小小孩。”老板娘把一个陶土杯子倒满牛奶递给了我，“你叫什么名字？”

“迦威尔。我姐姐叫萨珞。”

“没有更多的信息了？”

我摇了摇头。

“你怎么跑到森林里去了呢？”秃头男子问道，语气足够温和。但这是一个严厉的问题，他很清楚这一点。

我迟疑片刻后说道：“我迷路了。”

让我吃惊的是，他们居然接受了这个答案，至少目前是。我喝了老板娘给我的那杯牛奶，真是甜如蜜啊。

“你还记得其他人的名字吗？”老板娘问我。

我摇摇头：“那时候我只有一两岁。”

“你姐姐呢？”

“她比我大一两岁。”

“她是埃特拉的奴隶？”她的发音是“埃特尔拉”。

“她死了。”我环视着他们，那一张张黑黑的面庞上都是警觉的神态。“他们杀死了她，”我说，“所以我跑了。”

“啊，啊。”秃头男子说道，“啊，嗯……那是多久之前的事了？”

“两年前。”

他点了点头，跟另外两个人交换了一下眼色。

“来，碧娅，给这孩子拿点赛过牛尿的东西。”最年长的男子说道，他咧嘴笑时已经没有牙了，看起来有点单纯，“我请他喝一杯啤酒。”

“他需要的是牛奶。”老板娘说着又给我倒了一满杯牛奶，“刚才那杯要是啤酒的话，他脸上不会这么开心。”

“谢谢，嬷-伊奥。”我说着，感激地喝下了牛奶。

我想，是这个敬称让她发出了一阵刺耳的大笑。“城里话，可你是一个拉汐欧人。”她注意到。

“那么，据你所知，他们没有跟踪你，”秃头男子问我，“你在那边城里的主子们，是吗？”

“我想他们以为我淹死了。”我说。

他点了点头。

身心的疲乏，填饱了肚子的食物，他们充满了戒备的善待和对我过往小心翼翼的接纳——也许是因为我说萨珞已经被杀死了——所有这些，让我热泪盈眶。我盯着壁炉中的灰烬，仿佛那里还有火在燃烧，努力地掩盖着自己的脆弱。

“看起来像个南方人。”一位男子喃喃道。另一个接着说：“我知道在南部的鹤鹮平地有一个叫萨珞·埃沃·达娜哈的。”

“迦威尔和萨珞都是泗多屿那边的名字。”秃头男子说道，“我要上床睡了，碧娅。我要在黎明之前出发。给我们打包一餐饭，嗯？跟我一起到南方去吧，如果你愿意的话，迦威尔。”

老板娘打发我跟在他后头上楼，进了酒馆的公共大客房。我躺在一张折叠床上，裹着我的旧毯子，很快就沉入梦乡，就像一块石头被扔进了乌黑的水中。

黑暗中，秃头男子摇醒了我。“走吗？”他说。我挣扎着起身，拿起东西跟上了他。我不知道他要去哪里，为什么要去，怎么去，只知道他要去南方，他的邀请就是我的指引。

楼下房间里点着一盏很小很小的油灯。老板娘站在吧台后，仿佛她一整夜都这样站着。她递给了他一个大包，外头裹着类似油绸布的东西，接过他的二十五分铜币，说道：“楣与你同在，阿密达。”

“楣与你同在。”他说。我跟着他走入夜幕之中，下行来到水边。他走到泊在码头边的一条船边，我觉得这条船好大呀。他解开缆绳，跳到船上，轻松随意得仿佛只是走下了一级台阶而已。我很小心地爬上了船，不过动作也很迅速，因为船已经漂离码头了。我蹲在船尾，他在我身边来来回回，摸黑做着什么神神秘秘的事情。酒馆门前那一丝金色亮光已经离我们越来越远，隔着漆黑的水面，比星辰的反光还要微弱。他在船中央那根短短的桅杆上支起了帆，我们并不需要乘风破浪，只是借了一点点微风，稳稳地往前行进着。我开始习惯了走路时脚底飘飘荡荡的奇怪感觉，等到天空露出些许微光时，只要手里能抓住什么，我就已经能够相当自如地四处走动了。

船窄窄的，很长，装着甲板，船周装了一排低低的缆轨。船的正中央是一个长方形的、低矮的房子。

“你住在船上吗？”我问阿密达。他坐在船尾的舵柄边上，越过水面凝望着既白的东方。

他点点头，说了点啥，好像是“嗷”了一声。过了一会儿，他说道：“你会钓鱼？”

“我有一些渔具。”

“看到那个了吧。试一下。”

我很高兴自己能派上用处。我取出鱼钩、鱼线和灯芯，钱穆瑞教过我怎么把灯芯分成长短合适的小段。阿密达没有给我鱼饵，我身上只有橡果。我把虫蛀得最厉害的那颗橡果挂到鱼钩上，感觉傻傻的，然后双腿搭在船舷外头，把鱼线甩了出去。没想到不到一分钟就有鱼上钩了，我钓上一条很漂亮的红色的鱼。

阿密达用一把很好很精致的刀子把鱼开膛破肚，取出内脏，分成两块，去骨，从荷包里抓了什么撒在上头，然后递了一块给我。我从来没有生吃过鱼，不过还是毫不犹豫地吃了起来。鱼的味道清爽鲜美，他撒在上头的调料是辣根粉。那种辣味把我的思绪带回了一年前在森林里跟钱穆瑞·伯恩一起挖辣根的场景。

其他那些橡果没法钩到鱼钩上。阿密达把鱼内脏放在了一张看起来很像纸的薄片上。他把内脏给我做诱饵。我又钓了两条红鱼上来，我们如法炮制，把它们给吃了。

“它们吃自己的同类。”他说，“就像人一样。”

“它们好像什么都吃，”我说，“就像我一样。”

每次只要肚子饿了，我就无比怀念阿尔卡曼德的谷物粥，稠稠的，有很多坚果，还加了油和橄榄干来调味。这会儿我也一样很想念，不过肚子里有了那么一两磅的鱼肉之后，我已经感觉好多了。太阳已经升起，怡人的阳光暖暖地晒着我的后背。细碎的波浪在船身两侧飞速掠过。我们的前方、周遭全是明晃晃的水面，这里那里散布着一片低矮的长满了芦苇的小岛。我躺在甲板上，睡着了。

我们一整天都在顺着狭长的湖面下行。第二天，湖岸渐渐聚拢在一起，我们进入了一个迷宫，迷宫的通道夹在高高的芦苇和灯芯草之间，银蓝色的水面在两堵浅绿色和暗褐色的墙中间忽宽忽窄，无穷无尽地延伸着，无穷无尽地自我复制着。我问阿密达他怎么知道路，他说：“鸟儿会给我带路的。”

数以百计的小鸟在灯芯草上方飞来飞去，鸭子和鹅在头顶盘旋，高大的银灰色苍鹭和小一点的白鹤在芦苇小岛之间的空隙里昂首阔步。阿密达跟它们说话，好像在打招呼，他说的那个词是“哈萨”，也可能这是它们的名字。

除了第一晚问了我那些问题之外，他没有再问过我的来历，也没跟我讲起自己的事情。他也不算不友好，不过真的是极其沉默。

整个白天，太阳都明晃晃地照着，到了晚间则是一轮下弦月。我望着夏夜的繁星——同样的星辰我在梵恩帝恩农场也看过——升起，划过幽暗的天穹。我要么钓鱼，要么坐在太阳底下，凝视着不断变幻却又千篇一律的迷宫通道、苇丛河滩、蓝色的水面和蓝色的天空。阿密达驾驶着船。我走进房间，发现里头几乎装满了货物，主要是堆叠在一起的成捆的、大张的、像纸一样的东西，有的薄，有的厚，不过都非常有韧性。阿密达告诉我那是芦苇布，是用捣烂的芦苇织成的，可以用来做各种东西，从餐具、衣服到墙壁。他从芦苇布的产地，即大沼泽的南部和西部把它们运到其他地方去，人们会花钱来买或者拿物品来交换。那些交换来的零碎物件塞满了他的房间——锅碗瓢盆，拖鞋，一些织得很漂亮的腰带和斗篷，陶土油罐，还有一大堆辣根。我猜他要么自己用掉这些东西，要么再拿去交换别的物品，全凭他自己的喜好。他把钱放在房子角落的一个黄铜碗里，有一堆二十五分和五十分的铜币及几枚银币，没有刻意藏起来。这一点，还有汐岔酒馆里那些人的种种举动，都给了我这样的印象：沼泽人无所猜忌，无所畏惧，不管是对陌生人，还是对他们自己人。

我知道，我太清楚地知道了，我自己就很容易过于相信别人。我很好奇这个缺点是不是天生的，是一种特性，就像我的黑皮肤和鹰钩鼻一样。由于过于信任他人，我让自己遭受了背叛，也因此背叛了别人。我终于抵达了对的地方，身边是跟我一样的人，他们会用信任来对待信任。

在日光照耀下的水面上前行的悠长白日里，我有时间任思绪徜徉在这样的想法和希望之中，也有时间去回顾过往。每次想到在森林中心的那一年时光，我就会想起巴尔纳的声音，他那低沉雄浑的声音，在人的耳边嗡嗡作响，不停地讲啊，讲啊……相形之下，沼泽人的沉默，我这位同伴的沉默，真是一件幸事、一种解脱。

和阿密达一同航行的最后一晚，我钓了一整天鱼，收获满满。他在房子边的背风处支起了一个上头带烤架的大瓷罐，在里头生了一炉炭火，仔细地照看着。看到我正盯着他看，他说："你知道我是没有村子的。"我不知道他这话什么意思，也不知道他干吗要说这个，只是点了点头，等着他说下去，可是他却闭口不语了。他在鱼身上撒了油和几粒盐，烤了起来。鱼肉吃起来鲜美多汁。吃完之后，他拿出一个陶罐和两个小杯子，倒上了他称之为落芒酒的液体，酒很清，很有劲儿。我们坐在船尾。船顺着一条宽阔的水道缓缓下行。他没有让船御风而行，只是不时地动一下船舵来把控方向。一片澄澈的蓝色、绿色和青铜色暮霭覆在水面和芦苇丛之上。在西方低矮的天空上，我们看到金星像一滴水珠一般颤颤巍巍。

“泗多屿人，”阿密达说，“他们住在边境附近。奴隶贩子都是打那边进来的。你可能就是来自那里。你愿意的话就留下来，到处看看。我两个月之后回来时会经过这里。”他顿了顿，又说道：“我一直都需要一名渔夫。”

我意识到他在用这种简练的方式告诉我，如果那时候我想再跟他一起，他是欢迎我的。

第二天日出时分，我们又回到了开阔的水面上。一两个小时之后，我们靠近了一段稳固的河岸，岸边长着树，还有一些小小的吊脚楼。我听到了孩子们的叫声。一小群孩子正站在码头上等着我们的船。“女人村。”阿密达说。我看到跟在这些孩子后头的全是女人，皮肤黝黑，四肢纤细，穿着短短的束腰外衣，有短短的鬈发，就像萨珞那样——我还看到了萨珞的眼睛，看到了她的脸，在她们身上随处都能瞥见萨珞的影子。看到这些陌生人，却仿佛身边全是我的姐姐，我感觉很怪异、很不安。

我们刚把船系好，女人们就飞快地爬上了船，眼睛逡巡着看阿密达都带了些啥，双手摸着那些芦苇布，鼻子嗅着那些油罐，叽叽喳喳地跟阿密达说着话，也彼此相互说着话。她们没有跟我说话，不过一个十岁左右的男孩子走了过来，双脚叉开站在我面前，自命不凡地说道：“陌生人，你是谁？”

“我叫迦威尔。”我说这话时，心里闪过一丝可笑的希冀，也许我马上就能被认出来。

男孩等了一会儿，然后似乎有点生气地用更加傲慢的口气问道：“迦威尔——？”

看来我还需要透露更多。

“你的姓氏？”男孩盘问道。

一个女人过来，随意地把他拉开了。阿密达对她和她身边一个年长的女人说道：“他被掳走当了奴隶。也许就是在泗多屿。”

“啊。”年长的女人说道。她转过身来对着我，眼睛没看我，但是确定无疑是在跟我讲话：“你什么时候被带走的？”

“大概十五年之前。”我说，那个傻傻的希望又在我心中升腾而起。

她想了想，耸了耸肩，说道：“不是从这里。你不知道自己姓什么吗？”

“不知道。我们有两个人，我和我姐姐萨珞。”

“萨珞是我的名字。”女人冷漠地说道，“萨珞·伊思杜·阿萨。”

“我在寻找我的族人，还有我的名字，嬷–伊奥。”我说。

虽然她还是半侧着身子，不过我看到她飞快地斜眼瞥了我一下：“去霏芦汐看看吧。以前有当兵的从那里带走过人。”

“我要怎么去霏芦汐呢？”

“走陆路。”阿密达说，“往南走，碰到水渠你就游过去。”

我去收拾自己的装备时，他在跟萨珞·伊思杜·阿萨说话。他让我等她一下，她回村子里去了。她回来时拿着一个芦苇布包，放在我身边的甲板上。“吃的。”她的语气还是那样冷漠，脸也不冲着我。

我谢过她，把布包裹在我的旧毯子里头，在穿越大沼泽的旅途中，我把那条毯子洗好晾干，改成了一个背包。我转身面对阿密达，再次向他表示感谢，他说：“楣与你同在。”

“楣与你同在。”我说。

我打算离开码头往地面上走，可是两个女人尖叫着阻止我，那个爱管闲事的男孩冲过来挡住了我的去路。“女人的土地，女人的土地！”他大叫着。我环顾四周，不知该往哪儿走。阿密达指了指我的右方，我看到右方水边有一条小路，铺着石头和蛤壳。“男人走那边。”他说。于是我依言而行。

沿着小路走很短的一段距离，就到了另外一个村子。我不安地走过去，不过没有人冲我大嚷，要我走开，我在那些小房子中间走着。一位老者在门廊上晒太阳，他的房子看起来似乎就是一个上头搭了厚重芦苇布垫子的木头框架。“楣与你同在，年轻人。”他说。

我也向他致意，问道：“从这里有往南的路吗，巴–氏？”

“巴氏，巴氏，巴氏是什么？我是罗瓦·伊思杜·曼尼。你打哪儿来，说什么爸氏爸氏的？我不是你父亲。你父亲是谁？”

他话语中的戏弄多于攻击。我有种感觉，他非常清楚地明白我刚刚用的是敬语，不过他不想承认这一点。他一头白发，脸上沟壑纵横。

“我在找我的父亲，还有我的母亲，还有我的名字。”

“哈！好啊！”他上下打量着我，“你为什么要去南方？”

“去找霏芦汐。”

“哦！那是帮奇怪的家伙。我是不会去那儿的。你喜欢就去吧。穿过牧场的那条路。”他又坐了回去，在阳光下舒展着他那小小的、黑黑的、瘦骨嶙峋的双腿，活像仙鹤的脚。

村里好像没有其他人。我能看到水面上的渔船。我找到了那条穿过牧场向着内陆延伸的路，往南进发去寻找我的族人。

12

去霏芦汐花了我两天的时间。那条路蜿蜒曲折，不过一直是朝着南方的，因为早上太阳总是在我的左边，日落时则在我的右边。大草原和长着柳树的草地上有很多的水渠，需要蹚过去或者游过去，我只好把包和鞋子吊在一根木棍上以免浸到水。不过除此之外路还是挺好走的，我身上带的干炸鱼饼和腌干酪也足够吃。不时地，我会看到在路的这一边或者另一边有一间冒着炊烟的小木屋或者一个村庄，会有一条旁路通过去，不过主路一直向着南方，我也一直没有离开主路。第二天晚间，我沿着路左转，沿着一个大湖的沙质湖岸来到了一个村庄——这里有大片的牧草，有几头奶牛、几棵柳树、几栋小小的吊脚楼，码头上有几条小船。大沼泽上的一切都是千篇一律的，带有稍许变化，一种极致的简单。

村子里没有小孩子，我看到一个男人在撒网，于是穿过那些房子走了过去，大声对他说道："这里是霏芦汐吗？"

他小心地把渔网整理好，朝我走了过来。"这里是霏芦汐的东湖村。"他说。

他表情严肃地听着我给他讲我在寻找什么。他的年纪在三十上下，是我看到过的拉汐欧人中个子最高的，眼睛是灰色的。后来我知道他是一个沼泽女人被埃特拉兵强暴之后生下的儿子。我告诉他我的名字之后，他也说了他的名字——拉瓦·阿提尤·西铎伊，并亲切地邀请我去他家吃饭。"渔夫们现在都要回来了，"他说，"我们要去鱼市。跟我们一起去吧，你可以问问女人们。女人们才知道这些。"

渔船鱼贯驶入码头，卸下他们的战果。都是轻型船，数量有一打甚至更多，船上小小的帆让我想到了飞蛾的翅膀。村庄开始活跃起来，响起了男人的声音，还有狗的吠叫声。狗们从船上一跃而下，蹚过浅水，昂首上岸，都是身体纤长的黑狗，一身小卷毛，亮闪闪的大眼睛。狗之间的礼节相当正式：吠叫一声互打招呼，然后一边狂甩着尾巴，一边相互探究对方的屁股，其中一只弯下腰，另一只接受它的弯腰，随后分开，各自跟上自己的主人。有一只狗叼着一只很大的死鸟，也许是只天鹅。它没有跟其他狗来一遍礼节仪式，而是自命不凡地叼着鸟沿着河岸往西边小跑过去。很快所有男人都跟在它后头，手里的网和篮子里装着他们的战果。拉瓦带着我跟上了他们。我们绕过一个绿草如茵的岬角，到了一处小小的湖湾，这里就是东湖的女人村。

很多女人正在一片草地上守候着。地上摊着一块巨大的芦苇布，很多孩子在边上跑来跑去，不过都小心地不去碰到那块布。布上面摆放着很多装满了熟食的罐子和芦苇布盒子，就像集市上摆摊一样。男人们停下来，把他们的收获也摊放在那块布上头。那只狗放下自己叼着的鸟，然后站在边上摇晃着尾巴。好多人都在说笑逗乐，不过毫无疑问这是一个很正式的场合，是一场仪式，哪个男人上前拿起一盒或者一罐吃食，或者哪个女人拿起一网袋鱼时，嘴里都会念着致谢的祷词。一个老女人欣然拿起那只天鹅，大声喊道：“寇拉的箭！”她这话招来了更多的玩笑戏弄。女人们似乎都明确地知道哪些东西是给哪个女人的，男人们会再稍微讨论一下谁该拿哪个，不过女人们基本上都能搞清楚。当两个年轻男子为了一盒油煎饼的归属争吵起来时，一个女人冲着其中一个竞争者点点头就轻松搞定了一切。没有拿到的那个年轻人闷闷不乐地走开了。布上的东西被拿空了之后，拉瓦让我上前，然后对着所有的女人说道：“这个人今天来到村里，要找他的族人。他很小的时候被埃特拉的士兵带走了。他只知道自己的名字叫迦威尔。北边的人觉得他可能是泗多屿人。”

听了他这话，女人都围了过来，盯着我看。一个目光锐利、鼻子尖尖、四十岁上下的黑皮肤女人问我：“多少年前？”

“大约十五年前，嬷-伊奥。”我说，“我和我姐姐萨珞一起被带走的。”

一个老女人尖叫了起来：“塔诺的孩子！”

“萨珞和迦威尔！”一个怀抱婴儿的女人说道。那个拿了死天鹅的女人拎着天鹅黑色的大脚掌，在人群中往前挤了挤，仔细地看了看我，说道：“没错，她的孩子，塔诺的孩子。恩弩-安巴，恩弩-楣！”

“塔诺去挖黑蕨，在长渠下头。”一个女人对我说道，“她和她的孩子们，他们都没有回来。他们的船不见了。”

“有人说她淹死了。”另一个女人说。接着又一个女人说道：“我一直说是奴隶贩子。”那个老女人往前挤得更近了一点，看着我，在我身上找她们熟悉的那个女人的影子。年轻的女人们在后头站着，用另一种方式盯着我。

第一个跟我说话的那个黑皮肤女人没说什么，也没有往前来。手拿天鹅的老女人过去跟她说了什么，然后黑皮肤女人走近来对我说道：“塔诺·阿依塔诺·西铎伊是我妹妹。我是葛歌米埃·阿依塔诺·西铎伊。”她面色阴沉，声音冷酷。

我被吓到了，不过一会儿之后我还是说道：“您可以告诉我我的名字吗，姨妈？”

“迦威尔·阿依塔纳·西铎伊。”她听上去好像都有点不耐烦了，“你母亲——你姐姐——和你一起回来吗？”

“我没见过我母亲。我们是埃特拉的奴隶。两年前他们杀死了我姐姐。我离开那里去了达内冉森林。”我简略地说道，用了“离开”而不是“逃开”或者“跑出来”，因为对这个有着乌鸦脸和乌鸦眼的女人，我需要像一个男人那样说话，而不是像一个逃亡的孩子。

她紧张地看了看我，目光躲闪，没有和我目光相对，最后她终于说道："阿依塔努家的男人会照顾你的。"然后就转身走了。

其他女人显然还想看看我，聊一聊我的事情，不过她们还是跟着我姨妈走了。男人们开始四散走回自己的村庄。于是我也转身跟上了他们。

拉瓦和两名年长男子正在讨论着什么。我没法完全听懂，泗多屿土话对我来说是很陌生的，有很多我不懂的词。他们似乎在讨论我该去哪儿，最后他们当中一个人回过头来对我说道："来吧。"

我跟着去了他的小屋。屋子是木结构的，铺着木地板，墙面和屋顶都是芦苇布，没有门，没有窗，因为抬起一面墙就可以让屋子的某个面完全敞开。他把从女人们那里拿来的装着吃食的盒子和陶罐放下，然后掀起了朝着湖的那一面墙，把角系在柱子上，这样屋顶就往外延了，给那一边的屋前平台提供了荫蔽，挡住了黄昏时分炽热的阳光。他在一个厚厚的芦苇布垫子上坐下，开始鼓捣一个做了一半的蛤壳鱼钩。他没有抬头看我，只是冲着屋子做了个手势，说道："喜欢什么就自己拿来吃。"

我感觉自己是个入侵者，跟这里格格不入，什么东西也不想吃。我不理解这些人。如果我真的是这个村子丢失了的孩子，这就是他们对我的欢迎吗？我很心寒、很失望，不过我不打算在这些冷漠无情的陌生人面前表现出任何的失望和脆弱。我要保留自己的尊严，表现得跟他们一样冷淡。我是一个城里人，一个受过教育的人；他们是野蛮人，迷失在这片大沼泽里。我告诉自己，我走了如此迢迢长路才来到这里，不妨待上至少一个晚上。这个时间足够我决定接下来还可以去哪儿，在这个显然哪里都不是我的归属的世界。

我找到了另外一块垫子，在平台的外缘坐了下来，我的双脚垂在距湖岸的淤泥两寸远的地方。过了一会儿，我说道："可否问一下主人如何称呼？"

"梅特·阿依塔纳·西铎伊。"他的声音非常柔和。

"您是我父亲吗？"

"我是那个人的弟弟，你姨妈的弟弟。"他说。

他讲话时头一直低着的样子，让我怀疑他不是不友好，而是太过害羞。既然他没有看我，我觉得自己也不应该盯着他看太久，不过透过眼角的余光，我能看出他不怎么像那个乌鸦脸女人——我的姨妈，也不像我。

"也是我母亲的弟弟？"

他点了点头，深深地点了一下头。

这么说我还真得好好看看他。梅特比葛歌米埃年轻多了，没那么黑，脸上的线条没那么锐利，其实他有点像萨珞，圆脸颊，光洁的棕色皮肤。也许我母亲塔诺也是这样的。

他姐姐跟两个小孩子失踪的时候，他应该差不多是我现在这个年纪。

过了很久，我开口说道："舅舅。"

他说："嗷。"

"我以后住这里吗？"

"嗷。"

"跟你一起？"

"嗷。"

"我得学着在这里怎么生活下去。我不知道你们是靠什么生活的。"

"啊嗯。"他说。

很快我就熟悉了这些咕咕哝哝的、喃喃低语的回答："嗷"表示是的，"恁"表示不，"啊嗯"表示介于是和不是之间。不过这些都有一个共同的意思：你说的我听到了。

耳边传来了另一个声音：喵！一只小黑猫从黑乎乎的屋子里的一堆什么东西里头蹿了出来，在我身边坐下，端端正正地把尾巴绕在两只前爪上。我马上试探着挠了挠它的后背。它把身子靠在我手上，于是我继续挠它。它和我一起盯着湖面。两只黑色的捕鱼犬在湖岸上跑过，猫咪直接无视了它们。我留意到，我舅舅梅特不再弯着腰勤勉地干活儿，而是看着猫咪。他的脸色放松下来。

"普鲁特是个捕鼠高手。"我舅舅说道。

我揉捏着普鲁特的颈背，它呼噜作声。

过了一会儿，梅特说道："今年老鼠很多。"

我挠着普鲁特的后耳勺，心里在想要不要告诉我舅舅，在我这辈子当中有那么一年夏天，我主要就是靠吃老鼠为生的。这似乎太轻率了。没有人邀请过我讲讲任何关于我来的那个地方的事。

霏芦汐的所有人都没有提过这个。我之前在“埃特尔拉”——那些奴隶贩子，那些奸杀掳掠和偷孩子的士兵，就是从那儿来的。他们只需要知道这个就够了。我曾经在别处待过。他们不需要了解别处。很少有人在别处待过。

我询问他们霏芦汐的事也很费劲，不是因为他们不了解或者不想说，而是因为这是他们全部的天地，所以他们对这里的一切都觉得理所应当。他们无法理解我问的问题。怎么会有人不知道这个湖的名字呢？怎么会有人问男人和女人为什么要分开来生活——显然他们从没想过要不知羞耻地住在同一个村子、同一个房子里？怎么可能有人不知道晚间的礼拜，还有给予和接受食物时要说的那些话呢？一个男人怎么会不知道怎么割芦苇，一个女人怎么会不知道怎么捣烂芦苇做出芦苇布呢？很快我就意识到，我在这里的无知更甚于我在森林度过的第一年冬天，因为这里有更多你能看到却无法了解的东西。城里人也许会说泗多屿人是一个单纯的民族，过着简朴的生活，但我认为只有像库嘎那样与世隔绝、缺衣少食的原始生活才能称得上简朴，即便如此，这个词本身是会让人产生错觉的。在泗多屿村庄的生活是充实、富足而复杂的，是一张错综繁复的挂毯，包含了高要求的人际关系、抉择、义务和规则。泗多屿人的生活是复杂的，一如埃特拉人的生活。要在两个地方做到恰如其分，难度也许是旗鼓相当的。

我舅舅梅特带我去他的房子，当然没有做出任何欢迎的表示，但是同样也没有丝毫勉强，他相当乐意接纳失去已久的外甥。他是一个和善、谦逊、温柔的人，安心地置身于这张由各种义务、习俗和人际关系构筑而成的村庄的大网之中，仿若蜂巢中的一只蜜蜂，或者一群泥巢中的一只燕子。他并不是很受其他男人的看重，但他并不介怀，没有感到不安，也没有任何敌意。他有好几个妻子，那为他赢得了尊重，不过一个男人跟女人的任何姻亲关系当然都是跟他生活的其他方面割裂开来的。然而，如果我试图讲清楚我所了解的泗多屿人的生活——慢慢地，一个片段一个片段地，接着猜测——我的故事就会没完没了。我必须按照各种事情发生的顺序，有一点讲一点。

接下来发生的事情就是，我和我舅舅、他的猫咪普鲁特、他的狗狗敏吉一起，享用了一顿很棒的晚餐，有冷鱼饼和落芒酒。敏吉是一条温和的老母狗，吃饭的时候它就恰如其时地现身了，非常有礼貌地把灰白色的嘴放在我的掌心。暮色四合，我看着舅舅在小屋的平台上舞动，向水神敬颂了一段简短的祷词。暮光之中，其他男人也在他们的小屋平台上做了同样的事。然后他给自己铺了一张床垫，又帮着我把那些坐垫铺开来当床。猫咪到小屋底下去抓老鼠了，狗等主人的床垫一铺开，就蜷在了上头。我们躺下，互道晚安，在最后一线日光逐渐消逝在湖面之上时进入了梦乡。

日出之前，村里的男人们就走出屋子，来到了湖上，一两个人一条船，带着一两条狗。梅特告诉我，这个时节有许多叫作图塔的鱼从临海水道洄游入湖中，他们相信今天早上便是洄游的开端。假使是这样，我猜他们两个村子的人都要忙上一两个月了，男人们捕鱼，女人们晒鱼干。我问他我能否跟他一起去，跟他们学习怎么捕鱼。他是那种没法开口说不的人。他嗯嗯呃呃地咕哝着什么。“有人要来，你该跟他谈一谈”，我能听懂的就是这些。

“要来的是我父亲吗？”我问道。

“你父亲？你是说梅特·索迪亚吗？哦，塔诺消失之后他就去了北方。”他语焉不详。我想再问详细点，可他只会回答：“后来就没人听说过他了。”

他忙不迭地走了，留下我一个人待在村子里——跟猫咪们一起。每一个房子里都有一只黑猫，或者好几只。男人和狗走了之后，这里就成了猫的天下，它们在屋前平台上躺着，在屋顶上踱着步，各家的猫举行咝咝声比赛，带小猫们出来在太阳底下玩。我坐着，看着这些猫，虽然小猫们让我发笑，但我还是感觉心里很沉重。现在我知道梅特没有任何对我不亲近的意思，可是我已经回到家并找到了家人，但他们对我而言却是全然陌生的，我于他们而言也是。

我能看到渔船渐渐远去，进入湖的深处，船帆宛若银蓝色水面上片片微小的翅膀。

一艘船朝着村庄开了过来。是一艘大独木舟，好几个人正在费力地划着桨。独木舟滑入湖岸的淤泥之中，船上的人跳下船，把船往里拖了拖，然后径直向我走来。起先我以为他们脸上绘着油彩，之后发现那是文身：每个人从太阳穴到下巴都文了很多条线。有一位长者整个前额到眉毛，以及鼻尖处都是纵向的黑色线条，如此一来他看起来就像一只苍鹰，头的上一半是黑色，下一半是浅色。他们走路时带着一种庄严的威仪。其中一人手握木杖，杖顶是一大丛白色的白鹭羽毛。

他们在梅特木屋的平台前停下脚步，那位长者说道："迦威尔·阿依塔纳·西铎伊。"

我起身，向他们致敬。

长者长篇大论了一番，我一个字也没听懂。他们等了一会儿，然后长者对那个手握木杖的人说："他没有接受过任何训练。"

他们商量了一会儿，手握木杖的那个人转身对我说道："你跟我们来，接受你的入门仪式。"我看上去肯定是一脸茫然。"我们是你所在宗族，阿依塔努·西铎伊宗族的长老。"他说，"只有我们能够让你成为真正的男人，如此你才可以做男人的活计。你没有接受过训练，不过尽量吧，我们会告诉你怎么做的。"

"你现在这样是不能留下的，"长者说道，"不能留在我们中间。一个没有入门的男人对他的村庄而言是危险的，对他的宗族而言是耻辱的。恩弩-安巴的利爪会阻拦他，苏阿的鱼群会逃离他。好了。来吧。"他转过身去。

我走下平台，来到他们身边，手握木杖的人用那丛白鹭羽碰了碰我的头。他没有笑，不过我能感受到他的善意。其他人都一脸淡漠、严厉和庄重。他们把我围在中间，我们一起走上了独木舟，离开了村子。“躺下。”白鹭羽对我喃喃说道。我躺在桨手的脚之间，除了独木舟的底部什么也看不见。我发现这条独木舟也是用芦苇布做的，一条条厚厚的芦苇布层层交叠，刷上透明的清漆令其硬化，最后芦苇布变得如金属般光滑坚硬。

划到湖中央后，桨手们抬桨停止划行。独木舟浮在水中央，四下一片寂静。在这片寂静之中，一个人开始吟唱。那些话我也完全听不懂。现在我觉得他们用的可能是阿里坦语，我们族的一种古老语言，此种语言因大沼泽居民的仪典得以数世纪地传承下来，不过我并不确定。吟唱持续了很长时间，有时是一个声音，有时是好几个声音，其间我一直像具死尸一样一动不动地躺着。我已经处于半昏睡的状态了，这时白鹭羽轻声对我说道：“你会游泳吗？”我点点头。“游到另一头去。”他低语道。然后我被好几个人抬了起来——仿佛我真的是一具死尸——高高举起，头冲下扔了出去。

事发太过突然，我都没有明白到底发生了什么。我挣扎出水面，摇头把双眼前的水抖开，看到独木舟的侧边耸立在我的上方。“游到另一头去。”他是这么说的。于是我潜入水中，在独木舟巨大的阴影之中奋力游了起来。再次气喘吁吁地钻出水面时，我发现自己刚刚游出了那个影子。然后我蹚着水，盯着满载着人的独木舟。白鹭羽摇着他的手杖，大声喊道："汐义！汐义！"他掉转手杖，把光滑的那一端冲着我伸了过来。我抓住手杖，他把我拉到了独木舟的侧边，好几只手一起把我拉上了船。我坐起身子的那一刹，有什么东西套在了我头上——一个木头盒子吗？我的头在盒子里面无法动弹，盒子一直到我的肩膀。我只能看到从下巴下方透进来的一点点亮光。白鹭羽再次大喊："汐义！"然后其他人笑了起来，说了祝贺的话。不管刚才发生了什么事情，显然我做对了。我头戴一个盒子，坐在横座板上，没有徒劳地试图搞明白发生了什么。

关于入门仪式我讲了这么多，是因为这不是什么秘密，人人都可以看。四散在湖面上的渔夫们聚集在这艘军舟边上看着。不过盒子套到我头上之后，我们便马上径直驶向举行秘密仪式的那个村庄。

霏芦汐共有五个村庄：我出生的东湖村，另外四个都在方圆几英里之内，散布在霏芦湖沿岸。我接受入门仪式的村庄是最大的南岸村，圣物都保管在那里。那些大独木舟被称为"军舟"，不是因为沼泽人曾经抗击过别人或者有过内战，而是因为男人喜欢把自己想象成战士，只有男人可以划这些大独木舟。我头上的盒子是一个面具。戴着这个面具时，我被称作恩弩之子。在拉汐欧人看来，猫女神恩弩–楣同时也是恩弩–安巴，大沼泽里的黑狮子。我不能再多讲关于入门仪式的仪典了，总之在所有仪典之后，我脸上从太阳穴上的发根往下直到下巴，被文上了一条细细的黑线，两侧脸上各有一根。我的皮肤这么黑，两根线很难认得出来。等我完成入门仪式回到东湖村之后，我才意识到所有的男人脸侧都有这样的线条，多数都有两条或者更多。

等我完成入门仪式回到东湖村之后，我就成了他们当中的一分子。

毋庸置疑，我是一个奇怪的存在，因为我是那么的无知。不过村里的男人让我知道，他们不认为我完全是个傻子，很有可能是因为我显露出了成为一名渔夫的潜质。

我跟其他男孩子得到的待遇差不多。通常说来，一个男孩子在十三岁左右完成入门仪式，之后就从女人村过来，跟一位年长的男性亲戚同住几年——他母亲的兄弟，或者他的哥哥，偶尔会是他的父亲。父亲的角色比起母系亲属根本无关紧要，母系家族就是一个人的氏族。

在男人村这里，男孩子们学习各种男人的技能：捕鱼造船、猎鸟、种植收割落芒草、收割芦苇。女人们养家禽家畜，种菜，制作芦苇布，保存及烹制食物。住在女人村的男孩子们超过七岁或八岁，就不需要甚至也不被允许做女人的活计，所以他们来到男人村的时候都是懒散、无知、无能、一无用处的，男人们也从不厌烦告诉他们这一点。男孩子不会挨揍——我从来没见过哪个拉汐欧人打人、打狗、打猫——他们会挨骂，会被唠叨，会被支使得团团转，会被没完没了地吹毛求疵，直到他们终于学会一两项技能。然后他们会接受第二次入门仪式，自己选择一间木屋搬进去，可以一个人独居，也可以跟朋友合住。第二次入门仪式要在年长者们一致认为这个男孩子已经完全掌握了至少一项技能之后才可以举行。他们告诉我，有时候会有男孩子拒绝第二次入门仪式，选择回归女人村，在那里以女人的身份度过余生。

我舅舅有好几个妻子。有些拉汐欧女人有好几个丈夫。结婚典礼就是两个人在每日的食物交换仪式上宣布："我们结婚了。"两个半村之间散布着一些小小的芦苇布棚屋，大小只够摆一张床或者一个垫子，是给那些想要一起睡的男女用的。他们在食物交换仪式上，或者在路边，或者在田间私底下约会。如果一对男女决定结婚，男人就要搭一间婚房，他的妻子或者妻子们每次协商好或者安排好了的时候就会来到婚房。有次我舅舅晚上出去的时候，我问他要去见哪个妻子，他害羞地笑着说："哦，她们来决定。"

我冷眼旁观着那些年轻人调情求偶的过程，发现婚姻跟捕鱼技能和烹饪技能有很大的关系，因为丈夫要把捕到的鱼给妻子，妻子要烧来给他吃。每日用生鱼换熟食的食物交换仪式被称作"鱼席"。女人们养家禽，挤奶，种菜，比起男人抓的鱼，她们其实提供了多得多的食物，但是大家对她们产出黄油、奶酪、鸡蛋、蔬菜都习以为常，而男人们拿出点东西来，人人就都要大惊小怪一番。

现在我明白了，为什么阿密达把我钓到的鱼烧来吃的时候会看起来很丢脸的样子。村里的男人们从来不做饭。男孩子和未婚男子只能拿东西或者甜言蜜语来换取餐食，要么就是鱼席上剩下什么就拿点什么。我舅舅对于妻子和食物的品位一流。我跟他一起住的时候吃得很好。

入门仪式后的那一年，我以拉汐欧的阿依塔努·西铎伊人的身份学习我们族中的男人必须做的事情：捕鱼，种植并收获落芒草，收割并储存芦苇。我用弓箭很笨，所以没有像多数男孩子被要求的那样坐船去射野鸟。我成了舅舅的撒网手。把渔网撒出去之后，我就拿着鱼竿钓鱼。我的钓鱼技能很快得到了认可，为我赢得了赞许。我们经常会带上一个男孩去射鸟，在鸭子或者鹅被射下来之后，就是老敏吉的欢乐时光了：它跳进水里，把猎物弄到船上，之后扬扬自得地叼着猎物上岸，尾巴摇个不停。它总是把那些鸟儿给我舅舅年纪最大的妻子璞沫，璞沫会郑重其事地向它致谢。

我认为种植和收割落芒草是这个世界上最轻松的活计。秋天，你划船驶过银蓝色的水面，来到湖的北端，种植落芒草的小岛一个紧挨着一个，你撑着篙，沿着极窄的水道缓缓而下，一边将那些小小的闻起来香香的黑色谷粒一把一把地往两边撒出去。然后到了暮春时分，你回到这里，从两边把那些高高的草茎薅下来摁在船上，用一把小小的木头耙子把草茎上结的新籽敲下来，直到船装得半满。我知道女人们会偷笑男人们对种植和收割落芒草这事的大惊小怪，搞得好像需要多少技能似的，不过在鱼席上，她们接过我们装着谷物的袋子时总是赞赏有加，十分崇敬。

“我拿这个给你喂只肥肥的鹅出来！”她们会说。落芒草的美味赶得上埃特拉的谷物粥。

至于收割芦苇，那是个苦活儿。在暮秋和初冬时节，我们要收割很多芦苇，天气常常都是阴冷或者下着雨的。在我习惯了一整天站在两三英尺深的水里，习惯了长柄大镰刀的挥舞角度，习惯了切割、归拢、放置的三重奏——你得在芦苇四散在水面上漂走之前把它们归拢起来，然后把又长又重的芦苇捆放置到船上——之后，我还是相当喜欢这个活计的。跟我一起出去的年轻人都是一些很好的同伴，他们自己在切割技能上互相竞争，但是对我这个新手很友好。在风雨飘摇的巨大芦苇地里，他们不停地大声讲着笑话和各种小道消息，放声高歌。年长的人很少会出来收芦苇，年轻时收芦苇导致的风湿病让他们现在没法胜任这个工作了。

这是一种平淡的生活，我想，不过这正是我所需要的。它给了我时间来修复。它给了我时间来思考，让我按我自己的步伐成长。

暮冬是一段惬意的懒散时光。芦苇收割完毕，就交给女人们去做芦苇布了，除了造船的人之外，男人们没什么事要做。唯一困扰我的就是雾气蒙蒙的湿冷天气，我们唯一的取暖源就是一个陶瓷罐子里头那团小小的木炭火，屋子里能取到暖的范围非常小。如果出太阳了，我就会去岸边，看着造船的人们干活儿，这是一项非常精细、要求非常严苛的技能。他们造的船是拉汐欧人最为精妙的艺术品。一艘军舟就像一段精准的诗句，身上没有任何赘物，美得纯粹。所以，没有蜷在火炉边上做梦时，我就是在看着一条船成长。我给自己整了一套很好的鱼竿、鱼线、鱼钩，雨下得不大的时候我就会去钓鱼，在年轻人中间跟我的朋友们交谈。

尽管女人不会踏足男人村，男人也不会踏足女人村，我们总归还是要跟另一个世界会面的。男人和女人们在鱼席上交谈，在湖上坐在各自的船里交谈——女人们也抓鱼的，她们特别爱抓鳗鱼——在村庄往内陆方向的草地上交谈。我钓鱼的好运气帮我在女孩子间也交到了朋友，她们会热心地用吃食来换我钓到的鱼。她们戏弄我，适度地跟我调情，很喜欢跟几个年轻男子一起在湖边或者内陆的某条小路上一起散步。在第二次入门仪式之前，真正的结对子是被禁止的。违反这一规定的男孩子会被永远放逐出他们的村庄。所以我们年轻人在一起时都是成群结队的。女孩子当中我最喜欢缇索·柏图，她因为清瘦的小脸和瘦削的身材被别人叫作蟋蟀。她很有活力，很友好，很爱笑，她会尽力回答我的问题，而不是盯着我说："可是迦威尔，这是人人都知道的呀！"

我问缇索的一个问题是：有人讲过故事吗？阴雨天和冬夜是漫长而沉闷的，我支起耳朵听有没有人讲故事或者唱歌，不过男孩子和男人们交谈的话题都很有限，是重复的：白天发生的事情，第二天的计划，食物，女人，偶尔会有在湖上或者草地上碰到某个来自其他村的男人的消息，但少之又有。我本来打算讲个故事，给他们和我自己找点乐子，就像以前给布里吉恩那帮人和巴尔纳的手下讲故事一样。可是这里从来没有人做过这样的事。我知道外来的方式，改变行事方式的尝试在沼泽人这里是不受欢迎的，于是也就没有问起。不过在缇索这里，我不用担心行差踏错，我问她是不是从来没有人讲过故事，或者唱过叙事歌。她笑了起来。“我们讲啊。”她说。

“女人会讲？”

“嗷。”

“男人不讲？”

“恁。”她咯咯笑了起来。

“为什么呢？”

她不知道。我让她给我讲一个故事，如果我从小在女人村长大，也许听过这样的故事，这让她惊呆了。

“哦，迦威尔，我不能讲。”她说。

“我也不能给你讲我学会的故事？”

“恁，恁，恁。”她喃喃说道。不能，不能，不能。

我想跟葛歌米埃姨妈说话，她也许能跟我讲讲我的母亲。但是她对我退避三舍。我不知道为什么。我跟女孩子们问起她。她们都回避我这个问题。我猜想，葛歌米埃·阿依塔诺是一个很强势的人，村子里并非所有人都喜欢她。最后，冬日的一天里，我和缇索·柏图跟在其他人后面，走在牧场上，我问她，为什么我姨妈不想跟我有任何的瓜葛。

“呃，她是一个安巴媒。”缇索说道。这个词的意思是“沼泽狮的女儿”，不过我得问她那是什么意思。

缇索想了想：“意思是她可以看透整个世界。可以听到很远的地方传来的声音。”

她看着我，看我是否明白她在说什么。我犹疑地点了下头。

“葛歌米埃有时候会听到死人讲话，或者是见到还没有出生的人。在老女人们住的那个房子里，当她们唱歌的时候，恩努-安巴会进入她的身体，然后她可以走遍全世界，看到正在发生的和即将发生的一切。你知道，我们有些人还是孩子的时候，会像她那样看到或者听到些什么，但是我们不明白那是什么。可是如果安巴让一个女孩成为她的女儿，那么她就一辈子都能看到、听到这些。你知道，那会让她有点奇怪。”缇索思考了片刻，“她必须努力告诉人们她看到了什么。男人们甚至都不想听。他们说只有男人才有看透的灵能，安巴媒就是疯子而已。可是母亲说葛歌米埃·阿依塔诺在毒潮发生之前很久，在她还是个孩子的时候就看到了毒潮，毒潮来的时候，吃过西沼泽贝壳的人都病了，死了……她知道村里的人什么时候会死去。这让人们很怕她。也许这也让她怕他们……不过有时候她也知道一个女孩子什么时候会有孩子。我的意思是在女孩子生下孩子之前。她说：‘我看到你的孩子在笑，叶妮。’叶妮哭了又哭，她太高兴了，因为她一直想要个孩子，却从来没能生下来。一年之后她生了一个孩子。”

她说的这些足够我好好思考了。不过这还是没有回答我的问题。“我不知道我姨妈为什么不喜欢我。”我说。

“我告诉你，母亲跟我讲的话，如果你不透露给任何人的话。”缇索认真地说道。我保证自己会保持沉默，然后她告诉我：“葛歌米埃试了又试，想看到她妹妹塔诺和她的小宝宝们身上发生了什么事情。她试了很多年。老女人们为她唱歌，唱了一遍又一遍。她甚至还吃了药，安巴媒是不应该吃那些药的。可是安巴不让她看到她妹妹和孩子们。然后——然后你走进了村子，她还是没有看出来。她没有看出来你是谁，直到你说出了自己的名字。然后所有人都看到了。她觉得很羞耻。她觉得她做了什么错事。她觉得安巴在惩罚她，因为她让塔诺单独去了那么远的南方。她觉得士兵们强奸了塔诺，卖了你和你姐姐，都是她的错。她觉得你知道这些。”

我正要表示反对，可是缇索先发制人：“你的内心知道的——不是你的大脑。如果你的内心知道，你的大脑不知道也无关紧要。所以你对葛歌米埃来说就是一个耻辱，你让她的心变得阴郁。”

过了一会儿，我说道：“那让我的心变得阴郁。”

“我知道。”缇索伤心地说道。

很奇怪，缇索会让我想起索图尔。她俩身上其他的一切都截然不同，但有一点是相似的：快速与他人共情，理解他人的忧伤，不会就此说上很多。

我放弃了突破我姨妈内疚的盔甲来接近她的努力。我渴望了解更多她的灵能，缇索说“我们有些人还是孩子的时候，会像她那样看到或者听到些什么”，这话激起了我的好奇。可是在男人的智识和女人的智识之间划出的界线，分明得近乎把两个半村分隔开来的分界线。缇索因为自己给我讲了这么多已经很不安了，我不能再逼她了。其他的女孩子压根儿不会让我问起这些“神圣的事情”：她们要么像猫头鹰一样大声叫嚣，要么像翠鸟一样闲扯些废话，完全盖过了我的声音——一半是出于对我的僭越的警觉，一半是在嘲笑我活像一只小蝌蚪，这是她们给我起的名号。

我不愿意去问同龄的男孩子对这种透视的灵能了解多少。我已经够与众不同了，谈论这样的事情只会让他们与我更加疏远。我舅舅压根儿不会去想这些神秘事物，他只会寻求安逸，在容易找到安逸的地方。年长的男子我一个都不熟。拉瓦是最和气的一个，可他是一位长老，是他那个氏族的引领者，很多时间都在南岸。我只想到一个也许会欣然接受我的提问的人：裴罗科。他年纪很大，一头浓密的头发已经雪白，满脸皱纹，面色憔悴，因为风湿病而跛着脚，我想他活得应该挺痛苦的。他的双手患有关节炎，做不了什么事情，但他还在费力地编织修补渔网，虽然动作很慢，但是活儿干得很完美。他一个人跟两只猫住在一个很小的房子里。他很少讲话，但是态度很温和。他经常因为脚跛得太厉害去不了鱼席，缇索的母亲会找人给他捎食物，我请缨揽下了这个差事。以后这就成了一个惯例，她把食物给我，我拿过去放在老人的屋前平台上，说：“拉莉·柏图给您的，裴罗科伯伯。”我们这些年轻人管所有的老年男人都叫伯伯。

如果有太阳，他就会坐在日头底下，捣鼓着一张渔网，或者凝望着草地，嘴里低声哼唱着什么。他谢过我，我一转身，那种柔和的哼唱声就再次响了起来。很快调子里就会加入我半懂不懂的词，关于沼泽狮、鱼神、苍鹰王的奇怪歌词……这是我在霏芦汐听到的唯一正儿八经的歌，只有这些歌背后才有故事。有一天我把装着食物的芦苇布盒子放下，说道："拉莉·柏图给您的，裴罗科伯伯。"他谢过我，但我没有转身走开，而是站在他的屋前平台边，说道："我可以问问您歌里唱的是什么吗，伯伯？"

他抬头瞟我一眼，又低头看看手里的活计，然后把渔网放下，眼神坚定地看着我。"第二次入门仪式之后。"他说。

那正是我所担心的。圣仪的规则不容辩驳。我说："嗳。"不过他看到我还有第二个问题，就静等着我说出来。

"所有的故事都是关于神的吗？"

他盯着我看了一会儿，想了想，最后点了点头："嗷。"

"那么说我不能听您唱歌？"

"恁。"他的拒绝很柔和，"以后。当你去过国王的宫殿之后。"他同情地看着我："你会在那儿学会这些歌的，就像我一样。"

"苍鹰王？"

他点了点头，却又喃喃地说着"恁，恁"，一边做着手势阻止我继续提问。"以后，"他说，"很快。"

"没有与神无关的故事吗？"

"那些女人和孩子讲的故事，不适合男人。"

“可是有英雄的故事啊，比如汉姆内达，游历了整个西岸的大英雄——”

裴罗科盯着我看了一会儿，摇了摇头。“他没有来过大沼泽。”他说，接着低头继续干起活儿来。

就这样，我所有的故事和诗歌被关在我的脑子里，寂静无声，一如我那本喀司普罗的诗集，书页闭合，包在芦苇布中，躺在我舅舅的房子里，全霏芦汐唯一的一本书，无人展卷阅读。

* * *

春日里的一天，我独自钓着鱼，舅舅跟另一个人织网去了。老敏吉理所当然地跳进了船，在船头坐着，像是一尊卷着耳朵的船头雕饰。我支起小小的帆，由着小船随风缓缓漂在湖面上。我没有撒网，只是拿鱼竿鱼线钓鲤鳎鱼，那是一种甜美多汁的小小的底栖鱼。鲤鳎鱼都是懒洋洋的，我也是。我钓了一会儿就放弃了，就在船上坐着，随波漂荡着。我的周遭全是泛着银光的蓝色水面，远处有几个芦苇岛，再远处是低低的绿色湖岸，更远处是一座蓝色山丘……

我就这样回到了我所有回想或者幻觉中最早、最久远的那一段，眼前便是幻觉中的场景。

回想起这个之后，我马上开始回想起其他的幻觉。

我回想起城市中的街道，运河之上挤挤挨挨的房屋里透出的灯光，冬日朔风中一条陡峭街道上的黑色鹅卵石——有阿尔卡曼德前方的那座喷泉；有泊满船只的港口高处的一座塔；有一栋高耸的房子，红色墙壁饱受雨水侵蚀——所有的影像都是稍纵即逝、混乱交杂的，几十个图形你追我赶，不断地快速滑走，你完全无法抓住它们，最后一切杳然无踪，唯见蓝色的天空和蓝色的水面，低低的绿色湖岸和远处的山丘。我曾经所在之处，我这一生所到之处和现在所在之处，都再次浮现，就在这一刻。

影像慢慢减少，消失不见。敏吉四下观望着，看向回家的方向。我将船慢慢驶回村子。人们已经聚在一起举行鱼席了。我只有两条小小的鲤鳎鱼，不过缇索和她母亲总有烧好的东西给我。我拿上自己那一份和裴罗科那一份，回到男人村，走到裴罗科的房子，他正坐在那里织一张精致的渔网。我把他那一份食物放下，说道："拉莉·柏图给您的。我可以问您一个问题吗，伯伯？"

"嗷。"

"一直以来我都能看透这个世界。我能回想起从未见过的场景，去到从未去过的地方。"他仰起脸，严肃地看着我。我接着说道："这是我们族人的灵能吗？拉汐欧人的灵能？这是天赋还是诅咒？这里有人能告诉我我看到的那些影像是什么吗？"

"有的。"他说，"在南岸。我想你该去那儿。"

他费力地站起身，走下屋前平台，跟我一起去了梅特的小屋。舅舅正坐着吃饭，一边是拿尾巴拍击平台地面的敏吉，另一边是拿尾巴裹着自己前爪的普鲁特。舅舅向裴罗科问好，请他共进晚餐。

“仁慈的迦威尔·阿依塔纳从鱼席上给我带了食物回来。”裴罗科说道，说得非常正式，“梅特·阿依塔纳，众所周知，你们的氏族里一直都有伟大的预言家出现。是这样的吧？”

“嗷。”我舅舅目不转睛地看着他。

“迦威尔·阿依塔纳也许就有这种灵能。最好能把这一点告知圣物守护者们。”

“啊嗯。”我舅舅说道，他这回是瞪着我看了。

“你的渔网明天能补好。”裴罗科换了一种语调说道，然后一瘸一拐地回自己的小屋去了。

我在舅舅身边坐下，开始吃我自己那些食物。缇索母亲做的鱼糕好吃极了，卷在生菜叶子里头，加了一滴辛辣的辣椒酱。

“我想我最好去南岸一趟。”舅舅说道，“或者先跟葛歌米埃说一下，我不确定。可是她……我想我还是直接去吧。我不知道。”

“我可以跟您一起去吗？”

敏吉在敲击着尾巴。

“应该可以的。”舅舅说着松了一口气。

于是第二天我们就驾船去了南岸村，就是我接受入门仪式的那个地方。到了之后，梅特看上去一副六神无主的样子，于是我领头去了主屋，那是存放圣物和举行入门仪式的地方。这是我在大沼泽地区见过的最大的房子，墙壁是刚硬的喷漆芦苇布，就是军舟上用的那种，高耸的屋顶上铺着芦苇捆。房前的院子围着篱笆，院子的地面就是光秃秃的泥土地，里头有一个小池塘，池边有一株巨大的古老的垂柳。屋子里头非常暗，关于入门仪式的那些回忆让人不由得心生敬畏。我们不敢进去，连话都不敢说。我们在池塘边等着，直到有个人走进了院子。我一直提议先去找我们阿依塔努氏族的成员，向他们寻求建议或者帮助，可是舅舅却径直冲那个人走了过去，跟对方说他是跟外甥一起来的，外甥有透视未知的灵能。那个人只有一只眼睛，手里握着一把扫帚，显然是来打扫院子的。我想阻止梅特跟一个明显是清洁工的人唠唠叨叨，但是他还是唠叨个没完。那个人点着头，眼见得越来越自负。最后他说道："我会告诉我堂兄多罗德·阿依塔纳的，他是芦苇岛的预言师，也许他能够判断你外甥是不是适合接受训练。恩努-安巴引领着你的脚步来到此地。楣与你同在！"

"与楣同在。"梅特感激地说道，"走吧，迦威尔。都搞定了。"他迫不及待地要离开那栋大门黑洞洞敞着的大房子。我们径直回到码头，钻进小船——敏吉一直蜷缩着睡在船尾，护卫着小船——驶回了家。

我不怎么相信独眼男人的夸口。我想，如果我要探寻幻觉的真相，得自己来。

于是我鼓起勇气，在当晚的鱼席上找了我的姨妈葛歌米埃。我拿很多鲤鳊鱼跟科拉换了他射下来的一只鹅，那是一只很好很肥的鹅，我仔仔细细地拔好毛，把鹅清理干净。我见过男人在追求女人时会送这样的礼物，于是我也把鹅送给了葛歌米埃。“我需要建议和指引，姨妈。”我说出的话比原先打算的要单刀直入。她是一个令人敬畏的女人，很难说话的。

起先她没有作答，也没有接过我手里的鹅。我能感觉到她在退缩，她想拒绝。可是最终她还是伸出一只手接过礼物，扭头朝菜园的方向示意了一下，男人和女人们经常在菜园外头见面交谈。我们一路沉默地走到那边。我在脑子里筹划着该说什么，至少要想好开场白。等她在一排低矮的樱桃树下站住，面向我时，我把想好的话说了出来。

“我知道您是一位有灵能的女子，姨妈。我知道您有时候能透视这个世界，跟恩努-安巴一起行走。”

让我大吃一惊的是，她大笑起来，是惊诧而轻蔑的笑。“哈！我从没想过会听到一个男人说出这样的话！”她说。

这话让我退缩了，我犹豫起来，不过我还是努力按照原先设想的说了下去。“我是个非常无知的人。”我说，“可我觉得我有两种能力：我可以非常清晰地记得我听过看过的东西，有时候我还可以记得我并未听过看过的东西。”说到此处我停了下来，等着她开口。

她稍稍转了一下头，一只手搁在一棵小树长着树瘤的、鳞片状的树干上。“我能为一个拥有灵能的男人做什么呢？”最后她终于开口问道，语气还是那种带有敌意的蔑视。

“您可以告诉我那些幻觉是怎么回事，怎么利用它们，怎么理解它们。在我以前待的地方，城市里，森林里，没有人有这样的能力。以前我觉得，如果我能回到我的族人身边，也许他们会告诉我我需要知道的真相。可是现在我认为这里没有人能够或者愿意告诉我，除了您之外。”

听了这话，她把脸又转过去一点，沉默了很久。最后她转过头来面对着我。“本来我可以教你的，迦威尔，如果你是我们村子里的一个小孩子。”她说。我看到她紧紧抿着嘴以免它颤抖起来。“现在太迟了。太迟了。一个女人没法教给一个男人任何东西。不管你以前住在哪里，你都应该知道这一点！”

我一言未发。不过她应该能在我脸上看到我的抗拒，看出她伤害到了我。

“我能对你说什么呢，妹妹的孩子？你确实是带着天赋而来。塔诺可以讲出她只听过一遍的故事，可以复述她好多年前听过的话。我跟狮子同行过，正如你所说的那样——瞧瞧这都给我带来了什么好。把过去带回记忆中是一种伟大的力量。记起尚未发生的事情也是一种伟大的力量。这有什么用处，你问我？我不知道。我从来都不知道。也许男人们知道，男人们觉得女人们的幻觉是毫无意义的、愚蠢的。去问他们吧！我只能说，把握另一种力量，你母亲塔诺也有的那种力量，因为它不会让你发疯。”

她不再盯着我看。她飘忽的眼神如乌鸦的眼睛般凶狠妖异。我听到自己的声音跟她的声音很像。

“既然男人们不允许讲故事、听故事，记住所有听过的故事有什么好处呢？”我内心充满了挫败感，怒火升腾，要跟她的怒火一拼高下。

“没有好处。”她说，“你如果是个女人就好了，迦威尔·阿依塔纳。那么你的其中一种灵能也许会给你带来好处。”

“可我不是女人，葛歌米埃·阿依塔诺。”我冷冷地说道。

她再次转过头来看着我，脸上的神情变得不一样了。“不是女人，”她说，“也不完全是个男人。不过已经快要是了。”她顿了顿，深吸一口气，最后开口说道：“我会尽我所能给你建议，不过我想你不会采纳的。只要你还记得你自己，你就是安全的。当你开始回想更远的事情，你就开始失去自我了——你开始迷失了。不要迷失自己，塔诺·阿依塔诺的儿子。守住你自己。记住你自己。没人给我讲过这个。除了我，没有人会告诉你要这样做。那就承担起你的风险吧。假使我跟狮子同行时看到了你，我会告诉你我看到了什么。那是我可以给你的唯一的礼物——作为这个的回礼。”她拎着死鹅的红色脚掌甩了甩，皱了皱眉，然后走开了。

* * *

那年春天又过了些时候，天气变得非常暖和了，有天下午捕鱼之后，我同敏吉和舅舅一起回到家，看到两个陌生人坐在屋前平台上。其中一个在拉汐欧人里头算是身量很高、体格很魁梧的了，身着一件漂成了近乎白色的、用细密芦苇布制成的窄长袍子，我想他应该是祭司或者官员之类的。另一个人很害羞，沉默寡言。穿着长袍的那位男子自我介绍说他是多罗德·阿依塔纳，然后说了一堆关于我们氏族各种姻亲关系的长篇大论。梅特带着我们的战果仓皇逃去了鱼席，因为多罗德说他们是来找我谈话的，而梅特巴不得离陌生人远远的。他走了之后，多罗德微笑着却很有威仪地对我说道："你到南岸来找过我。"

"也许是我不了解。"我说。这是沼泽人很常用的一句话，避免了直截了当的否定和无谓的承诺。

"你在你的幻觉中没有看到过我吗？"

"我想没有。"我恭顺地说道。

"长久以来，我们的路一直在彼此靠近。"多罗德说。他的声音低沉柔和，他的一举一动令人印象深刻："我知道你在外族人当中长大，回到霏芦汐才一年的时间。我们在南岸主屋的族人给我捎信，告诉我你终于来了。你寻找一位导师，你找到了。我寻找一位预言师，我找到了。跟我一起到我的村子芦苇岛去，然后我们开始你的训练。因为已经迟了，非常迟了。本来此时你应该学了好几年幻象术了。但我们可以弥补失去的时间——时间是永远不会失去的，对吧？我们会引导你进入自己的灵能，也许一两年之内就能做到，如果你能把全副心灵投入其中的话。你的第二次入门仪式就不是成为一名普普通通的渔民或者芦苇收割师，而是成为你们氏族的预言师。阿依塔努族现在没有预言师。好多年都没有了。你是被长久想望的，是被长久守候的，迦威尔·阿依塔纳！”

他说了这么多，只有最后那几个词直击我的内心。谁在守候着我的到来？一个被偷走的孩子，一个奴隶，一个逃亡者，对我自己的族人来说像个幽灵一般的人，在哪里都是格格不入的陌路人——是谁对我想望已久？谁在守候着我？

“我跟你走。”我说。

13

芦苇岛是霏芦汐五个村庄之中最靠西、最小，也最穷的一个。村庄的房子散布在霏芦湖西南角一处湖湾的各个岛屿和水湾上。多罗德和他温顺寡言的堂弟提迈克一起住，他们的小屋位于一个芦苇环绕的泥泞半岛上。村子里女人比男人还要少，女人们看起来都很冷漠疏远。村里一共有四十来个人，可是只有四栋婚房。这里的鱼席不像东湖村那样是热热闹闹、开开心心的。

除了多罗德之外，我在这个村子没有结识到其他的人。他让我忙个不停，远离其他人。我怀念跟舅舅和其他年轻人一起捕鱼，跟缇索和其他女孩子交谈，看着他们造船、收割芦苇、种植落芒草，怀念做着这一切时那种自在悠然的情谊，怀念过去这一年我生活在其中的那种缓慢的日常节奏，尽管我常会陷入某种恍惚的状态，但是从未感觉到不幸福。

在这里我每天出去捕鱼，通常我们会自己留一半的鱼，另一半给女人们，她们给我们提供很少的蔬菜、一点点餐食，没有水果。其实我非常愿意自己把鱼煎熟，或者加上女人们磨出来的粗磨粉做成鱼糕，但是在村里，男人自己烹饪会把这个社会搅得天翻地覆，让我被族人永远放逐。结果就是，多罗德和我吃了很多生鱼，我之前也跟阿密达那样吃过，不过现在我们没有辣根来增加一点刺激的口味。这里没有人打鸟，在这个村庄，鸟是一种神圣不可侵犯的动物——哈萨——野鹅、野鸭、天鹅、苍鹭，都是严禁射杀的。那些小小的淡水蛤蜊很美味，在这里随处可见，是当地人常吃的一种食物，但是它们偶尔会变得有毒，而且什么时候有毒完全无法预计。多罗德严禁他自己和我吃这些蛤蜊。

提迈克告诉我，多罗德之前的弟子，还是一个孩子，三年前就是被蛤蜊毒死的。

多罗德和我相处得并不愉快。我并非天生叛逆，也非常地想跟他学习他能教给我的关于灵能的一切，可是我已经学会了不能放任自己信任他人。多罗德要求全然的信任。他随心所欲地发号施令，期待我默默遵从。我则对每一个行动都要询问原因。他拒绝回答，我拒绝遵从。

这样的情形持续了大约半个月。有天早上，他让我跪在屋子里一整天，闭着眼睛念“恩路”这个词。两天前我刚刚这样做过。我告诉他，我不能再跪那么久了，上次做好之后，我的膝盖至今还是疼得很厉害。他说：“你必须照我说的去做。”然后就走了。

我受够了。我打定主意，要绕着湖走回东湖村。

他回到小屋时，发现我正在打包东西，我把自己那一小堆东西都塞进了那条破旧的棕色毯子里。毯子已经快破成碎片了，我舅舅的猫普鲁特每次睡前都要用它的利爪把毯子揉上一番，然后躺在上头睡觉。

“迦威尔，你不能走。”他说。我说：“你什么都不告诉我，我怎么学呢？”

“先知媒是一位引导者。将奥义带给先知是他的责任和任务。”

他说话的语气跟往常一样傲慢，不过我感觉到他是真心相信自己所说的话。

“对这位先知不适用。”我说，“我需要知道自己在做什么，为什么要这样做。你想要盲目的顺从。先知怎么能盲目呢？”

“看到影像的先知必须是受他人引导的。”多罗德说，“他怎么能够自己引导自己呢？他在那些影像当中迷失了。他不知道自己是身处当下还是几年之前，抑或是几年之后！虽然你才刚开始在时间中旅行，你自己已经感觉到了这一点。没有人能在无人引导的情况下，靠他自己行走在这条路上。”

“我姨妈葛歌米埃——”

“一个安巴媒！”多罗德说，“女人，只会叨叨些废话，大叫大嚷，徒劳地瞥见一些她们自己也不明白的东西。噗！先知媒是经受过训练、经由他人引导的，他为自己的氏族和族人服务，是一个有价值的男人。我可以让你成为一个有价值的男人。我知道这当中的奥秘、技巧和神圣的方法。没有先知媒，一位先知比一个女人好不了多少！”

“嗯，也许我就是比一个女人好不了多少。”我说，“可我不是个孩子了。你对待我就像对待一个孩子。”

多罗德很难接受新观点，也许绝大多数的村民和部族成员都是如此，不过他能够聆听，能够思考，他对他人说话的语气和暗示极度敏感，这都有点不合乎习俗了。我说的这些给了他很大的震动。

他沉默了一会儿，最后终于问道：“你多大了，迦威尔？”

“快十七岁了。”

“先知在很小的时候就要接受训练。我先前教导的乌贝克死的时候才十二岁。他七岁的时候我就带上他了。”他若有所思地缓缓说道，“你是一个接受了入门仪式的男人。一个孩子可以被训练得遵从所有的事情。”

“我在信任和遵从方面训练有素，”我有点苦涩地说道，“在我还是孩子的时候。现在我想知道我该信任什么，我该遵从什么样的力量。”

他再一次仔细地聆听我说话，在开口之前思索着。“能看到真相的你的心灵的力量，”最后他终于说道，“那是先知和先知媒都应当追随的力量。”

“既然我不是个孩子了，为什么我不能自己学着做到这一点呢？”

“那谁来解读你看到的影像呢？”他吃惊地问道，一脸茫然。

“解读？”我茫然地说道。

“我必须学会解读你看到的影像所揭示的真相，那样我才可以告诉别人。那是我身为你的先知媒的任务！一位先知怎么能自己来做这个呢？”他看出了我跟他刚才一样困惑，“你知道你看到的是什么吗，迦威尔？你知道影像中是什么人、什么地方、什么时间，是什么意思吗？”

“只有经历过了才知道。”我承认道，“可你又如何得知呢？”

“那正是我的灵能！你是我们族人的眼睛，而我是你的声音！先知没有被赋予解读自己所见的天赋。这种天赋是赋予那个在无穷无尽水道中接受过训练的人的，他知晓芦苇的根，知晓安巴在哪里行走，知晓稣阿从哪里经过，知晓哈萨从哪里飞过。你将学会看见，把所见为何告诉我。对你而言，那些影像是神秘未知的——难道不是吗？你只需要告诉我你之所见，而我，带着安巴的眼睛，看得深入透彻，我能够理解此中奥义，学会将所见之意义阐述出来，从而为我们的族人提供指引。你需要我，一如我需要你。我们的亲人和全霏芦汐的部族都需要我们俩。”

“你怎么知道如何……解读我看到的影像？”我在说到“解读”这个词时迟疑了一下，之前我在大沼泽从未听有人说起过这个词，显然它的意义并非我此前了解的意思。

多罗德似笑非笑。“你怎么知道如何看到它们呢？”他问道。现在他看着我时的表情不再那么居高临下，甚至都可以称得上是友善了："为什么一个人有这种灵能，没有另外一种灵能？你没法教会我看到影像。我可以教会你怎么看到它们，但不能教你怎么解读，因为那是我的灵能，不是你的。我告诉你，我们需要彼此。"

"你能教会我怎么看到影像？"

"那你以为我一直这么努力是在做什么？"

"我不知道！你从来没说过。你说每三天斋戒一次，永远不要打赤脚，不要头朝南方睡觉，让我一直跪着，跪得膝盖都破了——一百条规则和必须做的事、禁止做的事，可是这些都是为什么呢？"

"斋戒是为了让你的灵魂保持纯净轻盈，这样它可以来去自如。"

"可是在两次斋戒之间我没有足够的东西吃。我的灵魂是那么纯净轻盈，它什么也不想，只想着吃的。那有什么好处呢？"他皱了皱眉，确切地说看起来有点羞愧。我乘胜追击："我不介意斋戒，可是我不要饿肚子。为什么我必须穿鞋子呢？"

"让你的双脚不要跟土地接触，土地会把你的灵魂往下拽。"

"迷信。"我说。他一脸茫然。我说："我穿鞋的时候和光脚的时候都能看到影像。我不需要学习遵从。我已经上过那一课了。我想理解我的力量，想学习怎么运用它。"

多罗德低着头静默不语。过了很长时间他才回答我，语气很庄重，没有高人一等的不耐烦和傲慢："如果你能照我说的去做，迦威尔，我会努力告诉你为什么先知要做这些事情。也许作为一个接受了入门仪式的男人，这类知识的确符合你的心智水平。"

我为自己能够勇敢地奋起反抗而自豪，也为自己赢得了他的一些尊重而高兴。我把我的东西放回自己那张床边的架子上，继续和他一起住在这间偏僻的、脏兮兮的小屋里。

我看得很清楚，多罗德确确实实需要我，因为他那个小弟子死的时候也带走了多罗德身为先知媒的地位。不过我想，如果他能把所知倾囊相授，这是一场公平的交易。

要放弃身为掌控者的地位，要回答我的提问，要跟我解释为什么要做这个做那个，对他来说有点难。他不是一个心地不良的人，有时候我觉得他是以此为乐的：拥有一个学生兼同伴，而非弟子兼奴隶。不过他还是不会主动告诉我任何事情，除非我开口问他。

他能够或者愿意教给我的那些歌曲和仪典故事我都学得很快。最后我终于学了一点点关于神明和灵魂的内容，关于拉汐欧人的歌曲和故事，终于离大沼泽的中心近了一点点。

记忆的天赋并未离我而去，尽管我已经很长时间没有用过它了。于是靠着这个，我的进度比他预期的要快得多。有一次我给他复述了一个仪典故事之后，他笑着说道："我花了一个月的时间想把它灌进乌贝克的脑袋里，他从来没有讲对过一半！你念了一遍就学会了。"

“那是我的另一半力量，是我当奴隶时接受的全部训练。”我说。

他想把我能看到影像的灵能调动出来加以训练，可是我的灵能似乎在抵制他的种种努力。我跟他一起待了一个月，又一个月，还是没有看到我以前称之为“回想”的那些图像。我不耐烦了，而他似乎并不为此烦恼。

他把教我的最核心的练习称为“等待狮子”：就是坐着，平静地呼吸，让思绪远离周遭的一切，进入一种唯我的安静状态。这是一件非常难以做到的事情。我的膝盖终于开始习惯这一切，但是我的思绪似乎永远没法习惯。

他还要我告诉他我之前看到过的每一个影像。起初这对我来说很难。萨珞曾经坐在我身边对我说道：“不要跟别人说，迦夫！”终我一生，我都在听从她。现在我要违背她转而去满足这个陌生男人的愿望。我拒绝信任多罗德，但是只有他能够教我我需要知道的东西。我强迫自己开口说，犹犹豫豫、支离破碎地把我看过的图景描绘给他听。他的耐心真是永不枯竭：一点一点地从我这里抠出了我能够告诉他的关于每一次“回想”的一切细节——埃特拉的降雪，喀西卡尔军队的袭击，我漫步其中的城市，有很多书的房间里的男子，山洞，可怕的舞动的身影（在接受入门仪式时我又看到了），甚至所有的回想当中最早的，也是最简单的图像：蓝色的水面和芦苇。他想听我一遍又一遍地讲这些图景。“再跟我讲讲，”他说，“你在一条船上。”

“还有什么可讲的呢？我看到了大沼泽。就是那个样子啊。就像我还是小宝宝的时候看到的那样，在我被偷走之前，没错。蓝色的水面，绿色的芦苇，远处有一座蓝色山丘……”

“在西面？”

“不是，在南面。”

我怎么知道那座山是在南面呢？

每一次他都听得很专注，常常会问问题，但是从来不会发表任何评论。我用的很多字词显然对他而言是毫无意义的，比如我努力地形容我看到的那些城市，或者那间放满了书的屋子里，那个男人转身面向我，叫我的名字。多罗德从未见过城市。他用了“解读”这个词，但是他不会阅读，他从未见过书。我把我的小书《宇宙论》从柔软丝滑的芦苇布包袋中取出来，告诉他这个词的意思，他瞟了一眼书，并不感兴趣。他从来不问我现实的情况或者那些影像的含义，他只让我把看到过的图景尽可能地还原，尽量细致地描述给他听。我从来不知道他借此得出了什么结论，因为他从来不会说。

我对其他的先知和先知媒很好奇。我问多罗德，霏芦汐其他的先知是谁。他讲了两个人的名字，一个在南岸，一个在中村。我问他，我能否跟他们当中的某一位谈谈。他看着我，好奇地问：“为什么？”

“跟他谈谈——看看他的情况是不是跟我一样——”

他摇了摇头：“他们不会跟你说的。他们只对自己的先知媒说他们看到的影像。”

我还是坚持。他说：“迦威尔，他们都是圣人，他们都是隐居的，陪伴他们的只有幻觉。只有他们的先知媒会跟他们说话。他们不会出来跟其他人在一起的。就算你是一名真正的先知，你也不能去见他们的。”

“我也会变成那样吗——隐居，与世隔绝，唯有幻觉相伴？”

这个景象太可怕了，我想多罗德感知到了我的害怕。

他犹豫了一下，说道：“你不一样。你从一开始就不一样。我没法确定你以后会怎么生活。”

“也许我再也不会有幻觉了呢。也许我回到了在湖面上的那个起始点，那个起始便是结束。”

“你很害怕。”多罗德语气中有着不同寻常的温柔，“很难感知到狮子正在向你走来。别害怕。我会陪着你的。”

“你没有在那儿陪着我。”我说。

“陪着的，即便是在那儿。现在去平台上等候狮子吧。”

我照做了，无精打采地跪在建在半岛尽头淤泥和石块之上的小屋的小小平台上，远眺着湖面，头顶是平静的灰色天空。我按照他教我的方法呼吸，努力让自己的思绪不要游移。过了一会儿，我意识到有头黑色母狮正从我身后走过，可是我没有转身。不管它是什么我曾经害怕的东西，我的恐惧现在已经消失无踪。我坐在一个窄窄的花园里，里头有很多花。我在雨夜里沿着一条鹅卵石街道往上走，借着路对面一个窗户散发出的微弱的光，我看到街道上方有一堵红色高墙，雨打在墙上迸裂开来。我在一座宅子的阳光灿烂的庭院里，这座宅子我认得，是我的宅子，一个年轻女孩过来微笑着跟我打招呼，看到她的脸我欣喜不已。我站在一条河里，湍急的水流冲得我几乎要站立不稳了，我的肩上扛着一个很重的东西，重得水流冲击我的时候我都要站不住了，脚底的沙子在滑动，在陷落。我踉跄着往前走了一步。我正跪在芦苇岛小屋前的平台上。时间是晚上。太阳落下的地方有一团绯云，最后一只飞翔的野鸭划过云层。

多罗德的一只手搭着我的肩膀。“进来吧，”他低声说道，“你刚刚经历了一次漫长的旅行。”

那天夜里他很安静，对我很温柔。他没有问我看到了什么。他确保我吃饱了之后，让我去睡觉。

此后几天，我一点一点地告诉他我的那些幻觉，反反复复，一遍又一遍。他知道怎么从我这里挖出我忽略的内容，这些内容我原先都不知道自己看到过，直到他让我再次回忆那个幻觉，更进一步，找到更多的细节，仿佛在研究一幅画。在此过程中，我感觉到我的两种记忆合二为一了。

那些天我又“旅行”了好几次。旅行是他的说法。似乎一扇门打开着，我可以穿过这扇门，不是随自己的心愿，而是随那头狮子的心愿。

“我看不出这些幻觉能为我们的氏族提供用处或者指引。”有天晚上我对多罗德说道，“幻觉里都是其他的地方，其他的时间——几乎没有跟大沼泽相关的。对这里有什么用呢？”

我们正在捕鱼。最近我们在鱼席上能拿出的东西少得可怜，女人们给我们的东西也就相应减少了。我们撒下网，在水上漂荡了一会儿，然后开始收网。

“你现在进行的还是小孩子的旅行。”多罗德说。

“什么意思？”

“小孩子只能用自己的双眼来看。他看到的是自己眼前的东西——他以后会去的那些地方。在他学会了像男人一样旅行后，他就能看得更为宽广。他就能去看其他人的眼睛能看到的东西，看到其他人会去的地方。他能去往自己的身体永远不会前往的地方。整个世界，所有地方、所有时间都向这位伟大的先知敞开。他跟安巴一起行走，跟哈萨一起飞翔。他跟水神一起旅行。”他相当实事求是地说了这些。他用敏锐的眼神飞快地打量了我一眼：“你一直没有受过训练，这么晚才开始，你只能像一个小孩子一样去看。我可以教你怎么进行更为广阔的旅行。不过你得信任我才行。”

“我现在不信任你吗？”

“是的。”他平静地说道。

我姨妈跟我讲过，要我记住自我，不过没有更深入地说。如果我去找的话，我可以在记忆中找到她那些话，不过我没有去寻找。多罗德说得对：如果我要跟他学习，就必须依照他的方式来进行。

我们拉起渔网。这回很幸运。我们带了两条大鲤鱼去鱼席。我发现虽然鲤鱼多刺，有泥土味儿，但是芦苇岛的女人很喜欢，那天晚上我们换到了一顿丰盛的晚餐。

吃好之后，我问多罗德："你怎么教我超越小孩子的视野呢？"

他久久没有作答。"你必须做好准备。"最后他终于说道。

"怎样才能做好准备呢？"

"服从和信任。"

"我不服从你吗？"

"要从你的内心服从。"

"你怎么知道？"

他看着我，一言未发，眼神中似乎是嘲笑，又似乎是怜悯。

"那么，我该做什么？怎么证明我信任你？"

"服从。"

"告诉我要做什么，我会照做的。"

我不喜欢这种意愿的较量，我不想较量，但这是他想要的。得到了他想要的之后，他变换了语气。他说得非常严肃。"你可以不必继续的，迦威尔。"他说，"先知的路，是一条困难重重的路。很困难，很可怕。我会一直在你身旁，但是踏上旅行的人是你。我可以引领你来到路的起点，但是那之后我只能跟随。敢于向前的是你的意愿，得以所见的是你的双眼。假使你不希望踏上更广阔的旅行，那就顺其自然。我不会强迫你的——我也不能。如果你想这样，明天就离开我，回东湖村去。你那些孩童幻觉有时候还会出现，不过很快它们就会渐渐消失，你会失去这些幻觉，失去这种灵能。然后你可以像一个普通人一样生活。假使那是你的期望的话。”

我大吃一惊，很困惑，还感觉到了挑战。我说：“不，我告诉过你，我想了解我的灵能。”

“你会了解的。”他看似不动声色实则狂喜地说道。

那天晚上之后，他对待我越发地温和，同时也越发地严格了。我下定决心要毫无异议地服从他，来弄清我是否真的能够学会了解自己的灵能。他再次要求我每三天斋戒一次。他严格控制我的饮食，不让我喝牛奶、吃谷物，不过加了一些据他说很神圣的食物：野鸭和其他野鸟的蛋，一种叫作槢洱荻粟的根茎，还有埃榙，一种内陆柳树丛里萌发出来的小小的菌类——都是生吃。他花了很多时间来找这些食物。槢洱荻粟和埃榙都非常难吃，让我感到恶心头晕，不过每种我只需要吃一点点。

每天吃这样的饭食，跪好多个小时，就这样几天之后，我开始感到身心都很轻盈，有一种自在飘浮的感觉。跪在小屋平台上时，我会一遍一遍地念“哈萨，哈萨”，感觉自己在野鹅或天鹅的翅膀上升了起来。

我跪在平台上，看到整个大沼泽都在我的下方，还有飘浮的云朵在沼泽上留下了处处阴影。我看到湖岸上的村庄、水面上的渔船。我看到孩子们的脸、女人们的脸、男人们的脸。我肩扛重物穿过一条大河，因为不堪重荷而弯着腰，然后我扔下了重物，找回了我的翅膀，苍鹰的翅膀，我飞啊，飞啊……落地的时候又难受又冷，身子僵硬，双膝火辣辣地疼，头脑迟钝，肚子痛，跪在多罗德房前的平台上。

他帮我站起身。他搀我进屋，让我坐到点着微小火苗的陶罐边上。已经入冬了。他安慰我，赞扬我。他喂我吃了几片半透明的生鱼片、蔬菜、搅打好的鸡蛋、一点点令人作呕的槢洱荻粟，然后让我喝了一大口水，好去掉嘴里那股恶心的味道。“她给了我牛奶。”我想起了初到大沼泽时小酒馆里的那个女人，心里极其渴望牛奶的味道。那些回想整夜都在我脑中盘桓。我躺在多罗德的小屋里，同时我也在课室里坐在我姐姐身边，与此同时，暴风雨正在摧毁一个名为禾芦的村子，一片漆黑中，暴风掀翻了屋顶，将芦苇布墙壁从柱子上卷走，耳边全是尖叫声和风的狂呼怒号声……

我非常难受，呕吐不止，趴在屋前平台上，往底下的淤泥滩上吐东西，腹部和肺部翻江倒海，痛楚难当。多罗德跪在我身边，一只手搭在我的后背上，告诉我没事的，很快就会过去，我会睡着的。我睡着了，梦境全是幻觉。我醒来，记起了我从来没见识过的一些画面。他让我告诉他我看到的一切，我尽力去做，不过即便是在我跟他说话的时候，新的幻觉还是不断涌现，他和小屋都消失了，我消失了，消失在我从来不会了解，也完全不能记起的人群和地方当中。之后，我躺在黑漆漆的小屋里，感到恶心、疼痛和头晕，几乎无法坐起身来。他就会进来，给我喝水，给我吃一点点东西，跟我说话，也努力让我说话。“你是一个勇敢的男人，我的迦威尔，你会成为一位伟大的先知。”他对我说道。我靠着他，那张脸是唯一一样不是梦、不是幻觉、不是记忆的东西，是唯一一张真切存在的脸，唯一一只我可以握住的手，我的指引者和拯救者，拉我入歧途的指引者，我的背叛者。

我的梦境和幻觉中出现了另外一张脸。我认得她，我认得她的声音。但我不是不认得所有的脸、所有的声音吗？我记起了所有的事情，每一件事情。库嘎在我面前弯下腰。霍比冲下廊道攻击我。可是她在那里，我认得她，我说出了她的名字：“葛歌米埃。”

她那张乌鸦脸阴森森的，她的乌鸦眼幽黑锐利。“外甥，”她说，“我告诉过你，如果我在幻觉中看到了你，我会告诉你的。你还记得这个。”

我记起了所有的事情。她之前跟我说过这个的。这一点以前发生过。我记得它是因为它发生了一百次，跟其他事情一样。我躺在地上，是因为我旅行过后太累了，没法坐起来。多罗德在我旁边盘腿坐着。小屋又黑又窄。我姨妈没在屋里，这是一个男人的小屋，她是一个女人：她跪在门口，她必须在门口停下。她看着我，用她那刺耳的声音对我说话。

“我看到你背着一个孩子过了一条河。你能明白我的话吗，迦威尔·阿依塔纳？我看到你要走的路。如果你去看，你也能看到。这是你必须过的第二条河。如果你能越过这条河，你就安全了。过第一条河对你来说很危险。过了第二条河，就安全了。过了第一条河之后，死会追随着你。过了第二条河之后，你会追随生。你能明白我的话吗？你能听到我说话吗，妹妹的儿子？”

“带上我吧。”我低声说道，“带上我吧！”

我感觉到多罗德往前移动，隔在我俩中间。

“你给他吃埃楷了，”我姨妈对多罗德说，“你还给他吃了什么毒东西？”

我努力地坐起身，站了起来。我踉跄着走到门口，不过多罗德过来挡住了我。“带上我吧。”我冲姨妈大叫道。她抓住我伸过去的手，把我拽出了屋。我几乎无法站稳，她用一只胳膊环抱着我。

“杀了一个孩子还不够吗？”她对多罗德恶狠狠地说道，仿佛一只乌鸦在抗击袭击巢穴的老鹰，“把你屋里他的东西给我，让他跟我走。否则我要在阿依塔努长老们面前、在你自己村子的女人们面前羞辱你，你的耻辱永远不会被遗忘！”

“他会成为一位伟大先知的。”多罗德气得浑身发抖，却依然没有从门口走开，“一个拥有灵能的男人。让他跟我在一起吧。我不会再给他吃埃楷了。”

“迦威尔，”她说，“你自己选。”

我不知道他们俩在说什么，但我对她说：“带上我吧。”

“把他的东西给我。”她对多罗德说道。

多罗德转身走开。很快他就拿着我的刀、我的渔具、包在芦苇布里的那本书和那块破破烂烂的毯子回到了门口。他把东西放在门口前面的平台上。他大声呜咽着，泪水在脸上流淌。“我的恶灵会跟着你不放的，邪恶的女人。”他哭诉道，“贱货！你懂个屁。你无权插手神圣事务。你只会弄脏你碰过的所有东西。贱货！贱货！你玷污了我的房子。”

她一言未发，只是帮我捡起我的东西，帮我走下平台，走到小码头。她的船，一条女人的船系在码头，轻飘飘如一片树叶。我爬下去上了船，浑身颤抖着蜷缩在里头。我的耳边一直回响着多罗德用男人侮辱女人的那些下流词诅咒葛歌米埃的声音。她解缆绳的时候，多罗德狂怒悲怆地大声呼号咆哮着：“迦威尔！迦威尔！”

我双手抱头蜷成一团，躲避着他。随后四下安静了下来。我们已经驶入湖面。下着微微的小雨。我太难受、太虚弱、太冷了，头都无法抬起来。我蜷缩着身子，抵着横座板躺着。幻觉铺天盖地而来，脸、声音、地方、城市、山、道路、天空，我又开始旅行，旅行。

* * *

对于葛歌米埃来说，到多罗德家，站在他的房子门口，绝对是一次僭越之举，她要给我传递信息的紧迫性勉强可以为之做辩护。她不可以把我带进东湖的女人村，不可以亲自进入男人村。她带我去了两个半村之间一栋没人用过的婚房，给我铺好床，把我留在那里，她每天来两次照顾我——当一个男人生病了，他的某位妻子或者姐妹想要照顾他或者探望他的时候，这就是一个常见的安排。

于是我就躺在这间简陋小屋里，风拍打着芦苇布墙壁，雨点敲击着墙面，从屋顶芦苇捆的缝隙间滴落下来。我要么是边颤抖边胡言乱语，要么就是躺着昏睡。我不知道自己跟多罗德一起住了多久，也不知道我花了多久才康复，不过我跟他走的时候是夏天，当我开始恢复正常，再次恢复正常，已经是早春时节了。我消瘦不堪，双臂看着像两根芦苇秆。我试着走一走，结果气喘不已，头晕目眩。我花了很长时间才重新有了胃口。

姨妈给我讲了多罗德给我吃过的那些药物。说到这些的时候，她的语气中带着憎恶和怨恨。“我吃过埃榙。”她说，“我下决心一定要搞清楚你母亲去哪里了。我相信了那些先知，相信了主屋里那些智者的话。祝愿他们被自己的话噎死，祝愿他们吃泥巴被流沙淹死。他们说，吃下埃榙，你的头脑就自由了，你就能飞到你想去的地方！没错，头脑是飞起来了，肚子遭罪了，头脑也遭罪了。我真是个傻瓜，我没有看到过你母亲，可我自己病了一个月，或是两个月，就吃了一口而已。他给你吃了多少，多久吃一次？还有胆液根，槢洱荻粟——那会让你头晕，让你的心跳得太厉害，让你的呼吸变短——我没吃过，但是我知道那东西。我知道男人们会相互干点什么，还管它叫圣药！”她像猫一样发出嘘声。“傻瓜，”她说，“男人，女人，我们所有人。”

我坐在小屋门口，她坐在旁边她带来的一张柳条椅上。女人们用藤条编织出这种轻便的折叠椅，出门的时候带着，随便哪里都可以坐下。地上最近那场雨的雨水还没干透，不过天空已呈现出明亮的浅蓝色，阳光也有了不同以往的暖意。

我和姨妈相处得轻松自在。我知道她救了我一命，她心里也很清楚。我觉得这个认知缓解了她的自责，她总认为是她任由我母亲走向了死亡。葛歌米埃很严厉、很强硬，脾气暴躁，不过我生病期间她对我照顾得很有耐心，甚至称得上温柔。她和我经常听不懂对方的话，不过这无关紧要，在表面的文字之下有一种理解，在所有表面的差异之下有一种心智的相通。有一件事我们心照不宣：当我身体好了之后，我要离开大沼泽。

我并不着急，但她很急。她看到过，我一路北行，死神追随着我。我必须走了。我必须跨过第二条河以确保安全。我必须尽快离开。最后她终于跟我提起了此事。

“不管我什么时候走，”我说，“死神都会追着我的。”

“恁，恁，恁，”她皱着眉拼命地摇头，“如果你拖得太久才出发，死神就会到前头等你了！”

“那我就待在这里吧。”我半开玩笑地说道，“为什么我得离开亲人和族人，出去追死神呢？我喜欢这里的族人。我喜欢抓鱼……”

我当然是在逗她，她心里也清楚，不会真正放在心上，不过她切切实实地看到了她所看到的场景，而我没有。她不能轻忽待之。

我跟多罗德住在一起的时候，以及刚回东湖的时候，在那些铺天盖地而来、不明所以又没完没了的幻觉中，有一段我记得特别精确清晰：我站在齐腰深的河水中，水流拖拽着我的双腿，试图把我冲走，我的背上有个很重的东西，让我不断地失去平衡。我朝着河岸直直地往前走了一步，但是不对——我马上意识到了——脚下的沙子是流动的，没有立脚点。我无法判断在湍急的、打着漩儿的水流中该往哪边走，但是我往右走了一步，又一步，然后就朝着那个方向，好像水下有一条路径可循似的，一步又一步，抵制着水流的强力——那就是全部了。我看不到更多了。

在我身体开始康复的时候，这个回想、这个幻觉又回到了我的脑海中。我想，这是我患病期间的最后一个幻觉了。第二天葛歌米埃过来的时候，我把这个幻觉告诉了她。她一边听着，一边脸部抽搐着，身子战栗着。

“是同一条河。”她喃喃说道。

她说这话时我也颤抖了起来。

“我看到你在那儿。”她说，“你背的是一个孩子，孩子趴在你的背上。”过了很久，她又说道，“你会安全的，妹妹的儿子。你会安全的。”她的声音低低的、粗哑的，语气中带着如此多的渴求，我都感觉她的话不是预言，而仅仅是她的愿望。

我真是个十足的傻瓜，当初要跟着多罗德走，可悲的多罗德，他守候着我，期盼着我，仅仅是为了他自己的利益，为了让自己成为族人的权威，一个先知媒，一个命数贩子，一个有权有势之人。我曾经背弃了葛歌米埃，即便她自己也不是很清楚，但她是在真心地守候着我，真心地期盼着我，不是为了让她自己变得伟大，而是真的出于爱意。

四月份的时候，我的身体已经康复了一些，可以回我舅舅的房子了，不过还没有强健到可以去更远的地方。我在婚房住的最后一天，姨妈过来了，没有别的事，就是来道别的。我们坐在屋前，晒着太阳，我说："母亲的姐姐，我可以跟你讲讲我姐姐吗？"

"萨珞。"她低声说道。这是一个两三岁孩子的名字，一个遗失的孩子的名字。

"她是我的守护者和捍卫者。她向来都很勇敢。"我说，"她不记得大沼泽了，她对我们的族人一无所知，但是她知道我们有一种他人所无的力量。她告诉我，不要跟他们、跟其他人说起我的幻觉。她是明智的。她很美——村里没有哪个女孩子像萨珞那样美。也没有她那样亲切、忠诚、真挚。"看到我的姨妈听得聚精会神，我继续讲了下去，试着告诉她萨珞长什么样，她是怎么说话的，她是怎么对我的。没有花很长的时间。要跟别人描述一个人是很难的。萨珞的人生如此短暂，没有太多的故事可讲。她活得都不如我现在活的时间久。

我陷入了沉默，部分原因是我说不下去了，我泪流满面，我想大声哭泣，葛歌米埃说道："你姐姐很像我妹妹。"她把她黑乎乎的手放在了我黑乎乎的手上，放了一会儿。

于是，我再次收拾起那一小堆东西，我的毯子、渔具、刀、书，走回了男人村，回到我舅舅的房子。梅特平静亲切地欢迎我回来。普鲁特摇着尾巴来迎接我，我刚把毯子放到床上，它就跳到毯子上，开始奋力揉它，嘴里发出像风车一样咕噜咕噜的声音。但是老敏吉没有过来谦恭地迎接我。梅特伤心地告诉我，它在冬天死掉了。老裴罗科也死了，在自己的房子里孤独离世。有天早上梅特拿了张网去给他修，发现他弯着身子坐在冰冷的火罐边，冰冷的双手上还拿着活计。

“拉瓦家生了一窝小狗。”过了一会儿，梅特说道，“我们明天可以去看看。”

第二天我们过去，选了一只很健壮的小狗。它站得笔直，眼神明亮，黑色的毛像羊毛一样卷得紧紧的。梅特给它起了个名字叫波，当天就带着它出去捕鱼了。他刚把船开出去，波就跳进了水里，在船边开始划起水来。梅特把它捞上来，严厉地跟它说话，它摇晃着尾巴，用可爱的方式表达着拒不悔改。我想跟他们一起去，可我现在还不够强健，还不能出去打鱼。光是走到拉瓦家就让我上气不接下气，整个人颤颤巍巍的了。我坐在平台上晒着太阳，看着梅特船上飞蛾翅膀般的小小船帆在银蓝色湖面上变得越来越小。这里真好。我想，这个房子也许是我到过的最接近家的地方。

可这不是我的家。我不想在这里度过一生。现在我已经很明了这一点了。我生来就有两种天赋，两种力量。其中一种属于这里，是沼泽人了解的力量，他们了解如何对它加以训练，加以应用。可是我的训练失败了，也许是因为我的夫子的无知和急躁，也许是因为我看到幻觉的力量其实并不强大，而仅仅是一种在此地很普通的透视天赋，只是有时候能稍微往前看一点。一个孩子的天赋，一种自然的天赋，是不能被训练、不能被仰赖的，随着我年岁的增长，这种天赋便会变弱。

我的另一种力量，虽然是可靠的，但是在这里却全无用处。一个装满了故事、历史、诗歌的头脑有什么用处呢？一个拉汐欧男人越是寡言少语越是能受到尊敬。故事是给女人们和孩子们讲的。歌曲是私密的，只有在令人敬畏的入门仪式的神圣仪典上才会唱。这些人不是能言善辩之人。他们是关注视觉、关注当下的人。我从书上学到的一切在他们这里都是无用的。那么我该把它们全忘掉，背叛我的记忆，让我的智识和精神也随着年岁渐长慢慢消失、逐渐变弱吗？

从我族人这里把我偷走的那些人，也把我的族人从我这里偷走了。我永远不能完全成为他们当中的一分子。

明白这一点，也就明白我该走了。

那么，该去哪儿呢？

往北，葛歌米埃说过。她看到我向北而行。穿过两条大河。那就是索姆雷恩河和塞恩萨里河。亚逊城在索姆雷恩河以北、以西，在贝恩岱欧；墨桑城在塞恩萨里河的北岸，在俄尔岱欧。墨桑城里有一所伟大的大学。那里住着很多学者、诗人。诗人奥莱克·喀司普罗就生活在那里。

我起身走进小屋。普鲁特正在折腾我的破毯子，它的眼睛半闭着，爪子伸进伸出，嘴里的小风车在咕噜咕噜运转着。我越过它，伸手从架上取下那个小小的芦苇布包，拿到外头，然后盘腿坐下。我想着我跪在多罗德屋外平台的每一个小时、每一天、每一个月，在心里发誓我再也不会下跪了。我希望自己能有一把女人们用的那种没有腿的柳条椅，可是男人是不会用女人的东西的。女人有什么可用就用什么，可以做什么就去做，可是男人却会避开而且看不上很多东西，比如柳条椅、烹饪和讲故事，这让他们自己丧失了很多技能和乐趣，只是为了证明他们不是女人。通过有所为，而非无所为来证明难道不好吗？

对我来说更好，对他们不是。我跟他们不是一类人。

然后我盘腿坐着，把包着书的那块丝滑的芦苇布打开。这是多久以来——一年，两年？——我第一次翻开它。我随意翻开书，就从翻开的那一页开始看起。

在水神的领地，
灯芯草在生长，绿色芦苇在生长。
哈萨！哈萨！
天鹅在水上飞过，鸣叫着，
在绿色芦苇灯芯草上飞过。
哈萨！哈萨！
苍鹰在大沼泽上飞过，

双翼投下团团阴影。
云朵的影子掠过沼泽，
掠过芦苇岛和落芒草岛。
祝福水鸟的翅膀，
祝福水神、泉水河流之神的领地。

我合上书页，闭上双眼，向后靠在门柱上，任由阳光流淌过我的眼睑，流泻过我的骨骼。他是怎么知道的呢？他怎么知道这里是什么样子的呢？他怎么知道天鹅和苍鹰的圣名呢？奥莱克·喀司普罗是一个拉汐欧人、一个沼泽人吗？他是一位先知吗？

我在脑子里低声念着这些诗句，进入了梦乡。醒来的时候，发现波跳到了我的腿上，热心地用舌头帮我洗脸。梅特刚刚爬上平台。“那是什么？”他带着些微好奇看着那本书。

“一个语言盒子。”我说。我拿起书递给他看。他摇着头说：“恁，恁。”

“今天有鲤鳎鱼吗？”

“没有。只有鲈鱼和一条小狗鱼。抓鲤鳎鱼需要你跟我一起去。你要去鱼席吗？”

我跟他一起去了，鱼席之后我跟缇索聊了天。我看到她很高兴，我们坐在菜园边上聊了好一会儿。当晚晚些时候，我坐在屋前平台上看着日落，突然涌上一阵尴尬和不安，我意识到缇索已经准备跟我恋爱了，即便我甚至还没有接受第二次入门仪式，即便我看上去还是瘦得像几根黑色树棍支棱着，我还是一个想成为先知而未得、没有任何技能的男人。

梅特正在刮胡子。沼泽人都没什么正儿八经的胡子。我舅舅拿一个装满水的碗当镜子，随手揪了根胡子，拿一个蛤壳当镊子把胡子拔下来。他显然很享受这个过程。弄好之后他把蛤壳递给我，我还很吃惊，不过我摸摸自己的下巴，又往碗里瞟了一眼，这才发现自己脸上已经冒出一些卷卷的黑色胡须了。我把它们一根一根地拔了下来。确实是挺享受的。这里几乎所有的日常小活动都挺令人享受的。我会想念跟我安详的舅舅一起坐在这里的安详时光的。可是现在我越发地确信，我必须离开了。

很显然，在体力恢复之前我是不能走的。所以在那个春天剩下的时间里，我坚持着一套固定的饮食起居习惯。我几乎都是待在男人村，也去鱼席，在那儿跟人们交谈，不过不会跟年轻男女们去散步了。我通过走路来强健双腿和恢复体力时都是独自行动，沿着湖岸走上几英里。我学会了裴罗科修网的技能，修网的时候我就可以坐着，虽然还不是那么得心应手，不过修过之后总归聊胜于无，这让我在村子里也算有了点用处。

不久之后，我就能跟着梅特去钓鱼了，还能帮着他训练波，不过这个小家伙其实不用怎么训练。衔东西回来这事已经深深灌输进了它的脑髓和骨髓中。头一回有鱼脱钩，那是一条大鲈鱼，它就自己跳进了水里，潜入水下，然后嘴里优雅地衔着还在苦苦挣扎的鱼，露出水面，把鱼交给了我。我都还没有意识到鱼脱钩了呢。

每天早上和傍晚，我都会坐在屋外平台上，如果是雨天就坐在撑起的墙面下，看几页那本书。普鲁特现在越来越老、越来越懒了，经常会逮着机会就坐到我的腿上来。然后，我和舅舅会向水神跳一段简短的礼敬舞，念一段颂词——我刚入住男人村的时候就学会了这段舞和这段颂词——结束这一天，然后我们上床睡觉。

日子就这么一天一天地过去。已进入盛夏，夏至已过。我没有去想自己需要离开村子。我没有需要。我对现状心满意足。

姨妈来找我了，她在鱼席上靠近我，像一只盛怒的乌鸦一般瞪着眼。小孩子们看到她过来都害怕地散开了。“迦威尔！”她说，“迦威尔，我看到了一个男人。一个在追你的男人。这个男人就是你的死神。”

我瞪着她看。

“你必须走了，妹妹的儿子！”

第四篇

14

姨妈告诉大家，我在听从她的幻觉的指引，后天就要起程离开了。第二天我最后一次去鱼席时，缇索的母亲在等着我，给了我一条芦苇布织成的毯子，织得很精心，都看不出芦苇的纤维，质地又厚又软，像羊毛一样暖和。“我女儿织的。”拉莉·柏图说道。我说：“我很感谢她，在寒冷的夜晚我会想起你们的。”缇索缩在后头，没有过来跟我说话。我向女人们道别，跟我姨妈简短说了几句话。她不想跟我说话，她想让我赶紧走，跨过第二条河，确保安全。

第二天一早我就离开了，舅舅都还没起床。小狗波趴着呼呼大睡，普鲁特蜷在我的破毯子上。我轻声跟他们说了“愿楣与你们同在”，然后轻手轻脚走出小屋，离开了我的村庄。我的内心很沉重。

我由陆路走，往东而行。姨妈知道了肯定会反对，她希望我加快速度径直往北而行。我不想让自己受她的惧意的驱赶。我没有船，步行往北的话我就必须在沼泽之间走迷宫一样的道，没完没了地走。我身上没有钱，旅途中也没有赚钱的法子。

可是我的内心明了我是有钱的。血钱，有罪的钱，我姐姐的死换来的钱。我把钱留在库嘎那里了，藏在他的山洞里。如果省吃俭用，那些钱足够我去墨桑，我已经习惯了省吃俭用。我知道我跟钱穆瑞和韦内一起走过的路，我必须确保自己的位置在森林中心的东面，以免进入遥远的北方后撞上巴尔纳的哨兵。比较麻烦的是怎么在达内冉森林南面找到库嘎的洞穴。我确信，等到了那年夏天去过的山丘和山谷之间——假使我能找到的话——我的记忆天赋会指引我到达库嘎的洞穴。

我背着一个背包，里头装满了适合徒步旅行者的食物：风干的熏鱼，硬质奶酪，硬面包，水果干。鱼席上，女人们给了我简直吃不完的食物，村子里的男人们来到梅特的小屋，把自己储存的少得可怜的出行装备跟我分享。接下来好多天我都不用担心饿肚子了。除了食物和新毯子，我跟往常一样带了渔具、刀子和那本书，书被严严实实地包在防水芦苇布里头，这样在我需要蹚水或者在水里游的时候可以保护它的安全。我又变得强壮了，可以稳稳地走上一整天并乐在其中。

两天不到，我就走出了大沼泽，来到一片地势不断升高、树木稀疏的乡间。我现在还是在往东走。据我的判断，我现在身处的位置在喀西卡尔城以北不远处。远处有几个农庄，看起来非常荒凉。山谷里稀稀落落地散布着一些牛羊。我穿过几处烧毁的果园和一处荒废的农舍。军队来过这里，没完没了交战的那些城邦军队，将这里洗劫一空，让其彻底荒废……没有大路，只有一些小道，除了偶有放牛的人或者牧羊人，我没有看到人烟。见到人，我们相互说会儿话或者挥挥手，然后我就继续赶路了。

地势持续升高，现在我抵达了我要寻找的那片起伏不平的、破败的蛮荒原野。问题在于怎么找到我想找的那个地点。库嘎的山洞在此地的哪个方位，我完全没有概念。这里的林木很是茂密，从哪个角度都无法完整地看到那些丘陵。我能做的就是依靠自己的直觉往前走。日头开始西沉，金光透过树丛照射进来，我觉得自己完全迷路了——就是在乱走一气。我的计划要落空了。我会在这些丘陵之间游荡，直到自己像第一次进入这里时那样虚弱和疯狂。我坐下来打算吃一点东西，让自己心定一些，然后趁着天光继续赶路，找到一个可以睡觉的庇护所。我坐在一片小小的林间空地中，后背抵着一棵小橡树，长叹一声：“哦，恩努，来引领我吧。”

我拿刀子切开一块硬面包，放了一片薄薄的烟熏鱼进去，慢慢吃了起来。嘴里咂摸着盐和烟的味道，心里想着我的村子。我感觉到有东西在动，抬起头来，一头黑狮子走进了林间空地，离我大约二十码远。是一头母狮子，低着头，垂着长尾巴，踱了过来。它停下脚步，直直看向我。我无声地叫着它的名字“恩努-安巴”。它又盯着我看了一会儿，然后继续往前走。走入灌木丛后，它便消失了。

过了一会儿，我吃完了饭。我把鱼包起来，小心翼翼地放回背包里。我舔了舔油乎乎的手指，在身下坐的那丛穗乌毛蕨上蹭了蹭手。嘴巴很干，我拿出喷漆芦苇布做成的小瓶子喝了一口，经过上一条溪流时我把瓶子装满了。我缓缓起身。现在看来只有一条路可走：跟着那头狮子。这似乎不是一个明智之举，不过现在这个处境，智慧也许是没有用处的。我跟上了狮子前进的方向。

穿过那片灌木丛后，它前进的方向似乎出现了一条若隐若现的小道，穿越一片开阔的橡木林，在山顶蜿蜒，这条路挺好走的，视野相当好。我没有再看到那头狮子。我又稳步前行了许久。太阳跟树梢齐平了，我突然意识到了自己身处何方。库嘎带我走过这片林间空地——穿过了那片庞大的古老橡树林——在他带我去见森林弟兄的时候。我们身在库嘎曼德了，我想，然后开始想为什么自己想的是“我们”而不是“我”。要抵达山洞，我需要做的就是从狮子道上拐弯，沿着我知道的路，往下，再往右。

我停下来向恩弩致谢，然后右转，往下穿过那些我越来越熟悉的树林，终于来到了源头的小溪。越过小溪，我站在那块遮挡了洞穴入口的崩落的岩石面前。落日余晖在树梢上闪闪发光。

我想说出他的名字，但是我十分肯定他不在这里，于是什么也没说。过了一会儿，我进入那个狭窄的入口。双眼在洞中所见只有黑暗。烟和胡乱风干的皮毛的味道，库嘎的烟味儿，库嘎的臭味儿，还在那儿，但是很微弱，是某种味道的回味。在那样的黑暗之中感觉很冷。没有亮光。我又回到外头。夜晚仿佛明亮温暖得不可思议，我记起第一次走出山洞时那令人目盲的辉煌日光。

我把背包放在山洞口，拿出水瓶在溪里装满水。我喝了水，把水瓶再次装满，继续蹲了一会儿。暮色四合，我看着湍流和涌动的溪水，然后看到了他，就在溪岸上。

动物的啃咬，水流的侵蚀，加上一年也许两年的风化，他的躯体已经没有残留多少了：断了前额的头盖骨，几块别的骨头，发霉的皮毛衣服残留的几条碎片，还有他的皮腰带。

我走到头盖骨边伸手碰了一下，然后一边轻轻抚摩着一边跟库嘎说话。光线急速变暗，我感到疲惫异常。我不想进山洞去睡觉。我在那个巨大的岩石阵里找到一个长满草的低凹处，把自己卷在芦苇布毯子里，沉沉入睡，睡了很久。

第二天早上，我进入山洞，想把他埋在洞里，可是里头实在太阴暗了，把他留在原地似乎是更好的选择。我在溪流上方挖了一个小小的墓穴，选的地点很高，冬季洪水也淹不到那里。我归拢他的遗骨，放进墓穴中，一起放进去的还有他的腰带、我在山洞里找到的一把他的刀子，以及他最珍视的宝贝，那个装盐晶的金属盒子。我跟他在一起的时候，他一直把这个金属盒子藏得好好的，我也无从得知之前他到底把它藏在哪里了，因为这次我是在壁炉洞的地上看到它的。盒子底部还有一点点盐。他有两把很珍视的刀，其中一把就在盒子里头，此外还有那个小小的重重的钱袋，我走的时候留给他了，他一直帮我保管着。

发现他不是因为这些钱被杀之后，我的内心得到些许宽慰。既然他把东西都拿了出来，没有再放回去，我猜想也许他是受伤或者感觉不舒服，想要看看自己的宝贝。可是知道自己即将死去时，他离开了这些宝贝，走出去死在了外头，就在他以前喜欢坐着的溪边的那个地方。

我把小墓穴掩上，用手把土弄平整，一边恳请恩弩引领他。我没有打开钱袋，直接把袋子放进了背包的最底下。我告别了这里，继续出发，回到山丘东面往北的那条道，我就是在那儿第一次遇见森林弟兄的。

自从离开东湖，我就一直倍感孤独。孤独一直都让我乐在其中，不过以往的孤独是一种相对的孤独——以往几乎任何时候我身边都有其他人，是可以随时说上话的。现在这种形单影只不同以往。再一次离开族人，离开我熟悉的一切——心里很清楚无论前路何方，我都只能与陌生人共处了——不论我怎么努力地告诉自己这就是自由，但内心的感觉就是无边的孤寂。那天离开库嘎曼德是让我感觉最为艰难的时刻。我拖着沉重的脚步前行，前行，不假思索地机械地走着。抵达库嘎跟我分别的山顶时，到了该停下来的时候了。我停下脚步。我没有生火，因为我不想招来森林弟兄或者其他什么人。我只能独自前行，我将要独自前行。但是那天夜里，我躺在那里，伤心不已。我为自己伤心，为库嘎伤心；我为我在东湖的族人，缇索，葛歌米埃，我和善的、懒洋洋的舅舅——他们所有人——而伤心；也为钱穆瑞·伯恩、韦内、荻媛萝甚至巴尔纳而伤心，因为我真心爱过巴尔纳；也为我在阿尔卡曼德的家人——索图尔、提柏、瑞思、小奥蔻、阿斯塔诺、琊汶、我的夫子埃弗拉而伤心；还有萨珞，我的萨珞，我失去了你——我失去了他们所有人。我泪如雨下，但无法哭出声来。我头痛欲裂。壮观的夏夜星辰缓缓向着西方滑下。我终于睡着了。

破晓时分我就醒了，天空像一座透明的、粉红色的亮光之丘，盘踞在黑色的地球之丘之上。我又饿又渴。我起身，打好包裹，继续沿着山坡下行，在林间空地的那条溪流边——就是在这里，布里吉恩不让我喝饱水——我喝饱了水。我孤身一人——所以，我会独来独往，以我认为合宜的方式度过一生。我要在想喝水的地方喝水，我要去墨桑，在那里人人都是自由的，在那里大学教授智识，诗人喀司普罗住在那里。

我一边大步流星前进，一边想唱起他的自由赞歌，可是我从来就不善唱歌，寂静中我的声音混杂着林中的鸟鸣，听起来活像一只小乌鸦在呱呱叫。于是，我让他的诗句进入我的脑海，一路同行，就让这首无声的音乐做我的陪伴吧。

森林中事物变化很快，老树倒下，小树萌芽，荆棘会跨过路面，不过在我寻觅前路，让记忆告诉我我曾经到过哪些地方时，要走的路总是足够清晰。我来到了当初拿鹿肉的那片林中空地，在那里吃了中饭。我多希望现在也能吃一些鹿肉呀。我的包裹已经轻得不行了。我在想是否应当再次转而向东，走出达内冉森林，试试运气，看能不能在哪个镇上或是村子里头买到吃食，但我还不想这么做。我要继续留在森林里，远远地绕过布里吉恩的营地——如果营地还在的话，沿着钱穆瑞带我们走的路前进，直到跟巴尔纳城保持安全的距离。然后我向东北方走，在森林外头找到一个村子，就在索姆雷恩河边，那就是我要跨越的两条大河之一。

计划进展顺利，我差不多走到了巴尔纳城的正东面，索姆雷恩河穿越林木繁茂的丘陵地带，到这里向北拐弯。我肚子很饿，河流有好些静水区，能看到鳟鱼在里头游弋，清晰得仿佛空中鸽子的飞翔。我哪受得了这样的诱惑？我在一个美丽的水池边停下，拼好鱼竿，拿一只毛翅蛾当诱饵，立马钓了一条好鱼上来。没一会儿工夫，第二条鱼又上钩了。我正要把线再抛出去，就听到有人在说：“迦夫？”

我一跃而起，鱼饵也掉了。我抓起刀，转头盯着方才站在我身后的男人。有一会儿我没能认出他来，然后我看出来了，是艾特尔——抓伊拉德和梅乐回来的抢劫者之一——他们在啤酒屋讲过这个故事——他说他喜欢软和的女人……那时候他是个壮实的大个子，而现在是个枯瘦的大个子。我惊恐地盯着他，但是他看我的眼神中没有威胁。他看起来没精打采，很吃惊的样子。

“你怎么在这里，迦夫？”他说，“我以为你淹死了，要么就是跑了。我是说当初。”

“跑了。”我说。

“那你要回来了？”

我摇摇头。

“回来也没啥了。”他说。

他看着我钓上来的两条鱼。我知道饥饿的人看着食物时是什么模样。

“什么意思，艾特尔？”我开始回味他说的那句话。

他伸出手做出一个无助的手势。“唉，”他说，“你看。”我盯着他看，他也盯着我。“全烧光了。”他说。

“整座城？森林中心？烧光了？”

他难以理解，对他的生活造成如此巨大影响的事件我怎么会一无所知。我花了好一会儿才让他恢复了一些理智。

我首先关心的是他身后会不会有其他人跟着，巴尔纳的哨兵会看到我，把我抓走。可他只是不停地说：“没有。没有人跟来。都没了。没有人跟来。我到以前去过的那个村子，看看那儿有没有吃的，可是他们把那里也烧了。”

“谁？”

“那些士兵。”

“喀西卡尔人？”

“我猜是他们。”

从他嘴里问出信息会是一个漫长的过程。我说：“现在生火安全吗？”

他点了点头。

“那就生个火，把鱼穿在木棍上烤来吃。我这里有一点面包。”他生火的时候我又成功钓上了一条大鳟鱼。他都等不及把鱼在火上烤好。他吃得狼吞虎咽，把硬面包塞进嘴里，费力地嚼着。“啊，”他说，“啊，好吃。谢谢，迦夫。谢谢。”

吃好之后我回去继续钓鱼。当鳟鱼们争先恐后扑向一个空鱼钩的时候，阻止它们可是个罪过。我钓鱼的时候，他坐在岸上，把森林中心的遭遇讲给我听。他讲得语无伦次，很多情节我只能靠猜。

埃特拉和喀西卡尔现在结盟了，它们现在都是一个北方联盟的成员，这个联盟是对抗沃图桑、莫尔瓦和莫尔河以南诸多小城邦的。在埃特拉和喀西卡尔的战争中，大量的农奴被杀害，或者逃跑，必须找到人顶替他们，或者把他们抓回去。达内冉森林周边的市镇长期以来都流传着关于大本营和逃奴之城的各种谣言，新联盟决定进入森林，看看里头到底有何乾坤。他们派出一支军队，这支军队由每个城市派出一个军团组成，他们在达内冉森林和大沼泽的中间地带急行军。巴尔纳的手下对此次进攻一无所知，直到站岗的哨兵高喊着“警戒”冲进城里。

巴尔纳集结了所有愿意和他共同坚守的男人来保卫森林中心。他命令妇孺出城，分散到树林里。很多男人也跟着他们跑了。那些犹豫未行的或者留下来作战的人很快就被困了：军队包围了城墙，有条不紊地点燃各处城墙，然后把火把扔到那些木建筑的屋顶上，让整座城市陷入一片火海。巴尔纳的手下尝试突围，但寡不敌众，被屠杀殆尽。士兵们包围了火光冲天的城市，把那些逃脱了大屠杀的人全部逮住。然后他们往外撤，围捕那些躲在树林里或者试图逃往树林的人。他们等了两个晚上，直到大火熄灭，好掠夺火后的残余。他们发现了金库，将其瓜分一空。他们还瓜分了那些被囚者，一半给埃特拉，一半给喀西卡尔，随后他们行军回返，把奴隶们用铁链缚住，跟牛羊一起驱赶着前行。

艾特尔把这些讲给我听时，两颊淌着泪，但他的声音还是钝钝的，没有起伏。当时他跟一支抢劫小队在外头，看到北方数英里之外城池燃烧时的熊熊烟雾。他们在军队离开两天之后潜回了城里。

“巴尔纳……”我说。艾特尔说道：“他们说那些士兵砍下了他的头，当球踢来踢去。”

开口问其他人的情况异常艰难。我问了，可艾特尔没有答案，他甚至常常看起来都不知道我在说谁。钱穆瑞？他耸了耸肩。韦内？他不认识。荻嫒萝？他不认识。不过显然有很多人通过这样那样的方式逃了出来，他们当中有些人又重新聚集在已然损毁的城市，他们不知道还有别的什么地方可去。有一些储备粮还藏得好好的，没有被碰过，他们就靠着这些和菜园子里剩下的东西过活。这是多久之前发生的？艾特尔又搞不清楚了。我猜那次突袭和大火发生在大约半年之前，也许是在初冬。

“你现在要回那儿吗？”我问他。他点了点头。“那儿比较安全，”他说，“那些士兵到处抢劫。带走奴隶。我之前在艾波拉，就在那边。跟现在差不多糟糕。地里没有奴隶干活儿了。”

“我跟你一起去。”我说。我必须搞清楚我的朋友们遭遇了什么。

我又钓上来五条更大的鱼。我拿叶子把鱼包起来，然后我们就出发了。将近傍晚时分，我们来到了森林中心。

我上次所见的那座沐浴在月光下银蓝色的城市，如今已是一片废墟，到处都是烧成焦炭的木梁、不成形的土堆，遍地灰烬。在菜园子边上的一个角落，人们用火场里抢救出的木材搭了一些小屋和棚子，那些木材多半已经烧得半焦。一个老女人正在菜园里除草，弓着背，脸被挡住了。两个男人坐在各自小屋的门口，双手垂在两膝之间。一条狗冲我们吠叫，然后嘴里发出咕咕的哀鸣声退开了。一个孩子坐在地上，无精打采地看着我和艾特尔。我们走近的时候，那孩子也吓跑了。

我来这里是为了询问我那些朋友的情况的，可是我没法问。我能看见，看见荻嫒萝在巴尔纳大宅燃烧时被困在里头，钱穆瑞的尸体被扔在一处公共墓地，韦内戴着镣铐被驱赶着赶路。我对艾特尔说：“我没法在这儿待下去。”我把那包鱼给了他。“跟别人一起吃吧。”我说。

“那你要往哪里去？”他还是那样面无表情。

“往北。”

“小心奴隶贩子。”他说。

我正要回到我俩来时的路，有什么东西抓住了我的双腿，很用力，很突然，我差点就要失去平衡。是一个孩子，就是那个被我们吓跑的孩子。“鸟嘴，鸟嘴，鸟嘴。”她像一只鸟一样用尖细的声音喊道，“哦，鸟嘴。哦，鸟嘴。”

我只好伸手去攥她的手，然后她又用那麻雀爪子一样的手指紧紧抓住了我的手，一边抬头看我的脸。她的脸上全是土，瘦得皮包骨头，泪流满面。

“梅乐？”

她用力地拽着我。我抱起她。轻若无物，仿佛我手里抱的是一个幽灵。她紧紧地贴着我，就像以前我去荻嫒萝的房间教她学字母时一样。她把脸藏在我的肩膀上。

“她住在哪里？”我问艾特尔。他停下脚步瞪着我们看。他指了指边上一个小屋。我抬脚想抱着她往小屋走去。

“不要去那儿。”她轻声说道，“不要去那儿。”

“那你住哪里呢，梅乐？”

“没地方。”

一个男人站在艾特尔刚才指过的那个小屋的门口，看向我们。我以前见过他干木匠活儿，不过一直不知道他的名字。他也是一副木然的表情，一张围城脸。

“这个小姑娘的姐姐呢？”我问他。

他耸了耸肩。

“荻嫒萝没有——逃出来——是吧？”

男人又耸了耸肩，这次听到这个问题后，他带着蔑视的表情咧嘴笑了一下。他的表情慢慢地锐利起来："你要那姑娘？"

我盯着他。

"一个晚上五十分铜币。"他说，"吃的也行，你要是有的话。"他走上前，想要看看我的背包。

我在心里快速地仔细盘算了一番。我说："我自己的东西自己留着。"然后径直朝着来时的路走去。梅乐安静地紧抱着我的脖子，把脸藏了起来。

那个男人在我身后咆哮着，那条狗吠叫着，把其他狗也带动起来，周围响起一阵此起彼伏的嚎叫声。我拿着刀，不时回头看一眼。不过没有人跟上来。

走了大约半英里，我发现怀里的这个小幽灵比我以为的可要扎实多了，而且我最好也想一想自己在做什么。我穿过一条还能隐约辨认的小路，沿着小路走了一会儿，然后转身来到一丛接骨木背后。有接骨木丛挡着，站在路上是看不到我们的，我把梅乐放下，让她站在地上，然后在她身边坐下喘口气。她在我旁边蹲下。"谢谢你带我离开。"她声若游丝。

我想她现在应该是七岁或者八岁。她没有长大多少，瘦得关节像一个个凸起的疙瘩。我从包里拿出一些水果干递给她。她努力让自己显得不那么馋，她的努力是那么蹩脚，看起来真是好可怜。她递了一片水果干给我。我摇了摇头。"我刚刚吃过了。"我说。她狼吞虎咽地吃了下去。我把一片石头一样硬的面包切成小小的块，提醒她要先在嘴里含软了才能咽下去。她坐在那里，嘴里含着面包，瘦骨嶙峋的、脏兮兮的脸开始放松下来。

“梅乐，”我说，“我要往北去。离开这里。去一个叫墨桑的城市。”

“求求你，我可以跟你一起去吗？”她小声说道，脸又紧绷起来，双眼睁大，只敢抬头看我一眼。

“你不会喜欢待在那里的，在——”

“哦，不要，请你不要。”还是那么小声，“请你不要这样！”

“那里没有人……”

“不，不，不。”她小声说道。

我不知道该怎么办。看这架势，我只能做一件事，但是我不知道怎样做到。

“你能走远路吗？”

“我可以一直走啊走。”她急切地说道。她又怯怯地往嘴里放了一块面包，像我教过的那样含在嘴里。

“嗯，”我说，“你必须得一直走。”

“我会的，我会的。你不用抱着我。我保证。”

“很好。我们现在必须继续走了，因为我想在天黑之前回到河边。明天我们要走出森林。没问题吧？”

“没问题！”她双眼闪闪发光，身子立马站了起来。

她英勇无畏地往前走着，可是她的腿太短了，饥肠辘辘的小小身体里也没有多少能量。幸好我们抵达索姆雷恩河的时间比我预期的要早，我们顺着一片开阔的沼泽地往下，就到了一条长长的河湾。在这里钓鱼可比不上上游那个绝妙的池子，不过我还是收获了一条鳟鱼和两条鲈鱼，足够我们晚餐吃一顿了。河边的草地很柔软，日光穿过树木温柔地洒在水面上，给水面镀上一层古铜色。“这里好美啊。”梅乐说。吃完之后她马上就睡着了。她躺在草地上，小小的一团。看着她虚弱的样子，我内心百转千回。我怎么能带着这么个孩子呢？可是我又怎么能不带着她呢？

幸运之神只会用他那只聋耳聆听祈祷，但我对他说话了，对着那只聆听星辰战车车轮转动的耳朵说话。我说：“神啊，您曾经庇佑我，在我并不知晓的时候。现在恳请您庇佑这个孩子，不要只是愚弄她。”我也无声地向恩弩祈祷，向神致谢，请求神指引我们，然后就无事可做了。我用柔软的芦苇布毯子把梅乐和我自己裹在一起，睡着了。

天光放亮时，我们俩都醒了。梅乐自己走到河边，回来的时候她已经想办法把自己洗得很干净了。她又湿又冷，身子直哆嗦。我又把她裹进毯子里，然后我们吃了一点点早餐。她很腼腆，一副郑重其事的样子。

“梅乐，”我说，“你姐姐……”

她的声音很奇怪，轻轻的，没有起伏：“我们想藏起来。躲在绵羊牧场的后头。那些士兵发现了我们。他们把伊拉德带走了。我不记得了。”

我想起巴尔纳的抢劫者讲过他们是怎么从村子里抢走这两

个女孩子的，艾特尔想把妹妹拉到一边，可是她俩紧紧地抱在一起……这一次，她们没能相互抓住不放了。

梅乐的下巴在颤抖。她低着头，嘴里嚼着硬面包，但是没法咽下去。我俩都没法再谈论伊拉德了。过了很久，我说道："你们的村子在森林的西面。你想回那儿去吗？"

"回村子里去？"她抬起头，使劲地想了想，"我记不得什么了。"

"可是你们的家人在那里。你们的母亲——"

她摇了摇头："我们没有母亲。我们属于甘・布里。他老是打我们。我姐姐……"她说不下去了。

也许幸运之神终究是眷顾梅乐了。

但是从来没有眷顾过伊拉德。

"好了，那你跟我一起走吧。"我说，尽量用一种就事论事的语气，"可是听着，我们会走到大路上，走进村子，至少是有些时候吧。要碰到人。我想说你是我的小弟弟会比较好。你能扮成一个男孩子吗？"

"当然能。"她对这个办法很有兴趣。她想了想："我需要一个名字。我可以叫弥夫。"

我差点脱口而出"不行！"，但我把话吞了回去。她当然可以用她自己选的名字。就像梅乐，也是一个很常见的名字。

"好吧，弥夫。"我费了一点劲儿才说了出来，"那我是阿维。"

“阿维。”她重复了一遍，然后喃喃地说道，“阿维·鸟嘴。”带着一丝笑意。

“我们的身份是这样的：我们不是奴隶，因为在我们生活的地方俄尔岱欧是没有奴隶的。我是墨桑大学的一名学生。我跟那儿一位伟大的人物学习，他正在等我们。我带你去那儿也是为了成为一名学生。我们从大沼泽东边来。”

她点了点头。看起来她是完全信服了。可是她才八岁。

“我希望，多数时候可以离开大路，就在乡间前行。我有一些钱。我们可以在村子或者跟农场的农民买吃的。但是我们必须当心奴隶贩子。每个地方都要当心。如果没有碰到奴隶贩子，我们就没事了。”

“墨桑那位伟大人物的名字是什么？”她问道。好问题。这个问题我倒没准备呢。最后我说出了自己知道的唯一一位墨桑伟大人物的名字：“奥莱克·喀司普罗。”

她点了点头。

她脑子里似乎还有一件事情。

她终于说了出来。“我没法像男孩子一样尿尿。”她说。

“没事的。别担心，我会给你放哨的。”

她点了点头。我们做好准备了。从河湾往下游走了一点点路之后，河面变宽变浅了，我说：“我们在这里过河吧。你会游泳吗——弥夫？”

“不会。”

“水要是太深了，我会背上你的。”我们脱掉鞋子，挂在我的背包上。我把一段细绳分别系在梅乐和自己的腰上，中间留了几英尺长的富余。我们手拉手慢慢蹚进河里。我想起了自己关于过河的幻觉，心里在想是不是很快就要把孩子背到肩膀上了（因为昨天抱她，肩膀至今还酸）。但是这里一点也不像我记得的那条河。我们沿着浅滩的最高点走着“之”字形，我的腰部以上没有浸过水，我能稳稳带着梅乐，只有一个地方，水流变得很急，水变得很深，是一个沙砾小岛边上。我告诉她紧紧抓住绕在我腰间的绳子，尽可能地仰起头，然后我蹚进去，游过和沙洲相隔几码的水面，连滚带爬地上了岸。梅乐只在最后那一刻沉到了水里，她以为自己能够触到水底，其实并没有。她钻出水面时连呛带咳。那之后我们就只用蹚过一些浅水，很快就到了对岸。

我们坐下来调整呼吸，让身体风干，穿上鞋子。我说：“我们已经跨越了要过的两条大河中的一条。这里是贝恩岱欧地界了。”

“英雄汉姆内达在他受伤时还得游过一条河，是吧？”

我无法形容这话让我有多触动。不在于她是从我这里知道了汉姆内达的故事，而在于她想到了他，她的大脑和心灵都是如此地熟悉这位英雄，一如我对他的熟悉程度。我们有了共同语言，我和这个孩子，自从我告别了埃特拉和童年时代，就再也没和任何人说起过这种语言。我一只手环抱着她瘦瘦小小的肩膀，她舒服地靠着我扭来扭去。

“我们去找个村子买点吃的吧。”我说，“不过先等一下。让我拿一些钱出来，这样我就不用在别人的眼皮子底下晃着整袋子钱了。”我把手伸进背包，掏出那个重重的绸缎小荷包。上头依然有着淡淡的、带烟熏味儿的库嘎的臭味儿，也或许是因为它一直挨着从霏芦汐带来的烟熏鱼放着。我解开细绳，打开荷包看着里头。我记得里头放了什么：铜币和四枚银币。可现在除了铜币之外，还有九枚银币、四枚被称为“独裁者”的帕加迪金币，还有一枚大大的安苏尔金币。

我的库嘎不光是一个逃亡者，还是一个贼。

“我不能带着这个！”我说。我惊恐地看着这些钱。我能看到的就是，假使有谁对于我们随身带着这么一大笔财富有哪怕一点点的想法，都会置我们于险地。我想到的就是直接把那些金币扔到草地上、沙砾堆中，丢弃不要。

“这是谁给你的吗？”

我说不出话来，就点了点头。

“你可以把钱缝在衣服里头藏起来。”梅乐带着赞叹和好奇抚摩着那些独裁者金币，“这些都好漂亮啊，大的这个是最漂亮的。你有针线吗？”

“只有鱼钩和鱼线。”

“啊，也许到了村子里我能找到针线材料。也许路上就会有小贩。我会针线活儿。”

“我也会。”我愣神地说道，“嗯，现在我只能把它放回去。真希望我没有找到它。”

“是很多钱吗？”

我点了点头。

她还在研究那些金币：“好像是帕——克——城——”

“帕——加——帕加迪城。”

“哦，这些字是围成一个圈的。好像是帕加迪城邦纪元八年。”她低头看着金币，一如当年在巴尔纳大宅，在荻嫒萝房间的灯光下低头认字的场景。她抬起头，微笑着看着我，把金币递还给我。她的双眼熠熠发光。

我拿出几枚二十五分和五十分的铜币，把荷包又藏起来。我们沿着河往上游走，因为河边有一条很清晰的道路。走了一两个小时之后，梅乐说：“也许我们到了要去的那座城市之后，能找到我姐姐在哪里，然后用那些金币从士兵手里把她买回来。”

“也许可以吧。”我答道。我的心又拧在了一起。

我忧心忡忡，马上又补充道：“可是我们不能提这事。一点都不能。”

“我不会提的。”她说。她说到做到。

* * *

那天下午，我们顺着往北急转的河流走到了一个挺大的镇上。我鼓足勇气走了进去。梅乐看起来挺无所畏惧的，她相信我的力量和智慧。我们大着胆子走到集市，给自己买了食物。我给梅乐买了一条毯子，她也可以拿来当披风用。然后我又跟人讨价还价，想买一个小小的针线盒，里头有一枚粗粗的针和一卷亚麻线。镇上的人很乐意跟我们讲话，问我们打哪儿来，要到哪儿去。我给他们讲了之前想好的故事，“大学生”这个身份对多数人来说都很神秘，他们也就不知道还能问什么更深入的问题了。那个管我要二十五分铜币买她针线盒的、牙齿参差不齐的胖女人一脸同情地看着梅乐说：“我看得出来，对一个小家伙来说，那日子肯定是很可怕、很难过的，当学生！”

“他去年病了一整个冬天。”我说。

“是吗？你叫什么名字，小孩？”

“弥夫。”梅乐沉着以对。

“我相信你哥哥会好好照顾你，不会让你走太远路的。”胖女人说道。也许她看出来她开的价格我是不会付的，也许还有别的更好的理由，她接着说道：“这个给你，包你一路平安——一个礼物，一个礼物，恩筝的保佑，这个我是不会让小孩花钱的！”她递过来一个小小的猫的雕像，用深色木头雕成，猫脖子上绕着一圈铜线，这样可以作为挂坠来戴。她的货架上有好几个这样的小小的恩筝-楣雕像。梅乐抬头用那双大眼睛看着我。我记得她和伊拉德以前脖子上也戴着这样的雕像，不过眼前这个比她们之前的雕像要精致一些。我按照胖女人狮子大开口的价格付了钱，冲梅乐点了点头，让她接过雕像。

她一只手攥着雕像，把手紧紧贴在脖子根。

我在这个集市上感觉出乎意料的自在安心。我们是陌生人当中的陌生人，迷失在人群之中，而不是荒野之中与世隔绝、形单影只的旅人。有一个摊位在售卖一种甜甜的炸油糕，闻起来很好吃。“我们买一点那个吧。”我对梅乐说。然后，我俩一人手里握着一块热热的油糕，在一个喷泉宽阔的边沿上坐下，躲在阴凉里吃了起来。油糕是很油腻又很厚实的一大块，梅乐只吃了大概一半。我从侧面看着她，看到了那个牙齿参差不齐的胖女人眼中的她：这是一个很瘦很小的小家伙，一副筋疲力尽的样子。

“你累了吗，弥夫？”我说。

一番小小的内心斗争之后，她缩着肩膀点了点头。

“我们住客栈吧。我猜接下来这样的机会也不多。这个镇子不错。”我无所顾忌地说道，“你过河时着凉了。今天你走了很多路，晚上应该睡在真正的床上。”

她把背又耸起来一点，低头看着手里油乎乎的油糕。她把油糕递给我。“你能吃吗，鸟嘴？”她低声说道。

“我能吃下任何东西，小老鼠。”我说着用行动证实了这一点。

“走吧。集市广场的尽头就有一家客栈。”

客栈老板的妻子对梅乐很感兴趣——显然我的这个同伴可以畅通无阻地进入人们同情心的深处。我们被安排在房子后部一间很好的小房间，房里有一张宽宽短短的床。梅乐一进屋就爬到床上，蜷起身子。她手里还紧紧攥着她的恩驽-楣雕像。她穿着她的新披风，不打算脱下来。“穿着这个很暖和。”她说。但我看得出来她在发抖。我给她盖好被子，她很快就睡着了。我坐在窗边的椅子上。距离我上一次在这样的房子里坐在椅子上已经过去很久很久了，这样宽大结实的房子跟大沼泽那些芦苇墙面的小屋子是多么不同啊。我拿出书读了一会儿。我内心已经熟记整本《宇宙论》了，但是手里捧着书，目光跟随那些印刷的字行，让我倍感心安。我需要心安。对于当下的行为，前路去往何方，我其实都没什么真正的概念，现在又收留了这么一个需要照料的人，她能做的无非就是极大地拖慢我的脚步。我想，也许我应该把她留在这个镇上，托付给谁，以后再回来找她。——留下她？我会从哪里回来呢？我仔细看了看她。她睡得很熟。我悄悄地走出去看晚餐吃什么。

我给她带了一碗鸡汤回来，她起来喝了一点，但是喝得很少。我想她是发烧了。我去跟客栈老板的妻子阿米诺商量怎么办，她有着做这行的人特有的那种热情欢快的态度，不过这个表象之下她似乎是一个文静庄重的女子。她来看了看梅乐，说她也许得了什么病，也可能只是太累了。她说：“你去吃晚饭吧。我把火生起来，看着这孩子。”她说服梅乐把那个小小的神猫雕像给她，她好把雕像弄到一根项链上。梅乐看着她用绳子编项链，然后又打起了瞌睡。我来到公共休息室，吃了一顿很棒的烤羊肉，这让我带着友爱和痛苦想起了钱穆瑞·伯恩。

我们在拉米镇的客栈住了四个晚上。没过多久阿米诺就让我知道了她发现梅乐不是男孩子，不过她没有提出疑问——一个女孩子要以男孩子身份出行，其原因显而易见——也没有给过其他人任何提示。梅乐没有生病，但她已经近乎精疲力竭了。三天的好好休息、好好吃饭和好好看护在她身上创造了奇迹。她坐在床上，仔仔细细地把我们的金币缝进衣服里面，然后又接着睡着了。要不是第四天晚上在客栈里听到了那些事情，我本来打算再住久一点，让她身体恢复好，为接下来的长途跋涉做好准备。

每天晚上，镇上的男人们会来客栈喝杯啤酒或者苹果酒，相互闲聊，或者跟那些健谈的住店客人聊一聊。起初他们在我面前有点谨慎，有点僵硬，因为他们认为我是一名学者，是一个城里人，不过看到我不过是个孩子，说话不多，还很谦逊，很快他们就以一种友善的方式忽略了我的存在。他们谈论的当然都是本地发生的事情，不过他们当中那些旅客也会讲起外头更广阔的世界，我听来觉得很有趣，因为我在森林和大沼泽待了这么久，对于各个城邦和贝恩岱欧发生的事一无所闻。

好好享用完晚餐之后，梅乐就睡熟了，我就会来到公共休息室，在火炉边坐下。谈话焦点落在了“巴尔纳帮”上。关于巴尔纳的手下到大路上、农场和集镇抢劫，人人都有故事可讲。有些是以往我在埃特拉听过的古老的浪漫传奇，但这里有一个男人证实了这一点。他说，三年前，抢劫者们把他赶往集市的羊群抢走了一半，但是他们是真的抢走了一半，“这头给你，这头给我们”，把羊一头一头地数过去，其实他们完全可以把羊全部抢走的，所以，他说，他只会用半句诅咒来咒骂他们。我有个印象，他的听众也只是对他半信半疑。

然后他们都开始讲起巴尔纳城的传说，奴隶们怎么打理满是漂亮女人的宅子啦，他们偷来大量的黄金，于是拿黄金来当屋顶啦，士兵们烧城时熔化的黄金汇聚成河流入排水沟啦。人人都了解巴尔纳，那个有着火红色头发的巨人，比所有人都高，他筹划袭击亚逊城，让自己成为贝恩岱欧之王，让奴隶们去统治他们战败的主子。他们还讨论了一个现实：你永远不能信任一个奴隶，不管他看起来有多么忠诚，还给出了几个奴隶背叛的例子。

“啊，我这儿有个故事。”一位从贝恩岱欧东部来采购羊毛的住店客人说，“也是关于一个不忠的奴隶和一个忠奴的故事。是我刚刚听说的。有一个来自大沼泽的小奴隶，他原先是埃特拉城主子们的骄傲。不管是什么故事、什么歌他都能讲、都能唱，他知道所有的故事和所有的歌。对他的主子们来说，他值一百枚金币。他玷污了主家的一个女儿，逃走了，还偷了一袋子金币。他们派了奴隶贩子去追他，但是一个也没追上，有人说他已经淹死了。可是主家的儿子有一个忠奴，他发誓要找到这个小奴隶，把他带回埃特拉，这个小奴隶令主家蒙羞，应当接受惩戒。于是他上路了，之后他听说巴尔纳城有个年轻的逃奴，说书唱诵很出名。巴尔纳自己以前也是一个有学问的奴隶，因此很器重这个男孩。可是在军队到来之前，这个男孩又从巴尔纳这里逃跑了，再一次消失。那个奴隶还在追他呢。我跟一个认识这奴隶的人说过话，他管这奴隶叫“三道眉毛”。他去过大沼泽，去过喀西卡尔，还有皮拉姆，他说就算搭上整个后半生，他也要追到底。要我说，还真有对主子这么忠心耿耿的奴隶呀！”

其他人也纷纷表达了赞许之意。我也努力地模仿着他们，睿智地点头，但我的内心冷如冰块。我谎称自己是学者，本以为这样可以让自己免受怀疑，现在看来这身份却极可能给我招来怀疑。这个男人没说那个逃奴来自大沼泽就好了！我的长相、我的肤色，在大沼泽以外的地方总会引来一些关注。果不其然，一个镇上的男人透过啤酒杯看着我说：“你看起来也是从那边过来的。那么你知道这个有名的奴隶的事情吗？”

我无法应答。我摇了摇头，尽可能地装出漠不关心的样子。随后便是更多关于逃奴和奴隶贩子的故事。我一直挺到最后，喝着我的苹果酒，告诉自己不必惊慌，没有人质疑过我编的那个故事，身边带着一个孩子这事会让我躲过质疑。明天我们就接着出发。在任何地方做任何停留都是错误的。但是话说回来，如果我们不在这里休整，梅乐是没法继续走的。一切都会没事的。几天时间我们就能到第二条河，越过这条河，获得自由。

那天晚上我找阿米诺，问她是否知道有往北行的马车夫可以带我们一程。她告诉我该去哪里找。第二天一早我就把睡意正浓的梅乐从床上拽了起来。阿米诺为我们送行，她给了我们一袋子吃的，接过了我递给她的一枚银币。“幸运之神与你们同在，恩驽与你们同在。”她说，然后给了梅乐一个漫长的、郑重其事的拥抱。我们离开客栈，穿过黎明时分的雾霭，来到镇子另一头边缘处的一个院子，马车夫们在这里碰头，装好货物，有时候也会找搭车人。我们找到了一个马车夫，他会带我们到一个叫泰尔图迪的地方，他说那个地方离河岸还有一半的路。我脑海中没有关于贝恩岱欧这部分区域的清晰地图，只能依赖别人的话来做判断，我心里只清楚河在我们的北边，墨桑在河对岸，还要往东边走很远。

马车夫的马走得很慢，花了整整一天的时间才到泰尔图迪。那是一个很小很破旧的镇子，镇上没有客栈。我不想待在这里，不想惹人留意。我希望能够切断跟拉米客栈的任何关联，不要在我们身后留下任何的痕迹。我们在泰尔图迪没有跟任何人说话，只是从镇上走了过去。走了两英里之后便是环绕镇子的干草地了，我们在一条小溪边搭了一个露营地过夜。那是个温暖的夜晚，远近全是蟋蟀的叫声。梅乐的胃口很好。她说自己并不累。她想让我讲一个她知道的故事。她是这样请求的：“给我讲一个我知道的故事吧。”我给她讲了《查木汗》的开篇部分。她专注地听着，一动不动，最后她开始眨眼睛、打哈欠。她蜷在披风里头睡着了，手握着脖子根处那个小小的神猫雕像。

我躺在那里，听着蟋蟀的叫声，寻找着那些最早显现的星星。我平静地缓缓入睡，但是在黑暗中醒了过来。干草地上有一个男人，站在那里看着我们。我认得他，我认得他的脸，认得那道把他的眉毛一分为二的伤疤。我想起身，但无法动弹，一如吃了多罗德的药物之后无法动弹的场景，我无法移动，心脏怦怦直跳……已是深夜，星辰熠熠生辉。多数蟋蟀都已经陷入沉静，有一只还在附近颤声叫唤。并没有人。可是我再也无法睡着了。

我很心酸，盲目的仇恨和敌意就是我跟阿尔卡曼德最后的联结了。现在我想起那所宅子里的人们都还是满怀感激，感激他们给予我的一切——善良，安全，学识，爱。我从来不认为索图尔或者琊汶曾经或者有可能会背叛我的爱。我明白，至少是部分地明白了，主母和主父为何要背叛我的信任。主子和奴隶生活在同样的困境之中，甚至也许主子更难以看穿这个困境：他们所看重的唯有权力，那是对其他人最为残忍的控制。如果托姆听说我逃脱了，他一定会痛苦异常。至于霍比，他的心中总是充满了嫉妒仇恨，我以一个自由人的身份四处走动，一定会刺激得他怒不可遏地踏上仇恨的追捕之旅。我毫不怀疑是他在追我。我内心怀着对他深深的惧意。我自己一个人已经不是他的对手，何况现在身边还多了一个无助的小小人质。她会唤醒他内心全部暴虐的。我见识过那种暴虐。

离天亮还要好久，我就叫醒梅乐出发了。我只知道我们要走，不停地走，离开这里。

我们在地势起伏的开阔乡间走了一整天，远远地经过了两个村子，避开了几个有狗在狂吠的农场。多数时候我们走过的都是牧场，草地上散落着牛群。我们碰见了一个牛仔，他等着我们，然后牵着马跟我们边走边聊。梅乐很怕他，看到他就要往后躲，我也压根儿不喜欢他的陪伴。但是他对我们来自哪里和要去哪里都没有表现出好奇。他很孤独，想找人说说话。他下了马背，跟在我们后头瞎走，一路讲着他的马、他的牛、他的主子，还有他脑中想到的一切。梅乐渐渐放松了下来。他说让她上马骑上一程时，她又退缩了，不过那匹友好的小马引起了她的兴趣，最后她终于让我把她抱到了马鞍上。

我们的新朋友说他主子的有些牛跟大群走散了，他出来就是要把它们赶回去的，但是他似乎并不是很着急，跟着我们一起走了好几英里。他牵着马。梅乐坐在马背上，眼见着越来越开心。我向他问起那条河，我们南辕北辙地说了好一会儿。他坚持说河在东边，不是在北边，最后他说道：“哦，你说的是萨里河！我只知道这个名字。很远很远，远在天边！我猜我们的安母巴尔河就是流向那里，可是我不知道有多远。你们要走上很久的。最好骑马去！”

“如果我们往东走，能走到你说的这条河？”

“是的，可那真是太远太远了。”他给我们讲了该怎么走，非常复杂，有牲畜贩子走的小道，也有马车路。最后他说道，“当然如果你们抄近路，从我们前头这些山丘之间穿过去，很快就到安母巴尔河了。”

“嗯，也许我们就走这条路。”我说。然后他说：“我也要走这条路。那些牛可能就在那边。”

他这话引起了我的疑心。于是恐惧进入了我的头脑。我一边走一边想，他是不是一直在候着我们，他会不会把我带入一个陷阱，怎么能够摆脱他；同时又在想，他肯定就只是一个孤独的人，很开心能有同伴，很乐于取悦一个孩子。我陷入沉默之时，他跟梅乐聊了起来，梅乐怯怯地问他关于马和马具的问题。他很快就给她上起了骑术课，让她拉着缰绳，告诉她怎样让布朗尼小跑起来。他的声音很温柔，对马和孩子态度都很随和。当他伸出一只手向梅乐演示怎么握缰绳时，梅乐害怕地躲开了他，打那之后他就再也没有靠梅乐太近了。他和梅乐相处时有一种很自然的得体，真是很难不信任他。可我还是满怀疑虑和担忧，心情沉重地大步往前走着。假使此地离塞恩萨里河如此之远，这个人觉得是远在天边，假使梅乐和我一天走不到十英里，那我们要多久才能到那儿呢？我感觉在这开阔的平原上缓缓前行时我们是一览无余的，寻找我们的人一眼就能看到我们。

我们同伴指引的路到目前来看是没错的：翻越一排低矮的山丘之后，我们看到两三英里开外有一条相当大的河流，往东北方向而去。我们过了山顶之后停下脚步，在一片高大的山毛榉树下坐下分享食物。布朗尼吃的是马粮袋里拿出来的燕麦。梅乐管我们这位同伴叫牛仔-氏，他听得咧嘴直乐，他管梅乐叫小家伙。梅乐挨着我坐，但是一直冲着他说话。他俩长篇累牍地谈论马，谈论牛。我注意到梅乐一直在问牛仔问题，就像小孩子惯常的那样，毫无疑问是真的出于好奇，不过同时也意味着她不想回答任何关于她自己或者我的问题。她真是个精明的小家伙。

河上时不时能看到一条小船或者一艘驳船，我们的同伴说：“你们就去那儿。一直走到市镇上，搭一条船，它会带你们到想去的地方，嗯？”

“市镇在哪里？”梅乐问道。

“沿河往下到那里。”河流在低矮的群山之间拐了一个长长的弯后消失不见了，他冲着那边稍微挥了一下手，“我想我最好还是不要跟你们一起走。我的牛不会走那么远的。可是你们俩要往下一直走到市镇上，搭一条船，它会带你们到想去的地方，嗯？”

我感觉怪怪的，他把刚才的话原封不动地重复了一遍，仿佛他是背下了这句话，仿佛有人教过他怎么把我们引入一个圈套。

“好主意。”梅乐说，“是吧，阿维？”

“也许吧。”我说。

她跟那匹马分开时很是动情，轻轻拍着它，爱抚着它，抱着它温暖的、长长的头。她和牛仔深情地道别，不过没有肢体接触。她目送他骑马消失在山顶，我们动身下山时她叹了口气。“他们真是太好了。”她说。

我为自己的想法感到羞愧，不过心里还是很警惕，无法放松。

“我们要找到市镇去搭船吗？”

“我不打算这么做。”

“为什么？”

我发现我无法表述自己的理由。我们必须前进，必须摆脱那个跟踪我们的人，可是在我看来似乎没有哪种前进方式是安全的。

“或者我们可以骑马，就像他说过的那样。就是，马是不是很贵？”

“我想是的。而且你必须会骑马。”

“我现在会了。会一点了。”

“我不会。”我不耐烦地说道。

我们继续往前走。下山的路很好走，梅乐脚步轻快地紧跟着我。山脚下有一条模糊的小路通向河边，我们走上了小路。

“那么还是坐船更好一点喽。”梅乐说。

“谁说不是呢？”

我感觉自己对她的责任感就像一块石头压在背上，令我倍感沉重。如果只有我自己，我可以跑，可以躲，我已经走掉了，早就已经走掉了……我很生她的气，是她阻碍了我的前进，拖慢了我的脚步，还跟我争论该怎么走。“我不知道。”我说。

我们继续往前走，我总是有意识地缩短步距让她跟得上。我们现在走上了一条马车路，离河更近了，在右前方看到了一个小镇的屋顶，很快就看到了码头，还有系着的船只。

我恳请幸运之神将他曾经赐予我的恩宠也赐予这个孩子。我对他也要不信任吗？只有傻瓜才会自以为比幸运之神懂得更多。我一直都是个傻瓜，但不是这种傻瓜。

“看看我们什么时候能到那儿。”我打破维持了半英里路的沉默。

“我们可以花钱坐船，可以吗？”

我点了点头。

于是穿过苹果园到达镇上后，我们径直往下走到了河边。没有系着的船，码头上没有人。码头上方的街道上就有一家小酒馆，门开着，我往里望去。一个侏儒，身高不超过梅乐，长着一个大脑袋和一张帅气而闷闷不乐的脸，在吧台后头看着我。“你要啥，沼泽人？”他说。

我差点扭头就跑。

“你身边是什么？一只小狗？哦，桑帕神呀，是个孩子。你们两个都是孩子。那么你们要点什么，牛奶？”

“好的。”我说。梅乐说：“好的，谢谢。”

他给我们端来两杯牛奶，我们坐在一张桌子边上喝了起来。他站在吧台边，上下打量我们。他的注视让我非常不自在，不过梅乐似乎并不介意，她直直地回看他，完全没有平常的羞涩。

“这里有只黑猫？”她问道。

“为什么会有只黑猫？”

“门上的标牌上有啊，那幅画上头。”

“啊，不是的。那是房子上的，黑猫的标志，代表恩弩的保佑。哦，你们去哪儿呢？就你们自己，是吗？”

“下游。”我说。

“那你们是坐船过来的？”他透过敞开的门往外看码头上是否有船。

“不。走路来的。如果有船可以搭的话，我想我们可以走水路。”

“现在没有了。佩德里的驳船明天进码头。”

“往下游去吗？”

“直达萨里河。”他说。看来在这个国家他们管塞恩萨里河叫萨里河。

他给梅乐的杯子加满牛奶，然后僵硬地走回吧台，回来时拿着两个马克杯，里头装着满满的苹果酒。他把一杯放在我面前，举起另一杯向我致意。

我跟他一起喝了。梅乐也拿起她的牛奶杯子。

“你们愿意的话今晚就住在这里。”他说。梅乐眼睛亮晶晶地看向我。马上就要入夜了。我竭尽全力去忘掉惧意，相信幸运之神的眷顾。我点了点头。

“怎么付钱呢？”他问道。

我从口袋里拿出两枚铜币。

“因为要是你不付钱的话，我就要吃了这孩子，看。”侏儒煞有介事地说道，然后张大嘴，面目狰狞，一脸胁迫地突然把脸凑到梅乐面前。梅乐倒吸一大口气，往我这边缩，可是然后她就哈哈笑了起来——在我能够做到微笑面对这个玩笑之前。侏儒缩回身子，咧嘴乐了。“我被你吓着了。”梅乐对他说道。他看上去很开心。我能够感觉到梅乐的心跳，小小的身子在发抖。

“先收着吧。”他说，“你们走的时候我们再结账。”

他带我们上楼，来到位于屋子前部的一个小小房间里，透过房间低矮的窗户能看到河。屋里虽然满满当当都是床，一共有五张床并排摆着，却也足够干净。他给我们烧了一顿很好的晚餐，我们和两名码头装卸工一起吃的饭，他俩每天晚上都在这里吃饭。他俩没有说话，主人话也很少。晚饭后，我和梅乐沿着码头走了一会儿，看了看水面上夜晚的灯光，然后上楼睡觉。起初我无法入睡，我的脑子在飞速转个不停，满是各种徒劳的想法和担心。最后我终于睡着了，但是一直没能睡得很沉，然后我坐起身，摸黑够着了我放在床边地上的刀。楼梯上有脚步声，停了下来，接着又走了起来，然后是门的嘎吱声。

一个男人走进了屋子。我只能借着透过窗户的微弱星光看出他的身形。我坐着不动，屏气凝神，手里紧握着我的刀。

那个大大的黑色身影跌跌撞撞地走过我的床，摸索着来到最里头那张床边，坐了下来。我听到鞋子撞击地板的声音。那个人躺下来，稍稍翻了翻身，嘟哝着咒骂了一句，然后消停下来。很快他就打起呼噜。我想这是一个策略。他想让我们以为他睡着了。可是他一直在打呼噜，低沉的、长长的呼噜，一直到天亮。

醒来发现屋里有个陌生男人时，梅乐害怕极了。她迫不及待要离开屋子。

早餐是美味的面包和新鲜的桃子，我们的主人给梅乐拿来了热牛奶，给我的是苹果酒。我心神不宁，坐立不安，不想再等那艘驳船了。我告诉他我们要走路去了。他说："如果你们想走路，就走路吧，可是如果你们想坐船，再过一两个小时船就到了。"

梅乐点了点头，于是我听从了。

驳船在半晌午时分进入了码头，是一艘很长的大型船，船的中部有一处类似房子的结构，这让我想起了大沼泽上阿密达的船。甲板上堆着板条箱、干草捆、几笼子鸡，以及各式各样的货物和包裹。驳船在卸货装货时，我去问了船主人可否搭船，很快我们就谈妥了，一枚银币足够包下到塞恩萨里河这一路的船费伙食费，睡觉是在甲板上。我回到黑猫客栈结账。“一枚铜币。”侏儒说道。

“两个床位，吃的喝的。”我表示反对，放了四枚铜币。

他把两枚铜币推回给我。“跟我体形一样的客人不常有。”他一脸严肃地说道。

于是我们离开镇上，上了佩德里的驳船。我们乘的船大约中午时分出发，沿着安母巴尔河往下。太阳明晃晃的，码头上喧闹繁忙，一派欢欣景象。梅乐为自己坐上了一艘大船而兴奋不已，不过她跟船主和他的助手都保持着距离，总是紧紧地跟着我。到了水上我感觉松了一口气。我在脑子里默念在霏芦汐跟我舅舅学的向泉河之神祈祷的祷词。我站在梅乐身边，看着装卸工解开缆绳，把缆绳收起，船只和码头之间搅动的水面变得越来越宽。就在驳船掉转船头要顺流而行时，一个男人走下街道，来到了码头。是霍比。

我们站在船库的一堵墙面前，在岸上人眼中，船上有什么是一览无余的。我颓然倒下，坐到甲板上，伸出双臂遮住脸。“怎么了？”梅乐在我身边蹲下来问道。

我大着胆子透过前臂瞟了一眼。霍比站在码头上，目送着驳船。我无法判断他是否看见了我。

“鸟嘴，怎么了？”梅乐轻声问道。

我终于开口作答：“噩运。”

船驶过河湾之后，镇子被我们抛诸身后不复得见。在热烘烘的阳光下，我们的船轻松自在地漂向下游。我们站在船扶手边，我告诉梅乐我看到了一个认识的男人，那个人也可能认识我。

“是巴尔纳大宅里的人吗？”她还是用耳语般的声音问道。

我摇了摇头：“是来自更久以前的。来自我在城里当奴隶的时候。”

“他是坏人吗？”她问道。我说：“是的。”

我认为他没有看到我，但这只是个小小的安慰。他只消问问码头上的人，或者黑猫客栈的老板，他们有没有见过一个年轻人，黑皮肤，大鼻子，长相像沼泽人，就会知道他想知道的一切。

“别担心。”我说，“我们在船上，他是走路的。”

但是那也同样不能让人心安。驳船要跟着河流的步调走，靠着船尾一根长长的大桨舵来操控方向。它要停靠到岸边的每一个市镇和村庄，装卸货物，上下乘客。船主告诉我，逆流而上时，就由马匹在河边的曳船路上拉动驳船，速度就会更慢。真是难以置信。安母巴尔河经过辽阔平坦的大平原时几乎是不流动的，它弯弯绕绕，曲曲折折，在很多地方就只是一些地底渗出来的水滩。牧牛人利用曳船路来赶牛，有时候我们会慢慢地赶上一群棕色斑纹的奶牛，它们用奶牛特有的步伐行进着，像我们一样奔着下游而去，我们要花很长很长时间才能超过它们。

水上的日子很惬意，很无聊，很平静，不过每次我们驶入某个村庄的码头时我的恐惧就会再次升腾，我扫视着码头上每一张面孔。我反复地自我辩论，要不要在河东岸的某个市镇下船，然后走路去塞恩萨里河，沿途避开所有的市镇和村庄，这样是不是更为明智？可是尽管梅乐现在比我刚见到她时状态好了很多，她还是没法走得很远很快。显然坐船还是最好的，至少也要等到我们距离塞恩萨里河还有不到一天的路程时再下船。我们的驳船之旅的终点，是河流的交汇处一个名叫贝米特的市镇，我下定决心无论如何都不能去这个镇。船主告诉我，镇上有渡船可以渡过塞恩萨里河。我们需要渡船，可霍比很可能也在那里候着我们。我只希望他不要那么快在那里候着我们。骑马、坐马车甚至快走，他都肯定能够超过驳船，赶在我们之前抵达西岸的任何一个村庄。

船主佩德里很少留意我们，也不想让他的助手浪费时间跟我们说话。我们就是货物，是跟那些箱子、一捆一捆的东西和鸡待在一起的。除此之外，从这个村到那个村，还会有各种各样的羊群和老奶奶们搭船，有次还有一匹小马，在驳船上的时候它一直在试图跳水自杀。佩德里和他的助手睡在船库里，当驳船在水上航行时他们是两班倒的。我们自己做饭，在停靠的村庄购买食物。梅乐跟那些鸡交上了朋友，这些鸡是要一直送到贝米特去的，它们都是一些获奖的良种禽，有着华丽的尾巴和缀满羽毛的双腿，全是母鸡。这些母鸡非常驯服，我给梅乐买了一袋鸟食来款待它们。她给每只母鸡都取了名字，跟它们一起一坐就是好几个小时。我坐在她边上，发现她们之间温和的、絮叨不休的谈话令人很是心安。只有当一只老鹰在河面上空盘旋时，那些热闹纷杂的、轻轻的咯咯声和说话声才会戛然而止，母鸡们在栖木下挤作一团，安静地缩在竖起的羽毛之下。“别害怕，蕾蒂。”梅乐安慰它们，“没事的，小宝贝。别害怕，美人。它抓不到你们的。我不会让它得逞的。”

别害怕，鸟嘴。

我会看我的书。我给梅乐讲那些古老的诗歌，她背下了《尼萨斯河上的桥》。我们接着讲《查木汗》。

“真希望我真的是你弟弟，迦夫。”有天晚上在星辰之下的黑色河面上她喃喃地说道。我也喃喃地回道：“你就是我的妹妹。”

我们在河东岸的一个码头靠了岸。佩德里和他的助手一靠岸就立马忙着卸干草捆去了。这里不是什么市镇，只有一个类似货栈的地方，有两三个老牛仔看着货栈。“这里离贝米特多远？”

我问其中一个老牛仔。他说："骑好马的话两三个小时。"

我回到船上，让梅乐收拾东西。我的包裹是随时准备好的，里头装满了我能带上的所有食物。动身之前我付了账。我们脚步轻快地往岸上走去，经过佩德里身边时我说："我们从这里开始走路，我们的农场就在那边，往回走。"我边说边往东南方向指了指。他咕哝了一声，接着抬起了干草捆。我们从安母巴尔河往我刚才手指的方向走去，直到走出其他人的视线，然后我们左转改向东北方，向着塞恩萨里河走去。这一带乡间地势非常平坦，多数地方都长着高高的草，间杂着几片林木。梅乐紧紧地跟在我身边。她一边走一边声音轻柔地絮叨着："再见，美人；再见，萝茜；再见，黄金眼；再见，小宝贝……"

我们一路前行，脚下根本没有路。乡间的景色一成不变，没有任何地标，只在遥远的北方有一根蓝色的线条，也许是云，也许是河对岸的山丘。我只能借助太阳来判断前进的方向。马上入夜了。我们在一片小树林里停下来吃晚饭，然后就在那儿裹着毯子睡下了。我们没有看到任何跟踪者的踪迹，但我很肯定霍比就在跟着我们，甚至可能会在前方候着我们。害怕看到他的那种恐惧如影随形，在我极不安宁的睡梦中也满是这种恐惧。还有很久才日出，我已经醒了。我们在朦胧的晨光中出发，还是按照我的指引尽量往东北方向行走。红彤彤的太阳升起来了，悬在平原上空。

地面开始变得泥泞起来，低洼处有沼泽和芦苇丛。大约中午时分，我们看到了塞恩萨里河。

河面很宽阔——是一条大河。我认为水不深，因为河流正中有沙洲和砾石浅滩，而且有不止一条河床。但是在河岸上你无法判断哪些地方水流会变急，会冲刷出深沟。

“我们沿着河往东走。”我对梅乐，也是对自己说，“我们找个水浅的地方蹚过去，或者找个渡口。墨桑还要往上游走很远，所以我们的方向肯定是对的，到了可以过河的地方我们就过去。”

“好的。”梅乐说，“这条河叫什么名字？”

“塞恩萨里河。”

“真好，河也有名字，就像人一样。”她用这个名字编了一首歌，我一路听着她小声哼哼的单调的调子：塞恩——萨里，塞恩——萨里……在河岸的柳树丛间走起来很是费劲，于是很快我们就往下到河滩边往前走，那里是宽阔的，遍布淤泥、碎石和沙子的河漫滩。

在那里更容易看到我们，但是如果他追踪而来，我们也无处可躲。这是一片开阔的、荒无人烟的乡间，没有任何人类生活的痕迹。我们只看到过鹿和几头野牛。

我们停下来，好让梅乐休息一下，我试着钓鱼，可是运气不好，只有几条小小的鲈鱼。河水非常清澈，我蹚水进去的地方水流都不怎么急。有两个地方我觉得可以涉水而过，不过在河的另一侧有几个地方看起来很棘手。我们还是继续沿着河前进。

我们就这样走了三天。我们的食物大概够吃两天，那之后就必须钓鱼来吃了。时间已是晚上，梅乐很累了。我也是。老是感觉背后有人在追对我而言是极大的消耗，我睡得很少，整夜不停醒来。我让她坐在一棵柳树下的沙地上，自己走到河岸的高处，像往常一样四下寻找水浅的地方。我看到前方有一些浅浅的车辙印往下延伸到河滩，之后这些车辙印不时会出现在一个沙洲的开阔河面上，看起来的确是有一处可以涉水而过的浅滩。

我回头望去，看到一个人骑着马沿河而来。

我跑回梅乐身边，说“走”，一边捡起了我的包裹。她吓得有点蒙，不过还是立马拿起了她那个小小的毯子包。我抓着她的手，拉着她，用她跟得上的最快速度跑到我刚才看到的那条车辙道那里。有马匹和马车在这里过河。我拉着梅乐走进水里，对她说：“水变深的时候我会背着你的。”

一开始路很好走，透过清澈的水我能看到沙洲之间的浅滩。走到河面中间时我回头看了一下。那个骑马的人已经看到我们了。他刚骑着马下了河，马蹄周边水花四溅。是霍比。我看到他的脸了，冷酷严厉的圆脸，托姆的脸，主父的脸，是奴隶主的脸，也是奴隶的脸。他皱着眉，鞭笞着马，一边冲我叫喊着，我听不到他在喊什么。

这些都只在我的一瞥之间，我继续逆流往前走，用尽全力拽着梅乐。我看到水对她来说已经太深了，于是对她说：“爬到我的肩膀上来，梅乐。不要抓我的脖子。一定要抓紧了。”她照做了。

我知道幻觉中自己身处何方了。就是在这条河里，肩上扛的就是这个负重。幻觉中我没有环顾四周，因为现在我就没有环顾四周。我往前走，差点就要被水淹没了，不过还是能够双脚触底，有一个地方似乎适合过去，就是径直走到浅滩上，可我没有往那边走，脚下的沙子在不断地下陷。我必须向右，再向右。然后水流突然带着一股巨大的力量裹挟住了我，我双脚悬空，想游动起来，却沉了下去，挣扎着上来，又沉下去——不过我的脚再次触底了。梅乐紧紧抓着我，我逆着那股可怕的水流奋力向上，拼尽全力抵达浅滩，气喘吁吁地在那些扎根河底的柳树之间攀爬，在那里，也只有在那里，我能够回头看一看。

那匹马在深水流中兀自挣扎，骑手已然无踪。

我能看到整条河的力量都在那段河床汇聚，就在我们过河之处的下游。

梅乐从我背上滑下来，紧紧地趴在我身上，浑身战栗。我抱紧她，但我无法移动。我蜷缩着，凝视着河面，凝视着那匹马被远远地冲到下游，绝望地漂浮在水面上。现在又能找到立脚点了。我看着水流在奔涌，翻腾，然后滑落，退回对岸。我扫视着水面、小岛、砾石浅滩，我的视线在河的上游下游间逡巡，来来又回回。沙子，砾石，闪耀的水面。

“迦夫，迦夫，鸟嘴。”梅乐啜泣着说，“走吧，走吧。我们得接着走。我们得离开这儿。”她拽着我的双腿。

“我觉得也许得走了。”我想说话，可是没有发出声音。我在梅乐身后蹒跚着往上走了几步，进入柳树林，走出了水面，走上了干燥的地面。到了地面，我的双腿一软，整个人轰然倒地。我想告诉梅乐我没事，我们都没事了，可是我没法说话。我没法得到足够的空气。我再次进入水中，没入水中。我的周遭都是水，清澈，明亮，然后是清澈，幽黑。

* * *

等我醒来已是入夜，天气温暖，天空被乌云遮蔽。河水在苍白的浅滩和沙洲之间奔流涌动。紧挨着我一侧身子的潮乎乎热乎乎的小小一团是梅乐。我叫醒她，我们摸索着缓缓穿过树林，来到一片空地，看起来可以住上一晚。我的手笨拙得连火都生不起来。我们包里的所有东西都湿了，不过我们还是脱下湿衣服，用力地擦了身子，然后拿湿毯子把自己裹起来。我们又挤成一团，很快就入睡了。

我的恐惧消失了。我已经越过了第二条河。我睡了很久，睡得很沉。

醒来时已是阳光明媚。我们在柳树林中的那片空地上把所有的湿东西摊开来晾晒，吃了湿答答的陈面包。梅乐看起来没有受伤，但她很沉默，很警觉。最后她终于说道："我们不用再逃了吗？"

"我想不用了。"我说。吃面包之前，我走到下方的河滩上，藏身在柳树林中，查看了河面和河岸，看了很久。理智告诉我，我应当恐惧；理智告诉我，霍比有可能游过了河，就藏在附近。可是非理性的直觉却一直在跟我说：你安全了，他已经死了，链接已经断了。

梅乐看着我，眼中是一个孩子的信任。

“我们现在到俄尔岱欧了。”我说，“这里是没有奴隶的。没有奴隶贩子。而且……”可是我都不知道她到底有没有看到跟在我们后面下河的霍比，不知道该怎么跟她说起霍比。“而且我想我们现在是自由的了。”我说。

这话让她沉思了一会儿。

“我可以管你叫回迦夫了吗？”

“我的全名是迦威尔·阿依塔纳·西铎伊。”我说，“不过我喜欢鸟嘴这个名字。”

“鸟嘴和小老鼠。”梅乐低头轻声说道，脸上是她特有的小嘴巴张成半圆的微笑，“我可以继续叫弥夫吗？”

“是个好主意。你想叫就可以。”

“现在我们要去见城里那位伟大的人物了吗？”

“是的。”我说。于是东西一晾干我们就出发了。

去往墨桑的旅途很轻松，其实我们的整段旅途都很轻松，不过摆脱了跨河旅途中一直阴魂不散的那种恐惧，这种感觉真是太棒了。我不知道到了墨桑之后该做什么，该怎么生存，不过问太多问题显然是对幸运之神和恩弩夫人的忘恩负义。他们眷顾了我们这么久，现在是不会离开我们的。行走时，我低声向他们唱着喀司普罗的赞美诗。

“你唱得不像某些人那么好。”我的同伴带点外交辞令地评论道。

“我知道我唱得不好。那么你来唱吧。”

她亮出甜美的不太稳定的细小声音，唱起了她在巴尔纳大宅里听过的一首情歌。我想起了她美丽的姐姐，很好奇梅乐以后会不会也很美丽。我发现自己在想：“让她免遭美丽之罪吧！”但是显然这是一个奴隶的想法。我必须学着用一个自由人的头脑来思考问题。

俄尔岱欧的乡间景色宜人，有大片苹果园，还有两边种着白杨木的大路。这些大路始自河流，缓缓上升，一直延伸到我从远处看到过的那些蓝色丘陵。我们走路，间或搭一下马车，在村庄的市集上买吃的，偶尔会有一个农妇看到我们路过时那种风尘仆仆的可怜样子，给我们牛奶喝。有人会骂我为什么会把这么小的弟弟拖出来长途跋涉，可是当我的小弟弟紧紧依偎着我，怒视对方表达对我的忠诚时，骂人者的心便融化了，会给我们吃的，或者让我们睡在一个干草棚里。就这么着，五天之后，我们又开始往河流的方向走，河流一度蜿蜒至别处，偏离了我们走的大道。最后我们抵达了墨桑城。

墨桑城建造在河流上方的陡峭山坡上，有铺着石板瓦和红瓦屋顶的房子，有高塔，还有好几座华丽的桥梁，这是一座石头城，但它没有围墙。这在我看来很是奇怪。没有城门，没有守卫塔，没有守卫。我在哪里都看不到士兵。我们像步入一个村庄一样走进了一座伟大的城市。

街道上熙熙攘攘的满是行人、单马车、四轮马车、马。街道上方耸立着三四层高的房子。这样嘈杂的扰攘令我们望而生畏。梅乐紧紧抓着我的手，我很乐意让她抓着。我们经过河边的一个大集市，跟它一比，埃特拉的集市就是一个小市场而已。我想现在最好能找到一家不太贵的客栈，好把行李放下，把自己稍微收拾干净，我们两个现在真的是又脏又臭。我们继续在集市上走，一边寻找客栈的标记，这时我看到两个年轻人脚步轻快地从一条陡峭的街道上走下来，他们身穿轻盈的灰褐色长袍，戴着帽檐盖住耳朵的天鹅绒帽子。他们跟埃特拉藏书室里一本书的插画中的人物一模一样，那本书名是《墨桑大学的两位学者》。他们发现我盯着他们看，其中一人冲我稍微眨了下眼。我走上前说道：“打扰了，请问去大学的路怎么走？”

“这里上山就是，朋友。”冲我眨眼的那个年轻人说道。他好奇地看着我们。我不知道该问什么。最后我说道：“那上头有住宿的地方吗？”他点了点头：“鹌鹑客栈是最便宜的。”他的同伴说道：“不对，吠犬才是最便宜的。”第一个年轻人说道：“这就看你对于虫子的品位了：鹌鹑客栈是跳蚤，吠犬是臭虫。”然后他们笑着走下了街道。

我们沿着他俩来的路往上走。没多久就从鹅卵石路面走到了台阶路。我发现我们是绕着一堵大石头墙往上爬的。很久以前墨桑是一个有防御工事的城市，这就是要塞的墙垣。墙垣上方隐约可见银灰色石头砌成的宫殿，有着陡峭倾斜的屋顶和高耸的窗户。最后台阶引领我们走上了一条小小的弯弯曲曲的街道，两边是一些小房子。梅乐小声说道："它们在那儿。"两家客栈并排而立，店标分别是一只鹌鹑和一只狂吠的狗。"跳蚤还是臭虫？"我问梅乐。她说："跳蚤。"于是我们在鹌鹑家住了下来。

我们洗了这辈子最愉快的一个澡，把脏衣服给了苦瓜脸房东太太清洗。我们时刻警惕着跳蚤，不过显然这里的跳蚤跟多数干草棚里的比起来还是要少一些的。我们吃了一顿量很少，也不是那么美味的晚饭，梅乐就准备上床睡觉了。她很好地经受住了这次长途跋涉，不过旅途的每一天都让她弱小的体力发挥到了极限。最后那两天她老是眼泪汪汪，脾气急躁，跟任何一个累坏的孩子一样。我也差不多体力耗尽了，不过在此地，身处城市，我感到自己体内有一种紧绷的能量，让我无法放松。我问梅乐，我出去一会儿，她不会害怕吧。她躺在床上，手拿恩弩雕像放在胸前，她心爱的披风搭在床罩上。"不害怕，"她说，"我不会害怕的，鸟嘴。"不过她看起来有点伤心，有点发抖。

我说："哦，要么我就不出去了。"

"去吧。"她生气地说道，"出去吧！我就要睡了！"她闭上眼，皱着眉，嘴唇紧绷着。

"好吧。我在天黑之前回来。"

她没理会我，眼睛紧紧闭着。我走了出去。

我走到街上，之前碰见过的那两个年轻人正好路过，他们因为上坡走得有点气喘，之前冲我眨眼的那个年轻人看到了我。“选跳蚤了，嗯？”他说。他的笑容很友善，大大方方地表现出对我的好奇。我把这第二次碰面当作一个预兆或者我应当关注的一个信号。我说：“你们是大学的学生吗？”

他停下来，点了点头。他的同伴有点不情不愿地停下了脚步。

“我想知道怎样能成为一名学生。”

“我猜就是这样。”

“可否告诉我——究竟——我要怎样——我该找谁——”

“不是别人让你来这儿的？夫子，你一起工作的学者？”

我的心在往下沉。“没有。”我说。

他抬起头，头上是那顶样子滑稽但很时髦的天鹅绒帽子。“到大酒桶酒馆去跟我们喝一杯。”他说，“我是塞姆潘特·伊勒，这位是戈拉·弥德拉。他学法律，我学文学。”

我说了自己的名字，然后我说：“我以前是埃特拉的奴隶。”

我必须先把这点说清楚，在他们发现自己居然把友情给了一个奴隶而倍感羞耻之前。

“在埃特拉？围城的时候你在那儿吗？”塞姆潘特说。戈拉说：“走吧，我渴了！”

我们在大酒桶酒馆喝啤酒，这是一家拥挤嘈杂的啤酒馆，里头都是学生，多数都是我这样的年纪或者稍微年长一点。塞姆潘特和戈拉主要的兴趣是尽可能多、尽可能快地灌下啤酒，跟酒馆的每一个人说上话，不过他们向每一个人都介绍了我，人人都给我提了建议，该到哪里去，该去见谁，建议我去大学上文学课。最后他们发现他们提到的那些有名的教师我一个都不认识，塞姆潘特问我："那么你到这里来就没有想要跟着学习的人吗？有你知道的人吗？"

"奥莱克·喀司普罗。"

"哈！"他盯着我，笑着举起杯子。

"那么说你是个诗人！"

"不，不，我只是——"我不知道我是什么人。我现在的认知不足以让我理解自己是什么人，想做什么或者成为什么人。我前所未有地感到自己是那么无知。

塞姆潘特喝光了杯中的酒，大声叫道："再来一杯，算我的。我带你去他家。"

"不，我不能——"

"干吗不去？你要知道，他不是教授，他不属于哪个城邦。你不需要跪着跟他交谈。我们马上去，不远的。"

我坚持说我必须回去找我的弟弟，终于设法摆脱了这个邀请。我给我们喝的酒买了单，他俩因此都跟我亲近起来。塞姆潘特告诉我怎么去喀司普罗家，再走上一两条街道，转角处就是。"去见他吧，明天去见他吧。"他说，"要么，我说，我明天过来接你。"我向他保证我会去的，还会报他的名字以便通行，然后我离开大酒桶酒馆，晕头晕脑地回到了鹌鹑客栈。

一早醒来，我躺在床上思索着，日光渐渐照进低矮的房间中，我下定了决心。我想成为一名大学学生的模糊计划取消了。我没有足够的钱，我没有接受过足够的训练，我不认为自己能够成为大酒桶酒馆里那些无忧无虑的年轻人中的一员。他们跟我同龄，但我们走的是不同的人生道路。

我需要的是工作，来养活我自己和梅乐。在一个如此规模的城市里，对我们奴隶来说，总有工作可以做的。在墨桑我只知道一个人的名字，那好，我就去找他。假使他不能给我工作，那我就去别的地方找。

梅乐醒了之后，我告诉她，我们要去买一些好一点的城里人穿的新衣服。她很高兴。苦瓜脸房东太太告诉我们怎么去服装市场，就在卫城山的山脚下。我们在那儿看到一个又一个卖旧衣服的摊位，这些衣服我们可以穿得很得体，甚至可以华丽点。

看到梅乐用一种又是渴望又是敬畏的眼神盯着一件很旧但有着美丽花纹的象牙色丝质长袍，我说："小老鼠，你不用再扮成弥夫了，你知道的。"

她害羞地弓起背。"太大了。"她轻声说道。事实上那是一件成年女性的长袍。我们对着那件衣服赞叹了一番，然后走开了。她对我说："这衣服看着像荻嫒萝。"她说得对。

最后我俩都买了长裤、亚麻衬衣，还有深色的坎肩或者说无袖外衣，墨桑的男人和男孩们都是穿这个的。我给梅乐挑了一件小小的精美的天鹅绒坎肩，扣子是用铜币做的。我们爬坡回卫城的路上，她老是低头看身上的扣子。“现在我再也不会没有钱了。”她说。

我们在一个街头小摊吃了加橄榄油和橄榄的面包，然后我说：“现在我们要去见那个大人物了。”梅乐听后欢欣雀跃。她在我前头，步伐轻快地走在陡峭的石头街道上。而我则是揣着固执而盲目的决心，又带着些许惧意。之前经过客栈时，我去拿了包在芦苇布里的那个小包裹，它现在就在我手上拿着。

塞姆潘特给我指的路非常清楚。我们找到了那栋房子，是背靠山石的一栋高高窄窄的房子，也是街道上最后一栋房子。我伸手敲门。

一位年轻女士开了门。她的皮肤很白，脸似乎在发光。我和梅乐都盯着她的头发看——我这辈子从未见过这样的头发。就像最纤细的金线，像精挑细选的绵羊毛，像围在她头上的一圈光环。“哦！”梅乐说。我差点也跟着说了出来。

年轻女士微微一笑。我想象我们在她眼中的样子应该挺滑稽的，一个大男孩和一个小男孩，非常整洁，非常僵硬，站在门口，眼睛瞪得圆圆的，盯着人家看。她的笑容很友善，让我备受鼓舞。

“我到墨桑来见奥莱克·喀司普罗，如果——如果可以的话。”我说。

“我想可以的。”她说，“我可否告诉他是谁……”

“我的名字是迦威尔·阿依塔纳·西铎伊。这是我……弟弟……弥夫。”

“我是梅乐，”梅乐说，“我是一个女孩子。”她弓起双肩，低头往下看，眉头紧锁，像一只小小的猎鹰。

“请进。”年轻女士说道，“我是梅默·加尔瓦。我去问一下奥莱克是否有空。”她轻快地走开了，那头绝妙的秀发像蜡烛的光焰，像太阳的光晕。

我们站在窄窄的门厅里。门厅两边都有通往各处房间的门廊。

梅乐伸出一只手放到我手中。“我不是弥夫没事吧？”她轻声问道。

“当然没事。我很高兴你不是弥夫了。”

她点了点头。然后她提高声音又说了一次：“哦！”

我循着她的目光看去，大厅往下一点点，一头狮子正走过大厅。

它压根儿就没留意我们，只是站在门口抽动着尾巴，不耐烦地扭头回看。它不是黑色的沼泽狮，它是沙色的，个头不是很大。我无声地说道：“恩努！”

“我来了。”一个女人的声音传来，然后她出现了，她穿过门厅，跟在狮子后头。

看到我们，她停了下来。“哦，天哪。”她说，“请不要害怕。它很温顺的。我不知道有人在这里。你们何不到壁炉房里来呢？”

狮子转身坐下，看起来还是很不耐烦。那位女士一只手放在它头上，跟它说了点什么，它发出了“嗷嗷”声，听起来是在抱怨。

我看着梅乐。她僵硬地站着，盯着那只狮子，我不知道她是害怕还是被狮子迷住了。那位女士对梅乐说道："它的名字是曦塔，它还是只幼崽时就跟我们在一起了。你想摸摸它吗？它很喜欢别人摸它。"女士的声音让人听起来特别舒服，很低沉，有点沙哑，但是有一种令人沉静的力量。她说话带着高地的口音，跟钱穆瑞·伯恩一样。

梅乐更用力地抓着我的手，点了点头。

我跟她一起试探着走了过去。那位女士微笑着说道："我是歌里。"

"她是梅乐。我是迦威尔。"

"梅乐！真是个可爱的名字。曦塔，请用得体的方式欢迎梅乐。"

狮子马上站起身，面朝我们深深鞠了一躬——其实就是像猫一样伸出前爪，把下巴放到爪子上头。然后它站起身，意味深长地看着歌里，歌里从口袋里拿出一点什么东西放进了狮子嘴里。"好狮子。"她说。

很快梅乐就伸手去抚摩狮子宽宽的头和脖子。歌里用一种自如的、令人心安的方式跟她交谈着，回答她关于曦塔的问题。她说它是半狮。一半足矣，我想。

歌里抬头看着我，问道："你是来见奥莱克的吗？"

"是的。那位……那位女士让我们等一下。"

就在这时，梅默·加尔瓦回到了大厅。“他说上他的书房去。”她说，“如果你们愿意的话，我带你们上去。”

歌里说：“也许梅乐愿意在这里跟曦塔和我们一起待一会儿。”

“哦，好的。可以吗？”梅乐说。她看着我，想知道这样是否合宜。

“好的，可以。”我重复了她的话。我的心跳得很厉害，我无法思考。我跟在梅默浅浅的、火焰般的头发后头，登上一个窄窄的楼梯，走进一个大厅。

她打开门的时候我就知道自己身处何方了。我知道这里，我记得这里。我来过这里好多次，这个昏暗的房间，高耸窗户下方堆着书的桌子，那盏灯。我熟悉正在转身即将面对我的那张面孔，机敏的，忧伤的，不设防的，我熟悉正在叫出我名字的这个声音——

我什么都说不出来。我像块石头一样杵在当地。他专注地看着我。“怎么了？”他问道，声音低低的。

我勉力地说出了抱歉。他让我坐下，把另外一张椅子上的书拿走，面朝我坐下：“那么……？”

我手里攥着那个包裹。我把包裹打开，笨拙地打开密封的芦苇布，把他的书拿出来递给他：“当我还是奴隶的时候，我被禁止阅读您的作品。可是一个奴隶同伴给了我这本书。当我失去了一切的时候，我也失去了它，可是又有人把它给了我。它跟着我跨越了死之河以及生之河。于我而言它是一个标记，标记着我的宝藏位于何方。它是我的指引。所以我……所以我跟随着它来到了它的创作者这里。看到您，我就知道在我的一生中我一直不停地看到过您——那就是我来这里的原因。”

他接过小书，看着被水泡过的破旧封面，把它从这只手倒到另一只手。他轻柔地打开了书。他从翻开的那一页开始读了起来：“有三件事情要努力去谋求增长，可借此强大我们的灵魂：爱，学习，自由。”他叹了口气，“我写这个的时候比你大不了多少。”他的表情有点淡漠。他抬头看着我，把书递还给我，说道：“你令我倍感荣耀，迦威尔·阿依塔纳。你给了我唯有读者能够给予作者的一份厚礼。我可以给你什么东西呢？”

他说话的腔调也很像钱穆瑞·伯恩。

我哑口无言地坐着，刚才那阵口若悬河、滔滔不绝的劲儿已经过去了，现在我的舌头都打结了。

“好吧，我们可以等一会儿再谈这个。”他说。他很体贴，很温柔：“跟我讲讲你自己吧。你在哪里当过奴隶？我知道不是我了解的这个世界。高地的奴隶跟他们的主子一样不学习、不看书的。”

“在埃特拉城，阿尔卡家族。”我说。说这话时我不由得热泪盈眶。

“可是我想你应该是来自大沼泽的？”

“我和我姐姐被奴隶贩子带走了……”就这样他引导着我

讲出了我的故事，讲得很简单扼要，不过他会帮我把握好节奏，他会问一些问题，让我不至于讲得太快。关于萨珞的死我讲得很少，因为我不想拿自己内心的悲痛来烦扰一个陌生人。当我讲到我回到森林，讲到我和梅乐怎么在那里重逢，他的眼睛闪了一下。“梅乐是我母亲的名字。”他说，“也是我女儿的名字。”说这句话时他的声音轻了许多。他的目光看向别处：“梅默说——你带着这个孩子？”

“我不能把她留在那儿。”我感觉需要为梅乐在这里出现做出辩解。

“有些人就能。”

“她非常有天赋——我从来没有过学得像她这么快的学生。我希望这里……”可我没再说下去。我希望什么呢，为梅乐还是为我自己呢？

“她当然可以在这里得到她需要的东西。”奥莱克·喀司普罗马上语气坚定地说道，“从达内冉森林到墨桑这一路上，你带着一个小孩子怎么过来的呢？肯定很不容易。”

“之前都挺容易的，直到我听说我的……我在阿尔卡曼德的敌人还在寻找我，追踪我。”可是到了这时候我还是没有说出托姆和霍比。那样的话我就得回过头讲他们是什么人，讲我姐姐是怎么被他们害死的。

当我讲到霍比怎么寻找和跟踪我们的时候，讲到过塞恩萨里河的时候，他就跟听《先塔斯的围城和沦陷》的布里吉恩营地那些人一样，也屏住了呼吸。

“你看到他淹死了？”他问道。

我摇了摇头：“我只看到马背上没有人了，其他没看到。河很宽，我没法看到离我们近的这边河岸。他也许淹死了，也许没有。不过我觉得……”我不知道该怎么形容，“就像一根链子已经断掉了。”

喀司普罗坐在那里回味了一会儿我的故事。“我想让梅默和歌里听听这个。我想听更多你所说的回想——你的幻觉，看到我的幻觉！”他抬头笑着看向我，眼神中有玩味，有好奇，有赞同，“我还想见见你的同伴。我们可以下去吗？”

房子旁边有一处花园，窄窄的，嵌在房子的墙壁和房子背后高耸的崖壁之间。花园中盛放着暮夏的花朵，在近午时分的阳光下一派明媚。我马上回想起这些花朵。园中有一处很小的喷泉，水在滴而非流淌。喷泉周围铺着石板，边上还有大理石长凳，两位女士、一个女孩，还有一头狮子正坐在那儿聊天——事实是，狮子已经睡着了，梅乐精神恍惚地抚摩着狮子，那两位女士正在交谈。

“你已经见过我的妻子歌里·巴雷了。”我们走进花园时喀司普罗说道，“她和我都是高地人。梅默·加尔瓦的家在安苏尔城，她跟着我们来了这里，她是我们今年的客人。我教她现代诗歌，她教我阿瑞坦语，那是我们族人的古老语言。现在，如果你愿意的话，请把我介绍给你的同伴吧。”

可是我们走过去的时候，梅乐却慌忙起身，过来紧贴着我，还把脸藏了起来。这很不像她，我不知道该怎么办。“梅乐，”我说，“这位是此地的主人——我们来这里想见的那位大人物。”

她紧贴着我的腿，不愿意抬头看他。

“没关系。”喀司普罗说。他脸上露出了片刻的沮丧。然后，他不再看着梅乐，也没有再向她走近，只是愉快地说道：“歌里，梅默，我们要让客人多留一会儿，这样你们就可以听听他们的故事。”

“梅乐跟我们讲了船上那些鸡的故事。”梅默说道。阳光照着她的头发，光芒四射，美丽异常。我无法盯着她看，可也无法移开目光。喀司普罗在梅默边上的长凳上坐下，于是我坐了另一张长凳，让梅乐挨着我的腿站着，用双手把她环抱住，这样对她、对我自己都是一种防卫的姿态。

“我觉得现在应该吃点点心。”歌里说，“梅乐，来给我搭把手，好吗？我们回屋一会儿。”梅乐让我把她松开，走的时候依然别着脸不看喀司普罗。

我为她的举动道歉。喀司普罗只是简单说了一句：“那你要她怎样呢？”回想我们这趟旅程，我意识到这一路上梅乐说过话甚至正眼瞧过的男人只有那个侏儒客栈老板和那个牛仔，前者她也许以为是个奇怪的小孩子，后者是慢慢地赢得了她的信任。至于驳船上的两个男人，还有其他任何男人，她总是躲得远远的。此前我都没有留意到。我感到心烦意乱。

“你来自大沼泽？”梅默问我。他们这几个人的声音都很优美。梅默的声音就像流淌的水。

“我出生在那里。”我只能挤出这么一句回答。

“他还是个婴儿的时候就被奴隶贩子偷走了，跟他姐姐一起。”喀司普罗说道，“被带到了埃特拉。他们在那儿把你养大成人，成了一个有学问的人，是吧？你的夫子是谁？”

“一个奴隶。他的名字是埃弗拉。”

“你们怎么得到书呢？我不认为那些城邦是学识之乡，不过在帕加迪确实有一些很好的学者，还有很好的诗人。不过那里重视战士胜过重视学者。”

“埃弗拉的书都很老了。”我说，“他不让我们看现代的——他称之为现代的——”

“比如我。”喀司普罗咧嘴一笑，笑容稍纵即逝，“我知道，我知道。尼玛，史诗，《特鲁德科的德训》……这些就是在鱼藤水他们一开始让我学的东西！这么说，你接受教育是为了以后教家族的孩子。嗯，挺好的，不过让一位夫子当奴隶——”

“那种奴隶制不坏的，”我说，“直到——”我停了下来。

梅默说：“奴隶制还有不坏的？”

“只要你的主子们不是残暴的人——只要你不知道这世上的其他事情。”我说，“只要人人都相信事情就是这样、就应该是这样，那么你就没法知道那是……那是错的。”

“你没法知道吗？”她不是指责，也不是争辩，只是提问，提问的同时在思索。她坦率地看着我，说道："我以前是安苏尔的奴隶。我的族人都是。不过是因为最近的征服，而不是因为我们的种姓。我们不必相信我们是天选的奴隶。那是迥然不同的。"

我想跟她交谈，但我做不到。"是一位奴隶，"我对喀司普罗说道，"教给我您那首自由的赞美诗。"

梅默微微一笑，这让她原本庄重平静的脸一下显得容光焕发。虽然她的肤色很浅，但她的双眸漆黑发亮，仿佛欧珀石上燃着火焰。"我们在安苏尔城把阿尔德人赶出去时唱的就是这首歌。"她说。

"它的曲调，"喀司普罗说，"曲调很美，很抓人。"他伸展双手享受着温暖的阳光，"我想多听一些巴尔纳和他的城市的故事。听起来那里似乎发生过非常悲惨的灾难。你跟我讲什么都行。不过你说起过你成了他的吟游诗人，他的唱诵者。这么说来，你有很好的记忆力？"

"非常好。"我说，"那是我的灵能。"

"啊！"他回应着我话语中的自信，"你记东西毫无困难？"

"不需要任何努力。"我说，"这也是我来这里的部分原因。你的脑袋里头装满了读过的所有东西，这有什么用处呢？在森林里，人们喜欢听故事。可是在大沼泽我要这些东西有什么用？还有其他的地方呢？我想也许在大学里……"

"是的，是的，对极了，"喀司普罗说，"或者也许……哦，瞧瞧吧。呈佳看兮婵娟——我说得对吗，梅默？——这是阿瑞坦语，意思是‘拿着食物的美丽女子’。你以后要去学阿瑞坦语，迦威尔。想想吧，另一种语言——跟我们的语言完全不同的一种语言！——当然也不是完全不同，它是我们语言的雏形，但是相当不同——是一首全新的诗！”他说话时带着他身上特有的一种毫不设防的激情，我早就看出来了，但他很小心地不去看梅乐，只看着他的妻子，当他帮着把食物摊开在一张没人坐的长凳上时，他也尽量不去靠近梅乐。她俩拿来了面包干酪、橄榄、水果和装在一个细瓶子里的清淡的苹果酒。

“你们住在哪里？”歌里问道。我说“鹌鹑客栈”，她说：“跳蚤厉害吗？”

“不是很厉害。是吧，梅乐？”

梅乐又过来挨着我站着了。她摇了摇头，一边挠了挠肩膀。

“曦塔有它自己的专属跳蚤。”歌里告诉她。

“狮子跳蚤。它不愿意跟我们分享呢。鹌鹑客栈的跳蚤也不会咬它。”曦塔睁开一只眼睛，发现那些食物都索然无味，转头接着睡了。

梅乐吃了一点东西之后，在我前面的石板上坐下，不过跟狮子挨得很近，伸手能抚到它。她和歌里在小声交谈，喀司普罗则不时地跟我和梅默说上一两句话。他在做的，是以一种温和而迂回的方式来搞清楚我有多少学问，哪些是我懂的，哪些是我不懂的。从梅默说的寥寥数语中，我觉得关于诗歌和传奇，该懂的她应该都懂。可是当我们聊起历史时，她宣称自己一无所知，说她只知道安苏尔的历史，而且了解得也不多，因为关于安苏尔的所有书籍都被征服者们毁坏了。我想听听那段可怕的历史，但是喀司普罗态度柔和却很是锲而不舍地继续提问，直到了解到了他想了解的问题，甚至还让我主动坦白了很早以前想写一部城邦历史的傻抱负。“我想我不会写这个了。”我试图轻描淡写地说道，“因为那样的话必须回到那儿去。”

“为什么不写了呢？”喀司普罗皱着眉问道。

“我是一个逃奴。”

“俄尔岱欧公民都是自由的。”他依然眉头紧锁，“没有人可以宣称自己是奴隶，不管他来自哪里。”

“可我不是俄尔岱欧公民。”

“如果你愿意跟我一起去下议院，我给你担保，明天你就可以成为公民。这里有很多曾经的奴隶，他们以俄尔岱欧公民的身份自由出入亚逊和其他城邦。不过说到历史，你在这里的大学图书馆可以找到比城邦更好的文献。”

“他们不知道该怎么处理这些文献。”我伤感地说道，想起之前在先祖祠处理过的那些精彩的记录和编年史。

“也许你可以向他们展示如何处理这些文献——在特定的时候。”喀司普罗说，“现在你要做的第一件事情就是成为一名公民。接下来，去大学学习。”

“喀司普罗-氏，我的钱不多。我想我要做的第一件事情是找工作。”

“啊，关于此事我有一个建议，如果歌里同意的话。你誊写得很好吧，我想？”

“哦，是的。”我想起了埃弗拉那些严厉的课程。

“我需要一位抄写员。一个拥有真正好记性的人于我而言也是非常有帮助的，因为我的眼睛有些问题。”他很自如地说道。他的黑色双眸看上去也很明亮，但他说这话时脸抽搐了一下，我看到歌里快速地瞟了他一眼。“比如，现在……我讲演的时候需要引用德尼奥斯的一句诗，想不起来‘让天鹅飞往北地’下一句是什么——？”

我说出了下一句话：

> 让灰色雄鹅在灰鹅身边飞翔，
> 春季在北地：我要去往南方。

“啊！”梅默整个人神采飞扬起来，“我爱极了那首诗！”

“你当然会爱它的。”喀司普罗说，“可这首诗并不是广为传诵的，只有一些思乡的南方人才知道。”我想起了思乡的北方人郃德尔，我是在他借给我的那本德尼奥斯的诗集上读到这首诗的。喀司普罗接着说道：“我在想，家里有一本活诗集对我而言是非常有用的。假使这个工作对你有吸引力的话，迦威尔。当然，没记住的内容你可以帮我去查。我有很多书。在大学里你可以继续这个工作。你意下如何，迦威尔？”

他的妻子跟梅乐一起坐在喷泉的边沿上。她伸出手握住他的手，两人彼此对望了片刻，眼中是平静却强烈的爱意。梅乐看着她，又看向他。梅乐皱着眉，用力地看着他，研究着他。

“这是一个绝妙的主意。”歌里说。

“你看，我们这里有几个空房间。”他对我说道，“其中一间是梅默在住，只要她允许我们把她留在这里——至少要过了明年冬天。阁楼上有两个房间，两个本德拉曼女孩一直住到最近才离开，是两个学生。她们回鱼藤水去了，要用学识镇一镇那些好祭司，所以房间就空着了，就等着你和梅乐。”

“奥莱克。”他妻子说道，“你应该给迦威尔留点时间考虑一下。”

“考虑的时间往往是危险的。”他说。他微笑着看着我，那笑中有辩解，也有挑战。

“我要……要……我们要……”我都无法说出一句完整的话了。

“于我而言，这栋房子里能有一个孩子那真是莫大的乐事，”歌里说，“这个孩子。如果梅乐喜欢的话。”

梅乐看看她，然后看看我。我说：“梅乐，我们的主人邀请我们同住。”

“跟曦塔一起住？”

“是的。”

“还有歌里、梅默？”

“是的。”

她没有说话，只是点了点头，然后继续抚着狮子那厚厚的毛发。狮子在轻轻地打着呼，不过我们都听到了。

“非常好。搞定了。”喀司普罗用特别重的高地口音说道，“去鹌鹑客栈拿上你们的东西，搬过来吧。”

我迟疑着，觉得这一切难以置信。

“你不是在你的半生之前就看到过我吗，在你的幻觉里，我叫着你的名字？你来这儿不就是为了找我的吗？”他的声音很轻，但情感炽烈，“假使我们得到了指引，我们难道要反驳指引我们的向导吗？”

歌里看着我，眼中满是惺惺相惜之意。

梅默看着喀司普罗，微笑着对我说道：“要反驳他是非常难的。”

“我……我不是想反驳。”我磕磕巴巴地说道，“只是——”我又停了下来。

梅乐站起身，在长凳上挨着我坐下，紧紧地贴着我。“鸟嘴，”她轻声说道，“别哭。一切都好了。”

“我知道。”我伸出一只手抱住她，“我知道都好了。”

读客®
科幻文库
跟着读客读科幻，经典科幻全看遍

太空歌剧、赛博朋克、奇幻史诗……

中国、美国、英国、俄罗斯、波兰、加拿大、日本、牙买加……

读客汇聚雨果奖、星云奖、轨迹奖获奖作品

精挑细选顶尖的科幻奇幻经典

陪伴读者一起探索人类文明的过去、现在和未来

亿亿万万年，直至宇宙尽头